한국 고전문학의
여성적 시각

지은이

박혜숙(朴惠淑, Park, Hye-sook)_ 서울대학교 국문학과 및 동대학원을 졸업했으며, 현재 인하대학교 한국어
문학과 교수로 재직 중이다. 주요 논문으로 「조선의 매화시」, 「18~19세기 문헌에 보이는 화폐 단위 번역의
문제」, 「다산 정약용의 노년시」 등이 있으며, 저서로 『형성기의 한국 악부시 연구』, 편역서로 『사마천의 역사
인식』, 『부령을 그리며 ─사유악부선집』, 『다산의 마음』 등이 있다.

한국 고전문학의 여성적 시각

초판인쇄 2017년 12월 20일 **초판발행** 2017년 12월 30일
지은이 박혜숙 **펴낸이** 박성모 **펴낸곳** 소명출판 **출판등록** 제13-522호
주소 06643 서울시 서초구 서초중앙로6길 15, 1층
전화 02-585-7840 **팩스** 02-585-7848 **전자우편** somyungbooks@daum.net **홈페이지** www.somyong.co.kr

값 26,000원 ⓒ 박혜숙, 2017
ISBN 979-11-5905-244-6 93810

이 저서는 인하대학교의 지원에 의하여 연구되었음.
This work was supported by INHA UNIVERSITY Research Grant.

한국 고전문학의
여성적 시각

FEMINIST PERSPECTIVES
ON KOREAN CLASSICAL LITERATURE

◎ 박혜숙 지음

소명출판

이 책은 한국 고전문학의 주요 장르와 텍스트들을 여성적 시각에서 살핀 논문들을 모은 것이다.

이 논문들은 1992년에서 2011년 사이에 발표되었다. 한국여성문학학회와 한국고전여성문학회가 각각 1998년, 2000년에 창립되었으니, 이 책에 수록된 일부 논문은 우리 학계의 여성문학연구가 막 시작되던 초창기의 것이라고 할 수 있다. 따라서 지금의 관점에서 보면 일부 원론적인 내용도 없지는 않다. 하지만 여성문학연구는 지금도 대학에서 여전히 비주류적 학문에 머물러 있으며, 그간 한국 사회에서 여성의 지위나 여성을 둘러싼 담론에 다양한 변화가 있긴 했지만, 어떤 근본적인 전환이 있었다고 보기는 어렵다는 것이 나의 생각이다. 그런 점에서 이 논문들이 아직도 유효한 점이 있다고 여겨 책으로 출판하게 되었다.

내가 처음 페미니즘을 접한 것은 1978년 대학교 1학년 때였다. 당시 국문학과는 물론 인문대학이나 학내 대학생 공부모임인 '학회'에서도 여학생은 10퍼센트 전후의 소수집단이었다. 지적 호기심에 충만하여 국문학 공부 외에도 철학, 언어학, 사회과학 등 여러 분야를 열심히 섭렵했지만, 대학생활은 상당히 불편했다. 교수님들은 여학생을 온전한 학인學人이나 제자로 생각하지 않았고, 학과 모임은 억지 술자리가 많았으며, 민주·민중을 지향한 '학회'에서도 남자 선배의 음담패설을 견뎌야 하는 시간들이 꽤 있었다.

그러던 중에 1978년 10월에 이효재 선생의 『여성의 사회의식』(평민사, 1978)을 처음 읽게 되었고, 이어서 『여성해방의 이론과 현실』(이효재 편, 창작과비평사, 1979)을 비롯하여 서구 페미니즘 이론서의 '해적판'들을 접하였다. 이 무렵(1979년) 남학생 위주의 기존 대학문화에 맞서 몇몇 여학생 '학회'가 결성되었고, 나도 '문우회'라는 모임에 참여하여 본격적으로 페미니즘 이론을 공부하고 여성사를 공부하였다. 그러면서 내가 대학생활에서 느끼는 불편과 소외가 단지 개인의 문제가 아니라, 소수집단으로서 여성이 공유하는 문제이며, 우리사회의 강고한 남성 중심적 문화와 깊이 연관된 것임을 분명히 이해할 수 있었다. 다양한 분야의 공부를 했지만 페미니즘 공부만큼 생생한 공부는 없었다. 공부를 통해서 앎과 삶, 이론과 현실의 간극이 사라지는 경험을 자주 했기 때문이다. 이후 대학원에 가서도 다양한 전공의 학우들과 이런 저런 세부 주제에 따라 모이고 흩어지며 몇 개의 페미니즘 공부 모임을 가지기도 했고, 「여성의 눈으로 본 한국문학의 현실」(『여성』 1, 창작과비평사, 1985)이라는 글의 공동필자로 참여하기도 했다. 그 글은 여성적 시각으로 한국문학작품을 분석한 최초의 시도였다고 생각하는데, 돌이켜보면 패기와 문제의식은 있었으나 이론적으로는 상당히 미숙했다고 여겨진다.

그 시기 나의 페미니즘 공부는 여성문학연구로 곧장 연결되지 못했다. 페미니즘 이론을 공부한다고 해도 그것이 바로 한국 고전문학연구에 적용되기는 어려웠을 뿐 아니라, 당시 대학의 석·박사 학위 제도에서 여성문학 연구는 정당한 연구과제로서 인정되지 못했기 때문이다. 본격적인 여성문학연구를 희망했으나 한국고전문학 분야의 전문적 소양을 쌓아 기존의 학문 세계에 진입해 대학 강단에 서기까지는 꽤 오랜 시간이 흘렀다. 상당히 먼 길을 돌아 비로소 여성문학 관련 논문을 쓰게 된 것은 30대 후반 이후의 일이었다. 하지만 이런저런 이유로 여성문학 논문쓰기에 온전히 전념하지는 못했다. 개인적 역량이 부족했다고 할 수밖에 없을 것 같다.

이 책에 수록된 논문들은 비록 양적으로 많은 것이 아니지만, 질적으로는 꽤 오랜 시간 공들이고 다듬은 생각의 결과물들이다. 같은 길을 가는 후배 연구자들에게 작은 도움이라도 될 수 있길 바란다.

제1부의 논문들은 서사한시, 고려가요, 여성영웅소설이라는 주요 고전문학장르의 여성담론을 꽤나 거시적으로 분석한 글이다. 제2부의 논문들은 '자기서사'라는 개념을 처음 정립하고, '여성의 자기서사'의 다양한 양상들을 분석한 글이다. 새로운 개념을 제안하고, 여러 텍스트들을 통해 그 개념의 실제적 유용성을 입증해 보이느라, 일부 중복된 논의가 없지 않다. 이 점, 독자의 양해를 구한다. 제3부는 「덴동어미화전가」와 관련된 글이다. 「덴동어미화전가」는 한국여성문학의 숨겨진 보석 같은 작품이다. 난해한 구절이 상당 부분 있어 몇 년에 걸쳐 만지작거린 끝에 2011년에서야 그 자세한 주해를 발표할 수 있었는데, 이번에 다시 주석을 100여 개 이상 추가하고 이전 주석의 몇몇 오류를 바로잡았다.

비록 이 책에 실린 글들이 미미하지만, 그 뿌리를 더듬어보면 1970년대 후반에 시작하여 1980년대, 90년대까지 이어진 한국 페미니즘 의식의 심화와 확장이라는 도도한 역사적 흐름에 닿아 있다고 생각한다. 그 시절 청춘을 함께 보내면서 고뇌하고 성장해간 여러 선배와 벗들에게 감사한다.

2017년 12월 박혜숙

책머리에　3

제1부 | 고전문학 장르와 여성

제3부 | 「덴동어미화전가」의 세계

고전문학 장르와 여성

서사한시敍事漢詩의 여성담론
남성의 시각과 여성의 현실

1. 머리말

여성문학 연구를 또 하나의 새로운 유행쯤으로 생각한다든지, 교육받은 여성들의 자기주장 정도로 간주하는 시각은 여성문제의 본질에 대한 몰이해와 결부되어 있다. 여성해방적 담론은 매우 강력한 문명비판 및 현실변혁 이념의 준거점이 된다. 예컨대 몇몇 생태-여성해방론자ecofeminist들은 자본의 인간지배가 여성 및 자연에 대한 억압·착취와 근원적으로 연관되어 있음을 주장하고 있는바,[1] 이들의 이론은 자본의 세계지배 및 가공할 만한 생태계 파괴에 대한 비판과 저항이 여성해방의 과제와 긴밀히 연관되어 있음을 보여준다. 이러한 근대세계 분석을 어느 정도 승인하는가 여부와는 별도로, 이

---

[1] 캐롤린 머천트(Carolyn Merchant), 반다나 쉬바(Vandana Shiva), 마리아 미즈(Maria Mies) 등을 들 수 있다. 전(前) 자본주의 시대의 여성억압에 대해서는 해명이 미흡하다는 문제점에도 불구하고 이들의 근대세계 비판은 매우 큰 의의가 있다.

들 이론은 문명의 전환점에 선 인류가 추구해야 할 새로운 가치에 대해 심중한 문제제기를 하고 있어 주목을 요한다. 여성해방적 관점에서 문학을 연구하는 일은 매우 의미심장한 작업이다. 하지만 여성문제를 고립적으로 파악하지 않고 포괄적인 사회역사적 연관 속에서 사유하며, 실천적 문제의식을 항상 가다듬음으로써 여성문학 연구가 자칫 또 하나의 지적 낭비, 이론의 과소비가 되지 않도록 노력하는 자세가 요구된다.

여성문학 연구는 대체로 문학작품에 나타난 여성이미지 연구, 여성작가 및 작품의 연구, '여성성' 및 '여성적 글쓰기'에 대한 연구 등의 세 분야를 중심으로 진행되어 왔다.[2] 이 세 분야는 매우 상이한 여성학적·철학적·문학적 전제 위에서 전개되어 왔으나, 각 분야의 문제의식과 방법론은 좀 더 심화되고 일정 정도 상호 보완될 필요가 있다고 본다. 작품에 나타난 여성형상의 허위성을 폭로한다든가, 문학사에서 지워진 여성작가 및 작품을 복원하고 재평가한다든가, 여성의 창조성을 적극 인정하고 그 특수성을 규명하는 것은 분명 가치 있는 일이다. 하지만 남성/여성의 이분법에 입각한 분리주의적 시각과 가치평가를 견지한다든지, 아니면 '여성성'을 사회역사적 맥락으로부터 분리함으로써 본질화·추상화한다든지, 근대적·도구적 이성과 이성 일반을 동일시함으로써 이성을 타매唾罵해야 할 남성적 원리로 간주하고 새로운 이성의 모색을 포기하는 경향은 경계하지 않으면 안 된다.

문학에서의 여성에 관한 담론도 당대의 지배적 담론 및 물적 기반과의 일

---

2 서구의 페미니즘문학 연구를 비교적 잘 개관하고 있는 책으로는 토릴 모이(Toril Moi), 임옥희 외 역,『성과 텍스트의 정치학』, 한신문화사, 1994가 참조된다. 80년대 후반, 실천적 문제의식에 의해 촉발된 우리나라의 여성문학 연구는, 곧이어 다양한 서구 페미니즘문학 이론의 다발적 소개로 이어졌다. 서구 이론을 한국문학에 적용한 연구가 현대문학뿐 아니라 고전문학에서도 드물지 않게 나오고 있으나, 실천성과 유리된 채 서구 이론의 몇몇 개념을 파편적으로 적용한다든가, 연구자가 의거하고 있는 이론의 전제에 대한 반성이 결여된 경우도 없지 않다.

정한 관계성 속에서 역사적 변화를 겪었던바, 이러한 사실을 세심하게 고려하면서 그 관계성을 깊이 탐구할 것이 요청된다. 그리고 여성작가 및 작품에 대한 평가는 당대 문학사와의 연관을 깊이 고려한 위에서 이루어질 필요가 있다. '여성성'이나 여성의 창조성에 대한 연구는 가부장제적 자아개념 및 인간이해의 부정적 측면을 폭로할 뿐 아니라, 지배·경쟁의 원리에 입각한 가부장제적·근대적 가치를 청산하고 장차 인류가 지향해야 할 새로운 가치를 모색한다는 실천적 문제의식과 결부될 때 그 의의가 증폭될 수 있을 것이다.

이 글에서는 남성의 시각과 여성의 현실 사이의 거리를 조선 후기 서사한시 작품을 통해 가늠해 보려고 한다. 남성의 눈으로 본 여성과 실제의 여성 현실 사이에는 종종 심각한 괴리가 있게 마련이라는 사실은 익히 알려져 있다. 이 글은 일종의 여성이미지 연구라 할 수 있지만, 단순히 남성적 시각의 오류를 밝히려는 것은 아니다. 조선 후기는 중세적 제 관계가 해체되어간 시기였던바, 이 시기 사대부계급의 여성에 관한 담론이 어떤 양상을 보이고 있으며, 어떻게 변화하고 있는가를 지배적 담론의 변화와 관련하여 살펴보기로 한다.

사대부계급에 의해 건국된 조선은 중소지주가 중심이 되는 지주전호적地主佃戶的 생산관계를 근간으로 하였다. 이러한 생산관계는 개별 양반가장兩班家長의 가족구성원 및 지역 하층민에 대한 강력한 통제를 필요로 하였고, 따라서 여성에 대한 통제도 이전 시대보다 훨씬 강화되었다.[3] 사대부계급의 지

---

3 고려시대, 조선시대 여성의 지위에 대해서는 허흥식, 「고려 여성의 지위와 역할」, 『한국사 시민강좌』 15, 일조각, 1994; 한희숙, 「양반사회와 여성의 지위」, 『한국사 시민강좌』 15, 일조각, 1994 참조. 여성에 대한 통제가 조선시대에 더욱 강화된 것은 주자학의 영향 때문이라 할 수 있겠지만, 여성 통제의 사회적인 기능 및 당대 물적 기반과의 구체적 연관에 대해서는 좀 더 심화된 연구가 필요하다.

배이데올로기였던 주자학적 이념은 임금/신하, 어른/아이, 남성/여성, 군자/소인[4]의 위계질서를 근간으로 하였던바, 여성은 아이와 동격인 존재[兒女子]로서 남성어른의 지배대상으로 규정되었다. 강력한 가부장적 권위에 바탕을 둔 사대부계급의 독특한 가문의식과 남녀유별의 성sexuality 통제론 및 성별분업론[5]은 사대부계급의 물질적 이해관계와 매우 밀접하게 연관된 것으로 보인다.

세종에서 성종 대에 걸쳐 『삼강행실도』, 『내훈內訓』 등의 교화서敎化書가 반포되고, 성종 대에 『경국대전』이 완성됨으로서 사대부계급의 여성 통제는 이념적으로 법제적으로 확립되었다. 성종 대에 이루어진 사족부녀士族婦女에 대한 재가再嫁 금지법은 여성 통제의 극단적 표현이라 할 수 있다. 이렇듯 15세기에 확립된 주자학적 가부장제 이데올로기는 16~17세기에 걸쳐 상층계급에서 하층계급으로 확산되고 일반화되었다.[6] 하지만 17~18세기의 사회경제적 변화에 조응하여 지배적 담론은 서서히 변화하는 양상을 보였다. 그에 따라 사대부계급의 여성에 관한 담론도 다양한 양상을 보이며 변화해 갔다. 이 글은 17세기에서 19세기 사이의 사대부 남성작가의 여성에 관한 담론을 서사한시 작품을 통해 살펴보려고 한다.

한시는 사대부계급의 교양물로서 사대부 지식인이 자신의 주관적 정서나 감정, 개인적 체험, 세계인식을 표출하는 가장 주요한 수단이었다. 한시 중에서도 객관적 사건이나 인물이 주요 제재가 됨으로써 서사적 요소가 두드

4　'군자/소인'에는 도덕적 함축도 없지 않으나, 사회경제적 맥락에서는 '지주/전호'·'지배계급/피지배계급'이라는 함의가 있다.

5　'남녀유별'의 논리는 일종의 성윤리 내지는 여성의 성(sexuality)을 통제하는 방식인 동시에, "남자 할 일 따로 있고 여자 할 일 따로 있다", "암탉이 울면 집안이 망한다"는 식의 성별분업의 이데올로기로 기능하였다.

6　한희숙, 앞의 글 참조.

러진 것을 '서사한시'라 지칭하는데,[7] 서사한시에는 사대부지식인의 현실인식과 인간이해가 잘 드러난다. 한시 일반이나 조선 전기朝鮮前期 서사한시에서 여성은 대체로 미미하거나 주변적인 소재에 불과했다. 그러나 조선 후기 서사한시에서 여성은 매우 중요하고도 진지한 소재가 되었고, 여성인물을 주인공으로 한 작품이 다수 산출되었다.[8] 이들 작품을 구체적으로 살펴보기에 앞서, 조선 전기 서사한시 작품을 하나 일별해 두고 싶다. 그것은 정사룡鄭士龍(1491~1570)의 「강절부행姜節婦行」이다.

1521년, 무인武人 하정河挺의 첩이었던 강씨는 남편이 죽자 수절하고 개가하지 않기로 맹세했다. 그러나 어머니가 억지로 개가시켰다. 개가한 강씨와 새 남편의 사랑이 너무나 두터워 당시 사람들이 모두 웃었다고 한다.[9] 정사룡은 강씨를 주인공으로 하여 70행이나 되는 「강절부행」을 지었는데, "절행節行이 음행淫行으로 변하였으니 / 음란한 여성으론 견줄 자 없다네 / 님을 따라 죽자던 처음 마음 어디 두고 / 말 한 마디에 절개 꺾음은 무슨 일인고"[10]라 하며 강씨를 비난하였다. 강씨는 모계母系가 낮은 신분이며 자신 또한 첩의 신분이므로 개가를 했다고 해서 당시의 윤리를 어긴 것은 아니다. 그런데도 그녀를 '절부'라고 비꼬며 신랄하게 풍자하는 시를 짓기까지 한 데서 조

---

7   조선시대 서사한시 선집으로 임형택 편역, 『이조시대 서사시』(상·하), 창작과비평사, 1992가 있다. 서사한시의 특질에 대해서는 위 선집의 서평인 박혜숙, 「서사한시와 현실주의」, 『민족문학사연구』 2, 민족문학사연구소, 1992 및 박혜숙, 「서사한시의 장르적 성격」, 『한국한문학연구』 17, 한국한문학회, 1994 참조.
8   여성을 주인공으로 한 조선 후기 서사한시의 주요작품은 임형택 편역, 『이조시대 서사시』(하)의 제5부 「애정갈등과 여성」에 수록되어 있어 참조가 된다. 앞으로 살펴볼 작품들도 이 책에 수록되어 있다.
9   이러한 사실은 魚叔權, 『稗官雜記』에 수록되어 있다.
10   "節行居然變陰行, 河間有靈羞與擬, 殘肢效死始何心, 片言毀節終奚以"(『湖陰先生文集』「姜節婦行」).

선 전기 사대부시인의 남성중심적 독선을 엿볼 수 있다. 이러한 태도는 고려 후기 이래 산출된 숱한 열녀전烈女傳들이 열녀를 '열렬히' 찬양하는 담론을 펼친 것과 안팎의 관계에 있다. 지배계급 남성이 규정한 여성상과 성역할에 부합하는 여성은 보호받고 찬양된다. 그렇지 않은 여성은 비난받거나 조롱거리가 되게 마련이다.

2. 평민여성의 죽음을 보는 두 시각

1702년(숙종 28년) 9월 6일, 경상도 선산 땅의 한 평민여성이 자살을 하였다. 그 여성의 이름은 향랑, 나이는 20세였다. 향랑은 양민의 딸로서 17세에 시집을 갔으나 남편이 구박하고 쫓아내는 바람에 친정으로 돌아왔다. 하지만 계모가 박대하여 삼촌집[11]으로 옮겨갔는데, 삼촌이 개가시키려 하자 다시 시집으로 갔다. 시아버지에게 자신을 받아달라고 애걸했으나 거절당하자 낙동강에 투신자살하였다. 투신하기 전에 한 소녀에게 자신의 내력을 이야기하고 '산유화 노래' 한 곡을 남김으로써 그녀의 자세한 사정이 세상에 알려지게 되었다.

당시 선산부사였던 조구상趙龜祥이 「향랑전」을 지었는데, 이 작품은 약정約正의 보고서와 자살을 목격한 소녀의 증언을 그대로 옮겨놓는 방식을 취한

---

11 '외삼촌집'이라 한 작품도 있다. 뒤에 검토되는 이광정의 「향랑요」가 그렇다.

다음, 작자의 논찬을 붙이고 있다. 이 작품에서 이미 약정·소녀·작자의 미묘한 관점 차이가 드러나는데, 소녀의 전언傳言은 사건의 전말을 비교적 사실에 가깝게 이해하는 데에 도움이 된다. 조구상 이후로 이광정李光庭·이안중李安中·이옥李鈺이 거듭 향랑의 전傳을 썼고, 이광정·최성대崔成大·신유한申維翰·이덕무李德懋 등은 향랑에 관한 시를 썼다.[12] 이 작품들이 향랑의 인물과 사건을 보는 시각이나 형상화 방식은 상당한 차이가 있다. 하지만 많은 문인들이 거의 100여 년에 걸쳐 한 여인의 이야기를 주목했던 것은 문학사에서 드문 일이다. 18세기 문인들이 향랑의 죽음에 깊이 감발感發된 이유는 무엇이며, 그 이유에 어떤 개인적 차이가 있었는지 자못 궁금하다. 이광정의 「향랑요鄕娘謠」와 최성대의 「산유화여가山有花女歌」를 통해 이런 궁금증의 일단을 풀어보기로 하자.

이광정(1674~1756)의 「향랑요」는 140행으로 이루어져 있는바, 향랑 사건의 전말을 비교적 자세히 서술한 다음, 마지막 34행에 걸쳐 시인의 논평을 붙이고 있다. 시로서는 비교적 긴 논평을 붙인 데서도 드러나듯이 시인은 자신의 주관적 가치평가를 적극 진술하고 있다. 시인의 향랑에 대한 평가는 '열烈'로 요약된다. 양반여성도 지키기 어려운 절개를 평민 여성이, 그것도 죽음으로써 지켰다는 사실에 시인은 깊이 감동하고 있다. 시인은 향랑을 이 지역에 은거했던 야은冶隱 길재吉再와 관련지어 표창하고 있다.

이곳은 죽림사(竹林祠) 가까이
강가에 지주비(砥柱碑)[13] 우뚝 솟은 곳

12 향랑을 소재로 한 문학작품들은 임옥빈, 「香娘故事의 文學的 演變」, 성균관대 석사논문, 1982에 잘 망라되어 있다.

당시에 야은선생 절개 지키어

만고(萬古)의 맑은 풍화 이 땅에 끼치셨네.

향랑은 미천하나 의리 알아서

이 곳 택해 죽었으니 기이하구나.

(…중략…)

금오산 낙동강은 절의의 근원이라

빼어난 자취 역사책에 연이어 실려 있네.

(…중략…)

밤이면 젊은 여자들 문 굳게 닫으며

소와 개도 주인 위해 의리 지킨 일 있었지.[14]

　　시인은 향랑의 열을 찬양할 뿐 아니라 이 지역이 절의의 근원임을 부각시키고 있는데, 향랑이라는 구체적 인물보다는 '열'의 이념 자체에 관심이 집중되고 있다. 시인은 주자학적 인간관에 입각하여 인간을 '윤리적 주체'로 보고 있다. 인간은 그 신분의 고하를 막론하고 성인이 가르친 윤리도덕을 충실히 지켜나갈 때 비로소 그 인간다움이 발현된다는 시각이다. 인간을 윤리적 주체로 보는 시각은 향랑의 인물됨과 사건을 해석하고 형상화하는 원리로 작용하고 있어 「향랑요」의 미학적 성격을 결정하는 가장 근본적인 요인이 된다.

　　등장인물들과 사건은 어떻게 형상화되고 있는가?

13　'죽림사'는 길재를 모시는 서원이며, '지주비'는 길재를 기리는 비석이다.

14　"是處偏近竹林祠, 江上高碑名砥柱, 吉子當年餓首陽, 淸風萬古只此土, 娘生卑微能知義, 捐身得地何其奇, (…中略…) 烏山洛江節義藪, 卓犖高標聯史書, (…中略…) 尙今村嬌守夜閨, 下與牛狗能衛主"(107~112구·129~130구·133~134구).

향랑은 "어려서부터 장난이 적어 항상 혼자 놀면서 / 사내아이 가까이는 가지 않았"[15]으며, 계모가 "매질하며 포악하게 굴어도 / 낯빛을 바꾸지 않고 더욱 공손하였"[16]다고 서술된다. '남녀칠세부동석男女七歲不同席'의 예법을 지키며, 포악한 계모에게도 효도를 하는 소녀였던 것이다. 포악한 계모에게도 효도를 다하는 인물은 중국 고대의 순舜임금을 비롯한 동양적 효자상의 전범이며, 부모가 매질을 해도 안색을 바꾸지 않아야 한다는 말은 유가의 효孝에 대한 가르침이다. 시인은 향랑을 **유가적 효녀의 전형**으로 형상화하고 있다.

향랑의 남편은 어떤 인물로 그려지고 있는가?

향랑의 남편은 성질이 불량하며, "어리석고 미욱하여 예의도 전혀 모르는"[17] 데다, 아내의 "머리채를 쥐어뜯고 때리며 옷을 찢는"[18] 등 폭력을 일삼는 인물로 그려져 있다. 남편은 아내와는 달리 예법에 무지한 인물이며, 그로 인해 갈등이 초래된 것으로 서술된다. 시부모도 아들을 어쩌지 못해 향랑을 친정집으로 돌려보냈다. 계모는 마룻장을 두들기고 욕설을 해대며 "시집 보냈거늘 어째서 쫓겨 온단 말이냐? / 네 행실이 반드시 나빠서겠지 / 우리집 살 만해도 쫓겨 온 자식은 거둘 수 없다"[19]고 소리치며 내쫓는다. 계모는 포악할 뿐 아니라, 전처 소생을 구박하는 패덕한 인물로 그려지고 있다.

계모에게 쫓겨난 향랑은 외삼촌 집에 기식하며 외삼촌의 개가권유를 받게 된다. 개가권유의 논리와 그를 거절하는 향랑의 논리는 어떤 것이었는가?

외삼촌은 향랑이 "농민의 딸로 태어났으니 / 버림받으면 다른 데로 시집가

---

15 "少小嬉戱常獨遊, 行坐不近男兒傍"(3~4구).
16 "害娘箠楚恣暴狂, 娘愈恭謹不見色"(6~7구).
17 "愚駿不知禮相加"(11구).
18 "攉髮招膚殘衣裳"(12구).
19 "送汝適人何歸爲, 嗟汝性行必無良, 吾饒不畜棄歸兒"(20~22구).

는 게 마땅하지. / 네가 죄 없는 줄은 세상이 다 아는 일 / 꽃다운 용모로 어찌 그냥 늙겠느냐"[20]고 한다. 향랑의 죄 없음을 인정하되, 그녀가 평민신분이니 개가하는 게 마땅하다는 논리다. 향랑은 이에 대해 "여자는 한 번 시집가면 다시는 남편을 바꿀 수 없다"[21]며 '불경이부不更二夫'의 논리로 대답한다. 외삼촌이 당대의 통념을 대변하고 있는 데 반해, 향랑은 비록 평민여성의 신분이지만 양반여성의 윤리를 지키고자 한 것으로 서술된다.

　향랑은 시집으로 가서 자신을 받아달라고 애걸하지만, 거절당하자 자살을 결심한다. 향랑의 자살 동기는 어떻게 표현되고 있는가?

　"부모님 나를 자식으로 여기지 않고 지아비 나를 아내로 여기지 않으며 / 시집이라고 다시 찾아갔지만 시부모 미움만 샀구나 / 삼종三從의 사람 도리 끊어졌으니 / 무슨 낯으로 살 수 있으랴"[22]라고 향랑은 말한다. 삼종의 도리, 즉 여자는 어려서는 아버지를 따르며, 시집가서는 남편을 따르며, 늙어서는 아들을 따른다는 유가적 여성윤리를 지키지 못하니 세상을 대할 낯이 없다는 것이다. 결국 향랑은 '불경이부'와 '삼종지도三從之道'를 지킬 수 없어서 자살을 택한 것으로 인식되고 있다. 그리하여 시인은 향랑을 **죽음으로써 열을 지킨 평민여성**으로 높이 평가하는 데 이른다.

　「향랑요」에서 주변 인물들은 포악하고 무지한 인간 이하의 인물이거나(계모·남편), 평민적 통념에 따라 사고하고 행동하는 인물들(외삼촌·시부모)이다. 그에 반해 향랑은 신분은 평민이지만 그 의식과 행동만은 고귀한 인물로 그려지고 있다.

20　"爲言汝是農家子, 見棄惟當去從他,四隣皆知汝無罪, 胡乃虛老如花容"(27~30구).
21　"女子有歸不更人"(33구).
22　"父不我子夫不婦, 再來還逢舅姑忤, 三從道絶人理乖, 有生何面寄寰寓"(69~72구).

문학작품은 작가의 세계관에 따라 형상화가 이루어지지만, 작가의 의도와는 다른 실제현실이 개입되기도 한다. 그리고 작가의 세계관이라는 것도 그다지 정합적이지 않은 경우가 많다. 그런 사실을 고려한다 해도 「향랑요」에는 인간을 '윤리적 주체'로 파악하는 유가儒家 특유의 인간이해와 '충·효·열'의 윤리에 입각하여 인간의 가치를 평가하는 주자학적 가치관이 작품의 전체를 관통하고 있음을 알 수 있다. 이광정은 주로 영남의 재야에서 교육과 문학에 힘쓴 인물이었다. 그의 작품에는 현실비판적인 면도 있다.[23] 하지만 현실을 비판하는 그의 논리는 명분론적 가치관에 입각해 있다. 「향랑요」에 나타난 그의 인간이해와 윤리관에서도 이 점이 확인된다.

그렇다면 최성대(1691~1761)의 「산유화여가」는 어떠한가?

이 작품은 110행으로 이광정의 작품에 비해 다소 짧을 뿐 아니라, 등장인물이나 사건의 경과에 대한 묘사나 서술도 훨씬 간략하다. 그리고 「향랑요」에서 볼 수 있는 것과 같은, 시인의 직접적 논평은 매우 적다. 최성대는 향랑의 행동에 대해 윤리적 평가를 내리고 칭양하는 이성적 태도를 취하는 대신, 매우 감성적인 태도로 향랑의 죽음을 수용하고 있다. 시인은 향랑의 사건을 **'버림받은 여성의 비극'**이라는 각도에서 형상화하고 있다. 이 작품의 제목이 '산유화여가'인 것은 향랑이 죽기 전에 슬프고도 아름다운 '산유화 노래'를 불렀다는 사실과 관련이 있는바, 제목에서 이미 '비극적 아름다움'에 대한 시인의 관심을 엿볼 수 있다. 이러한 관심은 세계로부터 소외된 주체나 주변인에 대한 시인의 관심과 연관되어 있다.

비극이 보다 비극다우려면 여자주인공은 아름답고 순결할 필요가 있다.

---

23 이광정의 생애와 문학에 대해서는 김영, 「눌은 이광정 문학연구」, 연세대 박사논문, 1987 참조.

「산유화여가」에서 향랑은 다음과 같이 묘사된다. "여덟 살에 거울을 보니 / 예쁜 두 눈썹 버들잎 같았고 / 열 살 때에는 뽕을 땄으며 / 열다섯 살 때에는 베를 짤 줄 알았"[24]고, "열일곱 살에는 수놓은 치마를 입고 / 아름다운 머리를 곱게 빗었다".[25] 시집을 가서는 "산꽃 꺾어 머리에 꽂고 / 들꽃 꺾어 비녀에 꽂고 / 마루에 올라 술잔 올렸다".[26] 이처럼 향랑은 매우 아름답고 향기로운 여인으로 형상화되어 있다.

남편은 이유 없이 폭력을 행사하는 인물이 아니라, 다만 중도에 마음이 변하여 향랑을 구박하고 쫓아냈으며, 얼마 안 있어 다른 여자를 맞아들인 것으로 되어 있다. 「향랑요」에서 보이는 남편과 계모의 무지하고 패덕한 면모는 나타나 있지 않다. 무지하고 패덕한 인물의 등장은 작품의 아름답고도 슬픈 분위기를 해칠 우려가 있다. 이처럼 「산유화여가」는 「향랑요」와 달리 변심한 남편과 버림받은 아내의 갈등이라는 각도에서 향랑의 사건을 조명하고 있다.

비극이 더욱 선명해지기 위해선 행복과의 날카로운 대조가 필요하다. 「산유화여가」에서 향랑은 친부모 슬하에서 행복한 어린 시절을 보냈으며, 계모가 들어온 것은 출가 이후로 되어 있다. 그리고 "패물을 실은 소와 양이 고을 입구를 가득 채우고 / 능라 비단이 궤에 가득할"[27] 정도로 성대한 혼인을 하고, 시집을 가서는 시부모의 마음에 들었으며 신혼생활도 행복하였다. 향랑의 신혼은 "새벽에 일어나면 하늘 가득 꽃 / 밤늦게 잠 들 때면 이불 가득 꽃"[28]이라 하여 하여 매우 아름다운 시구로 표현되어 있다. 이처럼 향랑의

24　"八歲照明鏡, 雙眉柳葉綠, 十歲摘春桑, 十五已能織"(11～14구).
25　"十七着繡裳, 蟬鬢加意掃"(21～22구).
26　"山花揷鬓髻, 野葉雜釵鐶, 升堂捧雙盃"(37～39구).
27　"牛羊滿谷口, 綾錦光篋裏"(29～30구).

어린 시절과 신혼생활이 행복하게 형상화된 것은 이후의 비극을 강조하기 위해서다. 시인은 향랑의 아름다운 모습과 행복했던 과거를 묘사하는 데에 치중한 반면, 주변 인물들은 매우 간략하게 형상화함으로써 '**버림받은 여성의 비극**'을 매우 효과적으로 부각시키고 있다.

향랑은 개가를 권하는 삼촌의 말에 "저의 몸 욕되게 할 수 없어요 / 물 속의 푸르른 창포 / 잎은 시들어도 향기를 품었지요"[29]라고 대답한다. 향랑은 자신의 순결을 지키려는 고결한 여성으로 형상화되고 있는 것이다. 이 시는 다음과 같이 마무리 된다.

> 그 영(靈)은 하얀 무지개 따르고
> 혼은 푸른 연잎에 덮였네
> (…중략…)
> 해마다 노래 부르던 언덕
> 산꽃이 봄이면 피었다 지고
> 아가위 꽃 예쁜 미소 지으며
> 강둑의 풀빛은 푸른 치마 펼친 듯[30]

향랑의 죽음을 시인은 비극의 미학으로 승화시키고 있는 것이다.

이처럼 최성대의 「산유화여가」는 향랑 사건을 '버림받은 여성의 비극'이라는 관점에서 형상화하면서, '비극의 미학'을 펼쳐 보이고 있다. 이러한 형

---

28 "曉起花滿天, 夜宿花滿床"(41~42구).
29 "妾身不可辱, 靑靑水中蘭, 葉死心猶馥"(78~80구).
30 "靈隨白霓旗, 魂掩靑芰襟, (…中略…) 年年女娘堤, 山花春自落, 野棠學寶靨, 堤草留裙色"(95~96구·103~106구).

상화 방식은 「향랑요」와는 사뭇 다르다. 최성대 시세계의 특질은 여성적 정한情恨을 시화詩化한 점에서 독보적인바, 「산유화여가」도 최성대 시세계의 이러한 특질과 부합하는 작품이다. 최성대의 개인사는 자세히 알려져 있지 않지만, 43세(1732)가 되어서야 문과에 합격하였다. 이러한 사실과 그의 시가 세계로부터 소외된 주체의 상실감·격절감隔絶感을 여성적 정조로 표현하고 있는 것과는 일정한 관련이 있는 것으로 보인다.

여성적 정조를 한시로 표현한 시인은 최성대 이전에도 있었다. 그러나 특히 18세기 한시사에서 최성대를 비롯하여 이우신李友信·이안중·김려金鑢·이옥 등 담정그룹 문인들[31]에 의해 '이理'나 '성性'보다는 '정情'을 중시하고 **여성적 소재를 주목하는 경향**이 하나의 뚜렷한 흐름을 형성하였다. 이러한 경향은 이성중심적·남성중심적인 중세적 예교의 속박에서 벗어나려는 지향의 표현으로 해석될 수 있다. 이들은 논리적·이성적인 방식이 아니라 감성적·시적인 방식으로 지배적 담론에 도전했다고 평가될 수 있다. 「산유화여가」에서 최성대가 향랑 사건을 구체적·현실적으로 파악하기보다는 감상적으로 미화하는 데에 치중한 것도 여성적 정조를 중시하는 시적 경향과 관련되어 있다. 세계로부터 소외된 주체로서의 여성에 대한 관심과 연민은 일정한 의의가 있다. 하지만 이는 남성 스스로의 상실감·소외감을 표현하거나 혹은 주자학적 담론에 저항하는 매개물로서 여성적 소재를 차용하고 있는 것이며, 구체적인 여성 현실에 대한 관심과는 상당한 거리가 있다 하겠다.

이상에서 향랑의 죽음을 보는 상이한 두 시각을 살펴보았다. 그렇다면 향랑의 실제현실은 어떤 것이었을까?

---

31 담정그룹 문인들에 대해서는 박혜숙, 「담정 김려—새로운 감수성과 평등의식」, 민족문학사연구소 편, 『한국고전작가론』, 길벗, 1996 참조.

우리는 향랑의 사건에서 **주체적 삶의 가능성을 차단당한 중세여성의 좌절과 비극을 볼 수 있다.** 어려서는 부모를, 시집가서는 남편을, 늙어서는 아들을 따라야 하는 중세여성이 부모나 남편을 잃거나, 아들이 없거나, 혹은 그들로부터 버림받았을 때는 필연적으로 불행해지게 된다. 남성 전권專權의 사회에서 다른 삶의 가능성은 차단되어 있다. 남편을 잃은 여성은 수절함으로써 칭송받을 수도 있다. 하지만 수절도 물질적 조건이 갖추어졌을 경우에만 가능하다. 경제적으로 의존할 대상이 없거나, 경제적 독립이 불가능한 가난한 여성은 수절을 하려야 할 수가 없다.[32] 그것이 중세여성의 현실이다.

'불경이부'의 윤리와 과부의 개가금지는 원래 사족士族 여성을 대상으로 한 것이었다. 하지만 정절 이데올로기는 16~17세기를 거치며 하층계급으로 확산되고 일반화되었다. 열녀 포상을 받은 전체여성 중에서 하층여성의 비율은 15세기에는 19%였는데 17세기에 52%로 증가하였다.[33] 하층여성의 정절의지는 인간적 존엄을 지키려는 자각의 표현이라 평가될 수 있는 측면도 없지는 않다. 그럼에도 불구하고 현실적으로 경제적 생존수단을 갖지 않은 하층여성에게 정절 이데올로기는 또 하나의 심각한 억압으로 작용한다. 향랑은 가부장적 권력(남편·부모·시부모)에 억압받았을 뿐 아니라, 정절 이데올로기에 의해서도 억압받았다.

물론 향랑은 정절 이데올로기를 내면화함으로써 스스로 개가를 거부했고, 자신의 인간적 각성을 '열'이라는 지배담론의 논리를 빌어 표현한 측면도 있다. 하지만 실제 향랑은 '열'을 지키기 위해 자살했다기보다는 **어떤 주체적 삶**

---

32 「덴동어미화전가」의 주인공인 덴동어미는 세 번이나 개가했는데, 이 작품을 통해서 하층여성은 수절하기도 어렵다는 사실을 알 수 있다. 이에 대해서는 이 책의 제3부, 「여성문학의 시각에서 본 「덴동어미화전가」」 참조.
33 한희숙, 「양반사회와 여성의 지위」, 앞의 책 참조.

의 가능성도 없는 데에 좌절해서 자살한 측면이 더 크다고 보아야 마땅할 것이다. 향랑이 죽기 전에 불렀다는 산유화 노래가 "하늘은 너무나 높고 / 땅은 너무도 넓구나 / 하늘과 땅 사이 아무리 크다 해도 / 이 한 몸 의탁할 곳 어디에도 없구나 / 차라리 강물에 몸을 던져서 / 물고기 배 속에 내 몸 묻으리"[34]라는 가사로 되어 있는 데서 향랑의 깊은 좌절을 볼 수 있다.

그렇다면 남편을 잃거나 버림받은 평민 여성은 모두 개가하거나 혹은 자살하지 않으면 안 되었던가? 다행히 시가나 친정에서 받아줄 경우 수절할 수도 있었다. 그러나 주변에서 억지로 개가시키려 할 경우, 저항할 방법이 별로 없었다. 보쌈을 당해 업혀가는 일도 흔했던 것이다. 그런데 조선 후기 야담 중, '길녀' 이야기[35]는 좀 더 새로운 여성의 출현을 보여준다. 길녀는 낮은 신분이었는데, 남편이 한 번 떠나간 후로 종무소식이었다. 지방 관리가 그녀와의 혼인을 원했고, 친척들은 그녀를 억지로 개가시키려 했다. 길녀도 처음에는 자살하려고 했다. 하지만 마침내는 칼을 휘두르기까지 하며 저항하고, 많은 사람 앞에서 고을 관리를 꾸짖기까지 하였다. 적극적인 행동으로 억압자와 맞섬으로써 자신의 의지를 관철하는 길녀는 향랑에 비해 좀 더 탈脫 중세적인 면모를 가지고 있다. 이러한 여성상이 야담에 포착될 수 있었던 것은, 한시 장르에 비해 야담 장르가 평민적 세계관에 근접해 있었던 데 연유하는 바 크지 않나 생각된다.

---

34 "天何高遠, 地何廣邈, 天地雖大, 一身靡托, 寧投此淵, 葬於魚腹"(조구상,『선산읍지』「향랑전」).
35 이 작품은『청구야담』,『학산한언』 등에 수록되어 있으며, 이우성·임형택 편역,『이조한문단편집』(상), 일조각, 1973에「길녀」라는 제목으로 번역되어 있다.

3. 기생의 절개를 보는 두 시각

기생은 조선시대 신분질서의 최하층을 이루는 천민으로서, 일종의 매춘여성이었다. 조선시대 매춘여성에는 기생 이외에도 여러 부류가 있었다. 매춘여성은 그녀가 주로 상대하는 남성고객의 신분에 따라 그 격이 결정된다. 조선시대 기생은 가장 격이 높은 존재였으나, 모두 관비官婢로서 관아에 매여 있었다. 기생은 관청의 물품[公家之物]³⁶과 같은 존재로서, 관리의 성 수요에 항상 응해야 했다. 그리고 생계를 위해 관청의 부름이 없을 때에 주로 양반남성들을 상대로 사사로이 영업을 하기도 했다. 기생의 주 고객이 관리나 양반남성이었으므로 그에 걸맞은 예절이나 문예적 소양이 요구되었고, 그를 위한 피나는 학습과 노력이 요구되었던 것이다. 흔히 조선기생의 멋이니 교양이니 하는 것도 무턱대고 미화될 그런 성질의 것은 아니다. 이러한 기생제도는 사대부계급 부녀자에게 요구되는 정절 이데올로기와 안팎의 관계에 있다. 남성 전권專權의 사회에서 여성은 순결한 여성과 타락한 여성 두 종류뿐이다. 가부장적 성 이데올로기는 양자를 모두 필요로 한다.

정신과 육체를 분리시키지 않는 한, 기생은 모든 남성의 연인이어야 하며 어느 한 남자의 연인이 되어서는 곤란하다. 그러나 기생도 사람인 이상 특정 남성과의 사랑에 빠지는 일이 종종 있었다. 하지만 상대방 남성이 속량贖良시켜 데려가 주지 않는 한, 남성이 떠나는 경우에도 기생은 그를 따라갈 수 없었다. 도망을 가면 붙들려 와 죄인으로 처벌받았다. 떠나간 남성을 위해 절

---

36 김용숙, 『한국여속사』, 민음사, 1989, 243면 참조.

개를 지키며 관청의 성 요구를 거절하는 것은 관습법을 어기는 일이 된다. 기생의 사랑과 절개 이야기는 조선시대의 한시·야담·소설 등에 매우 많이 등장한다. 서사한시 중에서 김만중金萬重(1637~1692)의 「단천절부시端川節婦詩」와 성해응成海應(1760~1839)의 「전불관행田不關行」은 각기 다른 사건을 소재로 하고 있으나, 사건의 성격은 유사하다. 이들 작품을 통해 기생의 절개를 보는 두 시각을 살펴보기로 하자.

「단천절부시」의 주인공은 17세기 중반에 살았던 함경도 단천의 기생 일선이다. 일선은 사랑하던 남자가 떠나간 후, 자살을 기도하면서까지 수청을 거부하였다. 나중에 남자의 사망 소식을 접하고 서울까지 분상奔喪하였다. 본 집에서는 일선을 박대했지만, 나중에는 그 정성에 감동하였다. 이상이 일선 사건의 개요다.

제목을 '단천의 절부'라고 한 데서 알 수 있듯 김만중은 이 사건을 '한 기생의 뛰어난 절개'라는 관점에서 형상화하였다. 이러한 관점은 당대의 통념과 크게 어긋나지 않는다. 시인이 '절개'의 구체적 모습을 어떻게 형상화하고 있는지 보기로 하자.

일선이 사랑했던 기진사奇進士는 그녀와 헤어지면서, "새 신랑 잘 섬기되 / 때때로 내 생각도 해달라"[37]고 한다. 그는 양반과 기생 사이의 사랑이란 헤어지면 그만이라는 생각을 갖고 있다. 이것은 양반남성의 통념이다. 이 말에 일선은 눈물을 흘리며 "저의 몸은 당신 몸이라 / 몸은 비록 헤어져도 / 마음만은 나눠질 수 없답니다 / 대나무는 죽어도 곧은 마디 변함없고 / 연뿌리는 잘려도 실은 이어지지요"[38]라고 하며 손가락을 깨물어 혈서를 쓰기까지 한

---

37 "善事新夫婿, 時時懷故人"(29~30구).
38 "妾身猶君身, 兩身雖可離, 兩心不可分, 竹死節不改, 藕斷絲相連"(34~38구).

다. 진사는 감동하여 영원한 사랑을 맹세하고 떠났다. 얼마 후, 단천 고을에 들른 관찰사가 일선을 마음에 들어 하자, 고을 원이 수청을 명했다. 일선은 몹쓸 병을 핑계로 명을 거행하지 않았는데, 어머니가 여러모로 설득하자 우물에 뛰어들어 자살을 기도했다. 이 소식을 듣고, 고을 원은 한숨을 쉬고 관찰사는 무안해 했다.

그 후, 진사의 사망 소식을 전해들은 일선은 패물을 팔아 상복을 사 입고, 살갗이 얼어터지고 동상이 걸리기까지 하면서 통곡하며 서울까지 걸어갔다. 진사의 어머니와 본부인은 일선을 박대했지만, 일선은 "여종들 사이에 몸을 낮추고 / 있는 힘 다하여 물 긷기에 절구질 / 전전긍긍 조심하며 / 살얼음 디디듯 하고 / 힘든 일 도맡아 하며 / 님의 은혜에 보답하려 하였"[39]다. 마침내 사람들이 모두 감탄을 하고 본부인도 "우리는 같은 미망인 신세 / 너와 나 서로 의지하자구나"[40]라고 하며 그녀를 인정하기에 이르렀다. 이상에서 보듯 일선의 굳은 마음과 행동은 상대방 남성뿐 아니라 그 어머니와 본부인까지 감동시켰고, 고을 원과 관찰사를 무색케 하였다.

일선은 구체적인 혼인 약속도 없었던 남자를 위해 굳게 절개를 지켰고, 죽은 남자를 위해 아내로서의 도리를 다했으며, 자신을 인정하지도 않는 본댁과 본부인에게 며느리와 첩으로서의 도리를 다하였다. 당시 지배적 담론의 관점에서 본다면 일선은 열녀의 최대치를 구현하고 있는 인물이라 하겠다. 「단천절부시」는 상당 정도 실제 사실에 근거하고 있다고 생각된다. 하지만 어떤 것을 드러내고 어떤 것을 감추는가, 무엇을 강조하고 무엇을 생략하는 가에 이미 작자의 의도나 가치판단이 개입하고 있다는 점을 생각하면 김만

---

39 "潛身側女僕, 戮力供春汲, 臨深不敢躍, 履薄不敢息, 慷慷服勞苦, 庶報郎恩德"(177~182구).
40 "同是未亡人, 相依唯我爾"(189~190구).

중의 여성이해는 당대의 지배적 담론을 충실히 견지하고 있다 하겠다. 마지막 부분에서 '같은 미망인끼리 서로 의지하자'는 본부인의 말에는 처첩의 화해를 중시하는 중세 양반남성의 관점이 깊숙이 개입되어 있다.

 김만중 역시 인간을 '윤리적 주체'로 이해하는 관점에 서 있기에, 일선의 의지와 행동에 관심을 집중하고 있다. 따라서 진사, 관찰사, 고을 원, 시어머니, 본처 등의 주변인물은 작품 내에서 그다지 중요한 존재로 형상화되어 있지 않다. 따라서 일선과 주변 인물들, 주인공과 세계 사이의 갈등도 미미하거나 구체성이 결여되어 있다. 일선이 명령을 따르지 않아 "고을 원의 노여움을 샀다"[41]고만 했으며, 일선의 자살미수를 전해 듣고 "고을 원은 탄식하고 관찰사는 무안해 했다"[42]고만 하여 일선과 권력자(고을 원·관찰사) 사이의 갈등은 매우 미미하게 서술되어 있다. 일선에게 가해지는 세계의 횡포가 잘 드러나지 않는 것이다.

 이 작품에서 일선은 "청루靑樓의 깨끗한 여성",[43] "세상에서 드문 절개"[44]라는 관점에서 형상화되어 있을 따름이다. 남녀의 애정에 가로놓인 신분제의 모순이라든가, 여성의 성을 통제하고 억압하는 권력의 문제에 대한 인식은 전혀 보이지 않는다. 이는 어쩌면 17세기 중반의 지배층 남성작가에게는 당연한 것인지도 모른다. 다만, 단천 고을에서 일선의 절행節行을 중앙에 보고했으나 예조禮曹에서는 그 신분이 천한 까닭에 묵살하였는데, 이를 부당하게 생각하고 시를 통해 일선을 기리고자한 데서 작자의 보다 진전된 인간 이해를 엿볼 수 있다.

---

41 "反觸太守嗔"(106구).
42 "太守聞之歎, 按使顔爲厚"(123~124구).
43 "皎皎靑樓婦"(3구).
44 "苦節世所希"(209구).

이제 「전불관행」을 보기로 하자. 전불관田不關은 평안도 만포의 기생이었다. 아버지는 관리였고 어머니는 기생이었던바, 열여섯에 기적妓籍에 올랐다. 구씨라는 양반이 불관을 사랑하여, 장차 속량해 데려 가겠다 약속해 놓고는 종무소식이었다. 새로 온 사또가 불관에게 수청 들기를 강요하며 매를 치기에 이르지만, 불관은 이를 거부하고 마침내 자살하였다.

전불관 사건 역시 절개를 지킨 기생의 이야기라는 점에서 「단천절부시」와 그 기본적 성격이 유사하다. 하지만 시인은 '기생의 절개'에 초점을 맞춰 이 사건을 형상화하고 있지는 않다. 전불관의 외모에 대한 묘사나 서술도 매우 소략하다. 물론 시인도 전불관의 지조 있는 태도를 기리고 있기는 하다. 사또의 회유에 전불관은 "쉰네는 이미 한 남자를 섬겼으니 / 그와의 약속을 지키는 게 도리지요"[45]라고 하며, 매를 맞으면서도 "내 몸이 으스러져도 / 내 마음 변함없소"[46]라고 저항한다. 그리고 결국에는 "내 운명 너무도 기박하구나 / 살아서는 짐승신세 못 면하겠네"[47]라고 하며 자살을 결행한다. 시인은 전불관에게 깊은 동정과 연민의 태도를 취하고 있다. 하지만 절개에 관한 언급은 거의 보이지 않는다.

작자는 전불관의 사건을 '관리의 부패와 관기官妓제도의 모순'에 초점을 맞추어 형상화하고 있다. 따라서 사또의 부패하고 호색적인 면모가 매우 중요하게 다루어지고 있다. 사또는 원래 호색적인 인물이었는데, 전불관을 보자마자 곧장 끌어안으며 만단으로 회유한다.

---

45 "小人旣經人, 理當待彼約"(53~54구).
46 "我體雖糜爛, 我心不變易"(87~88구).
47 "人生何惡命, 生乃似禽犢"(107~108구).

네가 좋은 서방 고르자면

나 같은 사람이 어디 있겠냐

내가 지금 사또로 있으니

돈이니 비단이니 내 손 안에 있단다

이걸로 너의 집 가득 채우고

네 친척까지도 빛나게 해 주마

나를 따라서 서울 갈 때는

화려한 가마에 태워 가주마

(…중략…)

진수성찬이 너의 것이며

온갖 비단옷도 너의 것이다

종일토록 즐거움을 맛볼 것이니

네 인생 이만하면 족하지 않느냐.[48]

　이처럼 회유해도 불관이 거절하였다. 그러자 사또는 "관가에서 너희를 둔
것은 / 즐기기 위함에 불과하거늘 / 어찌 감히 정절입네 하면서 / 관장의 뜻
을 거역하려 하느냐"[49] 호령하면서 피가 흐르도록 매를 치게 한다. 불관이
자살한 그 날에도, 사또는 잔치를 벌이고 불관을 끌어내어 쌍륙놀이를 하다
가 술에 곯아 떨어졌다. 이처럼 사또는 방탕하고 포악하며 부패한 관료의 전
형으로 그려지고 있다.

48　"爾若擇佳婿, 孰若儂可欲, 儂方作鎭將, 銀帛在把握, 使汝堆滿屋, 焜燿聳隣族, 且當隨我歸, 彩轎
　　具彫飾, (…中略…) 淳熬爲汝食, 綺紈爲汝服, 鎭日取懽娛, 汝生良亦足"(29〜42구).
49　"官家置若曹, 不過供耳目, 何敢附貞節, 遽欲官意逆"(69〜72구).

끝부분의 논평에서 이 사건에 대한 작가의 시각이 단적으로 드러난다. 시인은 잔혹한 자에게 백성을 다스리게 하니, 이는 호랑이를 풀어놓아 백성을 마음대로 물어뜯게 하는 것과 다를 바 없다고 하며 부패한 관료를 비판한다. 아울러 "어째서 관기官妓를 금하지 않아 / 이렇게 풍속을 타락시키나? / 향락을 탐하여 예법 무너뜨리니 / 참으로 부끄럽고 부끄럽구나"[50]라고 하여 관기제도 자체를 비판하고 있다.

이상에서 보듯, 「전불관행」은 **부패한 관리의 횡포를 비판하면서 관기제도의 철폐를 주장**하고 있다. 성해응은 18세기 후반에서 19세기 전반기에 생존한 인물로서 규장각 검서檢書로 일한 적이 있고, 다방면에 걸친 방대한 저작을 남겼다. 그는 실학적인 사상경향을 가진 인물이었다.[51] 잘 알려져 있듯 실학은 주자학적 담론에 대한 비판 담론으로서 의의가 있다. 성해응이 전불관 사건을 '권력의 부패와 제도의 모순'이라는 각도에서 형상화하고 있는 것도 실학적 담론의 영향이라 생각된다. 성해응은 개인을 윤리적 주체로서보다는 사회적 제 모순에 제약받는 사회적 존재로 파악하려는 지향을 보이고 있다. 이러한 인간이해가 기생의 절개 이야기를 「단천절부시」와는 사뭇 다른 각도에서 형상화하게끔 한 것이다. 「전불관행」은 한 여성의 불행을 사회적 문제로서 인식한 점에 큰 의의가 있다. 하지만 전불관의 불행은 단지 권력의 부패와 관기제도의 모순에서만 비롯된 것은 아니다. 그녀는 여성의 성을 도구화하는 가부장제 이데올로기와 하층여성을 더욱 억압하는 중세적 신분제의 희생물이었다.

---

50 "胡不禁官妓, 祇令風俗黷, 眈樂壞坊範, 良足增慚忸"(133~136구).
51 성해응은 실학파 문인인 성대중(成大中)의 아들인데, 그의 학문적 경향과 현실에 대한 태도는 부친에게 영향 받은 바 컸다고 여겨진다.

양반남성과 기생의 사랑 및 기생의 절개에 관한 이야기는 「단천절부시」, 「전불관행」 이외에도 판소리계 소설 「춘향전」이나 여러 야담 작품의 주요 소재로 등장하고 있다. 이런 이야기가 조선 후기에 이르러 매우 중요하고도 인기 있는 문학적 소재가 된 이유는 무엇일까? 우선, 기생신분의 여성 중에서 한 남자에 대한 사랑을 지키려는 인물이 드물지 않게 나타났다는 사실이 그 일차적 이유가 될 수 있을 것이다. 이러한 현상은 16~17세기에 이르러 상층계급의 윤리가 하층에까지 일반화된 것과 일정한 관련이 있는 것으로 보인다. 따라서 하층여성 스스로도 '절개'를 지킨다는 의식하에 행동한 경우도 많았으리라 짐작된다. 이 점에서 하층여성은 자신의 현실적 존재조건과는 유리된 중세적 정절 이데올로기에 의해 또 다른 억압을 받았다고 볼 수도 있다. 남녀 각자의 사랑에 대한 의미부여는 종종 현저한 차이가 있었고, 남자는 일단 가고나면 대개는 종무소식이었다. 그런 남자에 대한 사랑을 지키기 위해 죽음을 불사하는 태도는 숭고하다기보다는 차라리 처절하다.

하지만 여성의 신분이 기생인 경우, 한 남자에 대한 사랑을 지키려는 그녀의 안간힘과 몸부림은 심각한 사회역사적 의미를 띠게 된다. 기생이 자신의 사랑을 견지하려는 태도는 스스로의 인간적 욕구를 실현하려는 것으로서, '천민여성의 인간적 자각'의 한 표현이라고 할 수 있다. 그리고 상대방이 양반남성인 경우, 두 사람의 사랑에는 신분 차이가 심각한 장애요인이 됨으로써 중세적 신분제의 모순이 개입된다. 게다가 관비에 불과한 기생이 관리의 수청을 거부하는 것은 관습법에 도전하는 일종의 저항행위가 된다.

하층여성의 양반남성에 대한 사랑은 그것이 진지하면 진지할수록 중세적 현실과 심각하게 갈등하게 된다. 그리고 당사자는 미처 의식하지 못하는 사이에 중세적 신분제와 사회적 제 관습에 대한 심각한 도전이 된다. 그런 예를 우리는 춘향의 경우를 통해서 익히 알고 있다. 「춘향전」이 기생의 절개 이야기를 제재로 하여, 하층여성의 인간적 자각을 탁월하게 형상화하고 있음은 주지의 사실이다.[52] 더구나 하층여성이 인간다운 삶을 구현하는 데에 신분제의 모순과 부패한 권력이 근본적 장애요인이 된다는 사실을 날카롭게 적시摘示하고 있는 점도 높이 평가될 만하다. 하지만 조선 후기의 실제 현실에서는 이몽룡처럼 그렇게 신속하게 암행어사가 되어 돌아와 주는 양반남성이란 있을 수 없다. 그리고 기생 신분의 여성이 양반의 정실이 되고, 마침내 정렬부인貞烈夫人의 칭호를 받는 일도 있을 수 없다. 현실에서 춘향은 잘해야 이몽룡의 첩이 되었을 것이고, 그녀의 소생들은 서출로서의 사회적 불평등을 감수해야만 했을 것이다.[53] 소설에서의 결말은 당대 민중의 희망사항이었을 따름이다. 그러나 「춘향전」이 값어치 있는 까닭은 스스로의 인간적 가치를 지키기 위해 권력의 폭압과 사회의 통념에 적극적으로 맞서는 춘향이라는 여성이 있고, 그러한 춘향을 지지하며 미래에 대한 희망을 포기하지 않는 소설 안과 소설 밖의 민중이 있었기 때문이다.

---

52 「춘향전」에 나타난 '열'의 탈중세적 성격에 대해서는 박희병, 「춘향전의 역사적 성격분석」, 임형택 외편, 『전환기의 동아시아 문학』, 창작과비평사, 1985 참조.
53 이러한 생각은 이기백, 「삼국시대의 사회구조와 신분제도」, 『한국고대사론』, 한길사, 1988, 153면에도 언급되어 있다.

4. 여성억압의 현실에 대한 인식

앞서 작품들에서 남성작가들은 개별 하층여성의 인간적 덕성을 인정하기도 하고, 그들의 불행을 동정하기도 했다. 그러한 인도적 자세는 일정한 의의가 있다. 그러나 작가에 따른 다소간의 차이에도 불구하고 여성의 삶을 있는 그대로 직시하거나, 여성의 현실을 다각적이고도 깊이 있게 관찰하지는 못했다고 여겨진다. 여성의 현실을 온당하게 그려내지 못한 작품은 여성에 대한 잘못된 이데올로기를 재생산하는 부정적인 역할을 하게 된다. 서사한시 중에서 여성억압의 현실에 대해 상당히 진전된 수준의 의식을 보여주는 작품으로는 다산 정약용의 「소경에게 시집간 여자」[54]가 있다. 아마도 이 작품은 조선시대 한시 중에서 여성억압의 문제를 가장 잘 형상화하고 있는 작품이 아닌가 한다.

이 작품의 주인공은 가난한 집 딸로서 늙은 소경의 후취로 시집을 갔다. 남편과 전처소생의 학대를 견디지 못하고 거듭 집을 나와 중이 되었으나, 여자는 그 때마다 관가에 붙들려가는 신세가 되었다. 정약용은 강진 유배시절에 이 사건을 목격하고 작품화하였다. 이 여성의 인간다운 삶을 가로막는 억압자는 누구이며 그들은 어떻게 형상화되고 있는가?

최초의 억압자는 친정아버지다. 친정아버지는 주정뱅이에다 늙고 가난하였다. 부유한 소경을 사위로 얻으면 그 덕에 평생 요족하게 살 수 있다는 중매쟁이의 감언이설에 넘어가 딸을 시집보내기로 결정한다. 그는 딸 덕에 가

54　이 작품의 원제는 「道康瞽家婦詞」이다.

난을 면해보겠다는 생각만으로 다음과 같이 아내를 설득한다. "나는 늙어서 생계도 막막하고 / 온 식구 굶주릴까 걱정뿐인데 / 다행히도 이런 사위 얻는 다면은 / 평생토록 어려움 없을 것이고 / 우리 내외 앉아서 봉양 받으면 / 태산에 기댄 듯 든든하리라."[55] 혼인날, 사위가 늙은 소경임이 드러나 하객들이 경악하고 어머니가 통곡할 때에도 그는 다음과 같이 말한다.

> 이미 그르친 일 함부로 굴지 마오
> 초례라도 치러서
> 체모 잃지 말아야지
> 나 또한 속았으니
> 나를 원망하지 마오
> 아무개는 젊은 신랑 얻었지만은
> 청상과부 되었다는 소문 들었네
> 사람의 팔자는 하늘이 정한 것
> 잘 되고 못 되는 것 누가 알리오.[56]

자신의 체면만을 중시할 뿐 아니라, 자신도 속았다고 변명하며 팔자는 알 수 없다는 말로 자신의 행동을 정당화하고 있다. 딸의 장래에 대한 배려가 없음은 물론이거니와, 자신과 가족의 이익을 위해 딸을 마음대로 처분할 수 있다고 생각하고 그렇게 행동한다. 딸의 삶에 절대적 권한을 행사하는 친정

---

55 "吾老無長計, 十口憂飢寒, 幸復得此婚, 畢世無艱難, 翁媼坐受養, 依倚若泰山"(101~106구).
56 "已誤勿劻勷, 但得成醮牢, 無俾禮貌傷, 我自受人欺, 卿無我怨望, 阿某嫁少年, 還聞作青孀, 命數有天定, 倚伏誰能詳"(152~160구).

아버지는 이 여성의 인간다운 삶을 가로막는 최초의 억압자다.

　두 번째의 억압자는 소경 남편이다. 소경은 자신의 부를 이용하여 한 여성을 소유하였을 뿐 아니라, 자식들의 헐뜯는 말을 듣고 그녀를 구박한다. 전처소생들은 새엄마가 친정에 재산을 **빼돌린다**, 혼자서만 좋은 것을 먹고 자신들을 구박한다고 헐뜯는다. "소경의 노여움 날로 더하여 / 처음에는 야단만 치고 말더니 / 점점 그 말이 창끝으로 찌르는 듯 / 전에는 방망이를 던지는 정도더니 / 요즘은 가래자루로 두들겨 팬다."[57] 이처럼 소경은 아내에게 폭력을 행사하기에 이른다. 그리고 아내가 달아나면 관가에 고소하여 그녀를 붙잡아오곤 한다.

　세 번째의 억압자는 고을 원이다. 고을 원은 남편의 고소에 따라 득달같이 사령을 풀어 중이 된 여자를 잡아오게 한다. 그녀가 동헌 앞에 끌려오자 고을 원은 노발대발하면서 "여자의 행실이 어찌 그리 편협한가 / 헌 버선짝 팽개치듯 남편을 버리다니 / 지금 이후로는 머리 다시 기르고 / 금슬 좋게 지내며 함께 살아라"[58]고 한다. 고을 원은 아내를 붙잡아 오게 하여, 여자의 도리를 훈계한 다음 그녀를 남편에게 돌려주고 있는바, 지배권력은 가족의 문제에 개입하여 남성가장의 권한을 보호할 뿐 아니라 이데올로기 교화까지 담당하는 셈이다.

　이 여성에게는 어떤 선택이 가능했을까? 자살하느냐, 중이 되느냐, 두 가지 선택 외엔 가능하지 않았다. 이 여성에게 허여된 삶의 공간은 기껏해야 깊은 산의 사찰 밖에는 없었다. 조선시대의 사찰은 방외方外의 공간 ― 공식적으로 인정되는 세상의 범위 그 바깥의 공간 ― 이었다. 전래민요에는 시집

57　"嗜怒日以盛, 始猶譙訶止, 漸覺言鋒勁, 前旣擲砧杵, 近復撞鍬枋"(222~226구).
58　"女行何褊斜, 棄夫如弊襪, 自今長髮毛, 復與調琴瑟"(325~328구).

살이의 괴로움을 못 이겨 중이 되고 싶다고 호소하는 여성이나, 중이 된 여성이 자주 등장한다. 이러한 여성들이 신앙을 통해 생의 의미를 찾으려 했거나, 신앙에 안주함으로써 현실을 도피한 것으로 보이지는 않는다. 그녀들이 자살하지 않고 살아남는 유일한 방법은 중이 되는 것이었다. 작품의 끝에서 "줄곧 시달림을 받게 된다면 / 어찌 자살인들 하지 않으랴"[59]라고 한 데서도, 이제 그녀의 막다른 선택은 죽음밖에 없으리라는 우려가 표현되고 있다. 그만큼 조선사회는 여성에게 폐쇄적인 사회였던 것이다.

이 여성의 불행은 어디에서 연유하는가? 시인은 불행의 직접적 이유가 친정아버지의 이욕利慾 때문이라고 생각한다.[60] 하지만 작품 전체를 통해 이 여성의 불행은 아버지, 남편, 지배 권력의 공조체제 속에서 유지되고 지속됨이 드러난다. 여성은 가부장의 권력에 예속될 뿐 아니라, 독립된 사회적 주체로 인정되지 않는다. 가족 내에서는 남성가장이 가족구성원에 대해 권력을 행사하며, 사회적으로는 지배층 남성이 여타의 사회구성원에 대해 권력을 행사한다. 가부장적 권력관계가 사회현실의 제 부문에 그대로 관철되는 것, 그것이 바로 가부장제이다.

정약용의 「소경에게 시집간 여자」는 여성에게 가해지는 가부장제의 억압을 편견이나 선입견 없이 심도 있게 형상화한 점에서 매우 큰 의의가 있다. 정약용은 조선 후기를 대표하는 비판적 지식인의 한 사람으로서 당대의 지배적 담론에 대한 비판 담론으로서 실학사상을 집대성하였다. 그는 인도적 정신에 입각하여 백성들의 고통스런 현실을 동정하고, 그들에게 가해지는

59　"一向被困督, 安知不自滅"(357~358구).
60　"차마 자식을 속이려 하다니 / 돈이나 곡식이 무엇이길래 / 이욕(利欲)이 생각을 어둡게 하고 / 은정과 사랑을 끊어놓는가(骨肉忍相詐, 錢糧是何物, 利欲令智昏, 恩愛乃能割)"(345~348구)라는 시구에서 시인의 생각을 짐작할 수 있다.

갖가지 억압을 고발하는 많은 한시 작품을 창작한 바 있다. 고통 받는 자, 억눌린 자에 대한 그의 깊고도 지속적인 관심이 여성의 삶을 편견 없이 직시하는 데에도 그대로 이어지고 있다 하겠다.

여성억압의 현실을 다루고 있는 작품으로서 김려金鑢의 「장원경 처 심씨를 위한 시」[61]도 주목을 요하는 작품이다. 이 작품은 미완의 서사시로서 '심방주'라는 백정의 딸을 주인공으로 하여, 양반집안과 백정집안의 혼인을 주요 줄거리로 삼고 있다. 심방주는 비록 백정의 딸로 태어났으나 더없이 아름답고 똑똑하며 빼어난 인품을 갖춘 여성으로 형상화되고 있다. 시인은 아주 섬세하고도 애정 어린 필치로 그녀의 외면과 내면을 묘사할 뿐 아니라, "지체의 귀하고 천함으로 사람의 현우賢愚를 단정하지 말라 / 진흙탕에서 연꽃은 피어나고 / 용은 개천에서 태어나는 것"[62]이라고 하여 신분이 아니라 인간 그 자체가 중요함을 말하고 있다. 하층여성의 인간적 가치를 적극 평가하고 있다는 점, 여성에게 가해지는 신분제의 억압을 문제 삼으며 성별이나 계급에 관계없이 모든 인간이 평등하다는 인식을 표현하고 있다는 점에서 이 작품은 의의가 있다.

김려는 자기 주변 여성들의 뛰어난 능력, 고상한 인격, 빼어난 의기 등을 알아보고 그것을 세상에 전하기 위해 많은 시와 전傳을 창작한 바 있다. 그는 전통시대 하층여성의 처지에 대해 깊이 동정하고, 성적性的・신분적 차이를 넘어서 그들을 하나의 '인간'으로 이해함으로써, 중세 사대부 지식인의 여성에 대한 일반적인 통념을 넘어 여성에 대한 새로운 인식을 보여준 인물이

---

61 이 시의 원제는 「古詩爲張遠卿妻沈氏作」이며, 임형택 편역, 『이조시대 서사시』(하)에는 「방주가」라는 제목으로 번역되어 있다.
62 "莫以地貴賤, 看取人賢愚, 菡萏發泥淖, 虬螭産溝渠"(95~98구).

다.[63] 김려는 '정情'을 중시하는 문학적 입장을 갖고 있었으며, 시인적 감수성으로 근대적 평등의식을 선취先取했던바, 그의 진보적 인간이해는 여성에 대한 새로운 인식과 밀접하게 연관되어 있다.

여성의 삶을 제재로 한 조선 후기 서사한시 중에서, 「소경에게 시집간 여자」는 가부장제의 억압에 대한 인식의 단초를 보여주고 있다는 점에서, 「장원경 처 심씨를 위한 시」는 하층여성을 인간평등의 관점에서 형상화하고 있다는 점에서 높은 의의가 있다. 두 사람은 각기 실학사상 및 '정'을 중시하는 문학론에 근거하여 창작활동을 하였으나, 일정 정도 서학西學의 평등관을 발전적으로 수용한 인물들이라는 점이 주목된다. 이들은 당대 현실을 날카롭게 비판하는 과정에서 인간평등의 관점을 가질 수 있었고, 여성에 대해서도 새로운 시각을 가질 수 있었던 것이다.

5. 맺음말

이상에서, 조선 후기 여성의 현실을 보는 남성들의 다양한 시각을 살펴보았다. 평민여성의 죽음을 제재로 한 「향랑요」와 「산유화여가」, 기생의 절개를 제재로 한 「단천절부시」와 「전불관행」은 동일하거나 유사한 사건을 각기 상이한 시각에서 봄으로써 주인공과 주변인물의 형상, 갈등 및 사건의 전개

63　김려의 여성인식에 대해서는 박혜숙, 「담정 김려 - 새로운 감수성과 평등의식」, 앞의 책 참조.

방식, 의미부여 및 평가 등에서 차이를 보여주고 있었다. 「향랑요」와 「단천절부시」가 인간을 윤리적 주체로 보는 주자학적 이념에 입각하여 여성인물을 '열'의 관점에서 파악하고 높이 평가하고 있는 데 반해, 「산유화여가」는 '정'을 중시하는 문학적 담론에 입각하여 세계로부터 소외된 여성인물을 통해 비극의 미학을 창조하는 데에 치중하고 있었다. 이와는 대조적으로 「전불관행」은 실학적 담론에 입각하여, 여성의 현실 자체보다는 부패한 권력과 제도의 모순을 비판하는 데 중점을 두고 있었다. 한편, 「소경에게 시집간 여자」는 편견이나 선입관 없이 여성에게 가해지는 가부장제적 억압을 심도 있게 형상화하고 있으며, 「장원경 처 심씨를 위한 시」는 하층여성의 뛰어난 인간적 가치를 적극 인정하고 인간평등의 관점에서 여성을 보고 있다.

이상의 작품들은 조선 후기 사대부계급의 여성에 관한 담론의 다양한 양상을 보여주는 것이다. 개별 작가의 여성에 대한 상이한 시각은 일차적으로는 시인의 인간관과 세계관의 차이에서 비롯되는 것이라 볼 수 있다. 그러나 시인 각자가 당대의 지배적 담론과 어떤 연관을 맺고 있는가, 혹은 지배적 담론에 어떻게 저항하고 있는가하는 점이 여성의 현실을 이해하는 방식에도 큰 차이를 초래하고 있다고 보인다. 조선 후기는 중세적 제 관계가 해체되는 시기였던바, 사대부계급의 여성에 관한 담론도 다양한 양상을 보이면서 여성에게 가해지는 중세적 억압을 좀 더 구체적으로 이해하는 방향으로 진전되고 있었다. 조선 후기에는 주자학적 담론에 대한 저항으로서 '정'을 중시하는 문학론을 비롯하여 실학·서학·동학 등의 담론이 대두되었던바, 이들 담론에 의해 주자학의 여성 이데올로기가 어떻게 해체되어 갔는가, 그리고 근대에 이르러 가부장제 이데올로기는 어떻게 변모되어 갔는가 하는 점은 더 구체적으로 연구되어야 할 과제라고 생각된다.

남성과 여성의 진정한 평등을 위해서는 여성에게 가해지는 제 억압을 인식하고 비판하는 것만으로는 부족하다. 가부장제적 성별분업의 이데올로기를 해체하고, 여성의 잠재된 창조성을 적극 인정하는 것이 필요하다. 19세기 중반의 홍한주洪翰周(1798~1868)는 소박한 형태이지만, 여성의 창조성을 적극 인정하는 발언을 하고 있어 주목된다. 그는 "여자들은 가사 일을 맡아하므로, 남자들이 학문에 전념하는 것과 같기 어렵다. 그러나 그 중에는 왕왕 총명하고 **빼어난** 재주를 가진 여성들이 있어 그 저작이 후세에 많이 전해졌다. (…중략…)『시경』의 국풍國風에도 부인이 지은 시가 많이 있다"[64]고 하였다. 그리고 우리나라에도 시문과 경사經史에 능통한 부인이 없지 않았은즉, 이처럼 재능 있는 부녀들을 잘 가르쳐 남자들처럼 학문에 전념하게 한다면 계곡谿谷・택당澤堂 등과 같은 뛰어난 문인들이 여성들 중에서도 어찌 나오지 않겠느냐고 하였다.[65] 동등한 기회가 주어진다면, 여성도 남성과 다름없이 자신의 능력을 발휘할 수 있다고 한 홍한주의 발언은 매우 의의가 있다.

중국과 일본의 경우 이탁오李卓吾(1527~1602)와 안도 쇼에키安藤昌益(1703~1762)가 여성에 대한 진지한 인식을 보여준 것으로 알려져 있다. 중세의 해체와 근대화 과정에서 동아시아 삼국의 여성에 관한 담론이 어떻게 변화되어갔으며, 상호 어떤 차이가 있고, 그 이유는 무엇인지, 이런 문제도 앞으로의 과제라 하겠다.

---

64 "女子惟酒食是議, 故不如男子之專治, 然其中往往有聰明出群之才, 其所著作亦多傳後, (…중략…) 且國風諸詩 多婦人所作"(洪翰周,『智水拈筆』, 아세아문화사 영인본, 1984).

65 "然, 又或有穎異絶人之才, 則不能無能詩文通經史之婦人, 如柳眉菴希春之妻・李玉峯・許蘭雪之流, 歷歷可知也. 如使此等婦女, 勸課教誨, 隨才成就, 一如丈夫之專門, 則安知無谿澤農息之輩, 出於閨閤也?"(위의 책).

고려속요의 여성화자

1. 여성화자와 여성성女性性의 시학

　서정시는 일반적으로 특정 시적화자詩的話者의 독백이나 자기 고백적 목소리로 이루어진다. 서정시의 텍스트는 시적화자의 정체성正體性이 구축構築되는 장場이기도 하다. 독자는 시적화자의 목소리를 통해 그의 성별이나 신분, 노소老少 뿐 아니라 그가 처한 상황을 인지하게 된다. 시적화자의 정체성을 구성하는 다양한 요소 중에서도 이 글에서 특히 주목하고자 하는 것은 성별性別이다.

　시적화자의 성별은 모호한 경우도 있지만, 남성 혹은 여성으로 뚜렷이 구분되는 경우가 더 많다. 당연하게도 시적화자의 성별과 작자의 성별은 일치할 수도 있고 상이할 수도 있다. 여성 시인이 여성의 목소리를 구사하는 경우가 흔하지만, 남성 시인이 여성의 목소리를 내는 경우도 적지 않다. 시적화자가 여성인 경우, 그 텍스트는 독특한 여성적 상황·의식·심리·상상력·어휘·비유 등을 매개로 **여성다움의 시학, 여성성의 시학**을 실현하게 된다.

어떤 작품이 여성적이라든지 특정 시인이 여성적 정조를 잘 표현하고 있다든지 하는 말들을 흔히 한다. 하지만 어떤 근거에서 그런 말을 하는지, '여성적'인 것이란 도대체 무엇인지, **문학에 있어서 여성다움 혹은 여성성의 실체는 무엇인지**에 대해서는 구체적인 논의가 필요하다.

더구나 여성 시인에 의한 여성의 목소리와 남성 시인에 의한 여성의 목소리 사이에는 어떤 차이가 있는지, 남성 시인이 왜 여성의 목소리를 내는지, 다양한 여성적 목소리는 어떻게 유형화될 수 있는지, 문학에 있어서의 '여성성'은 문학 장르나 작자의 신분에 따라 어떻게 달라지는지, 또 역사적으로 그 함의에 어떤 변화가 있는지, 문학에 있어서의 여성다움과 실제 현실에서의 여성다움은 어떻게 연관되는지 하는 등등의 문제도 궁금하다. 이러한 물음들은 '여성성의 시학'이라는 주제 하에 고찰될 수 있을 터이다.

다수의 고려속요와 기녀妓女 시조는 '**여성화자의 노래**'라는 형식을 통해 국문시가의 발전과정에 뚜렷한 성과를 남겼으며, 조선 후기의 최성대崔成大·이옥李鈺 등은 여성적 정서를 한시로 형상화하는 데 주력함으로써 조선 후기 한시의 새로운 변모에 일익을 담당하였다. 그리고 김소월, 한용운이 여성적 목소리를 활용함으로써 탁월한 시적 성취를 이룩한 것은 잘 알려진 사실이다. 이처럼 '여성성의 시학'은 우리 시가사詩歌史에서 중요한 의의가 있다.

그런데 '여성성의 시학'에 대한 탐구를 시작하면서 처음 부딪치는 문제는 '성별'을 어떻게 이해할 것인가 하는 점이다. '성별gender'은 생물학적인 '성sex'과 달리 사회문화적으로 구성된 것이다. "여자로 태어나는 것이 아니라 여자가 되는 것이다"[1]라는 말은 바로 성별 정체성이 사회문화적 환경과 학습에 의해 구성된다는 사실을 천명하고 있다. 남성다움이나 여성다움, 남성적 특질 혹은 여성적 특질은 문화권에 따라 매우 다르게 나타날 뿐 아니라,[2] 역사적으로도 가변적이다. 여성다움은 초역사적, 초超 문화권적으로 영원불변인 그 어떤 것이 아니다. 특정 문화권과 시대에 통용되는 여성다움의 기준과 세부항목들이 있게 마련인 것이다. 이러한 기준과 세부항목들은 그 사회의 '여성' 및 '여성다움'에 관한 담론을 형성한다. '여성다움'의 담론은 일상 언어에서뿐 아니라, 문학·종교·철학·과학·관습·법·의술 등등의 제 담론을 통해 구체적이고도 현실적인 힘을 갖게 된다.

여성에게는 여성으로서의 어떤 선험적 본질이 있는 것일까? 문학텍스트가 반영하는 여성성은 이런 선험적 본질과 관련이 있는 것일까? 여성에게 여성으로서의 선험적 본질이 있다는 생각은 받아들이기 어렵다. 그런 생각은 많은 경우 여성을 타자화他者化하고 억압하는 이데올로기로 작용한다. 오히려 **문학 텍스트에 구현된 여성다움은 그 텍스트가 생성된 사회에서 통용되던 '여성다움'의 담론을 반영하고 있다고 보는 것이 타당하다.** 그리고 일단 형성된 텍스트는 다시 독자들의 '여성다움'에 관한 의식을 틀 짓는 현실적 힘이 된다. 문학 텍스트는 여자다움 혹은 남자다움이 어떤 것인가에 관한 사회적 통념을 구성하게 되는 것이다. 이처럼 문학 텍스트는 그 사회에서 남성의 존재방식과 여성의 존재방식을 규정하고 틀 짓는 데 직접 관여한다. 그 사회의 성별을 구조화하고 성별 이데올로기를 재생산하는 것이다. 이러한 점을 고려할 때, 문학텍스트에 표현된 여성이나 여성다움에 대해 비판적 독법이 필요함을 알 수 있다.

여성성의 담론은 서사문학의 경우에는 주로 여성 등장인물의 사고·행

---

1   시몬 드 보부아르(Simone de Beauvoir)의 말이다.
2   마가렛 미드, 조혜정 역, 「세 부족사회의 성과 기질」, 이화여대 출판부, 1988 참조.

동·언어 등을 통해 구현되지만, 서정시의 경우에는 여성화자의 목소리를 통해 구현된다. 여성성의 시학을 염두에 두면서 여성적 목소리의 다양한 표현에 관심을 갖는 것은 이런 이유에서다.

여성화자의 시가는 고려속요, 시조, 사설시조, 가사, 부녀가사, 부요婦謠, 한시, 근현대시 등에서 두루 찾아볼 수 있다. 작자의 신분도 상하층을 아우를 뿐 아니라, 남성이 작자인 경우도 매우 많다. 시기적으로도 넓은 범위에 걸쳐 있으며, 표현된 여성적 속성도 무척 다양하다. 우선 이 글에서 다루려는 것은 고려속요다.

고려속요에 표현된 여성의 성性과 사랑은 일찍부터 관심의 대상이 되었다. 「가시리」는 "그 절절한 애원哀怨, 그 면면한 정한情恨"을 따를 만한 노래는 동서고금에 없다고 극찬되면서[3] 여성적 정한의 원형으로 간주되었다. 「쌍화점」·「만전춘 별사」 등을 근거로 고려시대 여성이 성적으로 무척 대담하고 개방적이었다는 입론을 펼치는 경우도 있다. 혹은 「서경별곡」·「정석가」·「동동」 등은 여성의 '지절志節'을 노래한 애정가요로 간주되기도 한다.[4] 이처럼 고려속요에 나타난 여성적 속성을 보는 관점은 다양하다. 그런데 일부 작품에 의거해 고려속요나 고려여성의 성격을 일반화하기보다는 우선 고려속요의 여성적 목소리에 대해 보다 면밀히 검토해볼 필요가 있다.

고려속요는 고려시대 노래 중에서도 특히 궁중속악宮中俗樂으로 사용된 것들로서, 국문이 창제된 이후에 나온 문헌인 『악장가사』 등에 국문가사가 전하는 작품들을 일컫는 편의적 명칭이다. 고려속요 중에는 개인 창작으로 짐

---

3 양주동, 「평설 가시리」, 『여요전주』, 을유문화사, 1947.(영인본, 1992, 424면)
4 박노준, 「한국고전시가에 나타난 '志節'의 모습」, 『한국학논집』 6, 한양대 한국학연구소, 1984; 박노준, 「고전시가의 정신미」, 최철 외, 『한국고전시가사』, 집문당, 1997 참조.

작되는 작품도 있고, 민간가요가 궁중으로 이입된 것이라 추정되는 작품도 있다. 하지만 현전하는 고려속요가 고려시대 노래의 전반적 실상을 보여주는 것은 아니며,[5] 궁중의 속악가사俗樂歌詞 중에서도 조선 전기까지 전승된 것만을 보여주는 것이라는 점은 고려속요 연구의 중요한 전제가 된다. 전승과정에서 의도적인 개입과 취사선택이 있었던 것이다. 따라서 고려속요에 표현된 여성이 고려여성 일반을 대표한다고 보기는 어렵다는 점, 당시 존재 가능했던 다양한 여성적 자질 중에서 특정 부분이 채택되었을 개연성이 높다는 점 등이 고려되어야 할 것이다.

일반적으로 시적화자를 여성이라고 판단하게 하는 근거는 여러 가지가 있다. 여성이라는 정보가 문면에 직접 드러나는 경우도 있으며, 시적 정황이나 어조를 통해 짐작할 수 있는 경우도 있다. 그 외에도 어휘, 비유, 화자의 의식과 태도 등도 참조사항이 된다. 직접적 정보·시적 정황·어조를 통해 판단하건대, 여성화자의 고려속요로는 다음과 같은 것이 있다.

「가시리」, 「동동」, 「서경별곡」, 「정과정곡」, 「이상곡」, 「쌍화점」, 「상저가」

한편, 「정석가」와 「청산별곡」의 화자에 관해서는 논란의 여지가 있고, 「만전춘별사」의 화자는 여성이라는 견해도 있지만 여성과 남성이 교체된다는 견해도 제기되어 있다. 이 글에서는 논란의 여지가 있는 작품들은 가급적 배제하고 여성화자임이 분명한 작품을 주로 살펴보기로 한다.[6] 여성화자임

5　김명호, 「고려가요의 전반적 성격」, 김학성·권두환 편, 『고전시가론』, 새문사, 1984.
6　화자의 성별이 분명한 경우에도 궁중적 개변에 의한 정서의 세부적 불일치가 있어 작품의 성격을 단정적으로 논단하는 게 조심스런 경우도 있다. 「가시리」에 "위 증즐가 태평성대"라는 후렴이 붙은 것, 「동동」 1연에 송축의 말이 있는 것 등이 그 예가 된다. 이런 경우, 세부적 불일치는

이 분명한 경우에도, 여성으로서의 정체성과 그 표현에는 상당한 차이들이 존재한다. 이를 고려하여 여성화자의 고려속요를 셋으로 나누고, 다음과 같이 명명하기로 한다.

① 여성으로서 말하기
② 여성에 빗대어 말하기
③ 여성인 체 말하기

이러한 여성적 목소리의 범주에는 각기 어떤 특징이 있는지, 여성적 목소리를 통해 구현되는 '여성다움' 혹은 여성적 태도 및 정서의 실체는 무엇인지를 규명해 보기로 한다.

2. 여성으로서 말하기

여성화자 시의 다수는 여성으로서의 정체성이 텍스트 전체를 관통하고 있다. 현실적으로는 여성에게도 남성적 요소가 있고 남성에게도 여성적 요소가 있어, 개인이 다소간 양성적兩性的 성격을 갖고 있음은 잘 알려진 사실이

일단 논외로 하고 전반적 상황과 정서에 주목하기로 한다. 「만전춘별사」의 경우, 화자를 여성이라 본다 해도 작품의 정서를 일관된 논리로 소연히 이해하는 데는 어려움이 있다. 기존의 연구를 통해 익히 알려진 바처럼 여러 편의 노래가 합성된 결과이겠는데, 이런 점을 감안하여 이 글에서는 본격적으로 논의하지 않는다.

다. 그럼에도 불구하고 개인은 우세한 요소에 의거하여 자신의 성별 정체성을 형성하게 된다. 성별 정체성이 일단 형성되면 개인은 자신의 내면에 있는 타성他性의 요소를 억압하면서, 단일한 성별 정체성을 확고히 해나가게 된다. 단일한 성별 정체성은 심리적 · 사적 차원보다는 사회적 · 공적 차원에서 더욱 뚜렷이 발현되는 경향이 있다.

문학 텍스트는 외관상으로는 개인의 내밀하고도 사적인 담론처럼 보이지만, 사실상 지극히 사회적이고 공적인 담론이라고 할 수 있다.[7] 문학 텍스트 중에서도 특히 단편 서정시에 나타난 화자의 성별 정체성은 비교적 단일하게 표현되는 경우가 대부분이다. 시적화자가 여성으로서의 정체성을 일관되게 유지하고 있는 경우를 '여성으로서 말하기'라 부르기로 한다. '여성으로서 말하기'의 실질적 주체는 여성일 수도 있고 남성일 수도 있다. **여성이 여성으로서** 여성의 목소리로 말하는 것은 매우 자연스럽다. **남성이 여성으로서** 여성의 목소리로 말하는 것은 문학사에서 비교적 후대에 가능했던 것으로 생각되지만, 그리 낯설거나 드문 것은 아니다.[8] 이백이나 두보를 비롯하여[9] 임제, 최성대, 이옥, 김소월 등 숱한 시인들이 그런 시를 쓰곤 했다. 시인이 특정 여성을 대변한다는 의식으로 그런 시를 쓴 경우도 있고, 텍스트 내에서 특정 여성과 시인 사이에 심리적 대치代置가 일어난 경우도 있다. 어느 경우든 시인은 자신과 텍스트의 여성화자를 동일시하고 있다. 이처럼 시인이 자신의 실제 성별과 관계없이 텍스트 내부에서 여성화자로서 말하는 것은 흔히 있는 일이다.

---

7   문학 텍스트란 창작과 수용, 의사소통을 전제로 성립하는 것이기 때문이다.
8   여성이 남성으로, 남성이 여성으로 발언하고 행동하는 '성 역할 바꾸기'는 동서고금의 문학 · 연극 · 일상생활에서 두루 나타나며, 그 근저에는 다양한 사회적 · 문화적 · 심리적 · 미학적 요인이 있다고 생각한다. 이에 대한 역사적 · 비교문화적 고찰은 매우 흥미로운 과제다.
9   이백의 「장간행(長干行)」, 두보의 「신혼별(新婚別)」이 그 예가 된다. 「장간행」의 화자는 떠나있는 남편을 그리는 여성이며, 「신혼별」의 화자는 신랑을 전쟁터로 떠나보내는 신부이다.

'여성으로서 말하기'의 형식을 취한 고려속요로는 「가시리」, 「동동」, 「서경별곡」, 「상저가」가 있으며, 「만전춘별사」도 포함될 수 있다. 이 작품들은 모두 여성적 어조를 취하고 있다. 그리고 「동동」은 화자가 그리는 대상을 '녹시錄事님'이라고 한 데서, 「서경별곡」은 길쌈하던 베마저 버리고 님을 좇겠다는 말을 통해서, 「상저가」는 방아 찧는 일을 하며 부른 노래라는 점에서, 그 화자가 여성임을 분명히 알 수 있다. 이들 작품은 그 어휘·비유·화자의 태도 등을 보더라도 무척이나 여성적이다.

'여성으로서 말하기'를 통해 구현되는 여성적 정체성과 여성다움, 그리고 여성적 정서의 내용이 어떤 것인지 작품을 통해 생각해보기로 한다. 「상저가」의 여성화자는 다소 이질적이므로 별도로 언급한다.

「가시리」, 「동동」, 「서경별곡」은 모두 **버림받은 여성의 노래**라는 점에서 공통적이다. 여성화자가 버림받았다는 사실은 다음에서 보듯 그 문면에 뚜렷이 부각되고 있다.[10]

  가시리 가시리잇고 / 브리고 가시리잇고(「가시리」)

  므슴다 錄事니믄 녯 나를 닛고신뎌(「동동」, '4월령')[11]

  것거 브리신 후에 디니실 흔 부니 업스샷다(「동동」, '10월령')[12]

  괴시란딕 우러곰 좃니노이다(「서경별곡」)[13]

---

10 이하 고려속요의 인용은 편의를 위해 황패강 편, 『한국고대가요』, 새문사, 1986에 재수록된 것을 이용하되, 면수는 표시하지 않는다. 그리고 원문의 여음은 생략한다. 고려속요의 해석은 양주동, 『여요전주』, 을유문화사, 1947; 박병채, 『(새로 고친) 고려가요의 어석연구』, 국학자료원, 1994; 홍기문, 『고가요집』, 국립문학예술서적출판사, 1959 및 서재극, 남광우의 관련 논문들을 참조한다.
11 "무슨 까닭으로 녹사님은 예전의 나를 잊고 계신가"(현대역).
12 "꺾어 버리신 후에 지니실 한 분이 없으샷다"(현대역).
13 "사랑해 주신다면 울면서 따라가겠습니다"(현대역).

여성화자는 님을 잡아두고 싶지만 그랬다가 혹 그 마음을 거슬러 아주 돌아오지 않을까 걱정하고 있으며(「가시리」),[14] 무슨 까닭으로 님이 자신을 잊어버렸는지 알지 못하고 있고(「동동」),[15] 자신을 사랑해 준다면 모든 걸 다 버리고라도 님을 따르겠다고 말하고 있다(「서경별곡」). 이로 미루어 이별은 여성화자의 잘못보다는 님의 변심에서 비롯된 것으로 보인다. 그런데도, 화자가 님의 변심이나 배신보다는 오로지 **버림받았음** 자체에 몰두하고 있는 점은 주목을 요한다. 화자는 자신을 '버림받은 존재'로 인식하고 있다. 화자는 '님'이라는 주체에 의해 버림받은 하나의 대상인 셈이다. 이는 자신의 객체성, 대상성에 대한 인식에 다름 아니다.

이러한 자기인식은 심지어 자신을 하나의 **사물화**事物化된 존재로 바라보는 데 이를 수도 있다. 「동동」의 화자는 자신을 다 쓰고 난 뒤 물가에 버려진 빗,[16] 칼로 저며 놓은 열매,[17] 윗사람에게 올릴 소반 위에 놓인 나무젓가락[18] 등으로 비유하고 있으며, 「서경별곡」의 화자는 자신을 꺾인 꽃으로 인식하고 있다.[19] 자신을 사물과 등치시키고 있는 셈이다. 이 사물들은 누군가의 소유물, 먹을거리, 도구들이다.

화자는 자신을 하나의 주체로서 인식하지 못하고, 누군가의 대상으로 인식하고 있다. 다른 사람에 의해 대상화된 자신의 모습을 스스로의 모습으로

---

14 "잡ᄉᆞ와 두어리 마ᄂᆞᆫ / 선ᄒᆞ면 아니 올셰라"
15 "므슴다 녹사니ᄆᆞᆫ 녯 나ᄅᆞᆯ 닛고신뎌"
16 "별해 ᄇᆞ룐 빗 다호라"(「동동」 6월령).
17 "져미연 ᄇᆞ룻 다호라"(「동동」 10월령). 양주동에 의하면, 'ᄇᆞ룻'은 흰색 점이 있는 붉은 열매로서 약간 떫으면서도 단맛이 있어 식용(食用)한다고 한다. 홍기문은 모과가 아닌가 보았고, 박병채는 유창균의 견해를 받아들여 고로쇠나무라고 했다. 일단 나무열매의 하나로 보기로 한다.
18 "十二月ㅅ 분디 남ᄀᆞ로 갓곤 / 아으 나ᄉᆞᆯ 盤잇 져 다호라"(「동동」 12월령).
19 "대동강 건너편 고즐여 / 비 타들면 것고리이다"라는 구절을 보면, 님이 새로 관계맺게 될 여성을 꽃으로 표현하고 있는바, 화자가 자신을 이미 꺾인 꽃으로 인식하고 있음을 보여준다.

받아들이고 있다. 즉 화자는 대상적 존재로 표상된다. 이는 다른 주체를 통해서만, 그리고 그 주체 쪽의 규정을 고스란히 받아들임으로써만 비로소 자신이 되는 타자성他者性[20]에 다름 아니다. 세 작품에 나타난 여성화자의 자기인식의 특징은 그 객체성, 대상성에 있다. 요컨대, 이들의 자기정체성은 주체가 되지 못하는 타자성으로 요약된다.

'님'은 어떤 존재인가? 그는 마음대로 여성화자를 버릴 수도 있고, 언제든 다시 돌아올 수도 있다. 여성화자가 애원하고 매달리면 오히려 더 멀어질 수도 있다.[21] 울면서 붙잡는 여성화자를 뿌리치고 떠날 수도 있고, 곧바로 다른 여성과 새로운 관계를 맺을 수도 있다.[22] 님은 높은 곳에 켜져 있는 등불[23]이나 춘삼월에 활짝 핀 꽃[24]에 비유되기도 한다. 만인을 비출 모습,[25] 남들이 부러워할 자태[26]를 지녔다. 그는 스스로를 위해서 존재하며, 자신의 사고와 감정에 따라 행동하는 독립적 존재이다. 그는 자유로운 존재이며, 탁월한 존재다.

이처럼 여성화자가 대상적 존재·의존적 존재라면, '님'은 독립적 존재·자유로운 존재다. 여성화자는 낮은 데에 있고, 님은 높은 데에 있다. 여성화자가 열등하다면, 님은 우월하다. 여성화자는 타자이고, 님은 주체다. 화자와 님의 이러한 관계는 세 작품의 텍스트 전체를 관통하고 있다. 그 단적인

---

20 여성의 지위를 '타자성'의 개념을 통해 이론화한 것은 시몬 드 보부아르였다. 시몬 드 보부아르, 조홍식 역, 『제2의 성』, 을유문화사, 1973 참조.
21 "잡스와 두어리 마ᄂᆞᄂᆞᆫ / 선ᄒᆞ면 아니 올셰라"(「가시리」).
22 "대동강 건너편 고즐여 / 빈 타들면 것고리이다"(「서경별곡」).
23 "二月ㅅ 보로매 / 아으 노피 현 燈ㅅ블 다호라"(「동동」 2월령).
24 "三月 나며 開혼 / 아으 晚春 ᄃᆞᆯ욋고지여"(「동동」 3월령). 이 구절은 분절이나 어석(語釋)에 논란이 있다. 일단 '달욋곳', 즉 '진달래꽃'으로 보기로 한다.
25 "萬人 비취실 즈싀샷다"(「동동」 2월령).
26 "ᄂᆞ믹 브롤 즈슬 / 디녀 나샷다"(「동동」 3월령).

표현을 "(님이) 꺾어 버리신 후에 (나를) 지니실 한 분이 없으샷다"[27]는 구절에서 볼 수 있다.

여성화자의 태도와 속성은 어떠한가? 시적화자의 태도는 애원(「가시리」, 「서경별곡」), 기다림(「가시리」, 「동동」), 원망과 체념(「서경별곡」), 자기연민(「가시리」, 「동동」)으로 요약된다. "나는 어떻게 살라고 버리고 가는가"라고 하거나, 스스로를 버려진 빗이나 칼로 저며진 열매처럼 느끼는 데서 깊은 자기연민이 드러나고 있다. 그리고 「서경별곡」의 화자가 "대동강 넓은 줄 몰라서 배를 내어 놓았느냐", "네 각시가 음란한 줄 몰라서 가는 배에 실었느냐"[28]라며 제3자인 사공을 탓하는 데서는 주변성, 소극성을 엿볼 수 있다.[29] 문제의 핵심을 지적하면서 그것과 직접 대면함을 회피하고 있다는 점에서 주변적·소극적이다. 한편 부드러움과 연약함이라는 속성도 발견된다. 그런데 이 속성은 이중적이다. 상대남성에 대해서는 한없이 연약하지만, 사랑을 위해서라면 그 어떤 것도 불사하며 끝없이 기다릴 수도 있다는 점에서 끈질기고 강인하다. 사랑에 빠진 여성의 연약함은 때로 강인함과 표리를 이룰 수도 있다.

이상에서 거론된 여성화자의 태도와 속성은 여성의 타자성他者性의 다양한 표현이라 할 수 있다. '여성으로서 말하기'의 대표적 작품인 「가시리」, 「동동」, 「서경별곡」은 주체가 될 수 없는 타자로서의 자기인식과 정서를 노래하고 있다.[30] 이 작품들에서 느껴지는 아름다움은 주로 애처롭고 처연한 아름

---

27 「동동」 10월령.

28 "대동강 너븐디 몰라셔 / 빈 내여 노흔다 샤공아", "네 가시 럼난디 몰라셔 / 녈 빈예 연즌다 샤공아". 두 번째 구절은 분절과 어석에 논란이 있으나, 일단 위와 같이 보기로 한다.

29 우리 문학과 문화에는 '딴청의 미학'이라 이름붙일 수 있는 현상들이 존재한다. 짐짓 딴청을 부림으로써 특별한 미적 효과를 노리는 것이다. 그러나 「서경별곡」은 '딴청의 미학'과는 다르다.

30 「만전춘별사」는 몇 개의 노래가 합성되어 이루어진 것으로, 일관된 논리로 설명하는 게 쉽지 않다. 성현경에 의해 그 해석에 진전이 이루어진 바 있지만(성현경, 「만전춘별사의 구조」, 『고려시대의 언어와 문학』, 형설출판사, 1975), 그럼에도 불구하고 어석과 시적상황이 소연하게 이해

다움이다. 처연미憫然美인 것이다. 처연미는 때로 자기연민을 동반한 피학적 被虐的인 아름다움일 수도 있다. 그런데 부드러우면서도 애절한 어조, '버려 진 빗'이라든가 '소반 위의 젓가락'과 같은 참신한 비유, 길쌈하던 베마저 버 리고 따르겠다는 표현 등은 여성이기에 가능하다. 이러한 여성적 어조와 비 유 및 표현은 독특한 여성적 경험에서 연유하는 독특한 여성언어라고 할 수 있다. 이들 작품은 여성적 미학과 여성언어를 구현하고 있다는 점에서 매우 가치가 있다. 그렇지만 그 바탕에 가로놓인 타자로서의 여성적 경험, 여성의 타자성을 간과해서는 안 된다.

「가시리」, 「동동」, 「서경별곡」의 여성화자는 사랑에 빠진 젊은 여성들이 다. 이들은 애정문제 외에는 현실세계와 그 어떤 연관도 갖고 있지 않은 것 처럼 보인다. "사랑밖엔 난 몰라"의 여성인 셈이다. 이들이 이른바 '여성적 속성'의 한 측면을 표현하고 있는 것은 사실이다. 오직 애정만이 절대적 가 치라고 믿고 거기에만 매달리는 여성에게서 발견 가능한 속성을 일정하게 표현하고 있다고 할 수 있다. 하지만 이들이 여성적 삶 일반을 대표적으로 보여주는 것은 아닐 뿐더러, 고려시대 여성의 보편적 모습이나 성향을 보여 주고 있다고 생각하기도 어렵다.[31]

되지 않는 점이 있어 다루지 못했다. 하지만 「만전춘별사」의 여성화자의 특성도 이들 작품과 크게 다르지는 않다고 생각한다.

31　이러한 점 때문에 고려속요의 작자층을 기녀(妓女) 혹은 유녀(遊女)라고 보는 견해도 있다(최 동원, 「고려속요의 향유계층과 그 성격」, 『고려시대의 가요문학』, 새문사, 1982; 정상균, 『한국 중세시문학사연구』, 한신문화사, 1986, 참조). 하지만 일괄적으로 고려속요의 작자층을 기녀라 고 보는 것은 난점이 있다. 「가시리」, 「동동」, 「서경별곡」 등의 작자를 꼭 기녀라고 못 박기는 어렵다. 또한 기녀가 절대 아니라 하기도 어렵다. 그러나 다음에 살펴볼 「상저가」, 「정과정곡」, 「쌍화점」 등의 작자는 분명 기녀가 아니다. 이와 달리 고려속요의 원천을 단순히 민요라고 보는 견해도 있는바, 이 역시 수긍하기 곤란하다. 고려속요에 표현된 여성의 모습은 민중여성 일반의 실제현실과 상당한 거리가 있다고 생각되기 때문이다.

'여성으로서 말하기'의 형식을 취하면서도 위의 작품들과 상당히 이질적인 것으로 「상저가」가 있다. 이 작품의 내용과 형식은 매우 소박하다. 방아를 찧어 거친 밥이나마 지어 부모님께 드린 뒤 남는 것이 있으면 먹겠다는 내용이다. 가난한 생활, 힘든 노동 속에서도 부모봉양을 먼저 생각하는 민중여성의 순박한 마음이 잘 표현되어 있다. 다른 여성화자의 고려속요와는 사뭇 정서가 다르다. 민중여성의 부덕婦德과 민간의 미풍양속을 보여준다는 점에서 통치계급의 요구에 부합되며, 그래서 궁중속악의 가사로 채택되었다고 볼 수 있다. 그러나 이 노래는 고려시대 궁중속악의 주류는 아니었으며, 자주 연주되거나 가장 애호되는 곡목도 아니었을 듯하다. 그런데 「상저가」에 **보살핌**의 원리와 **자기희생**의 태도가 구현되고 있는 점은 주목을 요한다. 보살핌과 자기희생은 아름다운 인간적 가치이다. 이는 특히 여성적 가치나 부덕婦德의 본질로서 오랜 세월 칭송되어 왔고, 각종 제도나 관습을 통해 여성에게 교육되고 강요되었으며, 여성 *스스로* 내면화시켜온 가치이다. 보살핌과 자기희생이 매우 가치 있는 것이긴 하지만, 여성에게 고유한 자질이라거나 여성이 지켜야 할 덕목이라고 간주될 경우, 여성의 타자성을 강화하게 된다. 오랜 역사를 통하여 이러한 여성적 자질과 여성적 가치는 그 고귀함에도 불구하고 여성 억압을 정당화하는 원리로 기능해왔음을 부정할 수 없다. 역사적으로 볼 때, 보살핌과 자기희생의 여성적 태도 역시 여성의 타자성의 또 다른 표현이었다.

  이상에서 '여성으로서 말하기' 형식을 취한 고려속요에 대해 살펴보았다. 이들 작품은 여성으로서의 자기정체성과 여성적 태도 및 속성을 표현하고 있다. 이들은 민간가요 중에서 궁중의 속악가사로 채택되고 전승된 것들이라 추측된다. 따라서 당시 현실에서 가능했던 다양한 여성적 표현 중에서 특정 부분이 채택되었을 개연성이 높다. 그러나 잘 알려진 대로, 이 작품들은 조선조에 이르러 '남녀상열지사'로 비판되고 결국은 전승이 중단되기에 이르렀다. 이 정도 여성의 목소리마저도 억압당하고 침묵당한 게 조선조의 상황이었음을 새삼 확인하게 된다.

고려속요에 표현된 여성다움과 여성적 정서가 결국 '타자성'의 미적 표현에 지나지 않는 것이라면, '타자성'을 어떤 관점에서 이해하고 가치평가할 것인지가 문제된다. 가부장제 하에서는 남성의 현실적 필요와 관심이 여성의 정체성과 여자다움을 규정하고 통제하게 된다. 가부장제 하에서 여성은 남성의 타자이며, 문학텍스트에 구현된 여성적 정서나 여성적 아름다움 또한 타자성의 함정을 벗어나기 어렵다. 그러므로 **가부장제 사회가 규정하는 여성의 정체성이나 여성적 속성은 여성의 주체성을 배제한 허구적인 것이다.** 여성의 정체성이나 여성적 속성은 무한히 다양할 수 있으며, 몇 개의 고정된 요소로 환원될 수 있는 여성다움이란 없다. 그러나 여성은 가부장제가 요구하는 여성성을 가장假裝하면서 자신의 본 면목을 잃고 일개 타자로서 살아가게 된다.

그런데 여성이 타자로서 존재해왔다 할지라도, 여성적 속성으로 간주되어온 제 속성이 모두 부정적인 것만은 아니다. **부드러움, 기다림, 보살핌** 등의 원리가 그러하다. 이들 원리는 지배와 경쟁의 남성적 원리와 대조되는 것으로서, 생명 있는 존재와 관계 맺는 방식이라고 할 수 있다. 모든 생명 있는 존재와 지속적으로 관계 맺으려고 할 때, 우리는 부드러워야 하고 기다릴 줄 알아야 하며 보살필 수 있어야 한다. 이들 원리는 주로 여성들이 역사적으로 발전시켜온 긍정적 특성들이라 할 수 있다. 그러나 이러한 특성들이 가치 있다 해서 그 기반으로서의 여성의 억압적 조건이나 여성의 타자성을 간과하거나 미화할 수는 없다. **타자성이 거부된 다음에야 부드러움, 기다림, 보살핌**의 원리는 그 진정한 가치를 회복할 수 있다.

여성의 타자성을 거부하는 것은, 여성의 경우 자신에 대한 대상화를 거부하는 것이며, 남성의 경우 더 이상 여성을 타자화하지 않는 것이다. 그리고 여성을 타자로 간주하는 가부장제 이데올로기를 거부하는 것이다. 타자성을 부정한다고 해서 여성이 남성적 원리를 받아들이게 되는 것은 아니다. 역사적으로 여성들에 의해 발전되어온 긍정적 가치들은 성별을 넘어선 인간적 가치로 고양될 필요가 있다. 타자성을 거부하고 주체가 되는 일이 다른 누군가를 타자로 만드는 일이 될 수는 없다. 그 누구도 타자로 전락시키지 않는 **상호주체성** 위에서만 '여성적 가치'와 '여성적 미학'은 참된 가치와 진정한 미학이 될 수 있을 것이다.

3. 여성에 빗대어 말하기

여성화자 시 중의 일부 작품에 있어서 텍스트에 구현된 여성적 정체성은 남성적 정체성의 특수한 표현 형태이다. 이 경우 여성적 정체성은 그 자체로서 의미 있다기보다는 특정한 남성적 정체성의 비유물로서 의미를 갖는다. 텍스트에 구현된 여성은 특정 남성의 알레고리에 불과하다. 남성은 스스로를 여성에 비유하면서 여성의 목소리를 흉내 내고 있다. 이러한 발화發話 방식을 '여성에 빗대어 말하기'라 명명하기로 한다.

'여성에 빗대어 말하기'의 실질적 주체는 남성이다. 앞서 살펴본 '여성으로서 말하기'의 실질적 주체도 남성인 경우가 있었다. 그러나 그 경우 시인은 특정 여성과 자신을 심리적으로 동일시하고 있었다. 텍스트 내부에서만큼은 특정 여성이 되어 그 여성으로서 말하고 있는 것이다. 반면, '여성에 빗대어 말하기'의 경우 시인은 텍스트 내부에서 여성이 되는 게 아니라 여전히 자신으로 남아 있다. 다만 자신을 여성에 비유하며, 여성을 흉내 내어 말할 뿐이다.

남성은 왜 자신을 여성에 빗대며, 여성의 목소리를 흉내 내는 것일까? 남성은 여성의 목소리를 흉내 내면서 자신을 타자로 규정하거나 자신의 타자성을 인식한다. 남성은 '남성/여성' 관계 속에서는 주체이다. 그러나 그는 다시 자신보다 월등히 우월한 누군가의 타자가 될 수 있다. 임금/신하, 신/인간, 주인/노예 등의 관계 속에서 신하 · 인간 · 노예는 임금 · 신 · 주인의 타자가 된다. 남성은 자신의 타자성을 표현하려고 할 때, 즉 월등히 우월한 존재에 대하여 왜소하고 무력하며 의존적인 자신을 표현하려고 할 때, **자신에게 가장 익숙한 타자인** 여성의 속성을 흉내 내게 된다. 이 때 여성의 속성이란, 남성에 의해 규정된 속성임은 더 말할 필요도 없다.

'여성에 빗대어 말하는' 시를 읽는 독자는 시적화자가 표면적으로는 여성이지만 사실은 여성이 아니라는 사실을 어렴풋이 느끼기도 하고, 분명히 느끼기도 한다. 이는 독자에 따라 작품에 따라 다소의 정도 차이가 있을 수 있다. 이러한 느낌을 갖게 되는 까닭은 발화의 실제적 주체인 남성이 자신은 여성의 목소리를 흉내 내고 있으되 진짜 여성은 아니라는 표지를 곳곳에 흘려놓기 때문이다. 이러한 흘려놓음은 시인의 무의식에 연유하는 것일 수도 있고, 다소간 의도적인 것일 수도 있다. 그러한 표지는 시적 정황이나 비유, 어휘에서 다양하게 나타난다.

'여성에 빗대어 말하는' 시의 대표적인 유형이 이른바 '충신연주지사忠臣戀主之辭'이다. 흔히들 말하기로는, 작자에 대한 아무런 정보 없이 충신연주지사를 읽게 되면 작자가 여성이라고 생각하게 된다고 한다. 하지만 필자의 생각은 그렇지 않다. 작자에 대한 정보 없이도, 세심하게 텍스트를 정독해 보면 그것이 여성에 의한 사랑 노래가 아니라 남성에 의한 충성의 노래임을 알수 있는 경우가 대부분이다.[32]

「사미인곡」을 예로 들어보자. 이 작품에서 여성화자의 님은 북극의 별로 비유되며,[33] 님이 계신 곳은 광한전, 봉황루, 옥루고처玉樓高處 등으로 표현되고 있다. 또한 여성화자는 님을 향해 "(달빛을) 누 위에 걸어두고 온 세상을 다 비추며, 심산궁곡을 대낮같이 만드시라"고 말하기도 한다. 이상과 같은

---

32 김열규는 『한국문학사』(탐구당, 1983)의 「6. 여성의식의 문학들(Ⅰ)」에서 '충신연주지사'에 대한 정신분석학적 해석을 최초로 시도한 바 있다. 김열규의 이 글은 무척 흥미로울 뿐 아니라, 필자의 생각에도 다소 도움이 되었다. 그런데 김열규는 이 글에서 '충신연주지사'의 원류로서 「정과정곡」을 든 다음, "저자가 남성임을 감추고 님이 왕임을 밝히지 않는다면 영락없이 버려진 마음 약한 여인이 옛 연인을 잊지 못해 연연해하는 나머지, 눈물로 호소하고 있는 노래쯤으로 짐작하기 알맞은 노래"라고 하였다. 그러나 필자의 생각은 이와 다르다. 작자와 '님'에 관한 사전 정보가 없더라도 「정과정곡」을 비롯한 '충신연주지사'류의 시가들은 여성이 아니라 남성이 부른 노래이며 님은 옛 연인이 아니라 임금임을 짐작케 하는 단서들이 문면에 드러나는 경우가 대부분이다. 김열규가 위의 책에서 제시한 시조 두 작품의 경우도 예외가 아니다. 가령 "늙고 병 든 몸이 北向ᄒᆞ야 우니노라 / 님 향ᄒᆞᆫ 모음을 뉘 아니 두리마ᄂᆞᆫ / 둘 불고 밤 긴 적이면 나 뿐인가 ᄒᆞ노라"라는 시조를 보자. '북향'이라는 상투어와 '님 향한 마음을 누군들 아니 두랴'라는 표현에서 이 시조가 여성의 사랑노래가 아닌 충신연주지사임을 알 수 있다. 누구나 님을 향한 마음을 둔다는 것은 '님'과 '나'의 관계일 1대 1의 관계일 수 없음을 보여주고 있고, 그런 점에서 '님'은 보통의 남성이 아니다. 또 다른 시조 "님이 혜오시매 나는 전혀 미덧더니"의 경우도 마찬가지다. 종장의 말 "처음에 믜시던 거시면 이티도록 셜오랴"에서 이 시조가 남녀관계를 노래한 게 아님을 알 수 있다. 일반적 남녀관계에서는 처음부터 미워하는 일과 같은 것은 있기 어렵다고 생각된다. 이처럼 '충신연주지사'의 경우 작자와 '님'에 관한 사전 정보가 없다면 '여성화자의 사랑노래'로 이해될 수밖에 없다는 일반적 견해에 필자는 동의하지 않는다. '충신연주지사'는 독자에게 그것이 '충신연주지사'임을 알리는 정보들을 문면에 넌지시 흘려놓는 경우가 대부분이다.

33 "동산에 달이 나고 북극에 별이 뵈니 / 님이신가 반기니 눈물이 절로 난다".

표현을 통해, 님은 임금이며 시의 여성적 목소리는 남성적 목소리의 특수한 표현임을 누구나 짐작할 수 있다. 더구나 몸단장, 바느질, 규방의 치장과 관련된 어휘가 빈번히 등장함에도 불구하고, 세련된 한자어 및 한문표현이 주조를 이룸으로써 이 텍스트의 언어가 여성의 언어가 아니라 남성의 언어임을 짐작케 한다. 이처럼 '여성에 빗대어 말하는' 시들은 텍스트에 구현된 여성이 실제로는 특정 남성의 비유물이라는 표지를 남겨놓게 마련이다.

　고려속요 중에서 '여성에 빗대어 말하기' 형식을 취한 것으로는 우선 「정과정곡」을 들 수 있다. 「정과정곡」은 정서鄭敍가 지은 '충신연주지사'로 잘 알려져 있다. 이 노래는 버림받은 여성이 님을 그리워하며 다시 자신을 사랑해 달라고 호소하는 형식을 취하고 있다. 상대방을 향해 직접 '님'이라 부르는 것으로 보아[34] 이 노래의 화자가 여성으로 설정되어 있음을 알 수 있다. 더구나 자신을 낮추고 상대를 높이는 말투, 애원과 하소연의 어법, 눈물과 비탄, 님에 대한 절대적 의존 등은 통상 여성적 속성으로 간주되는 것들이다. 외관상 이 노래의 화자는 「가시리」나 「동동」과 크게 다르지 않다. 님은 화자에 비해 절대적으로 우월하며 자유롭고 독립적인 존재인 데 반해, 화자는 그의 처분만을 기다리는 열등하고 의존적인 존재이다.

　그러나, 이 노래에는 여성적 속성이나 여성적 정황으로 보기에 어려운 부분도 있다. 가령 "아니시며 거치르신들"[35]과 "過도 허물도 千萬 업소이다" 등의 구절을 통해, 누군가가 님에게 고의적으로 시적화자에 대한 참언을 하였고, 그로 인해 님이 화자를 멀리하게 되었음을 알 수 있다. 시적화자는 자신의 억울함과 결백을 하소연하고 있다. 참언과 해명은 통상의 남녀관계에서

34　"아소 님하 도람 드르샤 괴오쇼셔".
35　이 구절은 "(누군가의 참언이) 사실이 아니며 거짓인 줄을"이라는 의미로 해석된다.

는 있기 어려운 일이다. 화자는 한 사람의 마음을 얻기 위해 여러 명이 경쟁하는 관계 속에 있는바, 이 시의 정황은 일반적인 남녀관계가 보여주는 정황이 아니다. 아울러 '~ㅎ요이다', '업소이다'와 같은 말은 여성적 어투처럼 느껴지지 않으며, '잔월효성殘月曉星'과 같은 한자어도 여성의 언어로 보기는 어렵지 않나 생각된다.

이상에서 보았듯이 「정과정곡」은 여성 화자에 의한 여성적 미학을 추구하고 있다. 하지만 텍스트에 구현된 여성적 정체성은 자신을 타자적 존재로 인식하는 특정 남성이 자기정체성을 효과적으로 표현하기 위한 문학적 수단으로 사용된 것임을 알 수 있다.

「정과정곡」과 유사한 작품으로 「이상곡」이 있다. 논란이 있는 어구가 많아 이 작품을 명확히 이해하는 데에는 어려움이 있지만, 이 노래 역시 '해명'의 노래이다. 자신을 멀리하는 님에게 자신의 결백을 주장하며[36] 사랑을 돌이켜 줄 것을 하소연하고 있다.[37] 그런데 시적화자는 험하고도 외진 곳에 있으며,[38] 그 곳은 무시무시한 '열명길'로 표현되기도 한다.[39] 또한 시적화자는 자신을 "종종의 벽력이 쳐 무간지옥에 떨어져 곧장 죽어갈 몸"[40]이라고 인식하고 있다. 이처럼 시적화자의 상황이나 자기인식은 일반적인 남녀관계에서

---

36 "내 님 두옵고 년 뫼를 거로리".
37 "아소 님하 흔딕 녀졋 期約이이다".
38 "서린 석석사리 조븐 곱도신 길헤"라고 하였다. 이 구절은 논란이 있다. "서리어 있는 나무숲 좁고도 굽은 길에"(양주동·홍기문)라고 해석되는가 하면, "서리는 버석버석 좁고도 굽은 길에"(남광우)라고 해석되기도 한다. 어떤 해석을 취하든 시적 화자는 매우 험하고도 외진 곳에 있다.
39 '열명길'에 대한 해석도 논란이 있다. '무시무시한 길'(양주동·홍기문·박병채)로 해석되기도 하고, 혹은 '새벽길'로 해석되기도 한다. 그 아래에 있는 '벽력', '무간(지옥)' 같은 어휘를 고려하면 전자의 해석이 더 어울리지 않는가 한다.
40 "종종 霹靂 生 陷墮無間 고대셔 싀여딜 내 몸미".

보기 어려운 매우 특수한 것이라 생각된다. 이 노래는 무언가 죄를 얻어 사회적으로 소외되어 있는 사람의 노래처럼 생각된다. 만일 그렇다면 시적 목소리의 실질적 주인공도 남성일 가능성이 더 많다. 더구나 '霹靂 生 陷墮無間'과 같은 구절은 현저히 남성의 언어로서, 「동동」이나 「서경별곡」 등의 유려한 순우리말과는 대조적이다. 이처럼 시적 정황, 화자의 자기인식, 어휘 등으로 볼 때 「이상곡」 또한 타자로서의 자기정체성을 여성적 목소리에 빗대어 표현하고 있는 작품이라 추정된다.[41] 하지만 이는 다만 추정일 뿐, 장차 더 심화된 논의가 필요하다.

4. 여성인 체 말하기

여성화자 시 중의 또 다른 일부 작품에 있어서 텍스트에 구현된 여성적 정체성은 거짓된 것이며 가짜이다. 이 경우 여성적 정체성은 일관성을 보이지 못하고 균열과 파탄을 동반한다. 그리하여 여성적 목소리의 이면에 남성적 목소리가 숨어있음이 드러난다. 남성이 여성인 체 하며 여성의 목소리를 가장假裝하는 것이다. 이러한 경우를 '여성인 체 말하기'라 명명하기로 한다.

---

41 이런 점에서 필자는 이 노래가 남성 작가의 창작이라고 생각한다. 「이상곡」이 민간가요인지 창작가요인지에 대해서는 논란이 있다. 장효현은 『병와선생집』의 기록을 받아들여 「이상곡」의 작가가 채홍철이라고 주장한 바 있다(장효현, 「이상곡의 생성에 관한 고찰」, 『국어국문학』 92, 국어국문학회, 1984). 박노준도 시어(詩語), 서정의 진행과정, 작품구조 등으로 미루어 볼 때, 이 작품은 창작가요라고 하였다(박노준, 「이상곡과 윤리성의 문제」, 『고려가요의 연구』, 새문사, 1990).

'여성인 체 말하기'의 실질적 주체는 남성이다. 앞서 살펴본 '여성에 빗대어 말하기'의 실질적 주체도 남성이었다. 그 경우, 남성은 자신의 타자성을 표현하기 위해 여성적 정체성을 비유로 택했다. 자신이 남성임을 숨기려는 의도 없이, 다만 자신을 여성에 빗대며 여성의 목소리를 흉내 내어 말할 뿐이었다. 반면, '여성인 체 말하기'의 실질적 화자는 자신이 남성임을 숨긴 채 여성을 가장하고 있다.

앞서 살펴본 '여성으로서 말하기'의 실질적 주체도 남성인 경우가 있었다. 그 경우, 말하기의 실질적 주체인 남성은 텍스트의 여성화자와 자신을 심리적으로 동일시하고 있었다. 반면, '여성인 체 말하기'의 실질적 주체인 남성은 텍스트 내부에서 여성을 대상화함으로써 모종의 미적 효과를 얻으려 하고 있다. 그리하여 여성을 성적 대상으로 바라보거나, 여성의 성을 희화회戱畵化하며, 텍스트를 성적 쾌락이 구현되는 장場으로 삼고 있는 경우가 많다.

'여성인 체 말하는' 형식은 특히 사설시조에 많이 사용되고 있다. "간밤에 자고 간 그 놈 아마도 못 이져라"[42]는 사설시조가 그 대표적 예가 된다. 이 사설시조의 시적화자는 분명 여성이다. 여성화자는 상대방을 기와장이, 사공, 두더지 등으로 비유하면서 그 성행위를 매우 노골적으로 언급하고 있다. 그리고 자신 또한 '남성을 수없이 겪은 몸'이라 말하고 있다. 이러한 종류의 여성적 목소리의 실체는 과연 여성일까? 그것은 역사적·사회문화적 상황이나 담론의 형태에 따라서 달라질 수 있다. 그러나 위의 발화發話는 개인들 사이에 은밀하게 이루어진 게 아니라 **공적인 담론형태**인 문학 텍스트를 통해 이루어지고 있다. 가부장제 사회의 공적 담론에서 여성 *스스로*가 그런 발언을

---

42 『악학습령』. 이 시조는 박을수 편, 『한국시조대사전』(상·하), 아세아문화사, 1992에 106번 작품으로 수록되어 있다.

한다는 것은 쉽지 않은 일일 뿐더러, 자연스런 일도 아니다. 더구나 정절 이데올로기가 여성들의 의식을 지배하던 조선 후기 사회에서, 설혹 기생이라 할지라도 공적인 공간에서 자신의 성 편력을 노골적으로 자랑하듯이 말하는 것은 생각하기 어려운 일이다. 사설시조의 연행공간이 남성이 주도하는 자리임을 고려한다면 더더욱 그렇다. 실제로 이 사설시조의 작자는 이정보李鼎輔(1693~1766)이다. 이 작품 외에도 여성화자의 사설시조 중에는 작자가 남성이라 알려져 있거나 남성이라 추정되는 유사한 작품들이 상당수 있다. 이런 작품들은 여성의 성을 희화戲畫의 대상으로 삼고 있다는 점에서 공통적이다.

'여성인 체 말하는' 형식을 취한 고려속요로는 「雙花店」이 있다. 「雙花店」은 별다른 의심 없이 여성의 작품으로 받아들여진 경우가 많았으며, 「雙花店」에 표현된 성性 담론이 고려여성의 개방적 성문화를 반영하는 것으로 해석되기도 했다. 그러나 「雙花店」의 성 담론은 다른 고려속요와 비교해 보아도 사뭇 이질적이다.[43]

「雙花店」은 4개의 연으로 되어 있으며, 각 연의 화자는 두 사람으로 추정된다.[44] 두 사람 사이의 유사한 대화가 4개 연에서 반복되는 단순한 구조를 취하고 있다. 두 화자를 편의상 여성 1, 여성 2로 부르기로 한다. 여성 1의

---

43 김대행은, 고려속요 중에는 "남녀 간의 쾌락을 표방한 「雙花店」 같은 노래가 없는 것은 아니지만, 대부분은 애정을 노래하되 변치 않는 사랑과 지속적인 그리움을 노래하고 있다"라고 하였다 (김대행, 「고전시가」, 『한국문학강의』, 길벗, 1994, 194면).

44 여음을 생략하면 「雙花店」은 "쌍화점에 쌍화사라 가고신된 / 회회아비 내 손모글 주여이다 / 이 말슴미 이 점 밧긔 나명들명 / 죠고맛감 삿기광대 네 마리라 호리라(여성 1) // 긔 자리예 나도 자라 가리라(여성 2) // 긔 잔딕 ᄀ티 덦거츠니 업다(여성 1)"로 되어, 서로 다른 두 여성이 대화를 나누는 구성을 취하고 있다. 마지막 구절을 여성 3의 발화라고 보기도 하지만, 굳이 그렇게 볼 이유는 없다고 생각한다.

성 의식은 모순을 드러내고 있다. 남자가 손목을 쥔 것만으로도 문제가 된다고 생각하거나 소문을 걱정하는 태도로 보아 그가 여성의 성을 억압하는 가부장적 성 담론으로부터 결코 자유롭지 않음을 알 수 있다. 그러나 그 사실을 다른 여성에게 이야기할 뿐 아니라, "긔 잔듸ㄱ티 덦거츠니 업다"[45]고 하여 손목만 잡힌 게 아니라 잠자리도 같이 한 사실을 스스로 말하는 것은 앞서의 태도와 상반된다. 다른 연에서 회회아비뿐 아니라, 승려, 우물의 용龍, 술집주인과도 관계 맺었음을 말하는 것은 처음의 태도와 더욱 모순된다. 더구나 남성은 외국인, 승려, 우물가에서 만난 사람, 술집주인 등으로 상식적으로 보아 결코 내놓고 말해도 좋을 만한 상대라 할 수 없다. 그런 상대들과의 성관계를 스스로 밝힌다는 것은 납득하기 어려운 일이다. 이처럼 여성 1의 성에 대한 태도는 모순적이다. 덧붙여 여성 1의 여성 2에 대한 말투도 주목을 요한다. 앞부분에서는 "손모글 주여이다"라며 경어체로 되어 있고, 뒷부분에서는 "덦거츠니 업다"고 하여 평어체로 되어 있어 일관성을 결여하고 있다.

여성 2는 여성 1이 남자들에게 손목을 잡혔다는 소리를 들을 때마다 "긔 자리예 나도 자라 가리라"고 말하고 있다. 자신의 성욕을 적극 표현할 정도로 대담할 뿐 아니라, 가부장적 성 담론에 전혀 구애되지 않는 여성으로 표상되고 있다.

여성 1의 목소리는 분열되어 있으며, 여성 2의 목소리는 지나치게 대담하다. 문학 텍스트에 구현된 이러한 여성적 목소리의 실체가 과연 여성일 수 있을까?

---

45 '덦거츠니'의 해석에는 논란이 있다. '답답하다', '거칠다', '우울하다', '뒤엉컬어지다', '무성하다' 등 다양한 해석이 나와 있다. 어떤 해석을 취하든, '그 잠잔 곳처럼 ~한 데는 없다'는 뜻이다.

고려시대는 조선시대에 비하여 여성에 대한 억압과 통제가 심하지 않았던 시대로 알려져 있다. 그렇지만 상대적으로 심하지 않았을 뿐, 고려시대 역시 가부장제 사회였음을 간과해서는 안 된다. 고려여성들은 몽수蒙首라는 검고 긴 천으로 얼굴을 가리고 다녔다고 한다.[46] 상층여성의 경우, 큰 일이 아니면 문밖출입을 하지 않아 형제도 얼굴을 볼 수 없었다고도 한다. 그리고 혼인 외의 모든 성관계는 간통으로 처벌되었다. 간통처벌에도 남녀차별이 있어 남자주인과 여자노비의 관계는 간통으로 취급되지 않은 반면, 여자주인과 남자종의 관계는 사형으로 다스려졌다. 남자는 간통현장에서 아내와 간부姦夫를 죽일 수도 있었으나, 여자가 남편이나 간부姦婦를 살해하면 살인죄로 다스려졌다. 여성들은 간통죄로 처벌된 뒤 남편에게 이혼을 당함은 물론, 음란한 여자로 등록되어[47] 노비가 되었다. 이것이 고려여성의 일반적 상황이었다. 「쌍화점」이 창작된 충렬왕 대 무렵에는 사회적으로 향락퇴폐 풍조가 만연했다고 알려져 있다. 하지만 여성에 대한 통제나 여성 일반의 성 의식이 일거에 달라졌다고 보기는 어렵지 않을까 생각한다. 이상에서 살핀 바와 같은 고려여성에 대한 성적 통제를 고려할 때, 「쌍화점」의 여성화자는 더욱 현실성을 결여하고 있다.

이런 점으로 미루어 「쌍화점」에서 여성 1의 분열된 목소리 및 여성 2의 지나치게 대담한 목소리의 실질적 주체는 남성으로 추정된다. 그렇다면 남성은 왜 이처럼 여성의 목소리를 가장했을까?

남성의 관점에서 보면 여성 1은 그 어떤 남성의 유혹에 대해서도 저항하

---

46 권순형, 「다시 생각하는 고려여성의 지위」, 『여성과 사회』 9, 창작과비평사, 1998 참조. 이하 고려여성의 상황에 대한 실증적 언급은 이 논문을 참조했다.
47 이른바 '자녀안(恣女案)'에 올랐다.

지 않는 여성이다. 완전한 무저항의 여성은 남성에게 자극적일 수 있다.[48] 남성의 관점에서 보면 여성 2는 적극적으로 성욕을 표현하는 색정적色情的 여성이다. 색정적 여성은 또 다른 측면에서 남성의 성을 자극한다.[49] 무저항의 여성이든, 색정적 여성이든 남성의 성적 대상으로서 존재 의의를 갖는다는 점에서는 마찬가지다. 남성은 자신의 성적 관심을 여성에게 투사하고, 자신의 욕망을 고스란히 반영하는 여성을 통해 쾌감을 느낀다. 「쌍화점」의 여성 화자들은 남성적 욕망의 투사를 위해 선택된 것이다. 남성은 자신이 욕망하는 여성의 모습을 여성인 체하는 목소리를 통해 표현하고 있는 셈이다.

여성 1의 성 의식의 분열은 일차적으로는 남성이 여성의 목소리를 가장한데서 온 것이라 할 수 있다. 그런데 이 문제와 관련하여 「쌍화점」의 형성과 정도 고려해볼 필요가 있다. 「쌍화점」은 원래 민간가요라는 견해도 있고, 민간가요가 개작된 것이라는 견해도 있으며, 창작이라는 견해도 있다.[50] 이 노래는 『고려사』 '악지'와 민사평閔思平(1295~1359)의 소악부에 한역漢譯되어 있는데, 한문표현은 다소 다르지만 양자 모두 제2연의 "삼장사에 (…중략…) 네 마리라 호리라"는 부분만 옮겨놓고 있다. 우리 말 노래를 한역할 경

---

48 프로이드에 의하면, "여성의 소문난 무력성은 큰 매력"이라고 한다(정상균, 『한국중세시문학사연구』, 한신문화사, 1986, 140면 참조).

49 노골적인 성 담론을 구사하는 사설시조를 분석하면서, 박노준은 "여성화자의 차용은 남성화자가 등장하는 경우보다 실로 몇 배의 위력을 발휘할 수 있다. (…중략…) 여성을 (…중략…) 호색녀로 변신시켜 놓고 패륜적이고도 도색적인 언동을 자행토록 할 경우, 우선 작자부터 야릇한 성적 쾌감에 빠질 터이고 주로 일부 여성도 포함된 남성 중심의 수용자층 역시 똑같은 흥분에 사로잡힐 것이다. 그런 효과를 거두기 위한 적임자로서 여성화자의 걸쭉한 입이 필요하였다"고 하였다(박노준, 「사설시조와 에로티시즘」, 『한국시가연구』 3, 한국시가학회, 1998, 366면).

50 창작가요라고 보는 경우, 충렬왕 대의 오잠・김원행 등을 주목한다. 이들에 대한 기록은 『고려사』 권71 「악지 2」 '속악조'에 보인다. 혹은 오잠 등은 이 노래를 창작한 게 아니며, 다만 민간가요를 개작하고 그것을 궁중의 남장별대(男粧別隊)에게 가르치는 역할을 했을 뿐이라고 보기도 한다.

우, 생략과 축약이 불가피했으리라는 점은 분명하다. 하지만 애초 민간에서 성행하던 것은 여성 1의 조심스런 목소리만이었고, 여성 2의 목소리와 그 다음에 이어지는 여성 1의 목소리는 궁중에서 첨가된 것이라 볼 수 있는 여지도 없지 않다. 궁중속악으로의 개편과정에서 남성의 '여성인 체 말하는' 목소리들이 첨가되었고, 그 결과 여성 1의 목소리에 균열이 생기게 되었다는 추정도 가능한 것이다.

이상에서 '여성인 체 말하기' 형식을 취한 「쌍화점」에 대해 살펴보았다. 텍스트에 나타난 성 의식의 분석 및 텍스트가 산출된 사회상황을 고려할 때, 「쌍화점」에 구현된 여성적 목소리의 실질적 주체는 남성이라고 보는 것이 자연스럽다. 「쌍화점」의 여성형상은 남성적 욕망의 투사이다. 이처럼 여성적 목소리의 실체는 교묘하게 은폐되어 있을 수 있다. 그러므로 막연히 표면적으로 확인되는 시적화자의 성별과 근원적 발화자의 실체적 성별을 동일시하는 것은 너무도 단순한 시각일 수 있다. 여성적 목소리는 때로 남성들의 문학적 전략이 되기도 하는 까닭이다.

5. 마무리

이 글에서는 '여성화자 시' 및 '여성성의 시학'에 대한 연구가 매우 중요한 과제임을 밝힌 다음, 고려속요의 여성화자에 대해 살펴보았다. 여성화자의 고려속요는 다시 '여성으로서 말하기', '여성에 빗대어 말하기', '여성인 체 말하기'의 형식으로 나눌 수 있다. 그리고 '여성으로서 말하기' 형식을 통해 구현되는 여성적 정체성과 여성적 정서의 특징이 무엇인지, 남성 시인들이 '여성에 빗대어 말하기'와 '여성인 체 말하기'를 어떻게 자신들의 문학적 전략으로 삼는지도 살펴보았다.

이 글에서 다룬 여성적 목소리의 유형은 고려속요만을 대상으로 한 것이므로, 연구대상을 다른 시가 장르로 확대한다면 수정되어야 할 부분이 있을지도 모른다. 특히 서사한시의 경우, 여성적 목소리와 남성적 목소리가 공존하면서 독특한 미적 성취를 이룩한 작품이 적지 않다. 이 점에서 한국시가의 각 장르에 나타나는 여성적 목소리의 다양한 경우에 대한 탐색이 필요하다. 이 글의 문제제기를 계기로 장차 여성적 목소리의 미적 특질과 그 역사적 변모양상, 문학사적 의의에 대한 폭넓은 논의가 이루어지길 기대한다. 여성적 목소리의 양상에 대한 탐색은 고전시가의 영역에서만이 아니라 고전문학 일반, 그리고 더 나아가 현대문학의 영역에서도 이루어질 필요가 있다. 또한 문학적 담론의 영역에서만이 아니라 문학 외적 담론의 영역, 이를테면 영화·드라마·광고 등의 영역에서도 이루어질 필요가 있다. 이러한 탐색은 여성성 및 여성에 관한 이데올로기의 본질과 기능에 대한 보다 심화된 인식에 기여할 수 있을 것이다.

여성영웅소설과 평등·차이·정체성의 문제

1. 여성영웅소설이 제기한 문제

'페미니즘'이라는 용어는 서구 언어이므로, 페미니즘적인 사유나 활동 또한 서구의 산물이라고 생각하기 쉽다. 하지만 서구의 경우에도 '페미니즘'이라는 용어가 처음 등장한 것은 19세기 말이었고, '페미니스트'라는 단어가 대부분의 여권운동 집단을 두루 지칭하게 된 것은 20세기 후반의 일이었다.[1] 요컨대 '페미니즘'이라는 용어가 보편적으로 사용되기 훨씬 이전부터 페미니즘적인 사유나 활동은 존재했다.

'페미니즘'을, '여성에 대한 차별과 억압에 주목하고 그 개선을 목적으로 하는 사유와 활동'을 일컫는 말이라고 포괄 규정한다면, 페미니즘적인 사유와 활동은 우리나라의 경우에도 서구적 페미니즘이 수용되기 이전부터 이미

---

1   제인 프리드먼, 이박혜경 역, 『페미니즘』, 이후, 2002, 18~20면.

존재했다고 볼 수 있다. 용어의 차원이 아니라 내용의 차원에서 본다면, 페미니즘은 서구의 창조물만이 아니며 비서구세계에 내재적 뿌리를 둔 것이기도 하다. 중국, 인도, 조선 등에서도 서구와 같은 시기에 이미 여성들의 사회적 위치에 대해 토론하고 변화를 도모하고 있었기 때문이다.[2]

조선 후기에 성행한 **여성영웅소설**은 서구적 페미니즘의 수용 이전에 이미 페미니즘적인 사유가 조선사회에 등장하였음을 입증하는 좋은 실례가 된다. 물론 여성영웅소설의 작자층 및 독자층이 여성들만도 아니며, 모든 여성영웅소설 텍스트가 페미니즘적 사유에 충실한 것이라고 볼 수도 없다. 하지만 여성영웅소설은 단순한 하나의 문학 장르에 그치는 것이 아니라, 매우 엄격한 내외법內外法의 규제와 억압 속에 있었던 **조선 후기 여성들의 지위와 역할에 관한 문제제기 및 그와 관련된 대화와 논의, 토론과 논쟁의 장**으로 기능했다. 이 글은 여성영웅소설에서 여성의 지위와 관련하여 어떤 문제들이 제기되었고, 어떤 논란들이 벌어졌으며, 어떤 상이한 입장들이 있었는가를 살펴보고, 그러한 논의들을 페미니즘의 관점에서 적절하게 평가하는 것을 목적으로 하고 있다.

여성영웅소설은 여성영웅의 일대기 구조를 특징으로 하는 소설 작품군으로서 조선 후기에 창작 유통되었다. 여성영웅소설은 대체로 여성주인공이 남장男裝을 하고 전쟁에 나가 남성적 활약을 펼치는 것을 주된 내용으로 하는 텍스트가 많다. 물론 『박씨부인전』이나 『황부인전』처럼 주인공이 남장을 하지 않는 경우도 있고, 『설저전』처럼 전쟁담이 빠져있는 경우도 있지만, 일반적으로 '남장'과 '전쟁담'은 여성영웅소설의 공통적인 화소話素라고 할 수 있

2　여성학자 쿠마리 자야와데나는 중국에서 이미 18세기에 여권에 대한 논쟁이 있었고, 19세기 인도에서는 여성해방을 위한 운동이 존재했음을 근거로 이러한 주장을 펼쳤다. 위의 책, 148면 참조.

다. 여성영웅소설은 이 같은 특이한 면모로 인해 대중적 인기를 누리며 유사한 작품의 양산으로 이어졌다.

여성영웅소설은 일찍부터 학계의 주목을 받아, 이미 수십 편 이상의 연구논저가 축적되었다.[3] 선행연구는 대체로 여성영웅소설의 구조 및 유형, 영웅소설과의 관계,[4] 개별작품론 등을 중심으로 이루어졌으며, 그 여성의식을 어떻게 평가할 것인가 하는 문제에 관해서도 직간접적으로 언급한 경우가 많다. 여성의식의 평가와 관련하여 기존의 논의를 간략하게 정리하면, 여성영웅소설의 여성형상을 페미니즘적이라고 보는 관점이 있는가 하면, 반反페미니즘적이라고 보는 관점이 있다. 전자를 긍정적 관점이라고 한다면, 후자를 부정적 관점이라고 할 수 있다. 양자 사이에 중도적 관점 또한 존재한다.[5]

긍정적 관점에서는, 여성영웅소설이 여권신장, 여성해방을 표방하고 있다거나[6] 여성영웅을 통해 조선 후기 여성들의 자아실현의 집단적인 꿈이 드러나고 있다고 하여[7] 여성영웅소설을 조선 후기 여성의식의 진전과 관련지었다. 상당수 여성영웅소설 연구는 이 같은 긍정적 관점을 공유하고 있는 경우가 많다.

중도적 관점에서는, 여성영웅소설이 여성주인공의 사회적 진출을 통해 근대적 여성관의 확립에 기여하였다는 점에서 의의가 있지만 여성주인공의 자

---

3   기존의 연구 성과는 정병헌·이유경, 『한국의 여성영웅소설』(태학사, 2000)에 대체로 망라되어 있어 참고할 수 있다.

4   이와 관련한 최근의 연구로는 류준경, 「영웅소설의 장르관습과 여성영웅소설」, 『고소설연구』 12, 2001 참조.

5   여성영웅소설의 평가와 관련한 선행연구의 상이한 입장들은 정병설, 「여성영웅소설의 전개와 '부장양문록'」, 『고전문학연구』 19, 2000의 제3장에 정리되어 있어 참고가 된다. 이하 이 글에서의 선행연구 검토 또한 정병설의 논의를 참조하였다.

6   전용문, 『한국여성영웅소설의 연구』, 목원대 출판부, 1996, 66면.

7   정병헌·이유경, 앞의 책, 310면.

아실현방식이 남성을 기준으로 한 것이어서 진정한 여성성의 계발을 저해하는 점이 한계라고 지적하였다.[8]

부정적 관점에서는, 여성영웅의 사회적 지위가 높아질수록 그 여성성은 소멸되고 있으며, 그런 점에서 여성영웅소설은 남성성을 찬양하고 남성중심적 의식을 강화시켰다고 비판하였다.[9]

이처럼 여성영웅소설에 대한 평가는 매우 상이하다. 그런데 이러한 각각의 주장은 앞으로 여성영웅소설 작품 전반에 대한 구체적인 분석 및 본격적 이론적 조망을 통해 좀 더 정밀화될 필요가 있다. 그리고 여성영웅소설 전체에 대해 단일한 평가가 과연 가능한지, 그 내부에 편차는 없는지 살펴볼 필요가 있다. 또한 여성의식이라는 것은 역사적으로 다양하고 복잡한 과정을 거쳐 형성되고 진전되는 것인데, 일정한 시기의 특정한 문학 장르에 나타난 여성의식을 긍정 혹은 부정의 이분법적 논리로 온전히 평가할 수 있을지도 의문이다.

사실 서구 페미니즘 내부에도 통일된 입장은 찾아보기 어려우며 매우 다양하고 때로는 상반된 입장들이 존재하는바, 여성영웅소설에 대한 상이한 평가는 연구자 자신의 페미니즘에 대한 상이한 입장과도 깊이 연관되어 있다고 볼 수 있다. 각 연구자들이 자신의 이론적 입장을 명시적으로 밝히진 않았지만, 긍정적 관점의 논자들이 남성과 여성의 '평등'의 문제를 중시하는 경향이 있다면, 부정적 관점의 논자는 남성과 여성의 '차이'의 문제 및 여성적 정체성의 문제를 중시하는 경향이 있는 것 같다.

---

8   박상란, 「여성영웅소설의 갈래와 구조적 특징」, 동국대 석사논문, 1991, 64∼69면.
9   이인경, 「여성영웅소설의 유형성에 관한 반성적 고찰」, 사재동 편, 『한국서사문학사의 연구』
     Ⅳ, 중앙문화사, 1995; 이인경, 「홍계월전 연구」, 『관악어문연구』 17, 1992.

그런데 '평등', '차이', '정체성'의 문제는 여성영웅소설에서 주요하게 다루어지고 있는 문제인 동시에 서구 페미니즘 이론 및 실천의 역사에서도 매우 중요하고도 핵심적인 문제였다.[10] 2세기에 걸친 서구 페미니즘의 역사에서 많은 이론들이 명멸했지만 그 이론들을 관통하는 주요 문제는 결국 여성은 남성과 같은가 다른가, 남성과 여성의 진정한 평등은 어떻게 성취될 수 있는가, 여성은 남성과 '동일성(같음)'을 이유로 평등을 주장해야 하는가,[11] 아니면 '차이(다름)'에도 불구하고 혹은 차이를 이유로 평등을 주장해야 하는가, 성별(젠더) 정체성은 고정불변의 것인가 아닌가 하는 문제들이라고 할 수 있다. 특히 '평등'과 '차이'에 대한 입장의 차이에 따라 다양한 페미니즘들을 평등의 페미니즘과 차이의 페미니즘으로 분류해 볼 수도 있다. 또한 '평등'과 '차이'는 1970년대 이래 서구에서 전개된 평등-차이 논쟁의 핵심을 구성하는 개념이기도 하다. 요컨대, 평등, 차이, 정체성의 문제는 어떤 시대 어떤 문화권이라 할지라도 가부장제 사회에서의 여성과 남성의 관계와 관련하여 제기될 수 있는 핵심적인 문제라고 할 수 있다.

조선 후기 여성영웅소설은 가부장제 사회의 여성들이 직면하는 문제의 일단을 서구적 영향과 무관하게 자생적으로 제기하고 있다. 그러므로 여성영웅소설에서 제기된 구체적 문제들은 평등, 차이, 정체성이라는 관점에서 재조명해 볼 수 있다. 물론 여성영웅소설에서 문제를 제기하거나 논의를 펼치는 방식은 서구 페미니즘 논쟁의 문제제기 방식과는 사뭇 다르다. 사실의 차원이 아니라

---

10 제인 프리드먼, 앞의 책은 '평등'과 '차이'의 문제를 중심으로 페미니즘 사상들을 재조명하고 있어 많은 시사가 된다.

11 영어의 equality나 불어의 égalité가 '동일성(같음)'과 '평등'을 동시에 의미하므로 페미니즘 관련 우리말 번역본이나 논문에서는 종종 오해와 혼란이 초래된다. 이 점을 고려하여 이 글에서는 '동일성(같음)'과 '평등'을 때로는 구별하여 사용하기로 한다.

허구의 차원에서, 논리의 차원이 아니라 문학적 상징의 차원에서 논의가 이루어지고 있기 때문이다. 더구나 사회역사적 상황이 다른 까닭에 문제제기와 논의의 초점에 있어서도 다른 점이 있을 수 있다. 하지만 여성영웅소설이 제기한 문제들을 보다 구체적이고 이론적인 차원에서 검토하는 것은 반드시 필요한 일이다. 이러한 검토를 통해 **여성영웅소설이 세계여성사의 보편적 문제를 어떻게 특수하게 표현하고 있는가** 하는 점이 명확해질 것이며, 조선 후기라는 특정지역과 특정시기를 넘어서 여성영웅소설이 갖는 보편적 의의도 제대로 평가할 수 있게 될 것이다.

혹 어떤 연구자들은 "여성영웅소설은 통속성이 강한 텍스트이므로 진정한 문제의식이 결여되어 있다. 거기서 페미니즘적 사유를 운위하는 것은 텍스트착오적인 것이 아닌가?"라고 의문을 제기할지도 모르겠다. 하지만 모든 여성영웅소설에 '통속성'이라는 이름표를 붙임으로써 그에 대한 평가 또한 완료되었다고 보는 것은 곤란하지 않은가 생각한다. 또한 필자가 생각하기엔 통속적인 의식과 진정한 의식의 경계가 항상 그렇게 확연하게 구분되는 것 같지도 않다. **현실인식과 문제해결방식에 있어서의 피상성에도 불구하고 통속적 의식에도 때로는 '세계에 대한 불만'과 '변화에 대한 열망'이 깃들게 마련이다.** 또한 일상적 인간들의 세계인식의 변화가 반드시 진정한 문제의식을 통해서만 가능한 것 같지도 않다.[12] 그런 점에서 여성영웅소설을 통해 조선여성의 지위와 역할이 일상적·상식적 차원에서 어떻게 논란이 되고 있었는지를 이해하는 것도 가능하지 않을까 생각한다.

---

12 1990년대 한국여성의 의식변화에 가장 큰 영향을 끼친 것이 각종 TV드라마였다고 생각한다. 대중적이고 통속적인 매체들이 때로는 다중(多衆)의 의식세계에 더 큰 영향을 미치기도 하는 것이다.

2. 여성영웅소설과 '평등'

오랜 세월동안 대다수 문화권에서 남성과 여성의 차이는 한 사회를 구성하는 데 있어 매우 중요한 요소였다. 대부분의 사회에서는 남성과 여성의 생물학적 차이에 근거해 수없이 많은 남녀 차이의 항목들을 생산해냈고, 그러한 차이들에 입각하여 여성을 남성과는 다른 존재 내지는 열등한 존재로 규정짓고 차별해왔다.

동아시아에서 오랜 세월동안 경전으로서의 권위를 지녀온 『주역』에서 이미 남성/여성, 양陽/음陰, 하늘/땅, 강건/온순, 능동/수동, 밖/안 등의 이원적 구조가 확립되었고, 이에 입각하여 남성과 여성의 자질, 지위, 역할과 관련하여 철저한 차이의 체계가 구축되었다.

남성과 여성의 차이는 실제에 비해 과다하게 규정되었고, 그렇게 과다 규정된 차이들을 근거로 여성들은 광범한 영역에서 지속적으로 차별을 받아왔다. 따라서 여성에 관한 남성우월주의적 관점을 거부하고 새로이 여성의 지위와 역할을 모색하는 여성들이 우선 '남녀의 차이'를 부정하고, 여성과 남성의 '동일성(같음)'에 주목하며, 그를 근거로 '평등'을 요구한 것은 논리적으로나 역사적으로 자연스런 과정이었다고 볼 수 있을 터이다.[13] 이러한 평등의 요구는 글자 그대로 남성과 여성이 모든 면에 있어서 전적으로 동일하다는 인식을 표현한 것이라기보다는, 그 사회적 능력과 자질, 기회와 조건에

---

13 '차이'를 강조하는 페미니스트들은 '평등의 페미니즘'이 '평등'과 '동일성'을 혼동하고 있다고 비판한다. 하지만 '평등'을 강조하는 페미니스트들은 "평등이란, '동일한 것(=)'을 기반으로 할 때 가능한 것"이라고 본다(엘리자베트 바댕테르, 나애리 · 조성애 역, 『잘못된 길』, 중심, 2005, 219면).

있어서의 동일성과 평등을 의미하는 것이었다. 1848년 최초의 여성권리집회에서 승인되었고, 이후 페미니즘의 독립선언이라고 평가된 「감성선언서 Declaration of Sentiment」에서도 평등의 문제가 핵심을 차지하고 있으며, 이후 19세기와 20세기 중반에 이르기까지 서구 여권운동은 주로 평등의 문제에 집중되어 있었다고 볼 수 있다.[14]

조선 후기 여성영웅소설은 그 능력과 자질에 있어 여성도 남성과 다름이 없다는 생각을 주요한 축으로 삼고 있다.[15] 다만 동일성과 차이 중에서 어느 쪽을 더 근본적인 것으로 생각하는가, 동일성의 적용범위가 어떻게 다른가 하는 점에서 각 작품들은 상당한 입장 차이를 보이고 있다. 하지만 대체적으로 조선 후기 여성영웅소설의 작자와 독자들은 특정 측면에서 남성과 여성이 동일하다고 보았고, 그러한 동일성을 근거로 일정 정도의 평등을 모색했

---

14 그렇다고 하더라도 '평등'을 주장하는 '평등의 페미니즘' 내부에도 평등의 구체적 의미, 그 실천 방법, 평등의 대상과 적용범위 등에 있어 다양한 입장이 있다. 평등의 페미니즘은 주로 자유주의 페미니즘, 마르크스주의 페미니즘, 실존주의 페미니즘 등에서 찾아볼 수 있다.

15 여성영웅소설의 텍스트는 여러 이본들이 있고, 이본에 따른 내용차이가 다소간 존재하므로 이에 대한 정밀한 연구가 요구된다. 사진실의 논문 「'정수정전' 이본 계통의 변모양상」, 『한국 고전 소설과 서사문학』(상), 집문당, 1998은 그런 점에서 좋은 선례가 된다. 그러나 이 글에서는 여러 이본들을 모두 다 검토하지 못하고, 대표적으로 통용되고 있어 필자가 쉽게 구해볼 수 있는 텍스트를 참조하였다. 주로 참조한 텍스트를 미리 밝히면 다음과 같다. 『김희경전』, 『박씨부인전』, 『음양옥지환』, 『이봉빈전』, 『정현무전(정비전)』, 『옥주호연(음양삼태성)』, 『이학사전(이형경전)』은 김기동 편, 『활자본 고소설전집』, 아세아문화사, 1977을 참조하였다. 『황부인전』, 『이대봉전』, 『백학선전』, 『황운전(황장군전)』, 『홍계월전』, 『정수정전(여장군전)』은 『구활자본 고소설전집』, 인천대 민족문화연구소, 1983을 참조하였다. 『정수정전』은 김동욱 편, 『고소설판각본전집』 3, 인문과학연구소, 1993도 참조하였다. 『운향전』과 『설저전(설소저전)』은 김기동 편, 『필사본 고전소설전집』, 아세아문화사, 1980을 참조하였다. 『석태룡전』과 『위봉월전』은 영인된 자료가 없어 각각 김기동, 「영웅소설 석태룡전」, 『한국고전소설연구』, 교학연구사, 1983 및 전용문, 「'위봉월전' 연구」, 앞의 책을 참조하였다. 『최익성전』과 『방한림전』은 『나손본 필사본 고소설자료총서』, 보경문화사, 1991을 참조하였다. 『부장양문록』은 정병설이 제공해 준 자료를 참조하였다. 『부장양문록』 자료를 제공해 주신 정병설에게 감사드린다. 이후 더 자세한 서지가 필요할 경우는 그 때마다 다시 서지사항을 언급하기로 한다.

다고 볼 수 있을 것이다.

여성영웅소설에서 남성과 여성의 동일성에 대한 주장을 문학적으로 표현한 것이 여주인공의 남장 활동이다. 여주인공들은 왜 남장을 하는가? 그들은 대개 무남독녀나 장녀로서 부모 부재의 상황에 처한 경우가 많다.[16] 부모 부재, 의지할 남자의 부재 상황에서 여성주인공들은 스스로를 보호하거나, 부모를 대신해 설원雪寃하거나, 가문의 위기를 극복해야 하는 상황에 처한다. 가부장제 사회의 여성에게 있어 가부장 내지 가부장적 존재의 부재는 생존의 위기이기도 하다. 이러한 위기 앞에 비탄의 눈물을 흘리거나 혹은 인고하면서 기다리는 것이 이전 소설의 여주인공들이 보여준 일반적인 모습이었다면, 여성영웅소설의 주인공들은 자신의 주체성과 능동성을 강화하는 방향으로 나아갔다. 중세사회에서 주체성과 능동성은 남성의 몫이었다. 그래서 여성들은 남성들과 같아지기 위해 남장을 하였다. 여주인공의 남장은 '여화위남女化爲男'이라고 표현되었다. 말 그대로 '여자가 변하여 남자가 된다'는 의미다. 여성주인공은 남장을 함으로써 사회적으로 남자가 될 수 있었다.

여성의 남장은 단지 옷을 바꿔 입는 행위 이상의 의미를 지닌다. 오늘날은 사회 전반의 복장규제가 과거에 비해 상당히 느슨해졌지만, 옛날에는 성별과 계급에 따른 복장규제가 매우 엄격하게 이루어졌다.[17] 그러므로 여성의

---

16 여성영웅소설의 여주인공들은 무남독녀인 경우가 압도적으로 많다. 그 외에는 남동생을 둔 장녀이거나(『석태룡전』, 『음양옥지환』, 『이학사전』), 딸만 있는 집안의 자매들인 경우가 있다(『옥주호연』). 한편, 여주인공들은 어려서 부모가 모두 세상을 떠난 경우가 대부분이며, 부친이 유배 중이거나 출전 중인데 모친은 세상을 떠난 경우가 있는가 하면(『김희경전』, 『석태룡전』, 『정현무전』, 『설저전』), 전란으로 부모와 헤어져 고아나 다름없는 처지가 된 경우도 있다(『홍계월전』). 또는 부모는 생존하지만 심하게 갈등 대립하여 집을 나오기도 한다(『옥주호연』).

17 영국의 경우 1620년 여자가 공중 앞에서 남장하는 것을 비난하라는 국왕의 명령이 성직자들에게 내려지기까지 하였고, 무대에서든 길거리에서든 남자 옷을 입은 여성들은 젠더와 계급제도를 위협하는 사회전복세력으로 부각되기까지 하였다.

남장은 젠더체계와 관련된 고정관념에 균열을 초래하면서 그 사회가 여성에게 부과한 젠더역할과 규범에 도전하는 일이 된다. 내외법의 규제가 매우 엄격했던 조선 후기 사회에서 비록 소설을 통해서이긴 하지만 **여성의 남장은 중세적 젠더체계에 의문을 제기하고 나아가서는 젠더경계를 교란시키는 일이 된다.**

'여성의 남장'이나 '남성의 여장'과 같은 복장전환은 고대소설에 흔히 등장하는 화소話素이다. 하지만 남성의 여장이 대개 그러하듯, 여성의 남장도 반드시 문제적인 것만은 아니다. 『구운몽』의 심요연, 『옥루몽』의 강남홍과 일지련, 『사각전』의 월섬, 『남강월전』의 남강월 등은 남장을 하고 전쟁에 출전한다. 이들 소설에서 남장여성은 단지 하나의 삽화에 불과하며, 작품 전체 구조에서 흥미소興味素 이상의 역할을 하지 않는다. 이러한 삽화들은 『구운몽』이나 『김희경전』, 『정현무전』 등에 나오는 '남성의 여장' 에피소드처럼 잠시 등장하여 젠더경계를 교란함으로써 흥미를 유발시키고는 곧 사라지는 일시적 장치에 불과할 뿐, 지속적으로 젠더체계에 의문을 제기하는 것이라고는 할 수 없다. 나아가서는 남성적 관점에서 여성을 대상화하거나 한낱 이색적인 흥밋거리로 전락시키는 것이 남장여성의 이야기인 경우도 있다.

이와는 달리 여성영웅소설에서 남장여성의 이야기는 한낱 삽화에 머무르지 않고 **일대기로 구조화**되어 있으며 남장부분이 일대기에서 매우 큰 비중을 차지하고 있다. 이러한 남장여성의 일대기 구조는 흥미의 측면도 전혀 무시할 수는 없으나, 기본적으로는 여성과 남성의 관계 및 성별 역할에 관한 문제제기와 연관되어 있으며, 여성과 남성이 어떤 점에서 같고 다른지, 여성의 정체성은 무엇인지에 대한 의문을 제기하고 있다고 볼 수 있다.

여성들은 어떤 계기로 남장을 하게 되는가? 겁탈이나 늑혼勒婚을 모면하기 위해서,[18] 혹은 '집 밖'의 세계로 내던져졌거나 '집 밖'의 세계로 나가기 위해서,[19] 혹은 자신이 원하는 일을 하거나 원하는 삶을 살기 위해서[20] 남장을 하게 된다. '여성'인 채로는 그 존재가 위태롭고 취약하기 때문에, 또 '여성'인 채로는 부자유하기 때문에 남장을 하게 되는 것이다. 가부장제 사회에서 남성의 보호를 받지 못하는 여성은 남장을 통해서만 안전하거나 자유로운 삶을 살 수 있음을 여성영웅소설의 주인공들은 보여준다. 이들의 '남장'은 단순한 '남성선망'이 아니라, 남성들이 독점하는 독립성과 자유에 대한 선망이며, 그런 점에서 남성과 평등해지려는 욕구의 표현이라고 할 수 있다.[21]

18 『이대봉전』, 『최익성전』, 『음양옥지환』, 『황운전』, 『설저전』 등이 그러하다.
19 결혼을 앞두고 혼사장애 때문에 남장을 하고 길을 떠나기도 하고(『위봉월전』), 유배지의 부친을 찾아가기 위해 길을 떠나면서 남장을 하기도 하며(『김희경전』), 계모나 측근의 핍박이나 모함을 피해 길을 떠나면서 남장을 하기도 하고(『석태룡전』, 『정현무전』), 타향에서 고향으로 돌아가기 위해 남장을 하기도 한다(『백학선전』). 그렇지 않으면 부모를 잃고 떠돌아 다니느라 남장을 하는 경우도 있고(『운향전』), 다가올 환란을 피하기 위해 부모가 어린 여주인공에게 남장을 시키기도 한다(『홍계월전』).
20 『옥주호연』의 세 자매는 입신양명한 뒤 금의환향하겠다며 스스로 남장을 하고 집을 나서며, 『부장양문록』의 주인공은 피란을 위해 부친이 남복을 입도록 하였는데, 그 뒤 남장을 한 채 스스로 적과 맞서며 이후로도 남복을 벗지 않는다. 『정수정전』의 주인공은 부모가 모두 세상을 떠난 뒤 스스로 남장을 하며, 『이학사전』과 『방한림전』의 주인공들은 어릴 때부터 스스로 남장을 원하였기에 부모가 그 뜻을 들어주었다.
21 여성영웅들의 남장은, '남성선망'이며 유교적 이데올로기 구현을 위한 것이라고 비판되기도 한다(장시광, 「여성영웅소설에 나타난 '여화위남'의 의미」, 『한국고전여성문학연구』 2, 2001). 이러한 견해는 일견 타당할 수도 있다. 하지만 여성영웅들이 남성처럼 되고자 한 것은 남성이 여성보다 우월하고 자유로운 존재였기 때문이다. 그녀들은 '남장'을 함으로써 자신의 열등성과 부자유를 부정하고자 한 것이다. 가부장제 사회에서 열등한 존재로 간주되는 여성이 우월한 존재인 남성을 선망하는 것은 어쩌면 당연한 일이다. 현상적으로 드러난 '선망'의 이면에 있는 주체적 동기에 주목할 필요가 있다. 여성영웅들이 왜 유교이데올로기를 지향했는가 하는 문제도 마찬가지다. 이 점에 대해서는 후술된다. 한편 사진실은 "여성이 여성임을 은폐하고 남자로 나설 때야만 영웅으로서의 면모를 발휘할 수 있었던 것이다. 사회적 의식이 여성 자체의 영웅적 면모를 인정한 것이 아니며, 오히려 영웅적 면모라는 것은 남자의 전유물이라는 통념을 보여주었다고 여겨진다"(사진실, 앞의 글, 574면)라고 하여 '남장'을 부정적으로 해석하였다. 그런데 여성영웅소설 중에는 여성임을 은폐하지 않고 남장을 하는 경우도 여러 편 있을 뿐 아니라, 여성임을 은폐한 경우라 할지라도 그것은 텍스트 안의 일이다. 여주인공이 남장을 하였지만 사실은 여성이라는 사실은 텍스트 밖의 독자들에게는 은폐된 사실이라고 할 수 없다. 당대 독자들은 여성도 단지 옷을 바꿔 입는 것만으로 남성과 다름없이 탁월한 능력을 발휘할 수 있다는 생각을

젠더구분이 엄격한 중세사회에서 남자의 옷을 입는 것은 외관상 남자가 되는 것을 의미한다. 생물학적으로는 여성이지만 사회적으로는 남성으로서 생각하고 행동하며, 타인으로부터도 남성으로 간주되는 존재가 되는 것이다. 즉, '사회적 남성'이 되는 셈이다. 따라서 여주인공의 남장이 불가피한 상황으로 인한 수동적 선택인가, 혹은 적극적이고 자발적인 선택인가 하는 것은[22] 여주인공의 평등추구가 얼마나 의식적이고 자각적인가의 여부와 관련되는 문제이기도 하다.

남장을 한 여성들은 집 밖의 세계, 즉 **공적 영역**을 경험한다. 젠더경계가 엄격한 사회일수록 여성을 집안의 존재로 제한한다. 집안의 존재이기에 집밖의 세계를 경험할 기회를 갖지 못하며, 그래서 더욱 더 여성은 집안의 존재로 고착될 수밖에 없다. **부자유한 몸과 부자유한 정신은 악순환된다.** 여성이 집 밖의 세계를 자유로이 경험한다는 것은 평등을 위한 기본 조건이다. 집 밖의 세계로 나온 여성들은 여행을 하고, 조력자나 스승을 만나며, 병법과 무예, 시서詩書와 학문을 배운다. 이러한 지식들은 중세여성에게는 금지된 영역이었다. 남성적 지식과 여성적 지식이 엄격히 분리되고 위계화되어 있는 것이야말로 남녀불평등의 주요한 근원 중의 하나라고 할 수 있는데, 여성주인공들이 남성적 지식을 습득하는 것은 공적 세계로의 진출을 위해서 필수적이다.

남성적 능력을 계발한 여성들은 과거에 응시하고, 관직에 진출하며, 전쟁에 출전하여 반란이나 외란을 평정하고, 새 왕조 창건에 중요한 역할을 하는

할 수 있었을 것이고, 따라서 '남장'의 화소는 '평등의 가능성'을 일깨우는 일종의 계몽적 장치 역할을 하는 측면이 있다고 생각한다.

22 그런 점에서 차이는 있지만 대부분의 여성주인공은 한 번 착용한 남복을 그 뒤로도 여간해서는 벗지 않는다. 수동적으로 '사회적 남성'이 되었다 해도 그 이후로는 상당기간 스스로 '사회적 남성'으로 남아 있기를 선택한 셈이고 그런 만큼 남복을 벗지 않는 것 자체가 하나의 주체적 선택이라고 볼 수 있다.

등 탁월한 공적을 세우고 높은 권력을 획득한다. 이와 같은 일련의 남장활동을 통해 여성영웅소설이 공통적으로 주장하는 것은 남녀의 사회적 능력의 동일성이며, 그에 기반한 공적 활동에 있어서의 평등이다.

여주인공들은 일정한 권력과 지위를 획득함과 동시에 애초 제시되었던 개인적 문제 — 그것이 정혼자定婚者와의 결합이든, 배우자의 보필이든, 가족 재결합이든, 부모를 대신한 설원雪冤이든, 가문의 재건이든 간에 — 를 함께 해결하는 경우가 많다. 그런데 소기의 개인적 목표를 달성하거나 권력과 지위를 획득한 다음에는 주인공의 정체성이 문제가 되고 남장활동을 그만두게 되는 상황이 오게 마련이다.

남장이 얼마나 지속되고 어떻게 끝나는가, 그리고 남장이 한시적인가 반복적인가, 남장을 반복할 경우 그것이 단순 반복되는가 아니면 새로운 문제와 관련되는가 하는 점은 여주인공이 추구하는 평등이 얼마나 지속적인가, 그 구체적 함의는 무엇인가 하는 점과 긴밀하게 연관되어 있다. 남장이 얼마나 어떻게 지속되는가 하는 관점에서, 여성영웅들의 남장을 한시적 남장, 반복적 남장, 지속적 남장으로 대별해 보는 것도 가능하다.[23]

여성영웅소설에서는 '한시적 남장'의 경우가 가장 많다.[24] 이 부류의 소설에서 여성주인공이 남장을 하고 공적 활동을 벌이는 것은 일회적이고, 한시

---

23 박성미, 「여장군소설 주인공의 변신 연구」, 서강대 석사논문, 2002, 6면에서는 여성영웅소설을 여주인공의 변신의 형태에 따라 '외모의 변신', '일시적 변신', '반복적 변신', '지속적 변신'으로 나눈 바 있는데, 이 용어를 참조하였다. 그러나 구체적 작품 분류에 있어서는 차이가 있다.

24 '한시적 남장'의 여성영웅소설로는 『김희경전』, 『석태룡전』, 『양주봉전』, 『최익성전』, 『음양옥지환』, 『정현무전』, 『설저전』, 『부장양문록』 등이 있다. 『백학선전』과 『운향전』의 경우, 여주인공은 길을 떠나면서 일시 남장을 했다가 다시 여성으로 돌아온 후 여성신분을 숨기지 않고 남장 출전한다. 형식적으로는 남장이 반복된다고 볼 수도 있으나, 남장을 하고 본격적인 공적 활동을 벌이는 것은 일회적이다. 그래서 '한시적 남장'으로 분류하였다.

적이다. 이 경우 여성주인공들은 자신의 목적을 성취하거나, 혹은 여성임이 밝혀지고 난 뒤[25] 가정으로 돌아간다. '집안의 존재'로서 여성의 본분에 충실한 삶을 살아가게 되는 것이다. 이러한 결말의 여성영웅소설들은 남성과 여성의 평등은 공적 영역, 즉 가정 바깥에서는 가능할 수도 있어 여성이 한시적으로 사회적 활동을 할 수는 있지만, 여성의 고유 영역은 역시 가정이라는 관념에 바탕하고 있다. 공적 영역과 사적 영역의 엄격한 이분법에 의거하여 여성에게는 사회적 역할보다 가정적 역할이 더 중요하다는 생각을 표현하고 있는 것이다.[26] 이러한 부류의 여성영웅소설들은 일정하게 남성과 여성의 평등을 주장했음에도 불구하고 결국은 성별 차이를 더 중시하는 입장으로 회귀한 것이라고 할 수 있다.[27]

---

25 애초 여성임을 숨기지 않고 남장한 경우나(『백학선전』, 『운향전』), 공적(功績)을 이룬 후 스스로 여성임을 밝히는 경우(『석태룡전』, 『이봉빈전』), 정혼자 상면 후 여성임을 밝히는 경우(『음양옥지환』) 등은 비교적 자발적인 여성으로의 복귀이다. 부마로 간택되자 여성임을 밝히는 경우(『설저전』에서는 부마간택 후 여성임을 밝히려 하다가 부친을 유배지에서 먼저 모셔온 후 밝히고 있다)는 자의반 타의반으로 여성으로 복귀하는 데 해당한다. 반면 타인에 의해 여성임이 탄로 나는 경우나(『옥주호연』), 부친의 질책으로 마지못해 여성임을 밝히는 경우(『부장양문록』)는 여성으로의 복귀에 상당한 고민과 번뇌가 따르는 경우이다. 후술되는 '반복적 남장'의 경우에도 『위봉월전』은 정혼자 상면 후 스스로 여성임을 밝히고 있으며, 『이대봉전』, 『황운전』은 부마로 간택되자 여성임을 밝힌다.
26 여주인공이 남편을 돕기 위해 남장 출전하는 『운향전』, 정혼자 상면 후 주저없이 자신의 정체를 밝히는 『음양옥지환』, 남장으로 영웅적 위업을 달성한 후 부마로 간택되자 아무런 갈등이나 고민 없이 여성의 역할로 복귀하는 『김희경전』 등의 작품은 사회적 능력과 자질에 있어 여성은 남성과 동등하다는 주장을 하지만, 한편으론 여성의 가족 내적 역할을 당연한 것으로 받아들이고 기꺼이 수용하는 면모를 보이고 있다. 전통적인 남녀의 역할 차이 및 성별분업체계를 인정하고 있는 것이다. 후술되는 '반복적 남장'의 『황운전』, 『이대봉전』(방각본), 『위봉월전』도 이 점에 있어서는 마찬가지이다.
27 물론 『부장양문록』의 경우처럼, 여주인공이 타의에 의해 남장을 벗고 여성적 삶을 살아가지만 그에 대해 깊은 회한을 표현한 경우도 있다. 이 경우, 여성의 영역을 가정으로 한정하는 관습체계에 대해 이의를 제기하고 있다고 볼 수 있다. 하지만 '한시적 남장'의 여성영웅소설에서 『부장양문록』은 매우 예외적인 경우이다. 『부장양문록』에 대해서는 정병설의 앞의 글 및 「바늘과 칼― 여장군소설의 몇 장면」, 『문헌과 해석』 11, 2000이 참조가 된다.

'반복적 남장'의 여성영웅소설은 1차 남장활동을 벌이고 일단 여성으로 복귀한 뒤, 다시 거듭하여 남장활동을 하는 경우이다. 반복하여 남장활동을 벌이는 것은 그만큼 사회적 지향이 강한 것이라고 해석할 수 있다. 더구나 2차 남장활동은 여성임이 이미 알려진 상태에서 행해진다. 여성임이 이미 알려진 상태에서 남장활동을 벌이는 것은 사회가 여성의 공적 활동을 일정하게 승인했다는 의미로 해석될 수 있다.[28] 전반적으로 보아 '반복적 남장'은 평등추구에 있어 보다 진전된 면모를 보여준다고 할 수 있다.

'반복적 남장'에도 두 부류가 있다. 남장이 단순하게 반복되는 경우와 그것이 남녀대립이라는 새로운 문제와 연관된 경우다. 전자의 대표적인 작품으로는 『황운전』, 『이대봉전』(방각본), 『위봉월전』이 있고,[29] 후자의 대표적인 작품으로는 『홍계월전』, 『이학사전』, 『정수정전』이 있다.[30]

남장이 단순하게 반복되는 『황운전』류의 여성영웅소설은 — 앞서 '한시적 남장'의 여성영웅소설과 마찬가지로 — 여성으로 복귀한 이후 가정 내에서의 여성의 지위나 남녀평등의 문제에 대해서는 어떤 문제제기도 하지 않았다. 그러나 우리는 다음과 같은 의문을 가지게 된다. 공적 영역에서 일정한

28　'한시적 남장'의 『백학선전』과 『운향전』에서도 여주인공은 여성임을 숨기지 않은 채 남장 출전한다.

29　방각본 『이대봉전』의 경우는 구활자본과는 달리, 여주인공이 임신 7개월에 다시 남장을 하고 전쟁에 출전한다. 『황운전』, 『위봉월전』의 경우에도 여주인공은 혼인 후 다시 남장 출전한다. 『이대봉전』의 텍스트는 『구활자본 고소설전집』 11, 인천대 민족문화연구소, 1983 및 김동욱 편, 『고소설판각본전집』 2, 인문과학연구소, 1993을 참조하였다.

30　『홍계월전』의 텍스트는 『구활자본 고소설전집』 16, 인천대 민족문화연구소, 1983; 『이학사전』의 텍스트는 김기동 편, 『활자본 고소설전집』 7, 아세아문화사, 1977; 『정수정전(여장군전)』의 텍스트는 김동욱 편, 『고소설판각본전집』 3, 인문과학연구소, 1993 및 『구활자본 고소설전집』 26, 인천대 민족문화연구소, 1983을 참조하였다. 이들 작품에 대한 주요 연구로는 이인경, 「'홍계월전' 연구」, 앞의 책; 강진옥, 「'이형경전(이학사전)' 연구」, 『고소설연구』 2, 한국고소설학회, 1996; 사진실, 「'정수정전' 이본의 계통과 변모양상」, 앞의 책 등이 참조된다.

평등을 성취한 여성이 돌아간 가정은 과연 평등한 공간이었을까? **공적 영역에서의 평등이 사적 영역에서의 평등을 보장하는 것일까?**

『홍계월전』, 『이학사전』, 『정수정전』 등은 여성으로 복귀한 뒤, 가정 내에서 여주인공이 겪는 갈등을 다루고 있다. 다시 말해 사적 영역에서의 남녀평등 문제를 다루고 있으며, 그런 점에서 '평등'에 대한 문제의식이 구체화되고 심화되는 양상을 보이고 있다고 할 수 있다. 이 작품들은 여타의 여성영웅소설과 구별되는 독특한 문제의식을 보여주고 있어, 별도로 '남녀대립형 여성영웅소설'이라 명명할 수 있을 정도로 특징적이다.[31]

『홍계월전』, 『이학사전』, 『정수정전』의 여주인공들은 여성으로 복귀한 후 심각한 남녀갈등 내지는 가족갈등의 양상을 보여준다.[32] 여주인공들은 여전히 자신이 '사회적 남성'이며 따라서 남성과 대등하거나 혹은 남성보다 우월한 존재라고 생각하는 데 반해, 남편이나 가족들은 그녀가 가정으로 돌아온 이상 여성의 관습적 지위를 수용해야 된다고 생각한다. 여주인공은 가정 안에서도 남녀의 평등을 관철시키려 하는 데 반해, 남편이나 가족들은 남녀의 위계를 당연시한다. 가정 내에서의 여성의 지위에 대한 상호간의 인식 차이에서 갈등은 일어난다. 이러한 가정 내 갈등에 대해 여주인공은 자신의 우월

---

31 이러한 특징적 면모로 인해 이들 작품은 각별한 주목을 받아왔다. 선행연구에서 이들 작품은 다음과 같이 명명되었다. '여성우위에 의한 남녀대립 유형'(민찬, 「여성영웅소설의 출현과 후대적 변모」, 서울대 석사논문, 1986), '남성지배 영웅형'(전용문, 앞의 책), '여성우위형'(박미란, 「여성영웅소설연구」, 전남대 석사논문, 1994; 진유민, 「여성영웅소설연구」, 단국대 석사논문, 2003), '입신양명이 중심이 된 유형 중에서 남녀의 대립이 나타나는 유형'(임병희, 「여성영웅소설의 유형과 변모양상」, 고려대 석사논문, 1989).

32 『홍계월전』의 주인공은 남편의 애첩을 베어 죽이고, 전장에서 위기에 처한 남편을 구해주면서 "저러하고 평일에 남자로다 하고 나를 업수이 여기더니 이제도 그리할까?"며 남편을 조롱한다. 『정수정전』의 주인공은 군령을 어긴 남편의 곤장을 친다. 남편은 정수정을 제압하지 못해 부심하는 면모를 보여준다. 『이학사전』의 주인공은 친정으로 돌아온 자신을 데리러 온 남편을 심하게 박대하고, 이후 7년간이나 부부관계를 거부한다.

한 공적 지위를 가족들에게 확인시킴으로써 대처하려 하거나, 혹은 국가의 위기에 부름을 받아 그 공적 능력을 재확인시킴으로써 봉합하기도 한다. 이는 여성의 우월성 확인을 통해 문제가 해결될 수 있다는 주장으로 해석될 수도 있고, 혹은 결혼 후에도 여성은 '집안의 존재'가 아니라 '사회적 존재'임을 증명함으로써 문제가 해결될 수 있다는 주장으로 해석될 수도 있다. 전자의 경우, 남성우월주의의 대안이 여성우월주의는 아니라는 점에서 한계가 있다. 후자의 경우, 여성을 '집안의 존재'로 고정시키고 남녀를 위계화하는 성별 분업체계에 문제제기를 하고 있다는 점에서 부분적인 의의가 인정된다. 하지만 그러한 문제제기가 근본적이거나 지속적으로 이루어지고 있는 것은 아니었다.

평등의 문제를 보다 지속적이고 철저하게 문제삼고 있는 경우가 '지속적 남장'의 여성영웅소설이다. 여기에 해당되는 작품으로는 『방한림전』이 있다.[33] 『방한림전』의 여성주인공 방관주는 결혼으로 인해 여성이 다시 '집안의 존재'로 고착되는 것을 거부한다. 방관주는 이성과의 결혼을 거부하고 동성의 여성과 결혼을 하며, 입양을 통해 부모가 되고 아들로 하여금 자신의 성姓을 잇게 한다. 그녀의 남장은 평생 지속된다. 방관주는 남녀의 차이를 완전히 부정하고 남성과의 철저한 동일성을 추구하였다. 그런 만큼 평등에의 추구 또한 가장 철저하였다. 『방한림전』은 여타의 여성영웅소설들이 보여주는 남녀의 평등이 불완전하고 미흡하다는 불만 위에서 성립되었다고 보인

---

33 『방한림전』의 텍스트는, 『나손본 필사본 고소설자료총서』 11, 보경문화사, 1991에 수록된 것을 이용하였다. 『방한림전』과 관련된 주요 선행연구는 다음과 같다. 양혜란, 「고소설에 나타난 조선조 후기사회의 성차별의식 고찰-'방한림전'을 중심으로」, 『한국고전연구』 4, 한국고전연구학회, 1998; 차옥덕, 『백년 전의 경고-'방한림전'과 여성주의』, 아세아문화사, 2000; 장시광, 「'방한림전'에 나타난 동성결혼의 의미」, 『국문학연구』 6, 국문학회, 2001; 김하라, 「'방한림전'에 나타난 지기 관계 변모의 의미」, 『관악어문연구』 27, 2002.

다. 『방한림전』의 방관주는 '평등의 페미니즘'을 그 극단까지 추구하였다는 점에서 매우 문제적인 인물이다.[34] 따라서 방관주를 통해 '평등의 페미니즘'의 의의와 한계가 동시에 드러나고 있다. 방관주가 추구한 평등이 '남성과의 동일화'에 지나지 않는다고 간단히 비판할 수 있을지도 모른다. 하지만 남성과 여성을 이분화, 위계화하는 것이 가부장제의 속성이므로 성별분업체계의 해체를 통한 '남녀역할의 비非차별화'는 반드시 필요하다. 그런데 여성이 먼저 경계를 허물고 남성의 영역으로 진입하지 않는다면, 과연 누가 여성들을 위해 경계를 허물어줄까? 다른 방법으로 어떻게 성별분업체계가 해체될 수 있을까? 여성이 여성에게 주어진 역할만 수행하면서, 다시 말해 남녀의 차이를 굳게 견지하면서 과연 실제적인 평등이 가능할 수 있을까? 평등의 추구방식에 부분적 문제점이 있다고 해서, 평등 추구 자체를 포기하고 곧장 차이로 복귀하는 것은 더 큰 문제를 야기할 수 있다. 방관주가 추구한 평등의 페미니즘은 거기에 수반되는 문제점에도 불구하고 논리적으로나 역사적으로 반드시 필요한 과정이라고 보인다. 그런 점에서 방관주의 성취에 대한 적절한 평가 없이 단지 그 '남성화'만을 비판하는 것은 현대적 관점에서는 어떨지 모르겠으나, 역사적 관점에서는 반드시 온당한 평가라고 하기 어렵다. 방관주라는 인물은 페미니즘에 있어서 근본적인 물음들을 제기하고 있고, 평등 추구의 의의와 한계를 선명하게 보여주고 있다는 점에서 주목된다.

요컨대, 여성영웅들의 남장활동은 '동일성에 근거한 평등의 추구'를 문학

---

34 방관주는 여성의 억압적 현실을 인식하지 못하는, 철저한 남성콤플렉스의 소유자일 따름이라고 보는 견해도 있다(장시광, 앞의 글). 방관주의 남성 지향이 남성콤플렉스에서 기인한다고 보는 데 대해 필자는 견해를 달리한다. 가부장제 사회에서 여성은 열등한 존재, 부자유한 존재이며, 남성은 우월한 존재, 자유로운 존재이다. 자신의 열등성과 부자유를 극복하기 위해 여성들은 흔히 남성을 모방하게 된다. 가부장제 사회의 여성들이 남성을 모방할 수밖에 없는 보다 근원적이고 내면적인 동기에 대한 이해가 필요하다.

적으로 형상화한 것이라고 볼 수 있다. 남장이 한시적인가, 반복적인가, 지속적인가에 따라 그 평등의 주장에도 내부적인 편차가 존재함을 알 수 있었다. 이제 여성영웅소설에서 추구하는 '평등'이 구체적으로 어떤 문제점이 있는지 여성영웅소설 전반을 통해 좀 더 자세히 생각해 보기로 하자.

여성주인공이 추구하는 가치의 측면에서 여성영웅소설을 살펴보자. 여성영웅소설은 대체로 '충·효·열·가문'이라는 중세 이데올로기를 지향하고 있어 중세적 한계를 넘어서지 못하고 있다. 그러나 그 중에서도 '열'의 이데올로기는 남녀관계와 관련된 규범이기에 여성영웅소설 각 작품에 따라 내부적 편차가 있다. 대부분의 여성영웅소설에서 여성주인공은 사회적 활동과 성취를 통해 '열'의 가치도 지켜낸다. 그런 점에서 종래의 '열' 관념이 고수되고 있다기보다는 주체적 적극적으로 재해석되고 있다고 할 수 있다. 나아가 '남녀대립형' 여성영웅소설이나 『방한림전』에서는 종래의 '열' 관념이 동요되거나 의문시되고 있다.[35] 이들 작품에서는 적어도 '열'의 이데올로기 측면에서만큼은 중세적 가치가 더 이상 유효하지 않음이 드러나고 있다.

이와는 달리, '충·효·가문' 이데올로기에서 만큼은 모든 여성영웅소설이 강한 집착을 드러내고 그것을 철저히 고수하는 면모를 보이고 있다. '여성의 사회적 성취'라는 진보적인 여성의식이 왜 이처럼 보수적 이념과 강고히 결합될 수밖에 없었을까?

동서양을 막론하고 보편적 '인간'이란 실제에 있어서는 '남성'을 의미하는 것이었고, 여성은 '남성이 아닌 존재' 내지는 '결핍의 존재'였다. 그 '남성'이

---

35 '한시적 남장'의 경우도 『부장양문록』의 여주인공은 정혼자와의 결혼을 거부함으로써 '열'에 대해 의문을 제기하고 있다. '반복적 남장'의 『홍계월전』·『정수정전』·『이학사전』은 남편과의 심각한 대립을 불사함으로써, '지속적 남장'의 『방한림전』은 남성과의 관계 자체를 거부함으로써, '열'의 가치에 의문을 제기하고 있다.

라는 것도 기실은 '지배계급의 남성'을 의미하는바, 남성과의 평등을 원하는 여성은 우선 '지배계급의 남성'을 모방하는 경향이 있다. 중세 중국과 한국의 지배계급 남성을 지배한 이념은 바로 '충·효·가문' 이데올로기였다. 중세여성에게 있어 평등이란 실제적으로 중세 지배계급 남성과의 평등을 의미했다. 이는 결국 남성적 기준을 여성 스스로에게 부과하게 되는 경향이 있다. 이러한 경향은 결국 남성과 얼마나 동일한가 하는 점을 평등의 척도로 삼게 된다는 점에서 '동일화'의 함정에 빠질 수도 있다.[36] 이런 점에서 '평등의 추구'는 '남성화'에 지나지 않는다고 비판되기도 한다.[37] 하지만 '동일성'에 근거하지 않고 어떻게 '평등'을 주장할 수 있을까?[38] 평등 추구에 부수될 수 있

---

[36] 뤼스 이리가레 외, 권현정 편, 『성적 차이와 페미니즘』, 공감, 1997, 286면에서는 이를 "동일성들의 평등화"라고 언급한 바 있다. 이외에도 실비안느 아가젠스키, 유정애 역, 『성의 정치』, 일신사, 2004는 이런 관점에서 평등의 페미니즘을 비판하고 있다.

[37] 이인경은 "이(여성이 남성성을 갖추면 곧 우월한 존재라는 식의 논리─인용자)는 여성이 남성과 똑같아지면 남녀평등이 이루어진다는 식의 저급한 논리이며, 여성이 남성과 똑같아지는 것은 근본적으로 불가능하므로 절대로 남녀는 동등한 존재가 될 수 없다는 역논리를 마련하고 있는 것이다. 바로 이 점이 여성영웅소설 전반이 공유하는 의식의 한계이다"(이인경, 「여성영웅소설의 유형성에 관한 반성적 고찰」, 1375면)라고 하여, 여성영웅소설 일반이 추구하는 평등에 대해 부정적으로 평가하였다. 이인경의 이 논문은 여성영웅소설에 대한 종래의 천편일률적인 평가에 대해 날카로운 이의를 제기한 점에서 의의가 있다. 이인경은 남성과 여성의 차이를 강조하고, 여성성에 가치를 두는 '차이의 페미니즘'적 사유에 일정하게 동의하고 있는 것처럼 느껴진다. 하지만 여성영웅소설의 '남장'은 소설적 장치라는 점, 그리고 그것은 **평등추구의 한 방식**이라는 점이 고려될 필요가 있지 않나 생각한다. 필자는, 여성영웅들의 남장을 소설적 장치로서 이해하지 않고 실제로 '남자와 똑같아지는 행위'라고 해석하는 점이나, 평등추구의 과정에서 '남성과의 동일성'을 주장하는 것이 바로 '남자와 똑같아짐'이라고 보는 데 대해서는 생각을 달리한다. 평등을 주장하는 사람들은 많은 경우 남녀의 동일성을 근거로 삼는다. 그런데 그 '동일성'이란 일정한 능력과 자질에 있어서 동등함을 주장하는 것이지 그야말로 모든 점에 있어 남자와 여자가 완전히 똑같다는 말은 아니라고 본다. 남자와 여자가 모든 점에서 완전히 같다고 생각하는 사람이 어디 있겠는가? 다만 남녀의 차이를 최소화하려고 하는가, 남녀의 차이를 최대화하려고 하는가에 있어서 다를 뿐이다. 또한 남성성과 여성성은 고정불변의 것이라는 암묵적 전제 위에서 논의가 이루어지고 있는데, 이 점에 대해서도 필자는 생각을 달리 한다.

[38] 한 여성철학자는 이렇게 말한다. "평등이란, '동일한 것(=)'을 기반으로 할 때 가능한 것이지, 서로 다른 것(≠)으로부터는 성립될 수 없다."(엘리자베트 바댕테르, 앞의 책, 219면)

는 문제점 때문에 평등 자체를 폐기처분하고, '차이의 강조'로 돌아가는 것은 이분법으로의 복귀라는 점에서 상당히 위태로운 일로 보인다. 그보다는 평등의 추구방식에 대한 보다 비판적 성찰이 필요하다고 보인다. 여성들은 평등의 성취를 위해 남성들을 모방하는 경향이 있는데, 문제는 현존하는 남성들의 가치를 무차별적으로 모방하기 쉽다는 점이다. 다시 말해 남성들의 긍정적 가치 혹은 중립적 가치만을 모방하는 게 아니라, 부정적 가치들도 고스란히 모방하게 된다는 점이다. 여성영웅소설의 경우 그 대표적인 것이 중화의식의 모방과 폭력의 모방이다.

여성영웅들은 국내의 역적逆賊만이 아니라, 운남雲南과 같은 변방의 소수민족이나 흉노, 교지국交趾國, 남만南蠻 등 변방의 이민족을 적으로 설정하고 있다. 여성영웅소설이 애초 중국을 무대로 한 남성영웅소설을 모방한 데서 유래하는 한계이기도 하지만, 여성영웅소설에서는 중국이라는 중심의 관점에서서 이민족을 오랑캐로 간주하고, 그들을 타자화하며, 가차 없이 섬멸해야할 대상으로 간주하고 있다. 조선 여성이라는 **주변적 존재로서의 자기반성적 의식**은 철저히 소거된 채 중심과 자신을 아무런 매개 없이 동일시하는 허위의식에 빠져 있음을 볼 수 있다. 자신이 모방하는 대상에 대한 주체적·비판적 성찰이 결여된 무조건적인 모방의 결과라고 할 수 있다.

여성영웅소설에서 드러나는 폭력의 문제도 마찬가지다. 여성영웅소설은 영웅소설과 마찬가지로 기본적으로는 전쟁담戰爭譚에 기초해 있다. 전쟁은 남성다움이 가장 잘 부각되는 집단적 행위이다. 개별 남성들은 전쟁터에서 공격성, 폭력성을 남김없이 발휘함으로써 더욱 남성답다는 평가를 받게 된다. 여성이 남성과 동등하다는 사실을 가장 효과적으로 입증하는 방법이 전쟁 능력의 발휘 내지는 폭력성의 과시일는지도 모른다. 『이봉빈전』의 여주인공은 자기 부모를 직접 죽이지는 않았고 간접적으로 관계되어 있을 뿐인 마졸馬卒의 무리나 사공까지 모조리 처단하였고, 남의 자식을 죽였으니 네 자식 죽는 모습을 보는 것도 당연하다며 원수의 아들을 세워 놓고 얼굴을 깎고, 원수 부자의 배에서 간을 꺼내 시부와 남편의 영위靈位에 배설排設한다.[39] 『홍계월전』의 주인공은 원수의 목을 묶어 나무에 매달고 "너 같은 놈은 점점이 오리리라" 말하며 배를 갈라 간을 끄집어내기도 한다.[40] 이것은 폭력의 모방, 폭력에 있어서의 평등에 다름 아니다. 남성의 부정적 가치에 대한 성찰의 결여에서 비롯된 것으로, '나쁜 평등'이라고 할 수 있을 것이다.

한편 여성영웅들이 개별적으로 남장을 하고 탁월한 사회적 성취를 이룩했다 해도 체제에의 개인적 편입에 만족할 뿐 대다수 여성들을 공적 영역에서 배제시켜온 가부장제 자체에 대한 비판적 성찰을 결여한다면, 여성영웅들의 평등을 향한 처절한 노력도 개인적인 성공담에 불과하게 된다.

여성과 남성의 차이를 강조하고 그것을 위계화하는 가부장제에 저항하기 위해서는 동일성에 입각한 평등의 추구가 불가피한 하나의 과정으로 보인다. 하지만 자신이 추구하는 **평등의 현실적이고 구체적인 내용에 대한 비판적 자기성찰**을 결여한다면, 그것은 맹목적인 남성모방을 면치 못함으로써 여러 가지 문제점을 낳게 된다. 그런 점에서 가부장제에 저항하는 여성들은 단순한 '평등'이 아니라, '평등 안에서의 차이'에 대한 고려 또한 필요하다고 보인다.[41] 요컨대 여성은 남성과 기본적으로 동일하지만, 남성과 완전히 같은 것

---

39 『이봉빈전』의 텍스트는 김기동 편, 『활자본 고전소설전집』 7, 아세아문화사, 1977을 참조하였다. 이봉빈이 원수를 갚는 장면은 위의 책, 44~48면에 자세히 묘사되고 있다.
40 『구활자본 고소설전집』 16, 인천대 민족문화연구소, 1983, 521면.
41 『이학사전』의 주인공 이현경은 남편과 시가에 맞서 갈등을 빚다가 결국 평등이 확립된 뒤에야 남편과의 관계를 회복하고 아들을 낳는다. 위계관계를 철저히 거부한 위에서 차이를 수용하는 면모를 보이고 있어, '평등'과 '차이'의 관계에 대한 진전된 고민을 보여준다. 적어도 그런 점에

은 아니라는 인식이 요청된다. 아울러 현존하는 남성적 체제와 남성적 가치에 대한 날카로운 성찰이 요구되며, 그 긍정적 가치에 있어서는 동일성을 추구할 수 있지만, 부정적 가치에 있어서는 동일성을 거부할 필요가 있다. 그러한 문제의식을 통해 **현존하는** 남성적 가치, 여성적 가치를 넘어선 미래구성적이고도 대안적인 가치 ― 진정으로 보편적인 인간적 가치 ― 의 창조가 가능하게 되리라고 본다. 이러한 이유에서 평등을 추구하면서도 차이에 대한 심사숙고가 필요하다.

3. 여성영웅소설과 '차이'

남성과 여성이 차이가 있다는 사실을 부정할 사람은 없을 것이다. 상식적으로 생각해도 남성과 여성은 같은 점도 있고 다른 점도 있다. 그러므로, **남성과 여성은 같지도 않고 다르지도 않다. '같음'을 더 강조하는가, '차이'를 더 강조하는가 하는 입장들의 차이가 있을 뿐이다.** 남성과 여성은 많든 적든 차이가 있다. 문제는 차이의 사회문화적 차원을 더 중시하는가, 생물학적 차원을 더 중시하는가 하는 점이다. 전자는 남녀의 차이가 사회문화적으로 구성된 것이며 가변적인 것이라고 생각하는 반면, 후자는 남녀의 차이가 생물학적으로 결정된 것이며 따라서 고정적인 것이라고 생각한다. 전자는 남녀의 차이

서 '평등 안에서의 차이'를 모색하고 있다고 볼 여지도 있다.

를 최소화하려는 경향을 보이며, 차이보다는 남녀의 동일성 내지는 유사성을 강조하고 확대하며, 그에 근거해 동등한 권리를 주장한다. 반면 후자는 남녀의 차이를 중시하고 강조하며, 여성적인 특질들은 남성적 특질들만큼이나 중요한 것이라고 보며, 남녀의 보편성 내지는 동일성의 추구는 여성성의 소멸로 귀결될 뿐이라고 본다.

차이를 강조하는 주장에도 상이한 두 가지 입장이 있다. 하나는 가부장제적 여성담론에서의 주장이다. 남녀는 본질적으로 다른 존재로서, 확연히 구분되는 능력과 자질을 갖고 있고, 각자에게는 고유한 역할과 지위가 있다는 주장이다. 이러한 주장은 현실에서 남녀의 역할 분리, 남녀의 위계화로 이어지고, 차이는 차별의 근거가 된다.[42]

차이를 강조하는 다른 하나의 입장은 '차이의 페미니즘'에서 찾아볼 수 있다. 가부장제 이데올로기나 '평등의 페미니즘'에 의해 여성성 및 여성적 가치가 부정적으로 평가되어 왔다고 보아, 남성과는 다른 여성의 차이를 강조하고, 여성성 및 여성적 가치의 복원을 역설한다. 남녀의 차이는 차별의 근거가 아니라, 여성의 진정한 주체성을 위한 전제가 된다.[43]

가부장제적인 차이의 담론과 페미니즘적인 차이의 담론은 여성의 주체성을 적극 인정하는가의 여부에서 전혀 다르다고 할 수 있다. 그러나 남녀의 차이를 강조하고, 여성의 생물학적 자질을 중시하며, '모성' 내지는 '여성성'을 강조한다는 점에서 유사점이 있다. 그런 점에서 '차이의 페미니즘'의 논리는 가부

---

42 물론 가부장제 담론이라고 해서 여성을 비하하기만 하는 것은 아니다. 오히려 '모성'이나 '영원한 여성'이라는 담론을 통해 여성은 찬양되기도 한다. 하지만 가부장제가 규정한 여성적 자질과 역할에 부합되는 여성은 찬양되고 부합되는 않는 여성은 비난되며, 그러한 여성이분법을 통해 여성은 길들여질 따름이다.

43 차이의 페미니즘에도 매우 다양한 경향들이 있다. 차이의 페미니즘은 문화적 페미니즘, 에코페미니즘, 프랑스의 후기구조주의 페미니즘, 급진주의 페미니즘 등에서 찾아볼 수 있다.

장제적 여성담론에 역이용될 수 있는 위험성을 항상 안고 있다고 보인다.

앞서 우리는 여성영웅소설 중 다수를 차지하는 '한시적 남장'의 소설들에서 여주인공들이 소기의 목표를 달성한 뒤, 여성에게 주어진 본분으로 복귀하는 것을 확인한 바 있다. 이러한 결말의 여성영웅소설들은 남성과 여성의 평등은 가정 바깥에서는 가능할 수도 있어 여성이 한시적으로 사회적 활동을 할 수는 있지만 그 고유영역은 역시 가정이라는 관념에 바탕하고 있으며, 일정하게 남녀의 평등을 주장하지만 궁극적으로는 성별차이를 더 중시하는 입장으로 회귀하고 있었다. 이 같은 성별 차이로의 회귀는 종래의 가부장제적 차이의 담론을 그대로 유지, 재생산하는 것이라고 볼 수 있다. 그런 점에서 여성영웅소설이 결코 진정한 여성의식을 보여주는 것이 아니라고 보는 주장도 가능하다. 그러나 진정한 여성의식을 보여주는가, 그렇지 않은가는 일도양단一刀兩斷으로 판가름될 수 있는 문제는 아니다. 한편으로는 진전된 여성의식을 보여주면서 다른 한편으로는 여전히 가부장제적 여성담론으로부터 자유롭지 않음을 보여주는 것, 이처럼 과도적이고 복합적인 양상이 다수 여성영웅소설의 실상에 더 가깝고, 그런 점에서 여성영웅소설은 여성의식에 있어 성취와 한계를 동시에 노정하고 있다고 볼 수 있다.

그렇다면 여성영웅소설 중에는 페미니즘적인 '차이의 담론'은 발견되지 않는가? 서구의 경우도 본격적인 사상운동으로서의 '차이의 페미니즘'은 20세기 후반에야 등장하였다. 남녀의 사회적 평등이 상당히 진전된 현실여건 속에서 등장한 것이다. 하지만 '차이'를 중시하는 페미니즘적 사유는 19세기 이래 지속적으로 존재했다.[44] 여성의식의 역사적 전개에 있어 그 초창기

---

44 19세기 페미니스트 이론 중에는 문화주의적 페미니즘이라고 분류될 수 있는 또 다른 성향의 페미니즘 사상이 있다. 이 이론가들은 남성과 여성의 유사성을 강조하는 대신 그 차이점들을

라고 할 수 있는 조선 후기 상황에서 본격적인 '차이의 페미니즘'을 기대하는 것은 무리일 수 있겠으나, '차이'를 중시하는 페미니즘적 사유가 혹 없는지 살펴보는 것도 의미가 있으리라 본다.

여성영웅소설에서 여성영웅들의 '남장'이 동일성에 근거한 평등의 주장이라면, 애초부터 남장을 하지 않은 여성인물들의 경우 남성과의 동일성을 거부하면서 '여성의 차이'를 주장하고 있지는 않은지 궁금하다. 그런 점에서 주목되는 것이 『박씨부인전』이다.[45]

박씨부인은 남장을 하지도 않고, 집밖을 나가지도 않는다. 남성을 모방하는 일없이, 여성인 채로 그 능력을 발휘하였고, 여성의 탁월성과 가치를 주장하였다. 그런 점에서 남성과는 구별되는 여성성과 여성적 가치를 주장하는 측면이 있다. 박씨부인은 추한 외모로 인해 남편은 물론 시어머니와 집안사람들에게 심한 박대를 받는다. 물론 나중에 아름다운 외모로 돌아가지만, 추모醜貌와 미모의 경계를 넘나든다는 점에서 여타 소설의 여주인공들이 한결같이 출중한 미모를 타고난 것과는 사뭇 다르다. 박씨부인의 이런 점은 여성의 미모에 관한 남성적 허구를 폭로하는 장치이다. 여타 소설의 여주인공들의 외모가 남성적 시선에 의해 규제되고 있는 반면, 박씨부인의 외모는 추하건 아름답건 상대적 자율성을 지닌다. 박씨부인은 한 끼에 한 말이나 먹을 정도로 밥을 많이 먹고, 잠을 많이 잔다. 시아버지의 조복朝服에 새긴 수繡 그림을 통해 박씨부인은 자신의 배고프고 외로운 처지를 스스로 표현하기도

강조한다. 이에 대해서는 조세핀 도노번, 김익두·이월영 역, 『페미니즘이론』, 문예출판사, 1993의 제2장 「문화적 페미니즘」 참조.

45 『박씨부인전』은 남장의 화소가 등장하지 않는 여성영웅소설의 대표적 작품이다. 남장의 화소가 등장하지 않는 여성영웅소설은 이외에도 『황부인전』이 있다. 『박씨부인전』의 텍스트는 『활자본 고소설전집』 2(영인본), 아세아문화사, 1976을 이용하였다.

한다. 이를 본 임금이 그녀가 매일 배불리 먹을 수 있도록 양식을 하사하기에 이른다. 박씨부인은 여성의 몸과 행동에 관한 가부장제적 규제에 훈육되지 않은 몸과 행동을 보여준다는 점에서 매우 흥미롭다.

그러나 박씨부인은 전통적인 여성의 역할을 마다않고 훌륭히 수행한다. 놀라운 바느질 솜씨와 치산治産의 능력을 보여주고, 비범한 능력으로 남편을 도우며, 안주인으로서의 지위를 확고히 구축한다. 며느리로서, 아내로서, 가정관리자로서의 역할을 훌륭하게 수행하는 것이다.

한편 박씨부인은 '피화당避禍堂'을 마련하여 오행五行의 원리에 입각해 각종 나무를 심고 정성껏 돌봄으로써 자기만의 기기묘묘하고 변화무쌍한 공간을 창조한다. 이곳은 남편에게 박대 받는 부인이 홀로 거처하는 공간이면서, 훗날 전쟁이 일어났을 때 남성적 폭력으로부터 다수의 여성들을 안전하게 보호하는 공간이 되기도 한다.[46] 이곳은 가부장제적 규제나 폭력이 미치지 않는, 자율과 평화의 공간이기도 하다. 나아가서 박씨부인은 시비 계화를 통해 도술을 발휘함으로써 외적을 물리친다.

이처럼 박씨부인은 성별역할에 있어 남녀의 차이를 인정하고, 여성에게 주어진 전통적인 역할을 거부하지 않는다. 남편이 입신양명하고 효도 충성하는 것을 돕는 것이 자신의 소원이라고 말하기도 하는바,[47] 전통적인 현모양처의 역할을 온전하게 수행하고자 한다. 그리고 남편이나 시비 등의 대리자를 통해서만 공적 세계와 접촉한다는 점에서는 내외법 및 남녀유별의 관념에서 벗어나고 있지 않다고 볼 수 있다. 그런 점에서는 가부장제적 여성

---

46 여성 및 전쟁과 관련하여 『박씨부인전』이 갖는 의의에 대해서는 조혜란, 「여성, 전쟁, 기억 그리고 '박씨전'」, 『한국고전여성문학연구』 9, 한국고전여성문학회, 2004에 지적되어 있다.
47 『활자본 고소설전집』 2, 410면.

담론으로부터 자유롭지 못하다. 반면, 그 외모나 행동에 있어서는 가부장제에 길들여지지 않은 자율적 존재로서의 면모를 다분히 보이고 있고,[48] 나아가 여성적 방식을 통해 남편이나 외적 등 남성적 세계를 압도한다. 그런 점에서는 여성적 가치와 차이를 구현하고 있다.

여성영웅소설에서 주목되는 또 다른 인물은 『방한림전』의 '영혜빙'이다.[49] 영혜빙은 애초부터 가부장제 사회의 여성은 남자의 구속을 받아 만사에 자유롭지 못하니 결혼을 하지 않는 것이 옳다는 생각을 갖고 있었다. 하지만 남장을 한 방관주의 정체를 꿰뚫어본 뒤, 그와 결혼하고 평생을 함께한다. 영혜빙은 위계적 결혼관계는 거부했지만, 평등한 결혼관계는 거부하지 않았다. 그리고 방관주의 충실한 아내가 되었고, 아이를 입양하여 훌륭한 양육자의 역할을 다하였다. 아내의 역할, 어머니의 역할을 마다하지 않은 것이다. 하지만 방관주가 가부장적 면모를 보일 때에는 즉각 그 잘못을 지적하고 일깨움으로써 평등한 결혼관계의 지속에 중심적인 역할을 한다. 영혜빙은 남장을 하는 법 없이, 여성인 채로 주체성과 평등을 추구했다고 할 수 있다.

영혜빙은 방관주의 정체를 한 눈에 간파하고, 그 동기를 이해하며, 방관주가 눈물을 흘릴 때 함께 눈물을 흘린다. 방관주가 거친 면모를 보일 때는 부드럽게 응수하며, 그가 유모를 질타할 때는 유모의 입장을 배려하고 변호하기도 한다. 평생 방관주의 조력자 역할에 충실하였으며, 방관주가 세상을 뜨자 영혜빙도 곧 세상을 뜬다. 이처럼 영혜빙은 직관력, 공감의 능력, 배려와 부드러움, 헌신의 미덕을 구현하고 있어 방관주와 사뭇 대조적이다. 영혜빙

48　조혜란은 앞의 글에서 박씨부인의 이러한 면모를 주목하고 이를 '부덕(婦德)의 잉여(剩餘)'라고 표현한 바 있다.

49　『방한림전』에서 영혜빙은 방관주 못지않게 중요한 인물이거나, 혹은 방관주보다 오히려 더 중요한 인물이라는 견해는 차옥덕, 장시광, 김하라에 의해서 이미 제기된 바 있다.

의 이러한 면모는 전통적으로 '여성다움'으로 인정되어 온 것들이다. 영혜빙은 가부장제적 결혼관계는 거부했지만, 여성다움이나 여성적 가치의 긍정적인 측면까지 평가절하하거나 폐기처분하지는 않았다. 이처럼 경쟁과 지배의 남성적 원리를 모방하는 것이 아니라, 여성다움과 여성적 가치를 옹호하고 계승한다는 점에서 영혜빙의 존재방식은 오늘날 '차이의 페미니즘'의 주장과 유사성이 있다. 영혜빙의 형상이 좀 더 확대되거나 부각되지 못한 점이 아쉽지만, 방관주라는 철저한 평등주의자 옆에 영혜빙이라는 독특한 인물을 병치시킨 것만으로도 『방한림전』은 매우 문제적이고 탁월한 작품이라고 할 수 있다.

박씨부인과 영혜빙이라는 인물형상은 '차이의 강조를 통해 평등을 주장하는 것'의 의의와 한계를 동시에 보여주는 인물이다. '남성'이나 '보편적 인간'으로 환원될 수 없는 '여성의 차이'를 발견하고 가치를 부여하는 것은 의의 있는 일이다. 하지만 '차이의 주장'을 통해 남녀의 경계를 더욱 강화하고, 여성의 공간과 역할을 스스로 제한하며, 결과적으로 성별분업체계를 더욱 견고하게 만드는 데 기여할 수 있다는 점은 문제가 아닐 수 없다. 남성과 여성의 '차이'가 지나치게 강조되면, '남성성'과 '여성성'은 고정화, 이분화, 본질화될 우려가 다분히 있다. '여성성'의 강조는 모든 여성이 단일하고도 고유한 정체성과 역할을 갖고 있다는 착각을 불러일으킴으로써, 정작 여성들 내부의 다양한 '차이들'을 **묵살**할 우려가 있다. 더 나아가서는 가부장제적인 '차이의 논리'와 구별되지 않고 마침내는 그러한 논리에 휘말려들 위험이 있다.

우리는 앞 장에서 '동일성에 근거한 평등 추구'의 의의와 한계를 살펴보았고, 위에서는 '차이에 근거한 평등 추구'의 의의와 한계를 살펴보았다. 이는 서구 페미니즘의 '평등-차이 논쟁'에서 제기되는 문제들과 상통하는 부분이 많다. '평등-차이 논쟁'의 출발점은 여성이 남성과 '같음(동일성)'을 추구해야 하는가, '다름(차이)'을 추구해야 하는가 하는 문제에 대한 입장의 차이에서 비롯된다. 사실 여성은 남성과 같지도 않고 다르지도 않다. 같다는 관점에서 보면 여성이 남성과 같다는 증거는 수없이 많으며, 다르다는 관점에서 보면 여성이 남성과 다르다는 증거 또한 수없이 많다. 무엇보다 중요한 점은 여성성과 남성성을 고정불변의 본질로서 상정하지 않는 것이라고 할 수 있다. 여성성이든 남성성이든 다분히 사회역사적으로 구성되고 작동하는 것이며, 긍정성과 부정성을 아울러 가진 것이기도 하다. 차이의 페미니스트들이 그토록 찬양하는 '모성'조차도 때로는 구체적 현실에서 가족이기주의나 국가주의 이데올로기와 쉽게 결합하곤 하지 않는가? 가부장제 현실에 적절하게 대응하기 위해 **진정한 페미니스트는 '같음'과 '다름'의 이분법에서 벗어나 그 사이를 자유로이 유동하는 존재가 될 필요가 있다.**

가부장제적 담론은 여성에게 '여성다움'을 요구하기도 하지만, 때로는 그와 상반되게 여성성을 초월하거나 무화시킬 것을 요구하기도 한다. 가부장제의 이해관계에 따라 여성은 남성과 전혀 다른 존재가 되라고 요구받기도 하고, 남성과 똑같은 존재가 되라고 요구받기도 한다.[50] 따라서 **여성이 '같음'을 추구하는가, '차이'를 추구하는가는 다분히 가부장제에 대응하는 정치적이고 전략적인 판단이 되지 않으면 안된다.** 현실적으로 볼 때, '같음'과 '다름', 혹은 '평등'과 '차이'는 상반되면서도 상호의존하는 관계에 있다. 평등을 추구하

---

50 공적 영역에 진출한 여성들은 직간접적으로 여성성의 소거를 요구받는 경우가 많다. 남성중심의 직장문화에 철저히 동화되기를 강요받는다거나, 일을 위해 가정이나 모성을 포기할 수밖에 없는 상황에 내몰리는 경우가 그 예가 된다.

는 페미니스트와 차이를 추구하는 페미니스트는 서로의 상황과 입장은 다르지만, 서로가 근본적인 상호의존 관계에 있음을 이해하고, 전략적 연대를 모색하지 않으면 안 된다.

이런 관점에서 매우 주목되는 작품이 『방한림전』이다. 방관주는 평생토록 지속적으로 남자 행세를 함으로써 '평등'을 그 극단까지 추구한 인물이라고 할 수 있다. 그런데 방관주가 평생에 걸쳐 평등을 실천할 수 있었던 것은, 영혜빙이라는 인물이 있었기에 가능한 일이다. 영혜빙이 있었기에 방관주는 최대한의 사회적 성취를 이룰 수 있었고, 방관주가 있었기에 영혜빙은 여성적 가치를 보전하면서도 가부장제적 결혼생활을 모면할 수 있었다. 방관주는 남성의 영역으로 진입함으로써 남/녀의 경계와 남성중심의 세계질서를 교란시켰다. 영혜빙은 여성의 영역에 남아 있으면서 여성적 가치를 재발견하였다. 이 두 인물은 서로의 역할은 다르지만 상호의존하고 공생하면서 가부장제에 공동 대응할 수 있었다.[51] 방한림이 보여주는 평등의 페미니즘과 영혜빙이 보여주는 차이의 페미니즘은 상호보완 관계에 있다. 그들의 결혼

---

[51] 방관주와 영혜빙의 동성결혼을 어떻게 평가하는가 하는 점은 『방한림전』 전체의 평가에 있어 매우 중요한 문제다. 이에 대해서는 이견들이 있다. 두 사람의 동성결혼은 통속적 흥미소에 불과하며 가부장제적 질서를 온전히 구현하는 기능을 하고 있다고 보는 견해(장시광, 「방한림전에 나타난 동성결혼의 의미」)가 있는가 하면, 애초 평등한 지기(知己) 관계로 출발했던 두 사람의 결혼이 방관주 갑작스런 가부장화(家父長化)로 그 관계가 변질되었다고 보는 견해(김하라, 앞의 글)도 있다. 하지만 본고는 이 점에 있어 생각을 달리 한다. 이러한 견해 차이는 방관주의 남성화 경향을 현상형태 그대로 평가하는가, 아니면 가부장제 사회라는 콘텍스트 속에서, 그리고 평등추구라는 심층적 동기와의 연관 속에서 이해하는가 하는 관점 차이에서 비롯된다고 보인다. 물론 『방한림전』에서 두 인물의 평등한 관계에 일시적으로 이상 징후가 드러나기도 하지만, 그 경우 영혜빙에 의해 즉시 문제점이 지적되곤 한다. 기본적으로는 두 사람의 신뢰관계가 전편에 걸쳐 유지된다고 보는 것이 비교적 무리가 없다고 생각한다. 그렇지 않다면 연구자들이 그토록 여성의식에 투철하다고 평가하는 영혜빙이 결혼생활을 큰 갈등 없이 지속해 나가는 것이 잘 해명되지 않는다. 또한 방관주가 죽자 영혜빙이 극도의 슬픔으로 인해 잇달아 죽는 상황도 잘 해명되지 않는다.

생활은 평등의 페미니즘과 차이의 페미니즘, 이 둘의 연대를 상징적으로 보여주는 문학적 장치라고 할 수 있다. 『방한림전』은 매우 소박하고 상징적인 형태이기는 하나, 현대의 '평등-차이' 논쟁이 흔히 간과하고 있는 두 페미니즘의 상호의존성과 전략적 연대의 필요성을 최소한 100년은 앞질러 제시하고 있다는 점에서 매우 의미심장한 작품이라고 할 수 있다.

4. 여성영웅소설과 성별정체성

여성영웅소설의 남장 화소는 유교적 중세사회의 고정된 성별(젠더) 정체성 관념에 대한 의문을 일정하게 제기하고 있다. 단지 옷을 바꿔 입는 것만으로 여성주인공들은 위기를 모면하고, 새로운 가능성을 발견하며, 남성과 다름없이 공적으로 활동할 수 있는 기회를 얻는다. 남자의 옷을 입는 것만으로 '사회적 남성'이 될 수 있고 독립성과 자유를 누릴 수 있다는, 여성영웅소설을 관통하는 이 관념은 흔히 고정불변이라고 생각되는 성별이분법이 얼마나 취약한 기반 위에 있는 것인지를 매우 인상적으로 보여주는 사례이다. 성별에 관한 규정은 대개 남성적 기준에 의해 이루어지기에 여성이나 성적 소수자들은 고정된 성별기준에 의해 규제당하고 억압받게 마련이다. 여성영웅소설은 고정된 성별역할에 불만을 느끼는 사람들을 등장시키고 있으며, 그들을 통해 젠더경계가 가변적이고 유동적일 수 있음을 보여주고 있다. 실제현실이 아니라 문학텍스트에 불과할지라도 여자가 그 속에서 남자역할을 하는 것이 허용된다면 텍스트는 경화硬化된 젠더 관습에 대한 도전의 장이 될 수 있다.

여성영웅소설에서 젠더정체성의 현상 형태는 단일하지 않다. 불가피한 상황으로 인해 수동적으로 '남장'을 선택한 경우나 여성으로의 복귀가 큰 갈등 없이 이루어지는 경우에는, 여주인공의 남장활동을 통해 젠더경계의 가변성과 유동성이 현현되고 있음에도 불구하고 궁극적으로는 성별차이를 강조하는 입장으로 복귀함으로써 젠더이분법에 근거한 고정된 젠더정체성의 관념을 재수용하는 양상을 보이고 있다. 반면 적극적이고 자발적으로 남장을 선택한 경우나 여성으로의 복귀에 큰 갈등이 따르는 경우에는 젠더정체성과 관련해 한층 심각한 문제제기를 하고 있는 것으로 보인다.

적극적이고 자발적으로 남장을 선택한 경우로서 주목되는 작품은 『옥주호연』, 『이학사전』, 『방한림전』, 『부장양문록』 등이 있다. 『옥주호연』의 세 자매는 여공女工을 폐하고 무예에 전념함으로써 부모와 심각한 갈등을 빚는다. 하지만 끝내 자신들의 뜻을 관철하기 위해 남장을 하고 집을 떠난다. 『이학사전』의 이현경은 어려서부터 스스로 남장을 원하여 남성젠더가 되었다. 『방한림전』의 방관주는 생물학적으로는 여성이지만, 심리적 사회적으로는 남성젠더의 면모를 보인다. 부모가 어린 딸의 뜻을 존중하여 그 소원대로 남자 옷을 입혔고, 부모가 여공女工을 권하였으나 스스로 하지 않았다. 방관주는 과거시험에 응시하면서 "내 비록 여자나 그 처신을 남자로 하였으니 시속 여자의 가부家夫 섬기는 도리를 뉘 하리오"라고 하여,[52] 자신이 생물학적으로는 여성이지만 사회적으로는 남성젠더를 선택하겠다는 의사를 분명히 하고 있다. 『부장양문록』의 장수정금은 애초 피란을 위해 부모가 남자 옷을 입혔

---

52 『방한림전』, 『나손본 필사본 고소설자료총서』 11, 3장 b.

으나, 그 후로도 남장을 벗지 않고 스스로 병법과 무예에 힘씀으로써 스스로 남성젠더의 역할을 수행한다.

여성으로의 복귀에 큰 갈등과 저항이 따르는 경우도 주목된다. 『홍계월전』의 주인공은 여성임이 탄로나자 여자 옷으로 갈아입으며 눈물을 줄줄 흘리고 부모도 그를 위로한다. 『이학사전』의 여주인공은 "장부의 뜻으로 여자의 태도를 어찌 차마 하리오?"라고 말한다.[53] 그리고 여자 옷으로 갈아입으며 통곡을 하고, 황제가 결혼을 시키려하자 평생 결혼하지 않는 것이 자기의 소원이라고 말한다. 『부장양문록』의 여주인공은 남자주인공이 여자임을 확인하려고 하자 자결을 시도하기까지 하고, 여자로서 살아가는 일은 "차마 녹녹하고 갑갑하여 못하"겠다며 거부하다가 끝내 심하게 앓아눕기까지 한다. 이후 아흔 살의 긴 생애를 마감하면서 그녀는 "장부의 마음으로 몸이 여자 되니 천만 한이 유유하도다"라고 하여 여성으로 태어난 데 대해 깊은 회한을 토로한다.[54] 『방한림전』의 방관주는 동성과의 결혼을 감행하면서까지 남성젠더를 포기하지 않으며, 죽기 직전에야 자신의 정체를 밝힌다.

이상의 여성주인공들은 당대사회가 부여한 여성젠더의 역할을 거부하고, 남성젠더의 역할을 적극 열망한다. 생물학적인 여성이 '남성젠더'를 선망하는 것은 특수한 생리적 조건이 원인인 경우도 있지만, 많은 경우 남성우월적 사회 그 자체가 원인이 된다. 단순히 '남성'을 선망하는 것이 아니라 '남성젠더'에게만 허용된 다양한 역할과 권리를 선망하는 것이기 때문이다. 어떤 경우든 젠더를 생물학적으로, 그리고 이분법적으로 규정하는 신체중심적 젠더 관습체제는 이러한 사람들에게 크나큰 억압이 된다.

---

53 『활자본 고소설전집』 7, 224면.
54 인용문은 각각 『부장양문록』 권지삼, 18장 a 및 권지종(제5책), 70장 b.

오직 두 개의 젠더가 있으며, 그것은 성기에 의해 결정된다는 것은 가설에 불과할 수도 있다. 북아메리카 인디언 문화에서 성기는 젠더의 본질적 표지가 되지 못하며, 젠더는 그 사람이 어떤 일을 좋아하는가에 따라 선택되는 것이라고 한다. 그리고 여성젠더의 역할을 하는 남자는 '여자-남자', 남성젠더의 역할을 하는 여자는 '남자-여자'로 불리며, 이들은 '남자', 혹은 '여자'와는 다른 존재로 인지되었다고 한다.[55] 어떤 사람이 '남자-여자' 혹은 '여자-남자'인지 확인할 수 있는 것은 성적 관심의 향방에 있는 것이 아니라 어떤 젠더의 역할에 속하는 일을 좋아하는가에 있었다고 한다.[56] 한편 범문화권적으로 발견되는 양성 젠더, 혹은 두 정신two-spirit 전통 또한 남성/여성이 유일하고 보편적인 젠더범주가 아니며, 두 젠더 사이에 확연한 경계가 존재하는 것이 아니라는 사실을 보여준다.[57]

위에서 예거한 여성영웅소설의 몇 몇 주인공들은 북아메리카 인디언 문화와 같은 젠더체계에서는 '남자-여자'로 분류될 것이며, '두 정신' 전통이 있는 문화권에서는 '남자의 마음을 한 여자manly-heart'로 분류될 것이다. '남자-여자' 및 '남자의 마음을 한 여자'들과 여성영웅소설의 주인공들은 복장전환이나 남성젠더 역할의 선호라는 점에서 공통점이 있다. 장수정금이 "장부의 마음, 여자의 몸"이라고 표현한 것은 스스로를 '남자의 마음을 한 여자'로 인식했다는 좋은 예가 된다. 제3, 제4의 젠더를 설정하거나 혹은 유연성이

---

55 이해하기 쉽게 말하자면 '여자-남자', '남자-여자', '남자', '여자'는 각각 '여자인 남자', '남자인 여자', '남자인 남자', '여자인 여자'라고 할 수도 있겠다.

56 사빈 랭, 노최영숙 역, 「여자와 남자 이상이 존재한다-북아메리카 인디언 문화와 젠더변이」, 사브리나 P. 라멧 편, 『여자 남자 그리고 제3의 성』, 당대, 2001 참조.

57 '두 정신 소유자'는 다른 젠더의 행동과 태도를 취하거나 혹은 남자와 여자의 행동을 독특하게 조합하는 등의 특징이 있다. 이에 대해서는 앤 볼린, 「젠더를 가로지른다-문화적 맥락과 젠더 실천」, 위의 책 참조.

허용되는 젠더체계에서는 개인이 젠더와 관련된 억압으로부터 보다 자유로울 수 있는 가능성이 있다.

하지만 동아시아의 유교적 중세사회는 성기 중심의 엄격한 젠더이분법을 사회문화적 근간으로 삼고 있었다. 이러한 사회에서 개인의 취향, 자질, 사회적 역할은 철저히 신체적 조건에 따라 두 개의 서로 다른 영역으로 배분되고 틀지어지고 고정된다. 신체적 조건이 억압의 근원이 되는 것이다. 엄격한 이분법적 젠더체계 내에서는 자신에게 부여된 젠더역할에 불편함과 불만을 느끼는 사람들이 항상 존재하게 마련이다. 불편과 불만의 정도는 서로 다르지만, 앞서 예시된 여성영웅소설의 주인공들도 그런 존재들이라고 할 수 있다. 사실 그들이 남자가 되려고 했던 실제적 동기는 바느질, 길쌈, 주부의 역할 등을 원하지 않았던 반면, 여행, 학문, 무예, 관직진출, 사회적 활동 등을 열망한 데 있었다. 그들이 원했던 일은 현대에는 여성젠더에게도 허용되는 활동들이다. 오늘날에는 이런 일을 원한다고 해서 굳이 남성젠더를 선택할 필요까지는 없다. 범문화권적으로 살펴보면 젠더역할에는 가변적인 측면이 다분히 있다. 여성적 자질, 남성적 자질에 관한 규정 또한 상대적이고 가변적이다. 홍계월, 이현경, 방관주, 장수정금 등이 겪은 갈등과 고통은 다분히 중세의 경화된 젠더이분법에 기인한다. 젠더역할의 역사적 문화적 가변성에도 불구하고 당대현실에서는 그것이 불변의 진리로 간주된 데 따른 것이다. 물론 이들도 여성으로 복귀하면서 임금을 향해 음양을 뒤바꾼 자신의 행동이 잘못이었다는 진술을 하기도 한다. 하지만 이러한 진술이 이전의 남장활동 전체를 부정하는 발언이라고 보기는 어렵다. 가부장제적 관습과 통념을 공공연하게 전면 부정하기는 어려웠던 현실적·역사적 한계를 보여주는 것이라 생각한다.

홍계월, 이현경, 방관주, 장수정금 등은 중세의 젠더이분법과 관련된 고정관념들을 해체하면서 국가와 제도가 그들에게 부여한 역할과 규범에 도전하고 있다. 이들을 통해 **젠더이분법에 근거한 역할 구분이 얼마나 개인에게 억압적인가** 하는 점을 알 수 있다. 이들이 보여주는 남녀역할의 역전은 젠더역할과 성별정체성에 관한 사회적 편견을 깨뜨리는 데 기여하고 있다. 이들은 남성적인 것 대 여성적인 것이라는 양분된 관념에 일정한 동요를 야기함으로써, 남녀역할의 비非차별화에 일정하게 기여하고 있다고 볼 수 있다.

모든 시대, 모든 여성에게 적용되는 여성의 본질이라는 것이 과연 있을까? 여성성과 남성성은 고정된 의미를 갖지 않으며, 특정한 자질을 여성적이거나 남성적인 것으로 정의해서는 곤란하다. 거시적으로 본다면 성별정체성은 사회문화적으로 구성되고, 각 세대가 그 세부내용을 새로 만들고 다시 정의한다. 남성과 여성, 남성성과 여성성은 불변의 요소가 아니라, 때때로 의문시되고, 재해석되고, 재구성되는 것이다. 여성영웅소설은 허구적 형식을 통해서이긴 하지만 고정된 성별정체성에 의문을 제기하고 있다는 점에서 의의가 있다.

5. 맺음말

조선 후기 여성영웅소설은 중세의 엄격한 내외법에 의해 규정된 여성의 지위와 역할에 대해 문제를 제기하고 있다. 각 작품마다 그 문제제기의 구체적 방식이나 결론은 다르지만, 기본적으로는 양성의 평등과 차이, 성별정체성의 문제를 주요하게 다루고 있다.

여성영웅소설의 주인공들은 대부분 남장을 하고 남성젠더의 역할을 성공적으로 수행함으로써 여성도 남성과 동일한 사회적 능력을 가진 존재임을 보여준다. 동일성을 근거로 양성의 평등을 주장하고 있는 것이다. 하지만 여성영웅소설이 추구하는 평등이 여성영웅소설 각 작품에서 모두 동일한 수준으로 구현되고 있지는 않다. 다수의 여성영웅소설은 여성의 사회적 능력과 활동을 인정하지만, 그럼에도 불구하고 여성의 고유영역은 가정이며 여성에게는 사회적 역할보다 가정적 역할이 더 중요하다는 견해를 표명하고 있다. 일정하게 양성의 평등을 주장했지만 궁극적으로는 성별 차이를 더 중시한 점에서 다수 여성영웅소설은 의의와 한계를 동시에 포지抱持하고 있다. 그러나 여성영웅소설 중에서도『홍계월전』,『이학사전』,『정수정전』등은 사적 영역에서의 평등의 문제를 진지하게 다루고 있고,『방한림전』은 평등을 그 극단까지 추구하는 면모를 보이고 있어 '평등의 추구'가 더욱 심화되고 철저화되는 양상을 드러내었다.

하지만 여성영웅소설이 추구하는 평등은 지배계급 남성에 대한 모방으로 흐르는 경향이 있다. 그리하여 중세적 이념의 고수, 중화의식의 모방, 폭력의 모방 등과 같은 부정적 면모를 노정하고 있는바, 이는 주체적·비판적 성찰이 결여된 맹목적 평등의 추구에서 기인하는 한계라고 하겠다.

대부분의 여성영웅소설은 양성평등의 부분적 긍정 및 성별차이의 궁극적 긍정을 통해 '차이'를 중시하는 입장을 보여주고 있다. 이는 종래의 가부장제적인 '차이 담론'의 재생산에 불과하다. 이처럼 여성영웅소설이 보여주는 여성의식은 과도적이고 복합적이다. 그러나『박씨부인전』의 박씨부인이나

『방한림전』의 영혜빙과 같은 인물은 '차이'를 강조하면서 여성의 주체성과 여성적 가치를 구현하고 있다는 점에서 매우 주목되며, 페미니즘적인 '차이 담론'의 선구적 면모를 보여주고 있다. 하지만 성별역할 이분법이 무비판적으로 온존되고 있는 점은 한계가 아닐 수 없다.

이처럼 여성영웅소설에서는 페미니즘에 있어서 '평등 지향'과 '차이 지향'이 갖는 각각의 의의와 한계 또한 잘 드러나고 있다. 그런데 『방한림전』은 평등을 지향하는 방관주와 차이를 지향하는 영혜빙이라는 두 인물을 통해 양성문제에 있어서 '평등'과 '차이'의 상호의존성을 문학적으로 탁월하게 포착하고 있어 매우 문제적인 작품이다.

또한 여성영웅소설은 유교적 중세사회의 고정된 성별 정체성 관념에 대해서 의문을 제기하고 있다. 이들 여성영웅소설은 여성주인공의 남장활동과 그 내면심리의 형상화를 통해 흔히 고정불변이라고 생각되는 젠더경계의 유동성과 가변성을 문학적으로 문제 삼고 있다.

조선 후기 여성영웅소설은 평등, 차이, 성별정체성에 대한 문제제기를 통해 가부장제 사회의 여성들이 직면하는 문제의 일단을 서구적 영향과 무관하게 자생적으로 제기하였다는 점, 그리고 세계여성사의 보편적 문제를 조선적 특수성에 입각하여 문학적으로 형상화하고 있다는 점에서 큰 의의가 있다.

제2부

여성의 자기서사

여성의 자기서사와 관련한 몇 가지 문제들[1]

1. 여성 자기서사 연구의 의의

근대에 이르러 소설은 제도권 문학의 중심장르가 되었다. 그러나 과연 한 국 근대소설이 여성이나 비非지식인 계층 혹은 다양한 소수 집단의 세계경험 을 온전하게 재현해 왔다고 할 수 있을까? 주변적 존재로서의 여성의 경험은 소설보다는 여타의 주변적 글쓰기 양식을 통해 재현된 경우가 많았다. 이러 한 상황은 전통시대에도 마찬가지였다. 중세 조선의 제도권 문학은 한문학 이었고, 한문학의 각 장르는 남성 성별화된 매체였다고 할 수 있다. 주변적 존재로서의 여성의 경험과 정체성을 문제 삼을 때, 우리는 필연적으로 비제 도권 문학이나 비주류적 문학 장르에 관심을 갖게 된다고 생각한다. 여성문

---

1   이 글은 2002년 5월 31일, '여성 자기서사체의 새로운 인식'이라는 주제로 동덕여대 국제관에서
     열린 한국여성문학학회 제6회 학술대회의 기조 발표문으로 작성된 것이다. 따라서 주석을 자세
     히 달지 않았으며, 이 책의 다른 부분의 내용과 일부 겹치는 곳이 있다.

학연구는 당연시되어온 기존의 장르 서열을 허무는 데서부터 출발해야하지 않을까?

　허구로서의 소설을 문학 장르의 정점으로 간주하는 근대적 문학관습은 자전적 소설, 자서전, 일기, 편지, 수필 등의 다양한 서사양식을 주변적 문학이나 하위문학으로 서열화하였다. 그러나 오히려 이러한 양식들이야말로 주변적 존재, 소외된 존재의 자기표현이나 비주류적 경험의 재현 가능성을 내포한 매체들은 혹 아닌가? 특히 이들 양식을 매개로 한 다양한 자기서사들은 개별적인 정치, 사회, 역사 상황에 있는 주체들이 구성되고 표현되며 재생산되는 장場이 아닌가? 자기서사는 주변적 경험의 재현을 통해 문학 및 현실영역에서의 중심−주변 관계의 해체에 기여할 가능성을 혹 내포하지는 않는가? 때로는 지배적인 권력관계나 문화현상에 의문을 제기함으로써 소수 집단의 호소와 저항의 무기로 역할하지 않는가? 이러한 문제들을 제기하면서, '자전적 서사', '자전적 진술', '자서전적 진술', '자전적 글쓰기' 등의 다양한 용어를 조정, 통일하여 '자기서사'로 확고하게 개념화하는 것이 좋지 않을까 생각한다.

　여성 자기서사의 텍스트는 기본적으로 다음과 같은 물음들을 제기하게 한다. 남성중심적 사회에서 여성의 자기정체성은 어떻게 형성되는가? 여성적 정체성은 지배적인 관습이나 규범과 어떻게 타협하거나 갈등하는가? 그러한 여성적 정체성은 개인적 기질이나 상황, 체험, 사회정치적 상황, 작자의 계층에 따라 어떻게 달라지는가? 여성적 정체성은 중세와 중세 해체기, 근대, 현대에서 각기 어떤 양상을 보이는가? 남성의 정체성과 여성의 정체성은 각 시대에 따라 어떤 차이가 있는가? 한국여성의 개인적 삶과 경험에 있어서 근・현대성은 어떻게 구성되고 개별 의미화되고 있는가? 진정한 여성주체란 어떤 것인가?

특히 한국여성들은 동아시아 삼국 중에서도 유난히 강고한 유교적 여성이
데올로기의 억압을 받았으며, 식민지적 근대와 분단, 신식민주의적 군사독
재를 경험하였다. 이러한 특수한 세계사적 경험을 거친 한국여성들의 자기
서사는 서구 백인 남성중심의 자서전 연구에 의문을 제기할 뿐 아니라, 1970
~80년대 이래 탈계몽주의적, 페미니스트적, 탈식민주의적 학문 경향을 배
경으로 전개되고 있는 서구학계의 자서전에 대한 다대한 관심 및 연구와 소
통함으로써 그를 보완하는 역할도 일정하게 할 수 있으리라고 생각한다.

2. 자기서사의 개념

이야기story가 있고 화자teller가 있는 모든 문학 텍스트를 서사narrative라고
한다면 화자가 자기 자신에 관한 이야기를 진술하는 텍스트를 일단 '자기서
사'라고 할 수 있을 것이다. 그러나 자기 자신과 관련이 있기는 하지만 그것이
'사실'이라는 전제에 입각해 있지 않다면 '자기서사'라고 할 수 없다. 물론 사
실 자체와 글로 쓰인 사실은 별개의 것이다. 글로 쓰인 것은 작자에 의해 주장
되고, 구성된 사실일 뿐, 사실 그 자체와는 다른 것이다. 또한 자신과 관련이
있기는 하지만 '자기자신'에 관한 사실보다 외적 세계에 관한 사실에 초점이
맞춰진 진술도 자기서사라고 할 수 없다. 그런 점에서 단순한 기행문이나 혹
은 작자가 견문한 사건에 관한 기록은 자기서사라고 하기 어렵다. 그것은 외

부세계에 대한 보고나 진술일 따름이다. 또한 자기자신에 관한 **사실의 진술**보다 자기의 **감정**이나 **정서상태의 표현**에 초점이 맞춰진 것도 자기서사라고 할 수 없다. 그런 점에서 단순한 서정시도 자기서사라고 하기 어렵다.

'자기자신'에 관한 사실이란 "나는 어떤 사람인가?", "나의 인생은 어떤 것인가?", "나의 존재와 삶에는 어떤 의미가 있는가?"라는 물음에 대한 해답의 성격을 갖는 사실이라고 할 수 있다. 그런 점에서 자기서사는 자신의 일생이나 혹은 특정 시점까지의 삶을 전체로서 회고하고 성찰하며 그 의미를 추구하는 서술이라고 할 수 있다. 요컨대, '자기서사'란 화자가 자기 자신에 관한 이야기를 그것이 사실이라는 전제에 입각하여 진술하며, 자신의 삶을 전체로서 회고하고 성찰하며 그 의미를 추구하는 특징을 갖는 글쓰기 양식이라고 할 수 있다. 따라서 '자기서사'는 단일한 장르개념이 아니며 다양한 장르를 포괄한다.

오늘날의 자서전은 '자기서사'의 대표적 유형이다. 서구의 근대적 자서전으로서의 'autobiography'는 서구에서 그 용어와 양식이 18세기 후반에서 19세기 전반에 성립되었고, 20세기 전반에 동아시아 문학에 도입되었다. 20세기 전반에 'autobiography'의 역어로서 '자전' 혹은 '자서전'이라는 용어가 일반화되었으며, 서구의 근대적 자서전의 영향을 일정하게 수용하면서 일본, 중국, 한국에서 다양한 인물들의 자서전이 등장하였다. 20세기 전반 동아시아의 대표적인 자서전 작가들은 대체로 일찍이 서구문화를 수용하면서 근대적 자아에 눈뜬 사람들이 많았으며, 다분히 서구의 자서전 양식을 의식하면서 자신의 글을 썼다는 특징이 있다. 20세기의 동아시아에서 자서전은 서구적 양식으로 인지되면서 자기서사의 대표적 양식으로 정착되었다.

그러나 현재에도 본격적인 자서전만이 아니라 편지, 일기, 수필 등 다양한 형식의 자기서사가 존재한다. 그러한 글쓰기가 모두 전형적인 자서전이 갖는 특징들을 갖는 것은 아니다. 뿐만 아니라 서구적인 자서전 형식이 수입되기 이전부터 동아시아 문학에는 사마천의 「태사공자서」 이래 다양한 자기서사의 글쓰기가 존재했다. 따라서 서구의 'autobiography'의 역어로서의 '자서전'이라는 용어는 다양한 자기서사의 글쓰기를 포괄하는 명칭으로는 부적절하다. 그리고 '자서전'에서 파생된 '자서전적 진술', '자전적 서술', '자전적 서사' 등의 용어보다는 '자기서사'라는 용어가 더 포괄적이면서도 간결하다고 본다.

3. 자기서사에 있어서 사실과 허구

앞서 '자기서사'란 자기 자신에 관한 이야기를 그것이 사실이라는 전제에 입각하여 진술하는 것이라 말한 바 있다. 자기서사는 대개 과거사를 사실 그대로 진술한다는 암묵적인 약속 위에서 행해지는 것이라고 할 수 있다. 그러나 '사실 그대로'라는 것은 실제에 있어 매우 모호하고 애매한 것이다. 자기서사에서 '사실' 혹은 '진실'이란 작자에 의해 그렇게 간주되고 주장되며 재구성된 것에 불과하다.

우선 자기서사는 과거와 관련한 기억행위라는 점에서 망각, 착각, 무의식적인 누락이 불가피하며 그런 점에서 사실 자체와는 거리가 있다. 자기서사에 진술된 '자기'는 글 쓰는 당시 작자가 '기억하고 있는 자기' 내지는 작자에 의해 '회상된 자기'에 불과하다. 과거 또한 과거 자체가 아니며 작자가 글 쓰는 당시의 시점에서 기억하거나 회상하는 과거일 뿐이다. 독자가 글을 읽 으며 상상하는 '작자의 과거'는 글쓰기를 완료하고 한참 시간이 지나 그 어 딘가에 있거나 혹은 세상을 떠나버린 작자 자신에게조차도 이미 동일한 과 거가 아니다.

또한 자기서사는 "나는 어떤 사람인가?", "나의 삶은 어떤 것인가?"라는 물 음에 대해 일정한 답을 내리려는 시도에서 쓰이는 것이다. 따라서 자신이나 자기 삶에 관한 특정한 이미지를 스스로 설정하고 그에 입각하여 자신을 재 구성하고 형상화하려는 의도가 불가피하게 개입되곤 한다. 의식적이든 반 무의식적이든 간에 '남에게 말할 만한 자기', 혹은 '기억하고 싶은 자기'의 이 미지를 설정하고 그에 부합되는 것은 강조하거나 확대하여 기록하며, 부합되 지 않는 것은 소홀히 취급하거나 생략하기도 한다. 어떤 자기서사에든 상당 정도 자기도취나 환상, 자기기만, 자기합리화나 정당화가 개입하기 마련이 다. 그런 점에서 자기서사에 재현된 '자기'는 작자가 설정한 '자신의 이미지' 에 불과하며, 작자의 자기검열을 통과한 뒤에 비로소 재구성된 '자신과 관련 된 사실의 일부'일 따름이다.

또한 자기서사는 "나라는 사람은 어떤 가치가 있는가?", "나의 삶은 어떤 의미가 있는가"라는 물음과도 연관되어 있다. 그런 점에서 '가치'와 '의미'의 문제가 개입한다. 가치나 의미는 선택과 배제, 위계화와 서열화의 결과이다. 그런 점에서 작자가 설정한 가치나 의미가 무엇인가에 따라, 그리고 작자가 지배담론과 맺는 관계에 따라 자기재현은 다른 양상을 띨 수밖에 없다. 과거 사와 관련된 절대적이고 객관적인 가치나 의미란 애초에 존재하지 않는바, 자기서사에 재현된 과거는 작자가 설정한 가치와 의미의 위계구조에 따라

재편된 것이라고 할 수 있다.

이처럼 자기서사에는 의식적이거나 무의식적인 종종의 허구가 개입되기 마련이다. 그러므로 자기서사 연구는 사실 자체보다는 '사실과 허구' 내지 '진실 혹은 거짓말'의 복잡한 연관에 보다 주의를 기울일 필요가 있다. 이상은 자기서사적 글쓰기 일반에 해당되는 언급이겠지만, 남성중심의 사회에서 여성의 자기서사는 주변적 존재임을 면하기 어려운 여성적 상황의 특수성으로 말미암아 여성 특유의 허구가 개입될 가능성이 있다.

여성 특유의 허구는 페미니즘 사상가들에 의해 자주 지적되어왔다. 시몬 드 보부아르Simone de Beauvoir는 "주인의 변덕에 의존해 사는 모든 사람들은 변함없는 미소와 정체 모를 태연함으로 주인을 대하는 것을 배워왔다. 모든 억압받는 사람들처럼 여성들은 고의적으로 가장한다"고 표현한 바 있으며, 에이드리언 리치Adrienne Rich는 "살아남기 위해 거짓말하기를 강요받는 모든 '무력한 사람들'처럼 여성들은 자신이 거짓말하고 있다는 사실이나 혹은 자신이 거짓말하고 있는 순간을 잊어버리는 행위를 감행하게 된다"고 말한 바 있다. 결국 가부장적 사회가 규정한 여성의 정체성이나 여성적 속성은 여성의 주체성을 배제한 허구적인 것인바, 개별여성은 성별담론을 내면화하고 가부장제가 요구하는 여성성을 가장假裝함으로써 허구적 삶을 살아가게 된다. 여성의 자기서사에서 가부장제가 여성에게 요구하는 허구가 어떻게 개인의 삶에서 내면화되고 관철되는가, 혹은 균열과 파탄을 보이는가 하는 점을 포착하는 것은 진정한 여성주체의 모색을 위해 매우 중요한 일이라고 할 수 있다.

한 예로서 기생의 자기서사를 잠깐 언급하기로 하자. 조선시대 기생의 자기서사의 대표적인 것으로 「기생명선자술가」와 「군산월애원가」가 있다.

「기생명선자술가」가 일종의 성공의 서사라면, 「군산월애원가」는 일종의 불행의 서사라고 할 수 있다. 두 사람 모두 어려서부터 기생수업을 받았으며 우연히 한 양반남성을 만나 사랑을 하게 되었다. 그러나 명선의 경우는 곧 남자와 이별을 하게 되었고 임신한 몸으로 절개를 지키며 기다린 보람이 있어 아들을 낳은 얼마 후, 그 남자의 첩이 되어 서울로 가게 되었다. 명선은 자신의 삶을 성공적인 것으로 회고하며, 그 원인을 평소 자신이 비록 신분은 기생이지만 마음이나 행동만은 절개 있는 여성이었기 때문이라고 서술하고 있다. 한편 군산월은 남자의 약속을 믿고 그를 섬겼으나 끝내는 버림받고 말았다. 군산월도 역시 스스로를 신분은 비록 기생이지만 절개를 지키는 올곧은 여성으로 형상화하고 있다. 남자를 만나기 이전부터 신분만 기생이었지 행동은 기생이 아니었다고 자부하였다. 군산월은 자신의 삶을 실패한 것으로 간주하면서, 그 원인을 남자의 배신과 그로 인해 일부종사一夫從事가 좌절된 데서 찾고 있다.

　기생은 애초 남녀유별이나 삼종지도의 이데올로기와는 무관한 존재였다. 하지만 「기생명선자술가」든 「군산월애원가」든 자신을 '절개 있는 여성'으로 이미지화하였으며, 자신의 과거 상황이나 행동을 모두 '절개'라는 각도에서 조명하고 의미화하였다. 따라서 여타의 측면은 자기서사에서 배제되거나 무시되고 있다. 두 텍스트의 자기에 관한 진술은 작자의 실제 모습과 완전히 일치하는 것은 아니다. 작자 자신이 그렇게 보고 싶어 하는 자기, 혹은 그렇게 드러내고 싶은 자기이며, 그런 점에서 작자가 특정한 방식으로 재구성한 자기에 다름 아니다. '있었던 그대로의 사실'이 아니라 '그렇게 보고 싶어 하는 사실'일 따름이다. 그런 점에서 다소간의 사실왜곡이 당연히 존재하며, 그런 만큼 작자에 의한 허구가 개입되어 있다. 그들의 사랑에 나름의 진실성이 없는 것은 물론 아닐 것이다. 그러나 그들이 내세운 절개에는 신분 상승과 생존전략으로서의 측면도 다분히 있었다고 보인다. 기생들의 신분 상승 욕구는 생존의 욕구인 동시에 천민의 신분에서 벗어나고 싶다는 인간적 욕구와도 일정하게 관련되어 있다. 그러한 욕구를 남성을 매개로 하지 않고 스스로 실현할 수 있는 방법이 그들에게는 존재하지 않았다. 두 사람이 신분 상승의 강한 욕구를 가졌음은 여러 곳의 틈새에서 드러나고 있다. 하지만 두 사람은 의식적으로는 자신이나 자신의 과거에 관한 모든 사실을 '절개'라는 틀에 맞추려는 노력을 끊임없이 계속하고 있다. 두 텍스트에서 '절개'란 유교적 여성이데올로기가 개별여성에게 요구한 이념적 허구에 지나지 않는다.

4. 남성의 자기서사와 여성의 자기서사

일반적으로 남성중심의 사회에서 여성은 주변적 존재이므로 여성의 자기서사는 남성의 자기서사와 다른 특징들을 갖게 된다고 생각한다. 특정 여성이 자신의 존재를 문제 삼는 일은 항상 여성 일반의 존재방식에 대한 물음과 연관될 수밖에 없다. 특정 남성은 남성 일반과 연관 짓지 않고도 자신에 대해 사유할 수 있다. 남성은 자신을 한 사람의 독특한 인간으로 이해하거나 인간 일반의 특수한 표현으로 이해하곤 한다. 그러나 남성중심의 사회에서 한 사람의 여성은 여성 집단의 일원으로 규정되는 것을 모면하기 어렵다. 한 사람의 여성은 항상 여성 일반의 대표나 범례나 예외로서 존재하기 마련이다. 그러므로 한 사람의 여성이 자신의 정체성을 문제 삼는 일은 필연적으로 당대사회에서 통용되는 여성적 정체성 일반을 문제 삼는 일과 연관될 수밖에 없다.

남성과 여성이 자기 자신이나 자신의 삶을 문제 삼는 방식이 어떻게 같거나 다르며, 성별상황이나 정체성이 각 역사시기마다 어떻게 연관되거나 갈등하고 대립하는가를 규명하는 것은 자아의 존재방식을 이해하는 데 있어 매우 중요한 문제라고 생각한다. 흔히 보편적 자아라고 간주되어온 것은 기실 남성적 자아에 불과한 까닭이다. 여기서는 하나의 실례實例로서 중세 남성의 자기서사와 여성의 자기서사의 차이를 일별해보기로 한다.

중세 남성의 자기서사는 고려 중기 이후 조선시대 전 시기에 걸쳐 꾸준히 창작되었다. 고려와 조선의 문학의 주류는 한문학이었기에 남성의 자기서사 역시 한문학의 장르인 '자전自傳', '자서自敍', '자찬묘지명自撰墓誌銘' 등을 통해 주로 창작되었다. 자전의 문학적 관습은 자기 자신에 관해 서술하되 마치 자신이 아닌 제3의 인물에 대해 서술하듯 객관적으로 서술하는 방식을 취하는 특징이 있었다. 자전의 작자는 스스로를 '나'라고 지칭하지 않고, 어딘가의 막연한 장소에 존재하며, 구체적인 가계家系나 이름도 알 수 없는 제3자처럼 서술하곤 한다. 또한 자전은 인생의 중요한 사건이나 경험을 계기적으로 서술하는 측면은 미약한 반면, 자신의 생에 대한 태도나 인간적 특질을 묘사하는 데 치중하는 경향이 있다. 이러한 자전의 특질 이면에는 자신을 일반인과 구별되는 독특한 개인으로 간주하되, 그를 하나의 특수한 인간타입으로 호명하고 그에 대해 해명하거나 혹은 의미를 부여한다는 자전 특유의 작가의식이 내재되어 있다. 한편 '자서'와 '자찬묘지명'은 자신의 가계를 상세히 서술한 다음, 관직생활이나 학문과 관련된 자신의 공적인 생애를 매우 구체적으로 기록하는 특징이 있다. '자서'와 '자찬묘지명'은 작자 자신을 주인공으로 삼은 '개인의 공적인 역사'라고 할 수 있다. 자서와 자찬묘지명의 작자는 자신을 특정 가문의 일원으로서, 그리고 공적인 사회의 구성원으로서 파악하고 그에 입각하여 자신의 생애를 기록으로 남기고 역사화하려는 의식을 가지고 있다. 이처럼 중세 한국남성의 자기서사가 개인의 독특한 정체성을 문제 삼거나 혹은 공적이고도 사회적인 정체성을 중시한다는 점은 여성의 자기서사와는 사뭇 구별되는 특징적인 면모라고 할 수 있다.

중세 여성의 자기서사는 조선 후기에 비로소 등장하였다. 조선의 여성이 한문으로 자기서사를 남긴 경우는 발견되지 않는다. 조선의 문자언어는 한자와 한글로 이원화되어 있었고, 한자는 남성 지배층의 언어로 정착되어 있었다. 따라서 여성이 자신의 독특한 경험을 한문학의 장르를 통해 표현하는 데에는 여러 가지 난점이 있었다. 여성들의 자기서사는 편지, 가사, 구어체의 산문 등 다양한 한글 글쓰기 양식을 통해 이루어졌다.

중세건 근대건 동양이건 서양이건, 남성의 자기서사가 작자의 공적이고 현실적인 업적과 연관되거나 혹은 자신의 사상적·종교적 입장이나 편력과 관계된 경우가 많다면, 중세여성의 자기서사는 작자의 공적이고 현실적인 업적과는 전혀 무관하다. 더구나 사상적이거나 학문적인 편력과도 전혀 무관하다. 중세여성의 자기서사에는 공적인 서사가 존재하지 않는다. 중세여성이 공적세계와는 단절된 '사적인 존재'이며, '외간外間'과는 엄격히 분리된 가족 내적 존재였기 때문에 당연한 결과라고도 할 수 있을 것이다. 그렇다고 해서 중세여성의 자기서사가 완전히 사적인 개인의 개별서사인 것만도 아니다.

중세의 남성은 자신을 가문의 일원으로 간주하면서도 한편으론 상당 정도 가족과 구별되는 개별적 존재로 파악한 데 비해, 중세의 여성은 철저히 가족과의 관련 속에서 자신의 존재를 이해했다. 여성들은 삼종지도三從之道의 이데올로기에 근거하여 자신을 누군가의 딸, 아내 혹은 며느리, 어머니로서 규정했다. 따라서 중세여성 개인의 인생은 남성가족의 인생과 불가분리로 얽혀있을 뿐 아니라, 그에 따라 의미가 결정되는 양상을 보이고 있다. 중세여성의 자기서사는 가족서사家族敍事와 착종되어 있는 경우가 대부분이다. 중세 남성의 자기서사는 어머니나 아내, 혹은 자녀에 관해서는 간단히 그 신원만 언급하는 경우가 대부분이다. 남성의 서사에서 그녀 혹은 자녀들은 성이나 이름, 혹은 생몰 연대 따위로 간단히 요약되는 존재이다. 적어도 자기서사의 텍스트 안에서는 남성 작자의 인생에 대해 거의 아무런 영향력을 갖지 못한 존재이다. 반면 여성의 자기서사에서 친정 부모나 남편 혹은 아들의 존재는 거의 절대적이라고 할 만큼 큰 비중과 의미를 차지하고 있다. 여성의 자기서사에서 '자기'나 '자기의 인생'은 가족구성원이나 그들의 인생을 군데군데 변형시켜 모자이크한 어떤 것처럼 보이기까지 한다. 물론『한중록』이나「인목대비술회문」과 같은 왕실여성의 자기서사에는 가족서사만이 아니라 정치서사政治敍事가 착종되어 있는 경우도 있다. 하지만 그것도 어디까지나 가족과 관련된 한에서의 정치서사라고 할 수 있다.

이처럼 중세여성의 자기서사는 공적公的 서사를 결여하고 있을 뿐 아니라 개인의 개별個別 서사도 결여되어 있다. 여성의 자기서사는 가족서사와 착종되어 있는 특징이 있으며, 개인의 독특한 정체성을 문제 삼는 경우는 드물다. 여성의 자기서사는 가족내적 역할, 다시 말해 딸로서, 아내로서, 어머니로서의 역할을 성공적으로 수행했는가 여부에 따라 자신의 존재를 평가하고 있는바, 성별정체성이 개별정체성을 압도하는 양상을 보이고 있다.

5. 여성적 정체성의 유형

가부장제 사회에서 여성적 정체성은 대개 한 사회의 지배적인 여성담론에 의해 틀지어지고 고정되는 것처럼 보인다. 그러나 한 여성의 정체성이 얼마나 안정된 것인가에는 개인차가 상당히 존재한다. 한 개인의 여성적 정체성이 안정을 유지하기 위해서는 개별여성이 지배적인 여성담론을 학습하고 수용하며 그를 통해 스스로 자신의 내면을 일정한 방식으로 억압하는 과정이 지속적으로 이루어져야 한다. 그런 의미에서 외관상 안정된 여성적 정체성은 한 여성의 안과 밖에서 끊임없이 이루어지는 억압의 결과라고도 할 수 있다. 따라서 그러한 억압이 제대로 진행되지 못할 경우, 여성적 정체성은 혼란되거나 균열과 파탄에 이르기도 한다. 특정사회에서 통용되는 여성적 정체성이 파탄과 균열을 보이는 지점은 대안적인 여성적 정체성이 생성될 수 있는 가능성을 내포한 지점이기도 하다. 문학텍스트는 여성과 남성에 관한 성별 의미와 성별 정체성의 담론이 형성되고 재생산 되는 장이면서 동시에 지배적인 성별담론에 대한 저항담론이 생성되는 장이기도 하다. 문학텍스트 중에서도 자기서사는 특히 정체성이 문제시 되는 텍스트이다.

조선 후기 양반여성 자기서사의 대표적인 작품으로 『즈긔록』과 「규한록」이 있다. 두 작품은 여성적 정체성과 자기서사의 대조적 면모를 보여주는 일례가 된다. 『즈긔록』의 조씨부인과 「규한록」의 이씨부인은 양반가문의 외아들에게 시집가 젊은 나이에 청상과부가 되었다. 삼종지도의 윤리가 지배적 여성담론이었던 조선사회에서 남편도 없고 아들도 없는 인생은 실패가 예정된 삶이었다. 남편을 따라 자결하는 것만이 삼종지도를 지킴으로써 예정된 실패를 만회할 수 있는 방법이었다. 두 사람은 애초 자결을 시도했으나 결국은 스스로를 종부宗婦로서 재의미화再意味化함으로써 살아남았다. 시부모나 가문을 위해 헌신하는 종부로서의 삶은 삼종지도적 삶의 또 다른 변형이라고할 수 있다.

조씨부인과 이씨부인은 유사한 삶의 상황에 처했으면서도 여성적 정체성과 자기서사에 있어서는 상당히 다른 면모를 보인다. 조씨부인의 자기정체성은 비교적 안정되어 있다. 조씨부인은 스스로를 철저히 친정부모의 딸과 남편의 아내로서 규정하고 그러한 자기정체성에 입각하여 자기서사를 하였다. '삼종지도'의 틀을 조금도 벗어나지 않았고 그런 만큼 안정되어 있었던 셈이다. 하지만 조씨부인의 정체성에도 불안한 틈새는 있다. 남편을 따라 죽는 것과 종부로서 살아남는 것, 그 어느 쪽도 결코 떳떳하거나 행복할 수 없었고조씨부인은 평생 죄의식에서 벗어날 수 없었다. 조씨부인의 죄의식은 삼종지도에 입각한 여성적 정체성의 억압성이 현현되는 틈새라고 할 수 있다.

한편 이씨부인의 여성적 정체성은 상당히 혼란되고 분열되어 있다. 이씨부인도 남편의 죽음 후 스스로를 '종부'로서 재의미화하였다. 하지만 종부로서의 역할과 책임은 어려웠고 권리는 미미했으며, 존경과 인정은 받지 못했고 갈등과 비난이 잇달았다. 경제적 문제와 양자養子 문제로 시삼촌이나 시어머니와의 관계가 악화되었고, 종들마저 자신에게 순종하지 않았으며, 문중의 평판도 좋지 않아 이씨부인은 고립무원의 상태에 놓이게 되었다. 애초 이씨부인이 기대했던 바, 성공적인 종부노릇은 불가능하였다. 이씨부인은 자신의 실패 원인을 해명함으로써 내면적·심리적 차원에서 자기를 정당화하고자 했으나 현실적 자아와 규범적 자아, 자신의 관점과 타인의 관점 사이에스스로도 혼란되고 갈등하는 면모를 보여주고 있다. 이씨부인은 자신의 존재와 경험을 새롭게 질서 짓고 의미화할 수 있는 대안적 정체성이 필요하였다. 그러나 삼종지도적 여성적 정체성 외에 어떤 대안도 이씨부인에게는 가능하지 않았고 이씨부인이 오랜 세월이 흐른 후 현실적으로 종가의 권력을 장악하기 전까지는 그녀의 혼란과 갈등은 계속될 수밖에 없었다고 보인다.

조씨부인의 경우가 가부장제 이데올로기에 의해 구성된 여성적 정체성이 타자적 정체성에 불과함을 드러내 보여주고 있다면, 이씨부인의 경우는 타자적 정체성의 혼란을 통해 가부장제가 규정한 여성적 정체성의 모순과 불안정성을 보여주고 있다.

『즈긔록』의 조씨부인이 억압을 승인하고 내면화하려는 경향이 있는 데 반해, 「규한록」의 이씨부인은 외부로부터 부가된 정체성에 의문을 제기하며 억압을 토로하고 그에 저항하려는 지향을 지니고 있다. 조씨부인이 비교적 잘 억압된 여성의 내면을 표현한 경우라면 이씨부인은 억압에 차질이 야기됨으로써 분열되고 히스테릭한 여성의 내면을 표현하고 있다. 『즈긔록』이 절제되거나 잘 억압된 수동적 텍스트라면 「규한록」은 절제되지 못하고 수동과 능동을 오가는 분열된 텍스트이다. 『즈긔록』이 비교적 단일한 하나의 목소리로 구성되어 있다면 「규한록」은 이중적 목소리로 구성되어 있다. 따라서 『즈긔록』은 삼종지도의 여성적 정체성을 강화하고 재생산하는 데 기여할 가능성이 크다. 반면 「규한록」은 두 개의 상이한 목소리가 상호작용함으로써 텍스트는 단일한 의미로 고정되기 어려우며 나아가서는 지배이데올로기의 의미체계에 의문을 제기하는 결과를 낳고 있다.

6. 구술 여성자기서사의 의의

조선 후기에 이르러 양반여성들 사이에는 한글이 널리 보급되었지만, 대부분의 평민여성들은 여전히 문자문화의 밖에 존재하였다. 또한 근대에 이르러 여성의 문자 해독률이 극적으로 높아지긴 했지만 구여성舊女性이나 학교 교육을 받지 못한 하층여성들이 자신의 생각이나 삶을 글로 쓴다는 것은 여전히 어려운 일일 수밖에 없었다. 이들은 침묵하는 집단, 자신에 대해 스스로 말할 수 없는 집단으로 남아있을 수밖에 없었다. 그러나 이들의 삶이야말로 가부장적 사회의 모순이 이중 삼중으로 현현되는 장일 수 있다. 그들 스스로 말할 수 없다면, 누군가가 그들의 말하기를 돕지 않으면 안될 것이다.

조선시대의 평민여성 및 근대의 구여성과 하층여성도 나름의 구술문화를 가지고 있었다. 그들은 자신의 생각이나 삶을 일상적 언어로 표현하곤 했다. 그러나 여성들의 구술문화는 성별 · 계층 · 지역에 있어 극히 제한적이고 폐쇄적인 것이었다. 문자문화가 주류로 자리 잡은 사회에서 그들의 구술은 침묵이나 다름없는 것이라고 할 수 있다. 이들의 구술은 그 자체로도 의미가 없는 것은 아니지만, 문자화됨으로써 주류문화에 의해 무시되거나 배제되어온 여성적 경험의 존재를 환기喚起하는, 즉 불러서 일으켜 세우는 역할을 할 필요가 있다.

조선여성의 구술 자기서사가 기록된 것으로는 「덴동어미화전가」라는 장편가사가 있다. 이 작품은 화전가류 규방가사의 형식을 취하고 있지만 주된 내용은 덴동어미라는 한 하층여성의 인생유전을 다루고 있다. 덴동어미의 자기서사는 원래 여성들만의 화전놀이 현장에서 구술된 것이었다. 이 자리에 참석했으리라 추정되는 한 인물이 덴동어미의 구술을 자신의 화전가에 액자형식으로 삽입하였다. 이 작품은 여성적 고난을 통해 마침내는 무애자재의 경지에 도달한 한 하층여성을 생생하게 재현하고 있다는 점에서 인상적이다.

한편 20세기에 이르러 남성들은 적극적이든 소극적이든 근대적 영역으로 편입되어간 데 반해, 많은 여성들은 여전히 전통적인 여성적 상황과 삶을 강요받았다. 남성들은 신新 남성과 구舊 남성의 구별이 없는 데 반해, 여성들은 신여성과 구여성으로 나누어져 서로를 타자로 간주하도록 조장되었다. 신여성은 중세적 여성담론에 의해 비난당하는가 하면 구여성은 근대적 여성담론에 의해 억압받기 일쑤였다. 한반도의 여성은 신여성과 구여성으로 분리되어, 가부장제의 필요에 따라 한 쪽 여성은 다른 쪽 여성을 비난하는 근거로 동원되곤 하였다. 그런데 신여성들은 급속하게 문자문화 및 출판문화의 영역에 편입됨으로써 자기표현의 영역을 넓혀간 데 반해, 다수의 구여성들은 여전히 구술문화에 머물러 있었다. 물론 20세기에도 구여성들의 규방가사 창작은 계속되었고, 이들 작품은 구여성의 근대체험을 이해하는 데 있어 중요한 자료가 된다. 그러나 규방가사는 주로 영남지방 반가여성들을 중심으로 창작 유통되었으며, 나름의 문학적 관습으로 인한 제한성이 있었다. 규방가사 외에도 기旣 출판된 몇몇 구여성의 일기나 자서전은 그것대로 의미가 있다. 그러나 대다수의 구여성은 글 쓰는 행위와 소원할 수밖에 없었던 현실을 고려할 때, 구여성의 구술서사는 소홀히 할 수 없는 텍스트라고 생각한다. 20세기를 살아간 구여성의 다양한 삶은 여성사나 여성문학사에서도 주목되지 못했다. 구여성의 근대적 상황을 이해하고 복원하는 데 좋은 자료가 되는 것이 1980년대 초반과 1990년대 초반 '뿌리 깊은 나무'에서 출간된 일련의 민중자서전시리즈이다. 이 민중자서전 시리즈 20편 중에는 9편의 여성 구술 자기서사가 포함되어 있는데, 서울의 반가여성(이규숙 구술, 김연옥 편집,『이 "계동마님"이 먹은 여든살』), 서울의 서민여성(한상숙 구술, 목수현 편집,『밥해먹으면 바느질허랴 바느질 아니믄 빨래허랴』), 지방의 반가여성(성춘식 구술, 신경란 편집,『이부자리 피이 놓고 암만 바래도 안 와』), 지방의 서민여성(김점호 구술, 유시주 편집,『베도 숱한 베 짜고 밭도 숱한 밭 메고』; 전동례 구술, 김원석 편집,『두렁바위에 흐르는 눈물』; 최소심 구술, 강윤주 편집,『시방은 안해, 강강술래럴 안해』), 화전민(이광용 구술, 강윤주 편집,『여보, 우리는 뒷간밲에 갔다온 데가 없어』), 단골무(채정례 구술, 박주언 편집,『에이 짠한 사람! 내가 나보고 그라요』), 예술가(함동정월 구술, 김명곤·김해숙 편집,『물은 건너봐야 알고 사람은 겪어봐야 알거든』) 등을 두루 망라하고 있어, 근대적 상황의 급속한 전개 속에서 이른바 구여성들의 삶의 조건이 어떠했는지를 그들 자신의 생생한 입말을 통해 구체적으로 재현하고 있다.

이들의 구술서사를 일별하면 근대가 구여성에게 제공한 것은 대개는 전통시대와 다를 바 없거나 혹은 더욱 가혹한 삶의 조건이었음을 알 수 있다. 이들 구여성들은 교회나 야학, 남편을 대신하거나 보완하는 종종의 경제활동 등을 통해 근대를 접하고 서서히 근대적 상황에 편입되어 가는 양상을 보여주고 있다. 하지만 가난한 여성들의 경우, 자본제적 경제법칙이 일상에 침투 확산됨으로써 가정살림과 자녀교육에 더욱 애로를 겪으며 가족부양을 위한 더욱 고달픈 노동으로 내몰리는 현상을 보이고 있다. 이들은 대개 자녀들에게 근대적 학교교육을 제공함으로써 그들을 근대로 진입시켰고, 자녀들을 통해 스스로도 근대를 받아들였지만, 그럼에도 불구하고 자신은 평생 구여성으로 남아있었다. 이들 자료를 여성의 자기서사로서 적극 관심을 갖고 연구할 필요가 있다.

특정 출판사의 기획의 소산이라는 점은 고려되어야 하지만, 구술 자기서사를 한 여성들은 구여성들이고, 그들의 구술을 듣고 편집 기록한 사람들은 후속세대의 지식인 여성들이 많다는 점에서 상이한 세대와 상이한 계층 여성들의 조우와 협조, 상호이해의 산물이라는 점 또한 큰 의의가 있다.

이외에도 구여성 25인의 구술을 바탕으로 한 강명혜의 『사람의 여자』(다지리, 2000)도 있지만, 구술과 저술의 구분을 명확히 하지 않았다는 점에서 텍스트적 한계가 있다.

7. 노동여성의 자기서사

여성의 자기서사연구에서 중요하게 다루어져야 할 것 중의 하나가 노동여성의 자기서사이다. 대부분의 여성들이 일정수준 이상의 학교교육을 받게 된 오늘날, 적어도 형식적으로는 여성들의 글쓰기에 어떤 제약도 없는 것처럼 보인다. 하지만 실제적으로 여성의 글쓰기는 지식인 여성의 전유물로 되어있고, 노동여성이나 빈민여성이 자기서사의 글을 쓰는 것은 좀처럼 쉽지 않다. 출판문화와 관행이 비非지식인 여성을 소외하거나 배제하고 있기 때문이다.

노동여성은 식민지 시대에 이미 등장하였다. 이들은 학교교육을 받지는 않았지만 근대적 노동과정에 투입됨으로써 근대적 영역에 편입되었다. 이들은 구여성도 아니었지만, 신여성이라 간주되지도 않았다. 여전히 가족이나 사회로부터 중세적인 여성억압을 받고 있었을 뿐 아니라, 한편으론 식민지 자본제적 노동모순의 억압이 가중되었다. 식민지시대 노동여성의 자기서사가 있는지는 확인되지 않는다. 자료의 조사와 발굴이 필요하다고 생각한다.

노동여성이 글쓰기를 통해 본격적으로 자신의 존재를 드러낸 것은 1970년대 후반에 이르러서이다. 이는 가부장제적 개발독재가 여성노동자를 대대적으로 창출한 사회경제적 상황과 깊은 연관이 있다. 1970~80년대 여성노동자들은 경제성장 신화, 박정희 신화의 물질적인 토대노릇을 하였다. 이들은 대개 농촌 출신으로서 10대 후반, 20대 전반의 어린 여성들이었음은 잘 알려져 있다. 이들은 야학이나 소모임을 통해 글쓰기를 익혔다. 이들의 글쓰기는 주류문학의 장르적 관습으로는 포괄되지 않을 뿐더러, 생활과 문학의 불가분리적 연관이 전제된 것이라는 점에서 '생활글'이나 '수기'라고 호명되었다. 이들의 글쓰기는 초보적인 노동자의식에 바탕한 단편적인 일기나 산문에서부터 고도로 각성된 노동자의식에 바탕한 노동수기나 자서전에 이르기까지 편폭이 다양하다. 1980년대 노동자문학의 실질적 저변을 확인케 하는 역사적 자료집인 『비바람 속에 피어난 꽃』(청년사, 1980) 및 『그러나 이제는 어제의 우리가 아니다』(돌베개, 1986)에는 일기나 수필 형식을 빈 여성노동자의 자기서사가 다수 포함되어 있다. 최순희 「가로등 밑에서 공부할까」(1976년 10월에서 1978년 11월에 걸친 약 2년간의 일기), 오원희 「눈물이 고인 눈으로 공장에」(1978년 1월에서 1979년 7월까지의 일기), 장안나 「나의 이력서」, 김경숙 「나의 발자취」, 이민희 「지금의 내가 있기까지」, 유순남 「나의 이야기」 등이 대표적인 것이다. 이들은 원래 야학의 문집이나 노동조합회보, 노동자 소모임의 문집 등에 수록되었던 것을 재수록한 경우가 많았다. 이들의 글이 비교적 단편이라면, 장편으로는 송효순 『서울로 가는 길』(형성사, 1982), 석정남 『공장의 불빛』(일월서각, 1984), 장남수『빼앗긴 일터』(창작과비평사, 1984) 등이 대표적이다. 이들 작품은 동일방직이나 YH 등 첨예한 여성노동투쟁의 현장기록인 동시에 여성노동자의 성장의 서사이기도 하다.

이들 작품은 1980년대 노동문학의 성과로 언급되곤 했지만, 여성노동자 문학으로서 재정위再定位되어야 마땅하다. 이들 작품에 재현된 경험은 분명 여성 성별화된 경험이 주축을 이루고 있기 때문이다. 이들이 가족공간을 떠나 노동자가 되는 과정, 노동현장에서의 장시간 저임금노동과 종종의 억압, 노동투쟁과정에서의 다양한 탄압에는 어김없이 자본제적 가부장제 성별이 데올로기가 작용하고 있다. 이들의 자기서사는 근대적 개아의 각성이 학교 교육이나 독서 경험을 통해서가 아니라 노동 과정과 노동 투쟁에서 형성된 특수성을 보여주고 있다는 점에서도 분명 독자적 가치를 갖는다. 이들 작품을 통해 여성노동자의 성장의 서사가 지식인여성의 성장의 서사와 어떻게 다른가, 그리고 남성의 성장의 서사와는 어떻게 다른가를 보다 잘 이해할 수 있다고 생각한다. 아울러 이들이 이후 어떻게 현대적 삶의 조건에 재편되어 가는가 하는 것도 중요한 관심사가 된다. 이런 점에서 최근『작은 책』에 장기 연재되고 있는 동일방직 해고노동자 추송례의「어김없이 봄은 오는가」는 1980년대 노동여성의 자기서사의 연장선상에 있는 것으로서 주목된다.

8. 그 외의 문제들

여성의 자기서사에 대한 역사적, 이론적, 비교문학적 연구는 매우 광범하고도 중요한 과제라고 할 수 있다. 이상에서는 우선 생각할 수 있는 문제들을 대강 언급하는 데 그쳤지만, 그 외에도 많은 과제들이 있다고 생각한다. 간단히 몇 가지만 덧붙인다.

1) 한국여성의 자기서사에 있어서 전통과 근대

중세와 근대에 있어 여성적 자아의 존재양상과 글쓰기의 상황은 사뭇 달랐다. 전통시대에는 여성이 단지 가족 내적 존재로만 규정되었으며, 여성들의 공적인 글쓰기는 거의 금기시되었다. 제한된 범위에서의 사적인 글쓰기만이 허용되었을 뿐이었다. 반면 근대에는 여성이 스스로를 사회적 존재로 인식할 수 있는 가능성이 마련되었으며, 학교 교육과 근대적 출판문화로 말미암아 여성이 공적인 글쓰기의 주체로 대거 등장하게 되었다. 전통시대와 근대에 있어 여성의 존재조건과 글쓰기 상황의 차이가 여성의 자기서사의 동기, 내용 및 성격, 텍스트의 유통 및 작자-독자 관계 등에 있어 어떤 차이를 낳았는가?

그리고 신여성과 구여성에게 있어서 여성적 자아의 근대로의 이행은 어떻게 상이하게 이루어졌는가? 그 과정에 어떤 난점이나 문제들이 있었는가? 남성적 자아의 근대로의 이행과는 어떻게 다른가? 한국의 근대는 식민지적 근대라는 왜곡된 경로를 통해 이루어졌던바, 그러한 역사적 특수성이 여성적 자아의 근대로의 이행에 어떤 영향을 초래했는가?

2) 한국여성의 자기서사에 대한 역사적 연구

조선 후기에 여성의 자기서사가 등장한 이래, 식민지적 근대, 분단, 신新 식민지적 군사독재를 거쳐 오늘날에 이르기까지의 여성의 자기서사는 꾸준히 산출되었고 더욱 양산되는 양상을 보이며 최근에는 인터넷 홈페이지를 통해 연재되고 있기도 하다(「현귀인 할머니의 73년」). 여성에 관한 담론들 및 여성의 현실적, 내면적 상황이 역사적으로 어떻게 변화하거나 혹은 유지되었으며, 그것이 자기서사에서 어떻게 재현되고 있는가? 자기서사의 글쓰기는 특정 사회상황이나 특정 여성담론과 어떻게 연관되면서 금지되거나 권장되거나 혹은 양산되는가?

아울러 1920~30년대 신여성 작가들 이래로 1980년대 이후 박완서, 김형경, 신경숙 등으로 이어지는 여성작가의 자전적 소설에 대한 별도의 역사적 연구와 재평가가 필요하다. 1950~60년대 대표적인 여성작가들은 대개 자전적 소설을 쓰지 않은 것으로 여겨지는데, 그 이유는 무엇인지도 규명할 필요가 있다. 가능하다면 글로 쓰인 텍스트와 작가의 현실 텍스트를 넘나들면서 소설과 여성자기서사의 관계, 여성의 글쓰기 행위와 관련된 문제들, 여성적 자아와 소설가로서의 자아가 관계 맺는 방식, 여성소설가에게 있어서 '사실과 허구의 관계'에 대한 문제제기도 필요하다고 생각한다. 또한 1980년대 후반 이래 여성자서전의 양산과 그 대중적 인기현상에 대한 문화적 연구 및 여성주의적 혹은 여성해방론적 관점에서의 텍스트 비판도 필요하다.

3) 동아시아 여성자기서사에 대한 비교문학적 연구

동아시아 삼국 모두에서 근대 여성자기서사는 서구적 근대자서전의 영향으로 20세기 전반 이래 성행하였다. 상이한 근대화의 길을 걸어간 삼국의 여성에게 있어 근대성의 경험이 어떻게 다른지, 또한 여성지식인만이 아니라 노동여성의 자기서사는 어떤 차이가 있는지 궁금하다. 일본 여성노동자문학의 기념비적 작품인 다까이 또시의 자기서사는 1980년대에 한국에서도 번역 소개된 바 있었다(『나의 여공애사』, 백산서당, 1984). 여성노동자문학은 주변문학의 주변문학이라고 할 수 있을 정도로 문학연구에서 이중으로 소외되어 있다. 20세기 동아시아 여성노동자의 자기서사 텍스트를 발굴하고, 상호 비교함으로써 자본제적 가부장제의 여성억압이 각국에서 어떻게 보편성과 특수성을 갖고 관철되는지 살펴볼 필요가 있다.

한편 동아시아 여성자기서사의 역사적 비교연구도 흥미롭다. 동아시아 중세에서 다수 여성들이 점차 한문 글쓰기의 영역을 넓혀간 것은 그것대로 의의가 있다. 하지만 한문 글쓰기는 그 견고한 남성적 문학관습으로 인해 여성 자신의 독특한 경험을 재현하는 데는 여러 가지 난점을 수반하는 것이었다. 중국여성들이 여성들만의 문자인 '누슈女書'를 고안하고, 한국여성들이 "암글"이라 멸시되던 한글을 적극 자기표현의 수단으로 삼았으며, 일본 여성이 히라가나 문학을 발전시킨 사실 등은 중세 동아시아에서 한자나 한문이 남성 성별화된 매체였음을 증명하고 있다.

한글여성문학의 발전은 세계여성문학의 관점에서도 특기할 만한 일이 아닌가 한다. 특히 조선 후기에 다량 창작 유통된 규방가사는 그 문학적 완성도에 있어 내부적 편차가 크긴 하지만, 글쓰기를 전문으로 하지 않은 평범한 여성들이 대대적으로 글쓰기를 행했다는 사실 그 자체만으로도 큰 의의를 지닌다고 생각한다. 규방가사 중에서도 특히 탄식가류 규방가사는 여성의 자기서사의 다양한 면모를 보이고 있다.

아울러 중세일본 여성문학도 주목된다. 헤이안平安조에 이미 『가게로닛키蜻蛉日記』, 『무라사키시키부닛키紫式部日記』, 『이즈미시키부닛키和泉式部日記』, 『사라시나닛키更級日記』를 비롯한 여성들의 자기서사가 '일기' 형식으로 다수 산출되었던바, 헤이안조 일본여성의 자기서사는 동아시아 문학 뿐 아니라 세계문학사에서도 이른 시기에 창작된 자기서사라는 점에서 특기할 만하다. 이는 자국어 표기 수단인 가나가 일찍부터 사용되었다는 점, 일본의 일기문학은 주로 여성에 의해 주도되었다는 점, 많은 재능있는 여성들이 헤이안조의 궁정에 모였었다는 점, 헤이안조 궁정에서의 여성의 상황이 동양의 다른 나라와 비교할 때 상당히 자유롭고 해방적인 면이 있었다는 점 등에 기인한다. 그러나 이후 근대 이전까지 일본여성의 자기서사의 전통은 지속되지 못했다.

동아시아 각국의 여성 자기서사의 공시적 통시적 비교연구는 나를 통해 남을 이해하고 남을 통해 다시 나에게 돌아오는 도정이며, 나와 남이 소통함으로써 상호 상승하는 과정이 될 수 있다. 나아가 서로 다른 특수한 사회 역사적 상황에 처한 여성들이 어떻게 보편적 여성억압에 고통을 겪었는지 그럼에도 불구하고 어떻게 보편적인 여성적 창조성을 발현해 왔는지에 대한 이해를 심화시킬 수 있을 것이다.

여성적 정체성과 자기서사

『조긔록』과 「규한록」의 경우

1. 머리말

여성은 어떤 존재인가, 가족과 사회적 관계에서 어떤 역할을 수행해야 하는가, 여성의 삶에서 가치 있는 것은 무엇인가, 여성은 어떻게 느끼고 사유하고 행동해야 하는가, 여성다운 것은 어떤 것인가 등등의 여성에 관한 담론은 대개 남성 중심적인 맥락 하에서 규정되고 재생산된다. 여성에 관한 담론은 일상 언어에서뿐 아니라, 문학·종교·철학·과학·관습 등의 제 담론들을 통해 구체적이고도 현실적인 힘을 발휘한다.

가부장제 사회에서 여성적 정체성[1]은 대개 한 사회의 지배적인 여성담론[2]

---

1   여성의 정체성이 본질적인지, 사회적으로 형성되는 것인지, 또 어떻게 형성되는지, 여성의 정체성과 남성의 정체성은 어떻게 다르며 그 경계는 분명한 것인지 아닌지 등에 관한 수많은 이론적 입장이 있다. 이 글은 여성의 정체성이 전적으로 생물학적 요인에 의해 결정되는 것은 아니며, 그런 의미에서 그 어떤 여성적 정체성의 본질도 인정하지 않는 입장을 취한다. 이 글은 성별 정체성이 사회 문화적으로 구성되는 것이라는 입장을 취하고 있으며, 성별 정체성 사이의 확연

에 의해 틀지어지고 고정되는 것처럼 보인다. 그러나 한 여성의 정체성이 얼마나 안정된 것인가에는 개인차가 상당히 존재한다. 한 개인의 여성적 정체성이 안정을 유지하기 위해서는 개별여성이 지배적인 여성담론을 학습하고 수용하며 그를 통해 스스로 자신의 내면을 억압하는 과정이 지속적으로 이루어져야 한다. 그런 의미에서 외관상 안정된 여성적 정체성은 한 여성의 안과 밖에서 끊임없는 이루어지는 억압의 결과라고도 할 수 있다.[3] 따라서 그러한 억압이 제대로 진행되지 못할 경우, 여성적 정체성은 혼란되거나 균열과 파탄에 이르기도 한다.[4] 우리는 여성적 정체성의 다양한 양상을 고찰함으로써 성별性別에 따른 존재방식의 차이와 여성에게 가해지는 내·외적 억압의 기제를 보다 잘 이해할 수 있게 될 것이다.

문학텍스트는 여성과 남성에 관한 성별 의미와 성별 정체성의 담론이 형성되고 재생산되는 장場이면서 동시에 지배적인 성별 담론에 대한 저항 담론이 생성되는 장이기도 하다. 문학 텍스트 중에서도 글 쓰는 사람 자신의 내면적 특질이나 인격, 혹은 자신의 인생 자체에 대한 진술에 초점이 맞춰진 글은 특히 '정체성'이 문제시되는 텍스트이다. 이러한 자기진술의 글쓰기는 다양하게 존재하는바, 그 외적인 형식은 단일하지 않다. 서사적인 시에서부터 편지, 일기, 수필적 글 혹은 자서전, 자전적 소설에 이르기까지 다양할 수 있다. 이야기story가 있고 화자teller가 있는 모든 문학텍스트를 '서사narrative'라고

한 경계는 존재하지 않는다고 여긴다.
2 특정사회에서 가장 일반적이고 상식적으로 통용되는 여성에 관한 담론들을 그 사회의 지배적 여성 담론이라고 할 수 있을 것이다.
3 물론 남성적 정체성도 이와 다르지 않다. 그러나 이 글은 주변적 존재로서의 여성적 정체성의 양상에 관심이 있다.
4 특정사회에서 통용되는 여성적 정체성이 균열과 파탄을 보이는 지점은 대안적인 여성적 정체성이 형성될 수 있는 가능성을 내포한 지점이기도 하다.

한다면[5] '화자가 자기 자신의 이야기를 진술하는 텍스트'를 '자기서사'라고 할 수 있을 것이다. '자기서사'는 화자가 자기 자신의 이야기를 그것이 사실이라는 전제에 입각하여 진술하는 글쓰기 양식이라고 할 수 있다.[6]

일반적으로 남성 중심적 사회에서 여성은 주변적 존재이므로 여성의 자기서사는 남성의 자기서사와는 다른 특징들을 갖게 된다고 생각한다. 특정 여성이 자신의 존재를 문제 삼는 일은 항상 여성 일반의 존재방식에 대한 물음과 연관될 수밖에 없다. 특정 남성은 남성 일반과 연관 짓지 않고도 자신에 대해 사유할 수 있다. 남성은 자신을 한 사람의 독특한 인간으로 이해하거나 인간 일반의 특수한 표현으로서 이해하곤 한다. 그러나 남성 중심의 사회에서 한 사람의 여성은 여성 집단의 일원으로서 규정되는 것을 모면하기 어렵다. 한 사람의 여성은 항상 여성 일반의 대표나 범례나 예외로서 존재하게 마련이다. 그러므로 한 사람의 여성이 자신의 정체성을 문제 삼는 일은 필연적으로 당대 사회에서 통용되는 여성적 정체성 일반을 문제 삼는 일과 연관될 수밖에 없다. 그런 점에서 개별여성의 자기서사의 의미는 결코 개인적인

---

5   Robert Scholes · Robert Kellogg, 임병권 역, 『서사의 본질(*The Nature of Narrative*)』, 예림기획, 2001, 제1장 참조.

6   따라서 '자기서사'는 단일한 장르 개념이 아니며 다양한 장르를 포괄한다. '자기서사'는 화자가 자신의 이야기를 전달하는 특징을 가진 텍스트들을 지칭하는 포괄적 명칭이다. '자서전'은 '자기서사'의 대표적 유형이다. 하지만 자서전의 형식을 취하지 않은 다양한 '자기서사'의 글쓰기가 존재하며, 그러한 글쓰기가 모두 전형적인 자서전이 갖는 특징들을 갖는 것은 아니다. 그리고 '자기서사'의 텍스트 중에서 전형적인 자서전의 형식을 취한 것이 양적으로 다수이거나 질적으로 가장 우수하다고 할 수도 없다. 따라서 '자서전적 진술', '자전적 서술', 혹은 '자전적 서사'라는 유사한 용어들보다는 '자기서사'라는 용어가 더 간결하면서도 적절하다고 본다. 자신의 내면을 진술한 텍스트의 경우, 그것을 일반적 정서의 표현으로서가 아니라 서술자 자신의 인격이나 개성과 관련한 이야기로서 진술해야 '자기서사'라고 할 수 있을 것이다. 또한 자신의 경험을 서술하는 경우에도 단순한 기행문처럼 외적인 경험을 서술하는 데 치중한다면 '자기서사'라고 하기 어려울 것이다. 내적 체험과 외적 경험이 결합되면서 서술자의 인생의 의미를 형성하는 경험을 사실에 입각하여 이야기로서 서술한 경우는 '자기서사'로 볼 수 있을 것이다.

데 머무를 수 없으며, 글 쓰는 사람이 의식하든 의식하지 못하든 집단적 의미를 함축하게 마련이다.

이 글은 여성적 정체성과 여성의 자기서사의 관련양상을 살피는 데 목적이 있다. 분석대상으로 삼은 텍스트는 18세기 말~19세기 양반여성의 자기서사인 『즈긔록』과 「규한록」이다.[7] 이 두 작품은 현재까지 알려진 조선 후기 양반여성의 자기서사로서는 가장 대표적인 텍스트라고 할 수 있다. 『즈긔록』[8]은 풍양조씨부인(1772~1815)의 글이며, 「규한록」[9]은 광주이씨부인(1804~1863)의 글이다.

풍양조씨부인은 15세에 청풍김씨 집안의 외아들에게 시집가 20세에 남편을 잃었다. 남편과의 사이에는 자식도 없었다. 조씨부인은 남편을 잃은 이듬해인 1792년에 『즈긔록』을 집필하였는데, 이 글은 어린 시절 친정어머니의 죽음과 결혼 후 남편의 죽음을 중심으로 한 자신의 경험을 기록하고 있다.

광주이씨부인은 17세에 해남윤씨 집안의 13대 종부로 출가하였으나 혼인한 지 50일 만에 남편이 요절함으로써 자식도 없는 청상이 되었다. 「규한록」

---

7 조선 후기 양반여성의 자기정체성을 보여주는 텍스트로는 이 외에 다수의 '탄식가류 규방가사'가 있다. 그러나 '탄식가류 규방가사'는 비교적 단형의 텍스트인 까닭에 여성의 경험이나 내면의식의 서술도 대체로 단편적이다. 서술 분량의 측면에서나 서술의 심도로 볼 때 『즈긔록』과 「규한록」은 조선 후기 양반여성의 자기서사를 대표하는 텍스트라고 할 수 있다. 『한중록』은 왕실여성의 체험을 기록한 것으로서 양반여성의 텍스트와는 별도로 고찰할 필요가 있다.

8 『즈긔록』은 박옥주 씨에 의해 발굴되었다. 이 자료의 기본적인 내용은 박옥주, 「새 자료 소개 – 풍양조씨부인의 『즈긔록』」(2001년 4월 28일 한국고전여성문학회 제5차 학술대회 발표문)에 소개되어 있다. 작가의 내면의식이나 서사의 동기 및 특징에 대해서는 이 글 이전에는 연구가 이루어진 바 없다.

9 「규한록」은 박요순에 의해 1968년 발굴되었다. 원래 제목이 없었으나 발굴자가 '규한록'이라 이름 붙였다. 이 자료는 『문학사상』 1973년 3월호에 수록되어 있다. 기존의 연구로는 박요순, 「신발견 「규한록」 연구」, 『국어국문학』 49·50, 국어국문학회, 1970; 이우경, 「「규한록」의 수필적 성격에 대한 연구」, 이화여대 석사논문, 1982; 조혜란, 「고전여성산문 「규한록」의 서술방식」, 이화어문학회 편, 『우리 문학의 여성성·남성성』(고전문학 편), 월인, 2001이 있다. 「규한록」의 여성적 정체성 및 서사의 특징을 해명한 연구는 이 글 이전에는 없었다.

은 이씨부인 31세(1834) 때의 글로서 부인이 자신의 시어머니에게 보낸 편지글이다. 이 편지의 상당부분은 시집온 이후 당시까지의 자신의 삶을 기술하는 데 할애되고 있다.

조씨부인과 이씨부인의 삶에는 많은 공통점이 있다. 이들은 양반가문의 외아들에게 시집가 젊은 나이에 청상이 되었다. 남편을 따라 자결하려 했으나 주위의 만류로 죽지 못했으며, 양반가의 며느리로서 남편도 없고 자식도 없이 여생을 살아야 했다. 또한 두 사람은 자신의 경험을 글로써 기록하였다. 그들의 글쓰기는 기본적으로 '여성의 자기서사'라는 특질을 공유하고 있다.

여성에 대한 가부장제적 규제가 극심했던 조선 후기 사회에서 이들이 겪었을 내면적 고통과 현실적 어려움은 짐작하고도 남음이 있다. 개인적인 불행과 고통 속에서 이들은 스스로의 삶을 어떻게 이해하고 규정했을까, 이들이 생각한 '자기'는 어떤 존재였을까, 주변사람들은 또 이들에게 어떤 존재이기를 요구하고 기대했을까, 이들이 자신을 이해하는 방식에는 어떤 공통점과 차이점이 있었을까, 이들의 삶에서 글쓰기는 어떤 의미를 지닌 것이었을까, 이들의 글쓰기 방식에는 각기 어떤 특징들이 있는 것일까. 이러한 물음은 결국 조선 후기 사회에서 양반여성의 자기정체성은 어떠한 것이었으며, 양반여성의 자기서사에는 어떤 특징과 의미가 있는지, 나아가서는 여성적 정체성의 양상과 글쓰기 방식은 어떤 연관이 있는지에 관한 문제로 귀착된다.

2. 『ᄌ긔록』의 여성적 정체성과 자기서사

1) 『ᄌ긔록』의 기본특징

풍양조씨부인은 『ᄌ긔록』에서 어릴 때부터 20세 무렵까지의 자신의 경험과 견문을 매우 길고도 자세하게 기록하였다. 『ᄌ긔록』은 서문과 본문 그리고 후기 및 부록으로 구성되어 있다.[10] 그런데 조씨부인은 본문을 서술하면서 자기 자신을 중심으로 서술하지 않고 주변 인물들에 초점을 맞추어 서술하고 있다. 조씨부인의 인생에서 가장 중요한 인물은 친정부모와 남편이었던바, 『ᄌ긔록』 서술의 중심도 아버지 → 어머니 → 남편으로 이동하고 있다. 조씨부인은 이처럼 서술의 중심이 바뀔 때마다 직접 동그라미 표시를 하고 있는데, 부인 스스로도 의식적인 구분을 하고 있음이 주목된다.

그럼에도 불구하고 『ᄌ긔록』은 친정부모나 남편의 전기傳記는 아니다. 친정부모와 남편의 인간적 면모나 그들에게 일어난 일들을 기록하고 있긴 하지만, 부인의 집필목적은 그들의 인생 전반을 객관적으로 서술하는 데 있지는 않다. 그들과 관계있는 서술자 자신의 견문을 기록하되, 그것은 자신의 삶이나 혹은 자신의 내면과 관련된 범위 내의 것이다. 아버지 → 어머니 → 남편으로 중심이 이동되는 서술은 조씨부인 자신의 삶의 과정을 자연스레 보여주는 서술이기도 하다.

---

10 서문(1~6면)은 집필 동기를 서술한 부분이고, 본문(7~175면)은 가족이나 자신의 경험에 대해 서술한 부분이다. 후기(176면·196면)는 1과 2가 있으며, 부록(177~195면)은 부인의 남편을 추모하는 제문들로서 친지들이 지은 것을 옮겨쓴 것이다.

『ᄌᆞ긔록』에서 조씨부인의 가장 중요한 관심사는 이 세 사람 **자체**에 있다기보다는 이들이 자신의 삶에 어떤 흔적을 남겼고 그로 인해 자신의 삶이 어떻게 결정되었는가를 서술하는 데 있다고 할 수 있다. 조씨부인은 자기를 전면에 내세우기보다는 자신과 관련된 사람들이나 사건들을 매개로 자신의 삶을 드러내는 서술방식을 취하고 있다. 자기서사이면서도 서술의 중심이 서술자 자신에게 집중되어 있지 않고 주변인물과의 관계에 분산되어 있는 것은『ᄌᆞ긔록』의 중요한 특징이다.『ᄌᆞ긔록』에 있어서 조씨부인의 '자기'는 개별적이고 직접적으로 드러나기보다는, 주변인물과 자신의 관계를 통해서 드러나는 특징이 있다. 이는 조씨부인의 여성적 정체성과도 긴밀하게 연관되어 있다.

2) 조씨부인의 내면의식

조씨부인의 삶에서 가장 중요했던 사건은 어머니와 남편의 죽음이었다. 자신의 반평생을 기록하면서도 그녀는 주로 두 사람의 죽음에 몰두하고 있으며, 여타의 사건이나 경험에 대해서는 상대적으로 미미하게 언급하거나 아예 언급하지 않고 있다. 본문 전체에서 어머니의 죽음과 관련된 서술이 대략 10분의 1을 차지하며, 남편의 발병에서 죽음에 이르기까지의 서술은 10분의 6 이상을 차지하고 있다. 서술 분량만 보아도 조씨부인이 두 사람, 그 중에서도 특히 남편의 죽음에 얼마나 집착하고 있는지 짐작할 수 있다. 서문과 후기를 포함한『ᄌᆞ긔록』전반에 걸쳐 조씨부인은 두 사람의 죽음으로 인한 자신의 참담한 고통을 끊임없이 지속적으로 토로하고 있다. 조씨부인의 삶에 있어서 두 사람의 죽음만큼 중요한 사건은 없었고, 두 사람의 죽음이야말로 부인의 삶을 근본적으로 틀 지은 사건이었다. 부인은 평생 이 두 죽음으로부터 벗어날 수 없었던 것이다.

조씨부인에게 있어 어머니는 어떤 존재였는가? 부인은 11세 때 어머니를 여의었다. 『즈긔록』에서 어머니는 한없이 어질고 지혜로우며 자상했던 사람으로 기록되고 있다. 그러나 어머니의 생애는 두 아들을 거듭 잃었고, 다시 아들을 낳기 위해 노심초사하다가 결국 또 딸을 낳았고, 그 실망감과 출산후유증으로 건강이 악화되어 세상을 떠난 불행한 삶으로 서술되고 있다. 조씨부인은 거듭거듭 아들도 없이 세상을 떠난 어머니를 애통해 하고 있다. 그 애통함은 모녀의 천륜지정에서 비롯된 당연한 것이지만, 거기에 더하여 어머니의 불행과 조씨부인의 불행이 오버랩 됨으로써 애통함은 더욱 배가되었다. 어머니는 아들도 없이 일찍 죽었고, 조씨부인은 아들도 없이 청상이 되었다. 아들을 낳아 가문의 대代를 잇게 하는 것이야말로 여성에게 주어진 가장 중요한 역할로 간주되었던 유교적 종법宗法 사회에서 어머니와 딸은 둘 다 실패한 인생이었다는 점에서 공통점이 있다. 그런 점에서 조씨부인은 자신의 어머니에게 동정同情과 강한 심리적 유대를 느끼고 있다.

조씨부인에게 있어 남편은 어떤 존재였던가? 부인은 15세(1786) 때 청풍김씨가에 시집을 가서 20세에 남편을 잃었다. 남편은 독자獨子에 종손宗孫이었는데 어질고 부드러우며 효성이 지극한 사람이었다.[11] 부인은 남편과의 결혼생활에 대해서 다음과 같이 술회하였다.

---

11 "부즈(夫子)의 위인(爲人)을 그윽이 슬피니 텬품(天稟)이 순후유열(淳厚愉悅)호고 인효개제 (仁孝愷悌)호야 경계(境界) 붉으되 침듕(沈重)호며 관유화령(寬裕和寧)호야 일즉 경조(輕燥) 호믈 뵈지 못호니"(『즈긔록』, 55~56면).

결발(結髮)ᄒ미 뉵년(六年)이나 사괴미 쥬년(周年)이니 셩혼(成婚) 쵸(初)로
붓허 피ᄎᆞ(彼此) 싱소(生疎)ᄒ고 슈습(收拾)ᄒ미 심ᄒ더니 임의 ᄉᆞ오년이 되여
일가(一家)의 쳐(處)ᄒ미 날이 오래고 둘이 포되매 서로 낫치 닉고 ᄆᆞᄋᆞᆷ이 친ᄒᆞ여
경술(庚戌)노붓허 내 비로소 슈치(羞恥)ᄒ미 덜니고 부ᄌᆡ 서의ᄒᆞ믈 두지아냐 샹
화문답(相和問答)ᄒ매[12]

비록 혼인은 하였으나 혼인한지 사오년이 지난 경술년(1790) 무렵에서야
피차 스스럼이 없어졌다는 것이다. 그러나 바로 이듬해(1791) 남편은 세상을
떠났다. 남편의 투병과 죽음이야말로 서술 분량으로 보나 서술자의 의식으
로 보나 『ᄌᆞ긔록』의 핵심을 이루는 사건이라고 할 수 있다. 이에 대해 조씨
부인이 어떻게 서술하고 있는지 자세히 살펴보기로 한다.

혼인한지 2년이 지났을 때(1788), 남편은 과거시험에 응시하러 갔다가 인
파에 사람들이 짓밟혀 죽는 사태가 일어나 무척 놀랐고, 게다가 추위에 몸을
상하여 병석에 누웠다.[13] 이후 운신을 제대로 못할 정도로 앓다가 다음 해
(1789) 봄이 되어서야 나아졌다. 그러나 완전히 회복되지는 못했으며, 이후
로 늘 병색이 완연하여 기운을 차리지 못했다고 한다. 『ᄌᆞ긔록』의 서술은 남
편의 최초 발병을 자세히 언급한 다음 곧이어 경술년(1790) 9월의 발병으로
건너뛴다. 그 사이에 일어났음직한 개인사나 가족사와 관련된 일에 대해서
는 거의 언급하지 않고 있다. 이를 보아도 조씨부인이 자신의 결혼생활을 회
고하면서 남편의 병과 죽음 외엔 별다른 관심이 없었음을 짐작할 수 있다.

---

12 『ᄌᆞ긔록』, 172면.
13 무신년(1788년) 가을, 과거시험 당시 인파로 인해 선비들이 서로 짓밟혀 많은 사람이 죽는 일이
   벌어졌다고 한다. 저자의 남편은 이 때 크게 놀랐는데 그것도 병의 원인이 되었다고 한다(『ᄌᆞ긔
   록』, 72~73면).

이는 물론 이것이 조씨부인 자신의 삶에서 가장 중요하고도 결정적인 문제였기 때문이다.

경술년의 발병 이후 남편은 7개월 가량 투병하다가 결국 세상을 떠났다. 조씨부인은 이후 100여 면에 걸쳐 남편의 투병과 죽음, 그와 관련된 자신의 심경을 기록하였다. 『즈긔록』에서 조씨부인은 매우 자세하게 과거를 기억하고 기록하는 면모를 일관되게 보여주고 있으나, 그 중에서도 경술년 발병 이후의 기록은 전과는 비교가 안 될 정도로 더욱 자세하고 치밀하다. 부인은 남편의 병세와 동태, 여러 의원들의 이름과 진찰 날짜, 그들의 진단과 처방, 주변 사람들의 이러저러한 걱정과 간호, 가족들의 대화 하나하나를 세세히 기록하고 있다. 심지어는 몇 월 며칠 남편이 무엇을 먹었고 설사나 구토는 몇 번이나 했으며 변의 상태는 어떠했는지까지 기록하고 있으며, 하루 중에서도 아침, 낮, 저녁, 밤 등의 시간을 매우 세밀하게 구별하여 기록하였다.

조씨부인의 기록은 너무도 자세하여 그녀의 놀라운 기억력에 경탄하지 않을 수 없다. 『즈긔록』의 서술은 남편의 죽음 이후 1년 사이에 이루어졌다. 서술 시점에서 1~2년 전의 일이니 시간이 그리 오래 경과한 것은 아니지만, 경황 중의 일들을 그토록 세세하게 기록할 수 있다는 것은 과거를 복원하려는 집념 없이는 가능치 않은 일이다. 그 집념만큼이나 조씨부인의 과거에 대한 집착 또한 강한 것이었다고 할 수 있다. 비록 고통스런 과거이지만 조씨부인은 과거를 잊기보다는 생생하게 기억하고 복원하려 하고 있다. 이는 남편의 투병과정이야말로 자신의 삶의 내용과 의미를 결정짓는 것이었기 때문이라고 할 수 있다.

온 가족 뿐 아니라 친정아버지와 언니까지 극진히 간병했으나 남편은 마침내 죽음에 이르게 되었다.[14] 그런데 그 때까지는 환자를 돌보는 가족의 일원으로서, 또한 한 사람의 관찰자로서『즈긔록』내에 존재할 뿐 자기를 전면에 드러내는 일이 드물던 서술자가 남편의 죽음이 임박하자 자신의 존재와 자신의 생각을 집중적으로 드러내기 시작한다. 그 시점은 생사를 스스로 결단하지 않으면 안 되는 순간이었다. 이전까지 부인은 가족 내에서 주변적인 존재였다. 부모와의 관계에서는 딸이며, 시어른들과의 관계에서는 며느리며, 남편과의 관계에서는 아내일 뿐, 그 이외의 어떤 자아나 주체성도 필요치 않았다. 따라서 홀로 독립적인 사유나 행동을 할 특별한 이유가 없었다. 부인 스스로가 그런 필요를 느끼지 못했을 뿐 아니라 부인이 가족구성원들의 관심의 중심에 놓일 기회도 없었다. 그러나 남편의 죽음을 목전에 두고 부인은 자신의 생사를 스스로 선택하고 결정해야 할 상황에 놓였으며 아울러 일시적으로 가족 구성원들의 관심의 중심에 놓이게 되었다. 따라서『즈긔록』의 서술은 이 부분에서 이전과는 달리 부인 자신의 생각과 행동으로의 중심 이동이 일어나게 된다.

그렇다면 남편의 죽음을 계기로 조씨부인은 독립적인 주체가 된 것인가? 하지만 부인의 생각과 행동은 '남편의 죽음'이라는 문제에서 조금도 벗어나지 않으며, 부인은 자신의 생사조차도 남편의 죽음에 의해 규정지으려 하고 있다. 그런 점에서 이전과는 달리 부인의 생각이나 행동이『즈긔록』서술의 중심이 되고 있긴 하나, 조씨부인 바로 그 자신이 진정한 서술의 중심이 되었다고 보긴 힘들다. 실제로는 '남편의 죽음'이 서술의 중심이라고 할 수 있다. 부인은 남편이라는 존재의 종속변수에 불과하다. 주변적 존재로서의 부

---

14 1791년 음력 2월 그믐에 조씨부인의 남편은 부인의 친정으로 피접(避接) 나갔다. 이것은 친정아버지의 간권과 부인의 간청에 의해 이루어진 것이었다. 친정에는 부인과 시모가 따라갔다. 1791년 3월 24일 남편은 죽음에 임박하여 다시 본가로 돌아왔다가 4월 7일에 세상을 떠났고 4월 23일 선영에 묻혔다.

인의 현실적 위치는 변함이 없는 것이다.

남편의 죽음이 임박했을 때 부인은 자결을 결심하였다.[15] 친정아버지와 언니가 떠올라 가슴이 막혔으나 결심은 흔들리지 않았다고 한다. 이후 언니에게 자신의 뜻을 밝히고는 함께 통곡하기도 한다. 친정아버지나 백부는 설사 남편이 죽더라도 자결은 하지 말라는 당부를 하기도 한다. 시어머니와 친지들은 자결을 우려하여 부인을 보호하기도 한다.

부인이 자결하려는 이유는 무엇이었는가? 그것은 혼자 사는 슬픔과 혹독함을 견디기 어렵다는 것, 남편은 삼강三綱의 하나로서 하늘과 같은 존재라는 것, 남편과의 정분을 생각하면 홀로 투생偸生하기 어렵다는 것 등이다. 요컨대 홀로 살아남는 것은 현실적으로 고통스럽고, 삼종지도三從之道에 어긋날 뿐 아니라, 남편에 대한 의리가 아니라는 것이다. 삼종지도의 여성윤리가 지배적인 사회에서 미망인未亡人으로서의 삶은 윤리적으로도 떳떳치 못하며 현실적으로도 참혹하다는 것을 조씨부인은 명료하게 알고 있었던 셈이다.

그런데 부인은 자신이 자결해야 할 이유보다는 자결할 수 없는 이유를 훨씬 더 자세하고 논리적으로 밝혔을 뿐 아니라, 서문을 포함해 예닐곱 차례나 거듭하여 언급하였다. 『ᄌᆞ긔록』을 집필하던 당시 부인은 어쨌든 살아남아 있었다. 그러나 부인은 유교적 여성윤리를 내면화하고 있었고 그에 입각해 자신의 정체성을 구성하고 있었다. 삼종지도에 의하면 아내 된 여자는 남편을 따르는 것이 마땅한 도리였던바, 부인은 자기가 죽지 않고 살아남은 이유를 스스로 해명하지 않을 수 없었던 것이다.

처음 부인은 친정아버지와 언니가 자신으로 인해 겪을 고통 때문에 자결

15   최초의 자결 결심은 1791년 3월 22일이었다(『ᄌᆞ긔록』, 118~119면).

하기 어렵다고 하였다. 다음에는 자신이 죽으면 시부모를 받들 사람이 없으므로 이는 불효不孝일 뿐 아니라 남편을 저버리는 행위라고 말했다. 그 다음에는 백부의 충고를 통해 그녀가 살아야 할 이유가 피력된다. 백부에 의하면 자결하지 않고 시부모를 받들며 남편의 후사를 잇고 조상의 제사를 받드는 것이 남편의 뜻을 따르는 것이었다. 이후로도 거듭하여 조씨부인은 시부모를 봉양하고 가문을 지켜야 할 자신의 책임을 말하고 있다. 부인이 내면화하고 있는 삼종지도에 의하면 남편을 따라죽는 것이 아내의 도리에 합당하였다. 그러나 시부모를 받들고 가문을 지켜야하는 며느리로서의 책임 때문에 차마 죽을 수도 없었다. 살아서도 죽어서도 남편을 잃은 여성은 떳떳할 수가 없었고, 살아남는 데에도 이처럼 자세한 자기해명이 필요했던 것이다.

조씨부인은 본문 서술을 마무리하면서 가도보전家道保全과 입후봉사立後奉祀가 자신의 소임이라고 다짐하였다.[16] 남편을 대신해 가문에 헌신하는 것이 남편에 대한 의리라고 생각했던 것이다. 그럼에도 불구하고 남편 죽음 이후의 자신의 삶은 죽어야 할 때 죽지 못하고 욕되게 삶을 탐낸 것에 불과하다고 여겼다. 조씨부인은 자신의 삶을 거듭 거듭 '투생偸生'이라 표현하고 있을 뿐 아니라 깊은 죄의식에서 헤어나지 못하고 있다. 서문에서부터 어머니를 잃은 것은 하늘에 죄를 얻은 때문이며, 남편을 잃은 것도 삼생의 죄악이 극중한 탓이라고 자책하였다.[17] 본문에서도 거듭 자신이 무슨 적악으로 이런 벌을 받는 것인지 자탄하기도 하고, 남편도 없고 아들도 없어 삼종의 둘이 끊어졌으니 자신은 인륜의 죄인이라고 자책하기도 하며,[18] 자신의 죄악 때문에 화가

---

16 "임의 내 투싱혼 후는 가도를 보전흐여 닙후봉스흐미 소임이니 원컨대 당원흐고 현효흔 명녕을 어더 봉스를 긔탁흐고 박명여싱을 의지코져 흐노라"(『즈긔록』, 175면).
17 『즈긔록』, 1~2면.
18 『즈긔록』, 173면.

남편에게 미친 것이라고 하였다.[19] 이처럼 조씨부인은 어머니를 잃고 남편을 잃은 것이 모두 자신의 죄 때문이라고 여기고 있다. 더구나 남편이 죽은 후에 친지들의 강권을 못 이겨 죽을 먹고, 육즙이나 과일도 먹고, 머리에 빗질을 하게 된 일이나 시간이 흐름에 따라 밥을 당하면 배불리 먹고 베개를 대하면 편히 잠자게 되는 과정 하나하나에서도 부인은 죄의식을 느끼고 있다.

조씨부인의 죄의식은 세월이 흐른 뒤에도 여전하였다. 남편이 죽은 뒤 10여 년 후 시아버지와 친정아버지가 세상을 떠났고 몇 년 후에는 양자로 들인 친정 남동생마저 세상을 떠나자 이 모든 것을 자신의 죄로 돌리며 비통해 하는 글을 덧붙이기도 했다.[20] 조씨부인의 깊은 죄의식은 유교적 여성윤리에 의해 각인된 것이다. 현실적으로는 아무런 주체적 사유와 행동의 여지를 부여받지 않았음에도 불구하고, 조씨부인은 자신의 주변에서 일어난 불행에 대해서만 유독 책임과 죄의식을 느끼도록 억압받고 있다. 조씨부인은 관념적으로는 죄의식을 갖고 있지만 정작 자신이 구체적으로 어떤 잘못을 했는지에 대해선 서술할 수가 없다. 『즈긔록』의 어디에서도 그런 사실은 드러나지 않는다. 조씨부인은 아무런 죄도 없는 죄인이었던 셈이다.

3) 『즈긔록』의 서술동기

조씨부인은 어떤 동기에서 글을 쓰게 된 것일까? 부인은 글을 쓰는 자신의 심정을 격한 어조로 토로한 적이 있다.

---

19 『즈긔록』, 156면.
20 『즈긔록』, 176면의 후기 1.

오호 텬도(天道)여 하늘이 ᄎᆞ마 이러치 아닐 거시오 귀신이 ᄎᆞ마 이러치 아니리니 닉 ᄎᆞ마 엇디 이 텬지붕탁(天地崩拆)ᄒᆞᄂᆞ 시종(始終)을 셩언(成言)ᄒᆞ여 긔록ᄒᆞ리오 닉 싱명(生命)이 긔험(崎險)ᄒᆞ고 삼싱(三生)의 죄악이 지듕(至重)ᄒᆞ여 싱년(生年) 수십의 쳡봉화고(疊逢禍苦)ᄒᆞ고 다박험조(多迫險阻)ᄒᆞ되 무지완쳔(無知頑賤)이 불ᄉᆞ투싱(不死偸生)ᄒᆞ여 여구싱셰(如舊生世)에 이를 긔록ᄒᆞ니 궁측흉완(窮惻凶頑)ᄒᆞ미 날 ᄀᆞᆺᄒᆞ니 어듸 이시리오.[21]

글쓰기의 과정이 참담한 고통이었음을 알 수 있다. 그런데도 왜 글을 쓰지 않으면 안 되었던 걸까? 조씨부인이 서문에서 밝힌 『ᄌᆞ긔록』 서술의 목적은 다음과 같다.

(어머니의) 놉흔 위의(威儀)ᄂᆞ 쳔츄(千秋)의 아득ᄒᆞ고 어진 덕은 진토(塵土)의 급초이샤 다시 일ᄏᆞ라 알 니 업ᄉᆞ니 우리 ᄌᆞ민의 더욱 흔(恨)ᄒᆞᄂᆞ 배라. (…중략…) 나의 유시(幼時)의 아던 바 힝젹만 대강 긔록ᄒᆞ나 (…중략…) 엇지 능히 다 형용ᄒᆞ야 긔록하리오? 겨오 만의 ᄒᆞ나흘 긔록홀ᄉᆡ 부군(父君)의 과인(過人)히 인ᄌᆞ명쳘(仁慈明哲)ᄒᆞ신 두어 조건(條件)을 올니고 다시 나의 궁흔 팔ᄌᆞ와 결발(結髮)의 늣거온 셜우므로써 일월(日月)이 깁흐매 능히 긔억지 못홀지라. 셩혼(成婚) 초로붓허 부ᄌᆞ(夫子)의 환후시말(患候始末)과 봉변지ᄉᆞ(逢變之事)ᄭᆞ지 대강을 긔록ᄒᆞ야 나의 싱젼(生前) 두고 목젼ᄉᆞ(目前事) ᄀᆞᆺ치 닛지 말며 후싱비(後生輩) 네일을 알과져 잠간 긔록ᄒᆞ나 정신이 소삭ᄒᆞ고 심의황난(心意荒亂)ᄒᆞ여 ᄌᆞ셔(仔細)ᄒᆞᆷ를 엇지 못ᄒᆞ다.[22]

---

21 『ᄌᆞ긔록』, 76면.
22 『ᄌᆞ긔록』, 4~6면.

친정어머니의 행적이 잊혀지는 것이 슬퍼서 그를 대강 기록한다고 하였고 자신의 궁박한 팔자와 혼인 후의 설움을 오래 기억하고 후손들에게 알리기 위해 기록한다고 하였다. 자기서사는 때로 자기현시와 자기합리화의 행위이기도 하지만, 때로 자기 상처의 치유와 자기해명 혹은 자기복원의 행위이기도 하다. 조씨부인에게 있어 글쓰기는 일차적으로 자신의 기억을 위한 것이었고, 그런 의미에서 상처를 스스로 치유하는 행위였다고 할 수 있다. 큰 상처나 고통은 오히려 그것을 응시함으로써만 극복될 수 있기 때문이다. 『ㅈ긔록』이 자기고백체를 취하고 있는 것도 그런 점과 다소간 관련이 있다.

조씨부인은 남편의 발병과 투병, 죽음의 과정을 시간의 순서에 따라 남김없이 자세히 기록하고 있다. 조씨부인은 서술을 따라 가노라면 부인이 일순간도 긴장을 늦춘 적이 없었음을 알 수 있다. 그리고 부인을 비롯한 온 가족이 환자의 치유를 위해 온갖 노력을 다 기울였음을 알게 된다. 특히 친정아버지와 언니가 몸소 환자를 간병하며 지극한 정성을 쏟은 일이 세세하게 기록되어 있다. 반면 시조부와 시부가 종손과 외아들에 대한 극진한 사랑에도 불구하고 발병 초기에 환자의 원기를 보補하는 데 소홀했던 것이나,[23] 환자를 꾸짖어 보양음식을 먹지 못하게 한 일을 애통해 하고 있다. 또 경술년 2차 발병 초기에 환자가 허약한 몸으로 밤늦도록 두 어른을 모시느라 건강이 악화되었음을 슬퍼하기도 하였다. 백약이 무효하자 악공을 불러 음악을 연주함으로써 환자의 마음을 편안케 하려한 일, 시어머니와 자신이 기도한 일, 손가락을 베어 남편에게 생혈生血을 먹이려 한 일, 남편에 대한 미안함을 글로 써서 관에 넣은 일, 남편의 수의를 몸소 챙긴 일, 자결하려는 시어머니를

---

23 조씨부인은 시조부와 시부가 평소 검약이 몸에 익어 닭국이나 육즙으로 환자의 원기를 보(補)하려 하지 않고 흰밥이나 미역국으로 보원(補元)하려 한 데 대해 나중까지 한탄하고 있다.

설득하고 위로한 일까지 남김없이 기록하고 있다. 더구나 자신이 자결할 수 없었던 상황에 대해서는 몇 번이나 거듭 서술하였다. 이 모든 것을 세세히 기록하면서 조씨부인은 어떤 심리적인 과정을 거쳤을까? 참담한 불행 속에서도 자신과 가족들은 최선을 다했다는 것, 달리는 더 어찌할 수 없었다는 것을 확인하게 되지 않았을까? 자식으로서의 도리와 며느리로서의 책임 때문에 살아있을 수밖에 없었고, 그것이야말로 남편의 뜻을 따르는 길이었음을 자타에게 납득시킴으로써 스스로의 삶을 해명하려 한 것이 아닐까? 그리고 나아가서는 후손들에게도 자기 생의 정당함을 확인시키고 싶었던 게 아닐까? 그러나 조씨부인은 유교적 여성윤리 자체에 대해서는 추호의 의문도 제기하지 못했다. 그러므로 삼종지도에 기인한 스스로의 죄의식으로부터 자유로워지는 것은 불가능하였고 근본적인 자기해명도 불가능했다.

조씨부인의 자기정체성은 철저한 유교적 여성윤리에 입각해 구성되어 있다. 부인은 삼종지도의 윤리에 의해 자신의 삶을 이해했다. 삼종지도에 의하면 여성은 아버지, 남편, 아들을 통해서만 삶의 의미를 보장받을 수 있다. 그러기에 세 사람의 남자야말로 여성적 삶의 진정한 주체라고 할 수 있다. 조씨부인은 남편을 잃고 아들마저 없으므로 살아있지만 죽은 목숨이요, 그녀의 삶은 유교적 여성윤리의 관점에서는 아무런 의미도 없는 것이다. 조씨부인은 남편이 살아있을 때는 물론이었고 남편이 죽은 뒤에도 결코 자기 삶의 주체가 될 수 없었다. 자결을 결심하고 갈등하고 삶을 선택하고 죄의식에 시달리기도 하지만 조씨부인의 삶의 진정한 주체는 죽은 남편이었다고 할 수 있다. 조씨부인은 주체가 되지 못하는 주변적 존재, 타자적 존재에 불과하다.

타자적 존재로서의 자기정체성으로 인해 조씨부인은 자신의 삶을 서술하면서도 아버지, 어머니, 남편 혹은 '남편의 죽음'을 중심으로 자신의 삶을 이해하고 재구성하였다. 조씨부인은 끊임없이 주변 인물들을 중심에 두고 자신을 규정하고 삶의 의미를 부여하고 있다. 조씨부인은 관계적 자아의식을 보여주고 있다고 할 수 있다. 관계적 자아는 고립적·개별적·자기중심적 자아의 폐해에 물들지 않았고, 그런 점에서 긍정적이라고 할 수 있을 것인가?

하지만 조씨부인이 보여주는 관계적 자아는 자발성과 평등을 전제로 한 관계적 자아가 아니다. 그것은 타자성과 위계를 전제로 하고 있다. 조씨부인의 여성적 정체성은 삼종지도의 가부장적 이데올로기에 의해 강요되고 길들여진 정체성에 불과하며, 그런 점에서 진정성을 결여하고 있다.

조씨부인은 자기정체성에 있어 일관된 면모를 보여주고 있다. 유교적 윤리에 입각한 여성적 정체성에 대해 갈등하거나 회의하는 모습은 조금도 보인 적이 없다. 조씨부인 나름의 확고한 자기정체성은 자기서사의 문체에서도 잘 드러나고 있다. 자신의 고통과 불행을 기술하면서도 조씨부인은 단정한 어휘, 조리정연한 문장을 견지하고 있다. 때로 격한 슬픔의 감정을 토로하기도 하지만 그럼에도 불구하고 조씨부인의 서술은 시종일관 매우 침착하고 치밀하다. 그만큼 조씨부인의 여성적 정체성은 안정되어 있고, 안정된 만큼 유교적 윤리에 의해 잘 억압되어 있다. 『즈긔록』이 자기서사를 하면서도 타인 중심의 서술을 한 것과 조리정연하고 치밀한 문체를 견지한 것은 조씨부인의 여성적 정체성의 특징과 긴밀하게 연관된 것임을 알 수 있었다.

그렇다면 양반여성이 자기정체성에 있어 갈등을 겪을 경우, 자기서사의 방식과 문체는 어떻게 달라질까?

3. 「규한록」의 여성적 정체성과 자기서사

1) 「규한록」의 기본 특징

「규한록」은 광주이씨부인이 시어머니에게 써 보낸 글이다. 이씨부인은 청상의 몸으로 해남윤씨 가문의 종부 노릇한지 14년 만에 시가와의 갈등을 견디지 못하고 친정으로 돌아가 있으면서 시어머니에게 편지를 썼다. 공적인 글쓰기에 참여할 기회가 없었던 전통시대 여성에게 있어 편지는 자신을 표현하고 타인과 소통하며 일상적 삶에 대한 자각과 인식을 표현하는 주요한 수단이었다. 더구나 타인에게 직접 말 건네는 형식이라는 점에서 자신의 사적인 삶을 공적인 차원에서 재구성하는 문학적 형식이 되기도 한다. 「규한록」은 편지형식을 취하고 있지만, 그 내용은 이씨부인이 자기의 삶을 스스로 정리하고 다른 이에게 이해시키려는 동기에서 쓴 '자기서사'이다.

「규한록」의 문체는 독특하다. 혼인 이후 편지를 쓰던 당시까지의 자신의 생애를 이야기하면서도 사건들 사이의 시간적 선후나 논리적 연관은 전혀 고려하지 않았으며, 동일한 과거 사건에 대한 언급을 몇 번이나 반복하기도 하고, 해명, 사죄, 원망, 분노, 푸념 등을 마구 뒤섞어 놓고 있기도 하다. 처음 「규한록」을 읽으면 그 비논리적이고 감정적이며 종작없는 문체에 강한 인상을 받게 된다. 이토록 독특한 문체는 어디에서 유래한 것일까?

전통시대 남성의 글은 물론이거니와 여성의 글에서도 이러한 문체는 흔치 않다. 「규한록」의 문체는 전통시대 여성의 생생하게 살아있는 입말을 그대로 옮겨놓고 있다. 그러나 전통시대 여성의 입말이 모두 비논리적이고 감정적인 특징을 가졌다고 할 수는 없을 것이다. 「규한록」의 독특한 문체는 서술자가 처한 독특한 여성적 상황과 여성적 정체성에 기인한다고 보아야 하지 않을까 한다.

2) 이씨부인의 내면의식

이씨부인은 시집생활 동안 자신과 관련된 주요한 문제를 두루 언급하고 있다. 그러나 그 중에서도 가장 집요하게 언급하고 있는 일은 자신이 '투생'하게 된 내력이다. 글을 쓰던 당시로부터 14년이나 지난 과거의 일을 왜 거듭 언급하였을까? 이씨부인은 남편이 죽자 자결하려 했다고 한다. 실제로 남편과 함께 지낸 날은 고작 사흘에 불과하였던 터라 남다른 애정이 있어 그랬을 리는 없었다. 남편도 없고 아들도 없는 자신의 삶에서 그 어떤 희망이나 가능성도 찾을 수 없었기 때문이었다.

「규한록」에 의하면 이씨부인이 자결하려 하자 두 시삼촌이 지극 정성으로 만단 회유하였다. 회유의 말은 다음과 같은 것이었다. 윤씨 12대 종가 삼십 간 기와집이 쑥대밭이 되지 않으려면 이씨부인이 살아있어야 한다는 것, 시삼촌 형제의 명命도 부인에게 달렸다는 것, 시어머니와 종가에 딸린 가족들을 생각하라는 것이었다.[24] 자신의 막중한 역할을 일깨우는 시삼촌의 말에 이씨부인은 황공해하면서, 자신은 "살아도 종가에 터럭만큼도 도움이 되지 못하고 시어머니나 시삼촌의 뜻도 받들지 못할 것"이라고 답하였다. 그러자

---

24 「규한록」, 『문학사상』, 1973.3, 397~398면. 이하 「규한록」의 인용은 『문학사상』에 수록된 자료에 의한 것이다.

시삼촌은 "벽만 지고 앉아있을지라도 명命만 지녀 달라"고 하며 "명만 지녀 주면 (과부로서의) 설움 외에 다른 근심은 없도록 해 주겠다" 하기도 했다. 이씨부인이 "만약 살았다가 후회되면 어떡하느냐"고 하자 시삼촌은 "살다가 서러워서 정 못 살겠으면 자는 듯이 죽을 수 있는 약을 지어다 주겠다"고까지 하였다.

이씨부인은 시삼촌의 간곡한 말에 감동하여 "남과 같이 의젓한 팔자는 불가능하지만 아무쪼록 종가를 맡기시면, 있는 것이나 지키고, 제사 지내 궐향闕享이나 않고, 시어머니께 불공하단 말이나 듣지 않고, 두 시삼촌과 의義나 변치 않고 사는 것으로 목숨값을 하리라" 결심한다. 삼종지의三從之義는 끊어졌으나 '종부로서의 삶'에서 새롭게 인생의 의미를 찾으려 한 것이다. 종부의 지위는 책임만큼이나 권리 또한 막중한 것이다. 가부장적 종법사회로부터 가장 큰 권한을 인정받은 여성이 바로 종부였기 때문이다.

그런데 14년의 시집살이 동안 종부로서의 역할과 책임은 어려웠고 권리는 미미했으며, 존경과 인정은 받지 못했고 갈등과 비난이 잇달았다. 가문의 경제적 상황이 가장 어려운 때에 대규모 종가의 집안 살림을 꾸려가야 했으며, 경제적 문제와 양자 문제로 시삼촌이나 시어머니와의 관계가 악화되었고, 종들마저 자신에게 순종하지 않았으며, 문중의 평판도 좋지 않아 이씨부인은 고립무원의 상태에 놓이게 되었다. 애초 이씨부인이 기대했던 바, 당당한 종부로서의 지위가 파탄지경에 이르게 된 것이다.

그 시점에서 이씨부인은 모든 문제의 근원을 14년 전 시삼촌들의 자결 만류에서 찾고 있다. 그런데 이씨부인의 관점은 단순치가 않다.

　　㉠ 아무리 생각하여도 어머님 아자바님 뜻 받자와 백 가지 한 가지도 하올 인생

이 못 되오니, (…중략…) 어지신 덕택으로 어머님 아자바님께옵서 자질(子姪)의 자취라 하여 (저를) 더욱 귀히 생각 애휼하옵심으로 열 해를 넘어 주인 없는 (이) 몸이 의리(義理)에, 가사(家事)에 마음 두옵기도 하늘같은 덕택이오이다.[25]

ⓛ 열 번이나 죽어야 옳고 마땅한 자부 어찌하다가 투생하였는지, (…중략…) 정신을 버리고 죽기로 악을 쓸 제 (…중략…) 무엇으로 낙을 삼아 살라하시며 살리신 인생이옵나이까? 아자바님께서 목석에라도 귀와 눈이 생길듯이 (저에게) 하시온 일, 세상에 다시 머물러 갚기는 생의(生意)도 못하고 오히려 (저를) 살리신 것이 ― 지난 일이나 앞을 생각하니 ― 자지러질 듯 애닯고 도리어 자부에게 적악(積惡)인 듯[26]

ⓒ 숨을 끊지 못하고 시삼촌 말씀을 간, 폐에 새겨 듣삽고, 마지 못하여 살았다가 도리어 이 우환(憂患)이 되오니 세상사 답답히 믿지 못할 줄을 삼십에야 알았사옵나이다.[27]

ⓐ에서는 자신이 마음 붙여 살아있는 것도 시어머니와 시삼촌의 하늘같은 덕택이라고 하였다. ⓛ에서는 시삼촌에게 보답은 하지도 못한 채, 오히려 자기를 살리신 일이 자기에게 적악을 행한 것처럼 여겨진다고 했다. ⓒ에서는 자신이 살아서 오히려 시집의 우환이 되었으며, 시삼촌의 말을 믿고 죽지 않은 것이 후회가 된다고 하였다. 자신이 살아있는 것은 시삼촌 덕택이라고 하

---

25 위의 글, 396면.
26 위의 글, 393면.
27 위의 글, 397면.

면서도 다른 한편으론 살려낸 일을 원망하고 있으며, 또 한편으론 자신이 시어른들의 뜻을 제대로 받들지 못할 뿐더러 집안의 우환이 된 것을 자책하고 있다. 이씨부인의 어법은 매우 복잡하다. 진의를 드러내는가 하면 숨기고 있고, 강한 자기주장을 하는가 하면 우회적 표현을 하며, 자책을 하는가 하면 원망을 하고 있다. 얼핏 아랫사람이 예의를 갖추면서도 윗사람에게 시비를 따지는 어법이라고 할 수도 있겠으나, 실은 이씨부인이 시어른들에 대해 현실적인 약자이며, 그로 인한 심리적 열세를 극복하지 못한 데서 유래하는 어법이다. 그렇지만 시삼촌들이 자결을 만류한 일을 여섯 차례나 거론하면서 이씨부인이 말하고 싶었던 것은 "명실상부한 종부로서의 권한을 달라. 그렇지 않으려면 왜 나를 살렸느냐?"는 것이다. 남편도 없고 아들도 없는 시집에서 '종부의식' 하나로 버텨온 세월이었으나 종부로서의 권한을 제대로 행사하는 것은 지난하였다. 이씨부인은 자기 임의로 입양을 하고 친정으로 피신하고 시어머니에게 장문의 편지를 써 보내는 등, 유교적 여성윤리에 비추어 볼 때 파격적이고 불공스런 행동을 감행하였다. 이러한 행동들은 생존을 위한 몸부림이었으며 이를 통해 이씨부인은 명실상부한 종부로서의 권리를 되찾으려 한 것으로 이해된다.

종부로서의 지위를 지키기 위해 시어른들과의 극단적인 갈등도 마다 않는 것은 이씨부인의 개성적인 특질과 관련된 과감한 태도임에도 불구하고, 이씨부인의 자기정체성은 무척이나 복잡하고 혼란스럽다. 이씨부인은 자기 존재를 다양한 어휘로 표현하고 있다. 자신을 '생각 없는 토목土木', '목석木石', '죽은 목시(목숨)의 시신', '밥 먹는 귀신', '병신 둔질', '숨 있는 송장', '말하는 귀신', '열 번이나 죽어야 옳고 마땅한 존재' 등으로 표현하고 있다. 자신의 자질은 '미련몽통'하고, '게으르고 둔질鈍質'이며, '둔박'하고, '용두庸杜'하고, '둔박둔박 둘도 없는 재질'이라고 했다. 게다가 소견은 '변변하지 못하며', '미련하고', '미련투민'하다. 성격은 '천성이 초독悄毒'하며, '성정이 고약'하고, '악되'며, '별종으로 고약'하며, '별물의 성정'이며, '용렬하고 좁은 속'이어서 '백 가지에 한 가지도 취할 것이 없'으며, '열 가지에 한 가지도 인류의 총중叢中에 들지 못하는 인생'이다. 이씨부인은 자기비하와 자학의 표현을 수없이 거듭하고 있다. 진실로 자신이 이처럼 보잘 것 없는 존재라면 모든 책임을 자신에게 돌리며 자책하는 것도 어쩌면 당연한 일일지도 모른다.

시집의 경제적 어려움을 거론하면서 이씨부인은 자신이 '종가 물질을 허탄하게 써서 그러한지 수습을 못하여서 그러한지' 모르겠으며, '한 가지도 재능치 못하여 재물도 재간 있게 쓰질 못했'고, '세간 못 살고' '길쌈 못하고 바느질 못하는' 탓이라 자책한다. 시어른들에 대해서도 '불효막대하여 외로운 어머니 뜻을 받잡지 못했을 뿐 아니라', '세상에 드무신 아자바님 혜택을 모른다'고 하며 자신이 며느리 노릇을 제대로 못해 도리어 시어른들께 괴로움을 끼쳤고 집안의 우환이 되었다는 말을 거듭하고 있다.

이 모든 자기비하와 자학과 자책이 이씨부인의 확고한 진심일까? 아니면 시어른들에 대한 의례적 표현에 불과한 것일까? 혹은 현실적 약자의 저항수단으로서의 자해와 자학일까? 이씨부인은 마음에도 없는 거짓을 말하고 있는 것은 아니다. 이씨부인 자신이 생각해도 그렇기도 하고 아니기도 하다. 일면 수긍하면서도 일면 부정할 수밖에 없으며 자기비하와 자책은 진심이기도 하고 아니기도 하다.

그러나 이씨부인은 일관되게 모든 잘못을 전적으로 자신에게만 돌리고 있는 것만은 아니다. 자기비하와 자책의 사이사이에 자기주장이나 해명, 원망의 말을 끼워 넣고 있다. 자신의 천성이 독하고 성정이 고약하다는 말을 수 없이 거듭하는 중에서도 때로 천성은 초독치 못하다는 상반된 말을 하기도 하고, '마음 속의 오기 때문에 심성정心性情이 상했다'고도 한다.[28] 자신의 '성정이 어찌 이리 변했는지' 스스로도 알 수 없다고 하는가 하면, 자신이 '목숨 값을 하려 애를 쓰다가 성정만 참으로 괴악하게 되었다'고 하기도 한다.[29] 자신이 본래 성격이 나쁜 게 아니라 어려운 시집살이 하느라 그렇게 변했다고 해명하는 것이다.

양자 입양이나 가문의 경제적 곤란, 자신이 친정으로 온 이유 등에 대해서도 구체적인 상황을 거론하며 거듭 자기입장을 세세히 해명하였다. 그리고 한편으론 "자부 위한 양자이오니까?", "자부 같은 인생, 형세 넉넉하온들 남편 자식 먹이며 입히려 이리 맺혔겠사옵니까", "자부가 조석이나 퇴물이나 두고 양껏 배껏 먹으며 어르신네 종들 모른 체 한 것처럼 생각하는 일"은 억울하다고 항변한다.[30] 시삼촌이 자신을 살린 일에 대해서는 수없이 원망을 거듭 하였으며, 자신이 '의리와 법을 모르는' 것은 절대 아니며, "불의지사不義之事나 부직不直한 일"은 결코 없었다고 해명한다.[31] 그러면서 "아무리 애쓰고 공력을 많이 들었(였)어도 어찌 앞앞이 발명할 수 있겠"으며, '자신의 팔자가 험하여 시가에 화를 미쳤다는 말은 지극히 원통하다'고 항변한다.[32]

이처럼 「규한록」의 서술은 자학과 저항을 오가고 있다. 자학의 서술은 자기비하, 자책, 자기연민 등으로 나타나며, 저항의 서술은 따짐, 원망, 자기주장 등으로 나타난다. 극단 사이를 유동하는 이러한 서술은 「규한록」의 전반

---

28 위의 글, 397면·402면·392면.
29 위의 글, 404면·407면.
30 위의 글, 394면·406면. '조석'은 '朝夕飯', '퇴물'은 '윗사람이 물려준 물건'을 말한다. 『문학사상』에 수록된 「규한록」에는 '퇴불'이라고 표기되어 있으나 문맥으로 보아 '퇴물'이 맞다.
31 위의 글, 396면·401면.
32 위의 글, 403면.

을 특징짓고 있다. 그런데 이씨부인의 자기표현에는 자신의 관점과 타인의 관점이 중첩되어 있는 경우가 많다. 다음의 예들을 보기로 하자.

① 이러하다가 만일 (가문의) 형세조차 지니지 못하면 투생(偸生)한 보람이 어찌 있으며 원근간 친가나 구가(舅家)에게 **무엇으로 알랴** 싶으옵고

② 자부가 (…중략…) 소임을 못 감당하면 **개똥의 버러지로나 알까** 보냐 싶으옵고

③ **윤생원 댁 대종부인 체** 담당해야 한다는 속은 있어

④ **불민(不敏) 청상(靑孀) 이가가 종부인 체** 우인 저질러 농판처럼 맡다 궐향(闕享)하고 종물(宗物) 폐하면

⑤ 자부 터에 시어머님 시삼촌 비위에 어찌 당하오리까마는

⑥ (종들이) **임자없는 만만한 자부** 말을 깜짝이나 하오리까?

⑦ 상하비복이 **버러지만치나 여기오리까?**

⑧ **임자없는 맷맷(만만한)** 인생이 되어 언두(言頭)에만 얹히오니

⑨ 되어가는 대로 살면 '수상(水上)의 버금(물방울) 같은 인생' 무엇 때문에 **고약하단 말** 듣고 악명을 들으오리까마는

⑩ 그저그저 있지도 가지도 말며 남에게 추졸(醜拙)한 조소 받지 말고 어서어서 급히 죽어 원수원수 세상 잊기 발원이오니[33]

진하게 표시한 부분은 타인의 관점으로 자신을 본 것이라고 할 수 있다. ①, ②, ③, ④에서 타인의 관점은 이씨부인을 종부라는 틀 안에서만 이해할 따름이며 부인 스스로도 자신이 종부로서의 소임을 다하지 못할까 전전긍긍

---

[33] ①~⑩은 차례로 위의 글, 392·392·395·397·397·396·401·401·407·396면의 인용임.

하였음을 보여준다. ⑤는 시어른들의 관점으로, ⑥, ⑦은 노비들의 관점으로 자신을 본 것이다. ⑧, ⑨, ⑩에서는 타인들의 비난과 조소 때문에 겪는 고통을 말하고 있다.

이처럼 이씨부인은 자신에 대한 주변의 비난이나 평판에 매우 예민하다. 그리고 이씨부인의 자기비하적, 자학적 표현은 상당 부분 자신에 대한 타인의 관점이나 평판을 수용한 데서 기인한다. 이씨부인은 타인들이 자신을 어떻게 판단하는지 잘 알고 있으며, 그러한 판단으로부터 전혀 자유롭지 못하다. 타인의 관점에서 본다면 이씨부인은 이유야 어쨌건 '남편을 앞세운' 험한 팔자인데다, 시어머니에게 효도하지도 못하고, 시삼촌께도 불공하며, 집안 살림에도 요령이 없어 빚만 지고, 종들에게 너그럽지도 못하고, 종들을 휘어잡지도 못하며, 성격까지 고약하다. 윗어른께 순종하고 치산治産, 치가治家를 잘 하는 이상적인 여성상이나 모범적인 종부상에 어긋난다고 할 수밖에 없을 것이다. 이씨부인은 유교적 여성정체성을 내면화하고 있었기에 남편이 죽자 따라서 죽으려 했으며, 그 후로는 종부로서의 삶에 의미를 부여하면서 살았다. 그렇지만 자신은 '열 번이나 죽어야 옳고 마땅하건만 투생'하고 있음[34]을 후회하기도 하고, 남편이 없는 까닭에 사람들이 자신을 만만하게 본다고 서러워하기도 하고, 종부로서의 소임을 제대로 못하고 있음에 괴로워하기도 한다. 이씨부인의 가치관과 자기정체성은 유교적 규범을 벗어나지 못하고 있다. 주변 인물들 또한 유교적 가부장제의 관점에서 이씨부인을 평가하고 판단하고 있다. 타인의 관점에서 자신을 볼 때, 이씨부인은 자신의 정당성을 확신하기 어렵다. 그러므로 자기비하적 표현이나 자책을 일삼게 된

---

34 위의 글, 393면.

다. 모든 것이 자기 탓이고 자기가 살아있는 탓이다. 그러나 타인의 관점이나 규범적 관점만으로 자신의 상황을 남김없이 완전히 설명할 수는 없었다. 개인적이고 실존적인 관점에서 생각하면 자신은 더 이상 어쩔 수 없었고 최선을 다했다. 종부의 소임에 충실하기 위해서는 시삼촌과 갈등하고 종들에게 엄하게 할 수밖에 없었다. 그런데도 오히려 종부 노릇 못한다는 비난만 쏟아지니 억울하고 분하다. 그래서 격렬한 분노를 터뜨리고 강한 자기주장을 하기도 하며 타인들을 원망하기도 한다. 현실적으로 자신은 정당하다. 이씨부인은 타인의 관점을 완전히 인정할 수도 없으나 완전히 부정할 수도 없었다.

이씨부인의 내면에는 타인의 관점과 자신의 관점, 규범적 관점과 실존적 관점, 규범적 자아와 현실적 자아 사이의 중첩과 혼란이 있다. 「규한록」에서 보이는 자학과 저항의 모순적 어법도 이씨부인이 규범적 자아와 현실적 자아 사이에서 유동하고 있는 데 기인한 바 크다.

이씨부인은 종부로서의 삶에서 의의를 찾고 있으며 명실상부한 종부의 지위를 회복하려는 욕구를 갖고 있다는 점에서 내면적 갈등과 혼란에도 불구하고 유교적인 여성 정체성으로부터 벗어난 것은 아니다. 그럼에도 불구하고 종가에 대한 심리적 거리감은 참으로 크다. 시가에서의 자신의 위치를 "주인 없는 손[客]으로 눈치 살피며 오리가 황새 흉 낼 것이오니까?", "주인 없는 댁에 가서 팔자 유세인 듯이 윤씨의 공밥 14년 먹은 것이 마음이야 편하오리까", "법이라 그러하옵지 조부모 발치에 묻힐 뜻이지 해남 땅 공중에 뜨는 귀신이 되기를 원치 아니하옵니다"[35]라고 하여 시집살이 14년 동안 자신은 눈치 살피는 손님 신세였다는 것, 그간에 공밥 먹은 듯 마음 편치 않다는 것, 예

---

35 위의 글, 395·401·399면.

법 때문에 어쩔 수는 없으나 죽어서도 해남 땅 귀신은 되고 싶지 않다는 말을 통해, 표면적으로는 종부로서 자신을 규정하고 그 소임을 다하려 했으나, 내면적으로는 종부 노릇이 힘겹고 지긋지긋함을 토로하고 있다. 이씨부인은 종부로서의 정체성을 완전히 내면화하지는 못했던 것이다. 부인은 60세에 세상을 떠났다. 「규한록」을 집필한 때로부터 29년 후이다. 나중에 이씨부인은 종가의 가세를 일으켰고 후대까지도 "한실[大谷] 할머니"로 기억되고 존경받았다고 한다.[36] 종부로서의 역할이 끔찍하게 힘들고 때로 지긋지긋했으나 다른 대안적 삶은 내면적으로도 현실적으로도 가능하지 않았던 것이다.

3) 「규한록」의 서술동기

이씨부인이 글을 쓴 동기는 무엇이었을까? 우선은 시어머니와 시삼촌에게 자신을 해명하려는 것이 일차적 동기였을 것이다. 유교적 관습으로 볼 때 며느리가 시어머니에게 장문의 편지를 써서 왈가왈부한다는 것 자체가 무례한 일이라는 사실을 이씨부인은 잘 알고 있었다. 그래서 자신이 시댁을 가벼이 여겨 원정原情하는 게 아니니 화내시지 말라고 누누이 당부한다. 그러나 윗어른에 대한 여성의 발언 자체를 금기시하는 사회관습을 거스르는 심리적 부담감도 이씨부인의 말하고자 하는 욕구를 억누르지는 못했다.

　　자부가 기록하려 하오니, 눈에 피가 나올 듯 팔이 부어가지고, 어머님께나 천지

36　박요순, 「신발견 규한록 연구」, 『국어국문학』 49・50, 1970, 415면.

를 뚫고 깨치올 듯 쌓인 회포 장황하오나 열 간에 한 간도 못 되오며 어머님께나 향하와 아뢰오니 어머님께서도 증 내옵시어 "차마 이리 하리. 배자하듯 시어미로 알면 이리하리. 시서모(媤庶母)라도 이리 못하리라" 증을 내오시면, 자부 시댁에 가서 더욱 몸 둘 곳이 없어 두 번이나 죽는 바이오니, 세세히 감하시어 생각하옵시고 통촉하옵소서![37]

말없음이 '부덕婦德'의 상징으로 간주되던 사회에서 '여성의 말 많음'도 때에 따라서는 저항일 수 있다. 하물며 그것이 윗사람을 향한 것임에랴. 이씨부인은 자신을 '말하는 귀신'으로 표현한 바 있다. 아무런 권한도 없고 인정도 못 받는다는 점에서 귀신과 마찬가지 신세이지만, 그래도 입을 열어 말하지 않을 수 없는 자신의 심경을 투영한 말이라 하겠다. 시어머니가 무례하다고 화를 내리라는 사실을 알면서도 편지를 쓰지 않을 수 없었고, 팔이 퉁퉁 부으면서도 글을 썼다. 미친 듯 취한 듯 글을 쓴다고도 하였다.[38] 이씨부인의 표현대로 천지를 뚫고 깨칠 듯 쌓인 답답함과 억울함이 없었다면 가능치 않은 일이었다. 부인은 제발 불태우지 말고 자세히 읽어달라는 부탁을 간절히 거듭하였다. 시어머니를 향한 이씨부인의 편지는 자기해명의 서술이자 저항의 서술이었다. 그러나 글을 쓰면서 현실적인 어떤 변화를 기대한 것 같지도 않다. "무슨 시원히 속이 가라앉을 말씀을 들으려고 이리 팔이 부어 놀리지 못하여 우격으로 쓰는고 몰라하옵니다"[39]라고 하여 글에 대한 어떤 현실적인 응답도 기대할 수 없음을 말했다.

---

37 「규한록」, 『문학사상』, 1973.3, 402면.
38 위의 글, 404면.
39 위의 글, 408면.

아무런 현실적 효과를 기대하지 못하면서도 왜 글을 썼는가? 이씨부인의 글쓰기는 자신의 설움과 고통을 스스로 풀어내는 생존의 서술이기도 했다. 부인 스스로도 "일생 북적북적 하던 서러운 비원을 어머님께나 덜어 아뢰고자 죽으나 사나 이리 아뢴다"고 하였다. 서리서리 얽힌 내면적 억압을 풀어내기 위해서는 같은 이야기를 몇 번이나 거듭해야 했고, 고치고 또 고쳐 무려 61군데나 퇴고해야 했다.[40] 편지를 불태우지 말고 고이 돌려 보내주면 시가로 돌아갈 때 짐 속에 넣어 갈 생각이라고도 했다.[41] 부인의 글쓰기가 단지 시어른들께 자신을 해명하기 위한 것만은 아니었으며 스스로를 응시하고 내면적 상처를 치유하기 위한 것이기도 했음을 알 수 있다.

4. 조선 후기 양반여성의 정체성과 자기서사

가부장제 사회에서 여성에 대한 이러저러한 규정은 상식과 통념과 관행과 정치, 교육, 문화 등의 제 제도를 통해 실현되면서 개별 여성의 삶을 틀 지우는 규범으로서 작용한다. 조선시대 양반여성의 삶을 가장 강력하게 규정한 규범은 유교적인 '삼종지도'의 윤리였다. 삼종지도의 윤리는 여성의 타자성을 가장 극명하게 표현하고 있다. 한 사람의 여성은 특정 남성의 딸과 아내와 어머니로서만 그 존재가 인정될 뿐인 타자적 존재였다. '삼종지도'의 윤

---

40 박요순, 「신발견 규한록 연구」, 『국어국문학』 49 · 50, 1970, 475면.
41 위의 글, 408면.

리를 일상의 상식과 교육과 제도를 통해 내면화한 여성들은 자신의 정체성도 그에 입각하여 구성하였다. 조선의 양반여성은 대개 삼종지도의 담론에 의해 자신의 정체성을 구성하였고, 삼종지도의 담론을 여하히 수행하는가에 따라 자신의 삶을 규정하고 평가하였다.

『ᄌᆞ긔록』과 「규한록」은 18세기 말~19세기 조선여성의 여성적 정체성이 어떤 것이었는지를 보여주는 중요한 기록이다. 『ᄌᆞ긔록』의 조씨부인과 「규한록」의 이씨부인은 양반가문의 외아들에게 시집 가 젊은 나이에 청상과부가 되었다. 두 사람은 삼종지도의 성공적 성취가 불가능한 상황에 직면하였다. 남편도 없고 아들도 없는 인생은 실패가 예정된 삶이었다. 남편을 따라 자결하는 것만이 삼종지도를 지킴으로써 예정된 실패를 만회할 수 있는 방법이었다. 그러나 두 사람은 '가문을 보전'하는 종부로서의 삶에 다시 의미를 부여함으로써 살아남았다. 시부모나 가문을 위해 헌신하는 '종부'로서의 삶은 삼종지도적 삶의 또 다른 변형으로서, 죽은 남편에게 '죽음'이 아니라 '삶'으로써 헌신하는 방식에 다름 아니다.

조씨부인과 이씨부인은 유사한 삶의 상황에 처했으면서도 여성적 정체성과 자기서사에 있어서는 상당히 다른 면모를 보여주고 있다. 조씨부인의 자기정체성이 비교적 안정되어 있다면 이씨부인의 자기정체성은 갈등하며 혼란되어 있다. 조씨부인은 자신을 철저히 친정부모의 딸과 남편의 아내로서 이해하고 그러한 자기이해에 입각하여 자신의 삶을 재구성하였다. 그러므로 남편의 죽음 이후의 삶을 한편으로는 투생이라고 여기면서도 한편으로는 자신의 투생은 죽은 남편에 대한 또 다른 헌신의 방식임을 누누이 밝혀야만 했다. 조씨부인의 여성적 정체성은 '삼종지도'의 틀을 조금도 벗어나지 않았고 그런 만큼 안정되어 있다고 할 수 있다. 그러나 조씨부인의 정체성에도 불안한 틈새가 없는 것은 아니다. '죽음'도 '삶'도 그 어느 쪽도 결코 떳떳하거나 행복할 수 없었고 조씨부인은 평생 죄의식에서 벗어날 수가 없었다. 조씨부인의 죄의식은 삼종지도에 입각한 여성적 정체성의 억압성이 현현되는 틈새라고 할 수 있다.

한편 이씨부인의 여성적 정체성은 상당히 혼란되고 분열되어 있다. 이씨부인은 남편의 죽음 후 자신의 정체성을 '종부'로서 재규정하였다. 하지만 성공적인 종부노릇은 불가능하였다. 자신의 실패원인을 시어른들께 해명함으로써 내면적·심리적 차원에서 자신의 정당성을 확인하고자 했으나 현실적 자아와 규범적 자아, 자신의 관점과 타인의 관점 사이에 스스로도 혼란되고 갈등하는 면모를 보여주고 있다. 이씨부인은 자신의 존재와 경험을 새롭게 질서 짓고 의미화할 수 있는 대안적 정체성이 필요하였다. 그러나 삼종지도적 여성적 정체성 외에 어떤 대안도 이씨부인에게는 가능하지 않았고 이씨부인이 오랜 세월이 흐른 후 현실적으로 종가의 권력을 장악하기 전까지는 그녀의 혼란과 갈등은 계속될 수밖에 없었다.

조씨부인의 경우가 가부장제 이데올로기에 의해 구성된 여성적 정체성이 타자적 정체성에 불과함을 드러내 보여주고 있다면, 이씨부인의 경우는 타자적 정체성의 혼란을 통해 가부장제가 규정한 여성적 정체성의 모순과 불안정성을 보여주고 있다.

『즈긔록』은 기본적으로 고백체를 취하고 있으며 「규한록」은 편지체를 취하고 있다. 고백체가 일차적으로 '자기에게 말하기'라면, 편지체는 '타인에게 말하기'이다. 『즈긔록』의 '자기에게 말하기'는 정체성을 강조하는 글쓰기로서 억압을 승인하고 내면화하려는 경향이 있는 데 반해, 「규한록」의 '타인에게 말하기'는 외부로부터 부가된 정체성에 의문을 제기하며 억압을 토로하고 그에 저항하려는 지향을 다소간 지니고 있다.

조씨부인이 비교적 성공적으로 억압된 여성의 내면을 표현한 경우라면 이씨부인은 성공적인 억압에 차질이 야기됨으로써 분열되고 히스테릭한 여성의 내면을 표현하고 있다. 조씨부인의 자기서사에는 어떠한 개인적인 욕망도 드러나지 않는다. 욕망이 존재한다면 단지 죽음에의 욕망만이 있을 따름이다. 죽음은 궁극적인 욕망의 부재를 의미하는바, 조씨부인의 자기서사는 '욕망의 부정과 부재'로 특징지어질 수 있다. 반면 이씨부인은 욕망 지우기에 성공하지 못했다. 타인을 위해 자신의 욕망을 지워야할지, 자신의 욕망을 지켜야 할지 끝없이 유동하면서 혼란과 분열을 겪고 있다.

『조긔록』이 절제되거나 잘 억압된 수동적 텍스트라면 「규한록」은 절제되지 못하고 수동과 능동을 오가는 분열된 텍스트이다. 『조긔록』이 비교적 단일한 하나의 목소리로 구성되어 있다면 「규한록」은 이중적 목소리로 구성되어 있다. 따라서 『조긔록』은 삼종지도의 여성적 정체성을 강화하고 재생산하는 데 기여할 가능성이 크다. 반면 「규한록」은 두 개의 상이한 목소리가 상호작용함으로써 텍스트는 단일한 의미로 고정되기 어려우며 나아가서는 지배이데올로기의 의미체계에 의문을 제기하는 결과를 낳고 있다. 『조긔록』의 절제된 문체는 철저한 자기억제를 통한 안정된 여성적 정체성의 결과라면 「규한록」의 혼란된 문체는 여성적 정체성의 혼란과 갈등에서 비롯된 것이다.

이상에서 『조긔록』과 「규한록」을 통해 양반여성의 여성적 정체성과 자기서사의 유사하면서도 상이한 양상을 살펴보았다. 조선의 여성들은 계층의 고하를 막론하고 일상에 있어서나 글쓰기에 있어서 침묵을 강요당했다. 더구나 자기 자신이나 자신의 삶에 대해 말한다는 것은 더욱 인정받기 어려운 일이었다. 그러므로 조선의 여성이 *스스로*에 대해, 혹은 *스스로*를 위해 말한다는 것은 그 자체만으로도 의미있는 일이다. 『ᄌᄀ록』과 「규한록」은 자신의 존재를 이해하고 그것을 글쓰기를 통해 표현함으로써 조선시대 여성 앞에 가로놓인 거대한 침묵의 벽을 깨뜨리려는 노력의 소산이었다고 할 수 있다. 여성의 자기서사의 텍스트가 그리 많지 않은 조선시대에 있어 『ᄌᄀ록』과 「규한록」은 그 의식의 가부장적 한계에도 불구하고 큰 의의가 있다.

장차 이 글의 논의를 확대해 텍스트를 양반여성 일반과 중인여성, 평민여성 및 기생으로 그 범위를 넓히면서 조선여성의 여성적 정체성과 자기서사와의 관계를 전반적이고도 체계적으로 규명하는 작업이 필요하다. 나아가서는 조선여성의 정체성이 20세기에 이르러 어떻게 근대적으로 변모하는지, 근대여성의 정체성은 어떠한지, 전통적인 여성적 정체성과 근대적인 여성적 정체성이 어떻게 연관되면서 한편으로는 갈등하는지, 여성적 정체성의 다양한 양상과 자기서사의 형식 사이에는 어떤 관계가 있는지에 대한 보다 실증적이면서도 이론적인 연구도 필요하다 하겠다.

기생의 자기서사

「기생명선자술가」와 『내 사랑 백석』

1. 기생과 자기서사

기생은 조선사회에서 특수한 존재였다. 기생은 여성이면서도 남성사회를 드나들었고, 천민이면서도 양반사회에 기생^{寄生}하였다. 여성과 남성, 천민과 양반의 경계를 넘나드는 존재였기에 여성이면서도 남녀유별의 이데올로기와는 외견상 무관하였고, 천민이면서도 수준 높은 양반적 교양과 예술을 습득하지 않으면 안 되었다. 일견 예속적이고 일견 자유로우며 일견 천하고 일견 귀할 수도 있는, 모순적 존재였다. 그들의 모순은 성적 모순 및 계급적 모순에서 유래하는 것이었다.

원래 기생에게는 성노예로서의 성격과 예능인으로서의 성격이 복합되어 있었는데, 근대에 이르러 이 양면성은 분화의 길을 걷게 되었다. 1920~30년대에 이르러 기생은 근대적 대중문화 형성에 참여하기도 했으며,[1] 일부는 독립적인 예능인 내지는 예술가로 변모하기도 했다. 그러나 다수의 기생들은 자본제적 성매매업과 서비스업이 본격적으로 전개됨에 따라 근대적 성노동자로 전환되거나 점차 사라져갔다.[2]

조선의 기생은 여성이면서 천민이라는 이중의 질곡으로 말미암아 자기정체성의 형성과정에서 남다른 애로를 겪었으리라 짐작된다. 가부장제 사회인 조선의 여성들은 자신이 '남성이 아니라는 사실('남성 아님')'을 인정하는 것으로부터, 다시 말해 자신의 '타자성'과 '부정성'을 인정하는 것으로부터 자기정체성을 정립해 나가는 게 일반적이었다. 중세 조선의 일반여성들도 자기긍정을 기초로 순조롭게 정체성을 형성해 나간 것은 물론 아니었지만,[3] '여성·천민·소수집단'으로서의 기생의 정체성은 '남성 아님', '양반 아님', '다수가 아님'이라는 몇 겹의 부정성의 중첩 위에서만 확립될 수 있는 것이었다. 따라서 기생이 자신의 '기생임'을 어떠한 형태에서건 수용한 위에서 자신의 인생 전반이나 일정 시기를 전체로서 회고하고 그 의미를 성찰하는 '자기서사'[4]의 글을 남기는 것은 쉽지 않은 일이었다고 추측된다.

현재 확인되는 한에서 기생의 자기서사라고 간주될 수 있는 것은 그리 많지 않다. 조선시대 기생의 자기서사로는 해주 기생 명선의 「기생명선자술

---

1   김진송, 『서울에 딴스홀을 許하라』, 현실문화연구, 1999, 220면.
2   기생은 '기생관광'이나 '요정문화'의 형식 안에서 1960~70년대까지도 왜곡된 형태로 존재했다. '기생관광'은 이른바 '조국 근대화'를 위한 외화 획득을 목적으로 '관광'이라는 자본제적 제도에 '기생'이라는 중세적 제도를 기형적으로 결합시킨 것이며, '요정문화'는 관료주의적 접대문화와 중세적 가부장적 향락문화에 대한 남성들의 향수가 기묘하게 혼합된 것이다.
3   이러한 현상은 규방가사의 형식을 취한 자기서사에서 잘 드러나고 있다.
4   '자기서사'란 작자가 자신의 이야기를 그것이 사실이라는 전제에 입각하여 서술하는 글이다. 기본적으로 자신의 인생전반이나 특정시기를 하나의 전체로서 회고하고 그 의미를 성찰하는 특징을 갖는다. '자기서사'라는 용어는 박혜숙, 「여성적 정체성과 자기서사」, 『고전문학연구』 20, 2001에서 처음 사용되었고, 박혜숙 외, 「한국여성의 자기서사(1)」, 『여성문학연구』 7, 2002에서 그 개념규정이 이루어진 바 있다.

가」,[5] 명천 기생 군산월의 「군산월애원가」[6]가 있으며, 20세기에는 화중선의 「기생생활도 신성하다면 신성합니다」,[7] 김자야의 『내 사랑 백석』[8]이 있다. 「기생명선자술가」와 「군산월애원가」는 양반남성과의 관계를 중심으로 자신의 인생을 회고한 국문가사이다.[9] 「기생생활도 신성하다면 신성합니다」는

5　이 작품은 『소수록』에 수록되어 있는 가사로서, 원래는 서두에 「츈(撰) 히영(海營) 명긔(名妓) 명선이라」고 되어있지만, 정병설이 「기생명선자술가」라 이름 붙였다. 『소수록』은 정병설에 의해 발굴 소개되었다. 정병설, 「해주 기생 명선의 인생독백」, 『문헌과 해석』, 2001 여름호에 「기생명선자술가」의 원문과 현대역 및 주석이 실려 있어 참고가 된다. 그런데 「기생명선자술가」는 뒷부분에 가서 전반적인 어조와 시점(視點)의 현저한 변화가 있다. 전체 34면 중에서 제31면의 중간 "딕기 너이 종기한 바 화안월틱 난쥐혜질은" 이하 마지막까지의 부분이 그것이다. 처음부터 제31면까지는 화자가 기생들을 향해 "벗님네야" 혹은 "우리"라고 지칭하고 있는데 반해, 뒷부분에서는 "너"라고 지칭하고 있다. 앞부분에서는 시종일관 기생의 신분이나 일상행동을 부정적으로 언급한 데 반해, 뒷부분에서는 기생의 외모와 재능을 극찬하며 남자로 태어나 기생들과 지내는 즐거움을 알지 못하면 가련한 인생이라고 말하고 있기까지 하다. 뒷부분의 내용은 앞서 명선의 자기서사 부분과 상당한 괴리가 있으며, 남성적 어조와 관점이 다분하다고 느껴진다. 그러므로 「기생명선자술가」의 뒷부분은 남성 필사자가 첨가한 것이라는 추정의 여지도 있다.

6　「군산월애원가」의 원문은 이정진, 「'군순월이원가'고」, 『향토문화연구』 3, 원광대, 1986에 수록되어 있다. 이 작품의 작자에 대해서는 위의 글 및 고순희, 「「군산월애원가」의 작품세계와 19세기 여성현실」, 『우리문학의 여성성·남성성』, 월인, 2001에서 군산월이라 추정한 바 있다. 「군산월애원가」는 군산월을 1인칭 대명사로 지칭하지 않고, '군산월'이라 지칭하고 있어 과연 실제 작자가 군산월 자신인지 석연치 않은 점이 있다. 하지만 군산월 자신만이 알 수 있는 내적 경험들이 서술되어 있다는 점, 다른 가사 작품에서도 작자가 자신을 지칭할 때 1인칭 대명사가 아니라 자기 이름을 사용한 경우도 있다는 점에서 일단 별다른 새로운 사실이 드러나지 않는 한, 작자를 군산월이라 보기로 한다.

7　이 글은 원래 『시사평론』(1923.3)에 수록되었으며 김진송, 앞의 책에 재수록되어 있다.

8　김자야, 『내 사랑 백석』, 문학동네, 1995. 이 글이 출판된 것은 1995년이지만, 거기 수록된 주된 내용은 1930년대의 경험이다. 이처럼 실제경험과 그 기록 사이의 시간적 편차가 큰 자기서사의 텍스트에 표현된 작자의 의식은 과연 경험 당시의 것인가, 기록 당시의 것인가, 혹은 두 시점(時點) 사이의 동일성과 차이를 어떻게 구분할 것인가 하는 문제가 있다. 『내 사랑 백석』의 경우, 이 기록이 작자 만년의 회상임을 고려하되 기본적인 경험내용은 1930년대의 것임을 중시하면서 보기로 한다.

9　한편 『신독재 수택본 소설집』에 한문으로 기록된 작자 미상의 「과기탄(寡妓歎)」이라는 작품이 있다. 이 작품은 장악원에 소속된 늙은 기생이 자신의 생애를 회고하고 생활의 어려움을 언급한 뒤 관청의 선처를 바라는 내용이다. 한문으로 기록된 점으로 미루어 기생이 관청에 원정(原情)하는 글을 누군가 대필해 준 것은 아닐까 추측되지만 과연 원작자가 기생인가에 대해서는 논란의 여지가 있다.

근대적 자아에 눈뜬 기생의 당당한 자기주장을 담고 있는 점에서 주목되지만, 솔직한 자기고백이나 성찰보다는 자기합리화나 궤변에 치우친 감이 없지 않다. 『내 사랑 백석』은 한 남성과의 연애에 초점을 맞추어 자기 인생의 특정시기를 회고한 글로서, 근대와 기생의 존재방식에 주목할 때 흥미로운 내용을 포함하고 있다. 이외에도 구술서사를 기록한 것으로 함동정월의 『물은 건너봐야 알고 사람은 겪어봐야 알거든』[10]이 있는데 이 글은 기생 함동정월의 자기서사라기보다는 가야금 명인 함동정월의 자기서사로서의 측면이 매우 강하다.

이 글에서는 「기생명선자술가」와 『내 사랑 백석』에서 자기서사의 문학적 전략이 여하히 구사되고 있는가, 이들 텍스트에 재현된 기생의 자기정체성의 특성은 어떠한 것인가, 기생의 정체성과 자기서사의 전략은 어떻게 연관되어 있는가 하는 점을 주로 살펴보고자 한다. 두 텍스트는 기생의 자기서사로서는 대표적인 것일 뿐 아니라, 각기 중세와 근대 초기에 있어 기생 자아의 존재양상을 잘 반영하고 있어 상호 비교하는 관점에서 보면 유익한 점이 있으리라 생각한다.

---

10 함동정월 구술, 김명곤·김해숙 편, 『물은 건너봐야 알고 사람은 겪어봐야 알거든』, 뿌리깊은 나무, 1990.

2. 「기생명선자술가」

1) '드러내기'로서의 자기서사

우선 작자인 명선의 생애에 관한 객관적 사실들을 확인해 두기로 하자. 「기생명선자술가」에 의하면, 명선은 1830년 해주에서 태어났다. 가계나 아버지, 여타 가족에 대한 별다른 언급이 없는 것으로 보아, 많은 기생들이 그랬던 것처럼 어머니 또한 기생이었던 것으로 짐작된다. 기생의 운명을 타고 났던 것이다.

말을 배울 무렵부터 노래를 배웠고, 걸음마 할 무렵부터 춤추기를 배웠으며, 7~8세 무렵에 동기童妓 노릇을 시작하였다. 12세에 처음 수청을 들었고, 15세부터 기생 영업을 하였다. 16세 되던 해에 사또의 계씨季氏 김진사[11]와 사랑에 빠졌다. 그러나 잠시 후 김진사는 서울로 떠났다. 명선은 이별의 고통 때문에 죽고 싶었으나 임신한 까닭에 죽지 못했고, 기생 영업도 더 이상 하지 않았다고 한다. 떠나간 사람을 그리워하고 서울로 데려간다던 그의 약속을 반신반의하며 괴로운 세월을 보내다가 아들을 낳았다. 얼마 후 김진사로부터 기별이 왔고 명선은 아들과 함께 서울로 갔다. 「자술가」[12]의 자기서사는 여기서 끝이 난다. 이후 명선의 삶을 알 수는 없지만, 김진사의 첩으로서 여생을 보냈으리라 짐작된다.

---

11 정병설이 밝힌 바에 의하면 김진사는 나중에 임실 현감을 지낸 김중집(金中集)이다. 정병설, 앞의 글.
12 이하 「기생명선자술가」를 「자술가」로 생략해 부르기로 한다. 그리고 본문에서의 원문 인용은 적절한 현대표기로 바꾸었다.

명선의 인생은 얼핏 보기에 그다지 특별할 게 없는 듯 여겨진다. 조선 후기 서사한시나 야담, 일화, 소설에는 양반남성과의 사랑에 빠진 기생의 이야기가 흔히 등장하며, 현실에서 기생이 양반의 첩이 되는 것은 아주 드문 일은 아니었다. 명선은 왜 자기서사의 글을 썼을까? 왜 김진사의 첩이 된 18세 무렵까지의 일만을 썼을까? 누구를 향해 썼을까?

명선이 자기서사의 글을 쓴 것은 김진사의 첩이 된 이후였다. 바로 직후였는지 혹은 한참 뒤였는지 알 수는 없으나 「자술가」는 명선의 서울 도착에서 끝나고 있다. 자기서사를 하던 당시의 명선은 실제로는 더 이상 기생이 아니었다고 할 수 있다. 이 시점時點에서 명선은 자기의 인생을 회고하고 재구성하며 그에 의미를 부여하고 있다. 더 이상은 '기생이 아닌 현재의 명선'이, '기생이었던 과거의 명선'을 회고하고 있는 것이다.

명선은 자신의 과거를 '기생임을 끊임없이 스스로 부정해온 과정'으로 이해하고 있다. 명선의 현재는 기생임을 부정해온 노력의 결과였다. 그녀는 현재의 자신이 무척이나 만족스럽고 자랑스러우며 그만큼 과거 자신의 노력을 대견하게 여긴다. 명선은 자신을 성공한 사람이라 생각하며, 현재의 성공과 그것을 이룬 자기 자신에 상당히 도취되어 있다. 명선은 자신의 성공을 남에게 드러내어 자랑하고 싶었던 것으로 보인다. 그러기 위해 부정적인 과거와 그 극복을 위한 자신의 노력을 글로써 기록하였다. 명선에게 있어 부정적인 과거는 기생으로서의 삶이었고, 그 극복을 위해서는 **절개의 고수**가 필요했다. 그리하여 명선의 자기서사는 '기생이었지만 **절개로써 사랑을 굳게 지켰고 끝내 행복을 쟁취한 여성**'으로서 자신을 그리고 있다.

사실 명선이 드러내고 싶은 자신의 성공담은 동류 기생들에게나 통할 수 있는 성질의 것이었다. 이미 서울 양반사회의 주변부에 편입된 후에 글을 썼음에도 불구하고 명선이 양반독자를 염두에 두고 자신을 드러내거나 자랑한 게 아님은 분명하다. 명선은 과거에는 자기와 동류였지만 현재는 더 이상 동류가 아닌 기생들을 향해 자기서사를 하였다.

조선의 기생 중에서 자신의 기생임을 당당하게 긍정한 예는 매우 드물었다고 생각한다. 황진이는 그런 점에서도 매우 예외적인 존재였다. 대부분의 기생은 자신의 의사와 무관하게 기생이 되는 경우가 많았고, 일단 기생이 된 뒤에도 그로부터 벗어나길 바랐다. 기생 신분에서 벗어나는 길은 한 남성이 자신을 사랑하여 속량시켜주는 게 거의 유일한 방법이었다. 기생들은 종종 양반남성과 사랑에 빠졌으며 일부 운이 좋은 경우는 양반의 첩이 됨으로써 기생 신세를 면하기도 했다. 그러나 굳은 맹세에도 불구하고 남자는 한번 떠난 뒤 종무소식인 경우가 많았고, 떠난 남자가 다시 돌아올지 여부를 알 수 없는 상황에서 무작정 기다린다는 것은 지난한 일이었다. 기생은 관비官婢였고, 관비로 남아있는 한 수청의 의무가 있었기 때문이다.

일부 관습법에 저항하면서까지 한 남자에 대한 사랑을 지키려한 기생의 일화는 인구에 회자되어 문헌에 기록되거나 칭양되기도 했다. 김만중의 「단천절부시」, 성해응의 「전불관행」, 김려의 『사유악부』에 등장하는 영산옥 같은 경우가 그 예가 된다.[13] 이들 예에서도 알 수 있듯이 일단 떠나간 남자로부터 다시 기별이 오는 경우는 드물었다. 그러나 명선의 경우는 일 년이 지나 기별이 왔다. 그래서 명선의 성취는 극적이라고 할 수도 있다. 명선은 모든 기생들이 바라마지 않는 일이 바로 자신에게 일어난 데 대해 큰 자부심을 갖고 있다. 그리고 스스로의 인생을 동류 기생들에게 드러내어 알리고자 한

---

13 「단천절부시」와 「전불관행」에 대해서는 이 책의 「서사한시의 여성담론」 참조.

다. 명선은 자기서사를 마친 후, 동류들을 향해 자신을 교훈으로 삼아 잘 처신하기를 당부하기도 한다. 명선의 「자술가」는 이 같은 **자기 드러내기, 자기현시의 동기**가 강하게 작용하고 있다.

2) 절개의 주체로서의 '나'

명선이 나름의 성공을 이룬 것은 자신의 의지와 노력도 있었지만 여러 가지 행운도 뒤따랐기에 가능했던 것이다. 남자가 신의를 지키지 않았더라면, 너무 늦게 기별이 왔더라면, 때마침 임신을 하지 않았더라면, 아들을 낳지 못했더라면, 사태는 얼마든지 달라질 수도 있었다. 그러나 명선은 자신의 성공이 거의 전적으로 자기의 의지와 노력에 연유한 것이라고 서술하고 있다.

명선은 자신이 평소 한 남자를 택해 그에 대한 절개를 지키려는 뜻을 품었으며, 그 '한 남자'를 알아보는 '지인지감知人之鑑'이 있었고, 숱한 난관에도 불구하고 절개를 지켜냈다고 말한다. 명선은 '**절개의 주체'로서 자신을 형상화하며 여타의 측면은 무시하거나 배제**하는 경향이 있다. 자기서사는 작자 자신이 바라는 특정한 형태로 스스로를 표상하기 마련인데, 명선은 자신을 '절개 있는 여성'으로 표상하고 있는 셈이다.

절개 있는 여성으로서의 자기 이미지 구축을 위해 명선은 「자술가」의 처음에서부터 기생의 삶을 부정일변도로 서술하고 있다. 여자의 본분은 남편을 공경하며 살림하는 것이건만, 그렇게 하지 못하고 어려서부터 노래와 춤을 배우게 된 것을 한탄했다.[14] 그리고 12세의 어린 나이에 관기官妓의 임무를 수행하게 된 것을 "어디 당한 예절인지 금수禽獸와 일반"이라며 비판하였고, 남자들과 어울려 지내는 기생의 처지에 대해서도 "규행閨行이 무엇인지 사귀는 이 남자로다"라며 부정적으로 언급하였다. 이처럼 기생의 존재를 비판적으로 본 것은 어린 시절의 명선이 실제로 그 당시에 그렇게 생각했던 것이라기보다는 자기서사를 하는 시점時點에서 이전의 과거에 대해 그처럼 소급하여 판단하고 자리매김한 것이라 할 수 있다.

15세가 되어 영업을 시작하자 허다한 호객豪客들이 구름처럼 모여들었으나 마음에 맞는 이가 전혀 없었다고 했다. 숱한 남자들의 유혹에도 "푼돈 냥에 허신許身할" 생각은 추호도 없었으며 자신을 "눈 속의 송백松柏"에 견주었다. 남들은 자신을 기생으로 취급했고, 자신 또한 외관은 기생이었으나 마음가짐과 행동만은 일반 기생과 달라 절개를 지키려는 뜻이 일찍부터 굳었음을 강조하였다.

문제는 자신의 절개를 받아줄 한 사람의 남자를 찾는 일이었다. 옛날 기생 중에도 자신처럼 절개를 지키려한 이들이 없지 않았다. 그러나 지인지감이 있었던 홍불기紅拂妓[15]는 영화를 누렸고, 그렇지 못했던 두십랑杜十娘[16]은 결국 투신자살한 사실을 상기하면서 '지인지감'의 중요함을 강조하였다. 그러나 명선은 자신의 안목을 자부하지만 고을이 좁아 훌륭한 인물이 없었다. 그

---

14 "거안제미(擧案齊眉)ᄒ여 종일이종(終日而終)은 여주에 숭ᄉ(常事)여날 이 닉 힝ᄉ 싱각ᄒ니 호부호모(呼父呼母) 계유 ᄒ여 황ᄒ원순 가르치고 져적져적 거름ᄒ니 굴무 검무 고이ᄒ다(『소수록』, 1면).

15 홍불기(紅拂妓)는 수(隋) 당(唐) 때의 여성인물 장출진(張出塵)을 가리킨다. 중국 전기소설 두광정(杜光庭)의 「규염객전(虯髯客傳)」과 장봉익(張鳳翼)의 「홍불기(紅拂記)」에 그녀가 주인공으로 설정되어 있다.

16 중국소설 『경세통언(警世通言)』중 「두십랑노침백보상(杜十娘怒沈百寶箱)」중의 인물이다. 성은 두(杜), 이름은 미(微). 어릴 때 기생이 되었지만 진정한 사랑을 원했다. 이갑(李甲)에게 몸을 맡겨 평생의 희망을 이루고자 했으나 그의 버림을 받게 되었고, 이에 죽음으로써 자신의 뜻을 나타냈다.

러던 중 김진사와의 만남이 이루어졌고, 명선은 이에 대해 "지성소도至誠所禱 천필응天必應은 내 정성에 감동한 듯"이라며 절개를 지키려는 지극한 소원에 감동하여 하늘이 김진사를 보냈다고 생각한다.

명선과 김진사가 함께 지낸 시간이 얼마나 되는지는 자세하지 않다. 그리 길지는 않았다고 추측되지만, 두 사람이 나눈 사랑의 구체적 사실에 대해 명선이 너무나 소략하게 서술하고 있는 점은 다소 이상하게 여겨진다. 두 사람이 어떻게 만났고, 어떻게 가까워졌으며, 무슨 이야기를 나누었고, 어떻게 시간을 보냈는지 등등에 관한 세부사실을 명선은 거의 서술하지 않았다. 명선은 과거를 회고하면서 자신의 사랑을 기억하기보다는 자신의 절개를 더욱 기억하고 싶어 한 것 같다. 혹은 자기서사의 주된 동기가 '자기 드러내기'에 있었던 만큼, 사랑의 구체적 디테일보다는 자신의 절개를 부각시키는 게 명선에게는 더욱 중요했을 수도 있다.

명선의 자기서사에서 가장 많은 부분을 차지하는 것은 이별 후의 그리움을 토로한 대목이다. 명선은 일 년 열두 달을 차례차례 거론하며 상사의 정을 월령체月令體로 노래하는가 하면, 밥을 대하고 술을 대하며 옷을 보고 꽃을 보는 일상사 하나하나에서도 애절한 그리움을 노래하였다. 그러면서 명선은 자신의 절개를 더욱 더 강조한다. 중국의 충신인 소무蘇武와 악비岳飛를 거론하며 "고금이 현격하고 남녀가 수이雖異하나 절개야 다를손가"라고 하거나, 백이伯夷 숙제叔弟 등을 언급하며 "귀천을 말을 마소 절효節孝가 씨 있을까"라고 하여, 절개에는 남녀와 귀천의 구별이 없다고 하였다. 또한 충마忠馬나 충견忠犬의 일화를 언급한 뒤 "하물며 사람 되어 절개를 모를손가, 운정雲情 수정水情 웃지 마소 님 위한 굳은 마음 부월斧鉞이 가소롭다"고 하여, '절개'는 인간의 도리이며, 기생의 사랑은 변하기 쉽다고 하지만 자신은 절개를 지키기 위해 죽음도 불사하겠다는 각오를 피력하고 있다. 이처럼 님에 대한 그리움의 토로는 어김없이 절개의 굳은 다짐으로 귀결되고 있다.

명선은 아들을 낳았고 얼마 후에 서울의 김진사로부터 부름을 받았다. 서울로 가는 노정은 참으로 기쁘고도 의기양양한 어조로 서술되고 있다. 명선은 개성을 지나며 두문동 72인이나 정몽주를 상기하고 그들의 충성에 자신의 절개를 오버랩 시키고 있다.

명선의 자기서사는 서울 도착에서 끝나고 있다. 김진사와의 재회 장면이나 서울에서의 생활을 조금도 서술하지 않은 것 또한 의외라는 느낌이 든다. 명선의 관심은 김진사와의 사랑보다는 자신의 절개를 드러내는 데 집중되어 있었다. 절개를 지키려고 노력했고, 그 결과 기생의 신분에서 벗어났다. 명선은 자신의 성취에 큰 자부심을 느꼈다. 더 이상의 후일담은 필요치 않을 수도 있다.

「자술가」의 자기서사에서 명선은 자신을 '절개 있는 여성'의 이미지로 형상화하였다. 자신의 과거의 상황이나 행동을 모두 '절개'라는 각도에서 조명하고 의미화하였다. 따라서 여타의 측면은 자기서사에서 배제되거나 무시되었다. 「자술가」의 서술은 명선이라는 인물의 실제모습과 완전히 일치하는 것은 분명 아니다. 작자 자신이 그렇게 보고 싶어하는 자기, 혹은 그렇게 드러내고 싶은 자기이며, 그런 점에서 **작자가 특정한 방식으로 재구성한 자기**에 다름 아니다.

3) 진실 혹은 허구

명선의 자기서사는 대체로 사실에 입각해 있고, 그런 만큼 상당 정도 진실일 것이다. 하지만 '**있는 그대로의 사실**'이 아니라 글쓴이가 '**그렇게 보고 싶어 하는 사실**', '**원하는 사실**'일 따름이다. 그런 점에서 다소간의 '사실 왜곡'이 당연히 존재하며, 그런 만큼 작자에 의한 허구가 개입되어 있다.

명선은 김진사가 떠나간 후 일체 손님을 거절하였으며 새 사또가 도임하자 여기저기서 불러들였으나 가지 않았다고 했다. 그러면서 "임 향한 일편단심 백인白刃 하에 굴한손가 화방금루華房金樓 뜻 없으니 옥식나의玉食羅衣 생각할까 뇌성雷聲 위엄威嚴 발하지 마오 사생死生을 두려않소"라고 하며 절개를 지키려는 의지를 거듭 강조하였다.

하지만 명선은 임신 중이었기에 기생 영업을 하는 것은 현실적으로 곤란하였고, 관청에서도 임신 중인 기녀를 굳이 강제로 수청 들게 하지 않았을 가능성이 더 크다. 명선의 비장한 각오에도 불구하고 관청에서 그녀를 강제로 핍박하거나 혹은 재물로 유혹한 사실이 실제로 있었는지 잘 드러나지 않는다. 자신의 절개를 강조하려는 강한 의도로 말미암아 사실보다 과장된 측면이 있다고 느껴진다.

명선의 절개에는 나름의 진실성이 분명 있었을 터이다. 그럼에도 불구하고 명선의 절개에는 신분 상승과 생존 전략으로서의 측면도 다분히 있었다.[17] 명선이 오로지 고매한 가치의 실천이라는 측면에서 자신의 절개를 서술하고 있는 것은 일면적 진실에 불과하다. 명선의 절개는 그녀의 의도와 바

---

17 모든 기생의 절개가 그렇다는 것이 아니라, 명선의 경우 그런 측면이 드러난다는 것이다.

람에 의해 구축된 일종의 '자기허구'다. 그런 점에서 명선이 주장하는 그녀의 절개는 진실이면서 동시에 허구이기도 하다.

기생은 대개 15~16세부터 30세까지 활동을 했으며 20세 전후가 전성기였다. 이 시기에 자신을 속량해줄 남자를 만나 후실이 되는 것이 대부분의 기생들의 현실적인 바람이었고 명선도 예외는 아니었던 것으로 여겨진다. 기생들의 신분 상승 욕구는 생존의 욕구인 동시에 천민의 신분에서 벗어나고 싶다는 인간적 욕구와도 일정하게 관련되어 있다. 그러한 욕구를 남성을 매개로 하지 않고 스스로 실현할 수 있는 방법이 그들에게는 존재하지 않았다.

명선이 신분 상승의 강한 욕구를 가졌음은 여러 곳에서 드러나고 있다. 우선 명선이 어머니에 대한 불효를 괴로워하는 데서 잘 드러난다. 명선의 어머니는 가난한 살림에 딸을 잘 기르고 단장시키느라 애썼다. 외상을 얻기도 하고 친구에게 장신구를 빌리기도 하고 자신의 옷을 줄여서 딸의 옷을 만들어주기도 했다.

천신만고 길러내어 바라는 것 무엇인고, 삼사(三四) 십이(十二) 지나가고 이팔(二八) 세상 다다르니 "어여쁜 이 내 딸로 감사(監司) 사위 못 얻으며, 판관(判官) 수청 근심하랴", 주야 고대(苦待) 바라더니 생각잖은 이 내 행사(行事), 여망(餘望) 없이 이리 되니, 문전이 냉락(冷落)하고 쇠꾼이 돌아서니, 십수 년 기른 은혜, 허사로 돌아가고, 소경의 무한 시름, 불효가 막대로다.[18]

---

18 "천심감고 길너니여, 바라난 곳 무엇슨고, 숩스 십이 지나가고, 이팔 셰상 다다르니, 요라한 이 닉 딸노, 감ᄉ 스위 못 어드며, 판관 수쳥 근심ᄒ랴, 주야 고ᄃᆡ 바라드니, 싱각자닌 이 닉 힝ᄉ, 여망업시 이리 되니, 문젼이 닝낙ᄒ고 쇠ᄭᅮᆫ이 도라셔니, 십수년 기른 은혜, 허지에 도라가고, 소경의 무한 시름, 불효가 막ᄃᆡ로다".

위에서 보듯, 어머니의 바람은 명선이 감사나 판관 같은 높은 벼슬아치의 후실이 되는 것이었다. 그러나 김진사가 떠남으로써 어머니의 공은 허사로 돌아갔다. 명선도 그러한 어머니의 소망을 군이 부정하지 않았으며, 자신의 불효를 자책하는 데서 그녀 또한 신분 상승의 강한 기대를 갖고 있었음을 보여주고 있다. 적어도 김진사가 떠난 시점에서 두 모녀는 그들의 희망이 수포로 돌아갔다고 여겼고 그에 대해 절망했음을 짐작할 수 있다.

신분 상승에 대한 명선의 기대는 아들을 낳자 곧 회복된다. 아들은 천출賤出이니 당당한 양반이야 될 수 없으나 수문장, 훈련원 주부, 선전관 등을 거쳐 방어사 벼슬도 할 수 있으리란 희망찬 기대를 품어본다.[19] 아들을 낳은 기쁨과 흥분에서 한 말이긴 하지만 명선의 삶의 지향이 어디에 있는지 잘 알수 있다. 이러한 면모는 서울로 떠나며 명선이 어머니에게 한 장황한 사설에서도 유감없이 드러나고 있다.

우리 님 따라가면 앞날이 구만리라. 부귀행락 한 있을까? 추도기(秋到記), 황감급제(黃柑及第), 알성장원(謁聖壯元) 증광제(增廣製)를 뉘 막아 못할손가. 초입사(初入仕) 주사(主事) 한림(翰林), 옥당(玉堂)으로 응교(應教) 대교(待教), 당상(堂上)으로 동부승지(同副承旨), 승품(陞品)으로 참의(參議), 참판(參判), 외임(外任)으로 황해감사(黃海監司), 동상방(東上房)이 내 방이요, 영고(營庫) 회재(會財) 내 것이라. 금의환향 아니 되면, 사불여의(事不如意) 하다한들, 초입사 능참봉(陵參奉)에, 장악주부(掌樂主簿) 사복판관(司僕判官), 남북부 길을 찾아, 외임(外任)으로 현감 군수, 승차(陞差)하여 목부사(牧府使)에, 해주(海州) 판관 하

---

19 "천금갓튼 너을 보니 줍실각이 바이업다. 홍문옥당 못 바라나 소년증제 취직 넘겨 수문증 홀연 주부 션젼관 구군 츠즈 번지 영즁 이력 닥가 방어스야 못할런가".

시기는 떨어진 당감투라. 시정고 허다 물건, 보역고(保役庫) 쌓인 유청, 도장소(導掌所) 받는 돈과 상정고(詳定庫) 저치미(儲置米)를 쓰실대로 못 쓰시며, 자실대로 못 자실까, 이만 냥 남는 관황(官況), 다라도 쓰시오.[20]

남편의 출세와 부귀에 대한 제어할 수 없는 기대를 거침없이 표현하고 있다. 장차 해주로 금의환향하면 관청의 온갖 공물과 남편의 녹봉까지 어머니가 마음껏 쓰도록 해주겠다는 말에서는 신데렐라의 꿈을 이룬 명선의 흥분과 들뜸을 잘 볼 수 있다. 명선은 자신이 절개를 지킨 까닭에 신분 상승을 할 수 있었고 부귀영화의 미래를 보장받게 되었다고 여긴다. 그래서 작품의 말미에서도 "어화 벗님네야 이 내 말 웃지 마소 낙양성동 도리원에 꽃 시절이 매양이며 삼화양사 연화 중의 오입객을 믿을손가"라고 하며 젊음은 잠깐이니 아무 남성에게나 몸을 허락치 말 것을 동류 기생들에게 당부하고 있다. 애초 명선의 사랑에 인간적인 진실이 없지 않았음에도 불구하고 명선에게 있어 절개는 기생으로서의 자기 존재를 부정하는 심리적 근거이자 현실적 전략이기도 했던 것이다. 명선은 자신의 '절개'를 고매한 인간적 가치의 실천이라는 측면에서만 강조하였지만, 거기에는 현실적 전략의 측면도 다분히 있었음이 드러난다. 그런 점에서 명선의 자기서사에는 진실과 허구가 공존한다. 「기생명선자술가」는 조선 후기 기생의 의식을 그 일반적 수준에서 드러내 보여준다는 점에서 주목된다.

20 "우리 님 떠라가면, 압나리 구말이라. 부귀힝낙 한 이슬가. 추도긔 황강급제, 알셩즁원 즁광제을, 뉘 막아 못할손가. 초입스 주스 할임, 옥당으로 옹교 듸교, 당승으로 동부승지, 승품으로 참의 참판, 외임으로 황희감스, 동승방이 늬 방이요, 영고 회직 늬 것시라. 금의환향 아니되면, 스불여의 ᄒ다한들, 초입사 능츔봉의, 중악주부 스복판관, 남북부 길를 츠즈, 외님으로 현감 군수, 승츠 ᄒ여 목부스의, 희주 판관 ᄒ시기난, 써러진 당감토라. 시정고 허다 물건, 보역고 씨인 유청, 도 즁쇼 밧난 돈과 승겹고 저치미을, 씨실듸로 못 씨시며, 즈실듸로 못 즈실가, 이만 양 남는 관황, 다라도 씨시게요".

3. 『내 사랑 백석』

1) '기억하기'로서의 자기서사

『내 사랑 백석』은 에세이 형식의 자기서사이다.[21] 이 글은 1995년, 작자 김자야가 80세에 쓴 것으로서 『내 사랑 백석』의 주된 내용을 이루는 백석과의 연애시절로부터 무려 60여 년이 지난 뒤의 기록이다.[22] 글쓰기와는 거의 무관한 삶을 살아온 한 여성이 노년에 이르러 자기 인생을 글로 쓰고, 출판한 것은 어떤 연유에서일까? 그리고 인생의 전체가 아니라 특정 부분만을 글로 써낸 것은 또 어떤 연유에서일까?

작자는 "인생은 늙어서는 추억으로 산다고 그 누가 말했던가?"라는 말로 글을 시작하였다. 그리고 무료한 노년의 나날에 젊은 시절을 반추하게 되었고, 건망증 때문에 추억을 잊지는 않을까 염려되었으며, 그래서 생각나는 대로 써놓고 보니 소중한 기록이 되겠다는 생각이 들어 그것을 출판하기에 이르렀다고 집필동기를 밝혔다.[23] 이처럼 작자에게 있어 글쓰기는 일차적으로 추억을 기록하는, 기억의 행위이다. 작자가 시종일관 백석을 '당신'이라고 지칭하고 있으며 객관적 서술과 2인칭을 향한 편지투가 혼재된 문체를 구사하

---

21 『내 사랑 백석』을 '기생의 자기서사'라고 규정해도 좋은가 의문을 제기할 수 있을지도 혹 모르겠다. 이 글의 뒤에서 드러나겠지만, 『내 사랑 백석』의 내용은 백석 자체에 초점이 맞춰져 있다기보다는 김자야 자신의 연애과정에 초점이 있다. 그리고 작자의 80 평생 중에서 기생이 되기 전의 상황과 기생이 된 후의 연애시절을 주로 다루고 있으며, 그 이후의 삶은 쓰고 있지 않다. 김자야의 평생을 '기생으로서의 삶'으로 규정할 수 없는 것은 당연하지만, 『내 사랑 백석』이라는 글만큼은 기생시절 작자 자신의 체험을 다루고 있는 까닭에 '기생의 자기서사'로 간주할 수 있다.

22 두 사람은 1936년에 만났고 1939년에 헤어졌다.

23 김자야, 『내 사랑 백석』, 문학동네, 1995, 5~6면. 이하 책명만 밝힘.

고 있는 점에서도, 작자에게 있어 글쓰기는 **스스로를 위한 기억행위**로서의 측면이 객관적 기록행위로서의 측면에 다소간 우선하는 것임을 보여주고 있다.

그런데 『내 사랑 백석』에는 작자의 어린 시절 일부와 연애시절만이 서술되어 있을 뿐, 그 외의 부분은 아예 그림자조차 비치지 않는다. 왜 젊은 시절만을 기억하려 했을까? 그것은 당연하게도 그 시절이 인생에서 가장 행복하고 의미 있는 부분이라 여겼기 때문일 것이다. 실제 작자는 글을 쓰는 과정이 "청춘의 생생한 필름을 혼자서 돌려보는 기막힌 환상"의 시간이었고 "행복한 시간"이었다고 말했으며[24] 추억은 고적한 노년의 시간을 행복감으로 채워주었다고 했다.[25] 작자에게 있어 글쓰기는 기억을 글자로 옮기는 행위인 동시에 노년으로부터 청춘으로, 고적감으로부터 행복감으로의 이동을 가능케 하는 매개체였던 것이다. 연애시절에 대한 추억과 애착이 깊은 만큼, 작자는 인생의 다른 부분에 대해서는 자세히 기록하지 않거나 아예 언급하지 않았다. 기록과 언급을 회피하는 만큼 연애시절 이후의 삶이 작자에게는 불만족스런 어떤 것이었다고 할 수 있다. "나는 원망도, 외로움도, 슬퍼할 시간조차 없이 하루하루를 덧없이 무의미하게 지내왔다"[26]든지 "임을 여의고서도 천한 목숨 모질게도 오래 살아남았다"[27]든지 하는 언급에서 작자는 언뜻언뜻 그런 감정을 내비치고 있다.

작자에게 연애시절은 자신의 생에서 가장 빛나고 의미 있는 부분이었다. 책의 제목은 『내 사랑 백석』이라고 했지만, 실제 내용에 있어 이 글은 '백석'에 대한 글이라기보다는, '자신의 사랑' 다시 말해 한 남자를 사랑하고 그로

---

24   위의 책, 7면.
25   위의 책, 246면.
26   위의 책, 175면.
27   위의 책, 208면.

부터 사랑을 받은 한 사람의 여성 자신에 관한 이야기라고 할 수 있다. 이 책은 백석에 대해 말하고 있다기보다는, '**백석이 사랑했던 김자야 자신**'에 대해 **말하고 있는 '자기서사'**라고 할 수 있다. 다시 말해 '백석'이라는 존재를 매개로 한 김자야의 자기서사인 셈이다.

이 글에서 드러나는 백석에 관한 객관적 정보는 기대치에 못 미치는 감이 있다. 김자야와의 첫 만남 이전의 백석에 관한 정보라든지, 첫 만남 이후에도 '김자야를 사랑한 사실' 이외의 인간 백석의 내면이나 고뇌, 정황, 행보를 알려주는 정보는 상당히 적다고 할 수 있다. 노년에 이른 작자의 기억력의 한계 때문일까? 혹은 젊은 연인들이 항용 그런 경향이 있듯 연애 당시에도 자신의 연애감정에 몰두해 있었기에 상대방을 전체적이고 객관적으로 이해하려는 생각 자체가 미숙했던 것일까? 혹은 노년에 이르러서도 작자에게 중요한 것은 자신이 사랑했던 남자에 대한 객관적 사실들을 기록하는 일이라기보다는 '자신의 사랑' 그 자체를 추억하고 그것을 세상에 전하는 일이었을까?

작자는 기억을 글로 옮기는 시간에는 백석과 다시 "호흡을 나눌 수 있"고 "이별을 모르는 세상에서 함께 영원히 살아있을 수 있다"고 하였다.[28] 작자는 글쓰기를 통해 과거를 추억하고, 과거의 연애감정을 현재화하며, 과거의 자아로 회귀하고 있다고 할 수 있다. 과거의 자아는 한 젊은 시인이 순정을 다할 만큼 아름다운 존재였다. 자신 또한 그 사람의 사랑에 걸맞게 순수하고 열정적이었다. 아름답고 순수하고 열정적이었던 과거의 자아를 현재화하는 것, 그러한 과거 특정시기의 자아야말로 자신의 본질 자아, 순수 자아라고 간주하는 것, 다른 시기의 자아는 무의미하고 비본질적인 것으로 규정하는 것, 그

---

28 위의 책. 7면.

특정시기의 자아를 인생 전반으로 확대하는 것. 이런 것이야말로 작자의 기억행위와 글쓰는 행위의 추동력이 된 것이었다. 작자가 과거를 기억하면서 한편으로는 행복감에 젖었지만, 다른 한편으로는 상실감과 허탈감을 느낄 수밖에 없었으며, 자신이 왜 추억의 골목을 혼자 헤매고 있는지 자문한 것도[29] 특정시기의 빛남과 대조되는 인생 전반의 빛바램에 연유하는 것일 터이다.

개인의 내밀한 기억마저도 기록과 출판의 과정을 거치면, 그 '기억하기'는 '타인에게 기억시키기'와 필연적으로 연관되게 마련이다. 그런 점에서 '글로써 기억하기'는 '드러내기'와 불가분의 관계에 있다. 김자야의 경우에도 인생의 어느 시점에서부터 과거를 집중적으로 추억하기 시작했겠지만, 그것이 개인적인 기억행위가 아니라 다중多衆에게 기억시키는 행위로 옮겨간 것은 외적 계기에 의해 자신의 과거 체험을 재평가할 수 있었던 데 기인했다. 1980년대 후반의『백석시 전집』의 간행 및 납북·월북문인 해금조치를 계기로 작자는 시인으로서의 백석을 재인식하게 되었다. 작자는 백석이 "그 같은 훌륭한 민족문학"을 남겼다는 사실을 "정말로 예전엔 미처 깨닫지 못했었다"고 술회하고 있는바,[30] 자기 혼자에게만 소중했던 과거의 연인이 다중에게 현재적으로 중요한 존재라는 사실을 발견하고 무척 흥분되었던 듯하다. 연인이었던 사람에 대한 다중의 높은 평가는 오래도록 숨겨두고 억눌러 두었던 자신의 사랑의 감정을 드러내고 증폭시키는 계기가 되었을 뿐 아니라, 그 진정성과 객관성을 보증 받는 일종의 증거로 여겨질 수 있었을 것이다. 그리고 그런 사람으로부터 아낌없이 사랑받은 여성 — 김자야 자신도 새삼 가치 있고 중요한 존재로 격상됨을 느끼며 자기 자신과 인생을 재평가하고

29   위의 책, 253면.
30   위의 책, 236면.

싶지 않았을까? 그리하여 '이름난 시인의 연인'으로서 자신을 재구성하고 그를 타인들에게까지 기억시키고 싶지 않았을까? 이 같은 동기에서 '백석'을 매개로 한 김자야의 자기서사가 이루어진 것이라 보인다.

2) 낭만적 사랑의 주인공으로서의 '나'

『내 사랑 백석』에 서술된 백석과 김자야의 연애는 이른바 '낭만적 사랑'이 갖추어야할 요건을 두루 갖추고 있다. 작자는 자신의 사랑을 낭만적인 것으로 재구하고 있다. 운명적 만남, 첫눈에 반함, 쌍방의 열정, 지고지순함, 현실적 장애, 장애에도 불구하고 변치 않는 사랑, 기구한 운명, 불가항력의 이별, 영원하고 절대적인 사랑 등등.

두 사람은 첫눈에 서로 사로잡혔으며, 백석은 김자야를 처음 만난 날 대뜸 "오늘부터 당신은 나의 영원한 마누라야. 죽기 전엔 우리 사이에 이별은 없어요."라고 말했다고 한다.[31] 그 이후 두 사람의 관계를 작자는 "불꽃 튀는 사랑",[32] "처절한 숙명",[33] "지고지순한 사랑",[34] "운명적 인연",[35] "한 편의 예술적 사랑의 애절한 드라마",[36] "운명의 장난",[37] "절대적인 사랑"[38] 등으로 규정하고 있다.

31 위의 책, 40~41면.
32 위의 책, 41면.
33 위의 책, 69면.
34 위의 책, 82면.
35 위의 책, 16면.
36 위의 책, 179면.
37 위의 책, 198면.
38 위의 책, 252면.

작자는 자신의 평생이 오직 한 남자에게 사로잡힌 시간이었다고 술회한다.[39] 헤어지는 순간에도 "두 사람은 평생 묶여진 운명적 인연"임을 믿었고,[40] 헤어진 후 "모질게" "살아남은" 것은 오직 백석이 자신을 사랑해준 "그 정열의 그늘과 끈끈한 인연 때문이었"다고 한다.[41] 평생 백석을 "마음속으로 기다리고 그리워하며 살아왔"[42]고, 백석과 이별 후의 시간은 하루하루가 덧없고 무의미한 것이었다[43]고 간주하였다.

자신이 사랑과 그리움으로 평생을 살았듯이, 상대방 역시 평생토록 자신만을 사랑했으리라 작자는 믿어 의심치 않는다.[44] 그리하여 백석 시의 의미를 자기 식으로 전유專有하거나 주관적으로 확대 해석하려는 경향을 일부 보이기도 한다.

물론 작자의 연애경험은 열정적이고 진실된 것이었으며, 죽을 때까지 잊기 어려운 것이었으리라 생각된다. 하지만 연애감정의 치열성이나 진실성을 그것의 영원성 내지는 절대성과 직접 결부시키는 것은 주관적 감정을 객관적 현실의 우위에 두면서 그것에만 높은 가치를 부여하는 '낭만적 태도'의 소산이라 하겠다. 남녀의 애정, 그것도 단 한 번뿐이고 영원하며 상호독점적인 애정만이 유일하고 절대적인 가치라는 생각은 낭만적 세계관의 특징적 징표 중의 하나이다. 작자는 낭만적 사랑의 관념으로 자신의 과거 및 인생 전반을 포괄하고 설명하려 하였다. 그리고 자신을 낭만적 사랑의 주인공으

---

39 위의 책, 70면.
40 위의 책, 16면.
41 위의 책, 208면.
42 위의 책, 241면.
43 위의 책, 175면.
44 다른 여성과 관련된 백석의 행적 및 몇몇 시작(詩作)의 배경과 관련해서는 다음의 자료가 참조된다. 박태일, 「백석과 신현중, 그리고 경남문학」, 『지역문학연구』 4, 1999 봄; 「백석과 최정희, 나타샤」, 『문학사상』, 2001.9.

로 간주하였다.

이러한 태도는 작자의 문학취향과 깊이 연관되어 있다고 여겨진다. 작자는 젊은 시절 문학에 남다른 관심이 있었다고 하며,[45] 말년에 이르러서도 다시 태어나면 문학을 하고 싶다고 하기도 했다. 자신의 수필이『삼천리』에 실린 사실에 자부심을 표하고 있으며,[46] 거듭 자신을 "문학소녀" 혹은 "소녀"로 언급하고 있기도 하다.[47] 그리고 자주 자신을 문학작품의 주인공과 비교하기도 하는바, 기생이 되기 직전 선배 김수정을 만났을 때『심청전』의 주인공을 직접 눈앞에 보는 듯한 착각이 들었고 자신도 그녀처럼 되고 싶었다고 했다. 자신을 나타샤와 견주어 보기도 했고,[48] 자신이 카츄샤나 춘희와 비슷하다고 여기기도 했고,[49] 자신의 운명을「자야오가」의 여성인물과 동일한 것으로 여기기도 한다.[50] 작자는 인생의 고비 고비에서 문학의 주인공으로부터 자신의 역할 모델을 찾았다고도 할 수 있다. 작자는, 문학과 현실을 종종 구분하지 않을 뿐더러 때때로 문학적 허구를 현실보다 더 진정한 것으로 여기는 '문학소녀적인' 취향을 지녔던 듯하다. 그러한 취향이 실제현실에서 평생토록 지속되기는 사실상 어려웠을 터이지만, 자신의 과거를 글로써 재구하는 과정에서 작자는 '영원한 사랑'이라는 낭만적 환타지에 몰두하면서 여타의 현실적 세부사실들에 대해서는 무관심한 태도를 보여주고 있다.

작자는 스스로를 낭만적 사랑의 주인공으로 형상화함으로써 기생이었던 자신을 부정하고 있기도 하다. 작자는 가정형편 때문에 기생이 될 수밖에 없

---

45 『내 사랑 백석』, 58면.
46 위의 책, 58면.
47 위의 책, 97면·166면.
48 위의 책, 122~123면.
49 위의 책, 247면.
50 위의 책, 68~69면.

었으나, 기생이 된 후에도 외출할 때에는 기생의 복장이 아니라 여학생들이 주로 하던 복장을 하였고[51] "권번을 그저 조선의 전통 궁중가무를 연수하는 예능전습소로만 알고 열심히 전수를 받았다"고 하였다.[52] 기생이 된 후에도 "어떻게 하면 공부를 더 할 수 있을까라는 일념뿐이었다"[53]고 말하기도 한다. 자신의 가무 솜씨나 일본 유학 경험에 대해서는 비교적 자세히 서술하면서도 상당기간 지속되었던 기생 생활의 구체적 면모에 대해서는 언급을 회피하고 있는 점에서도 기생으로서의 자기는 하등 중요하지 않거나 비본질적이었다고 간주하는 작자의 속내가 짐작된다.

당시 사람들은 작자를 기생 김진향으로 여겼을 터이지만, 작자는 스스로를 문학소녀였으며 한 시인과 낭만적 사랑에 빠졌던 여성 — '자야'로 규정하고 싶어 한다. 그 문학소녀가 불가피하게도 기생이었던 까닭에 낭만적 사랑은 결국 비극이 되어버렸다. 기생 신분이 사랑의 가장 큰 현실적 장애물이었고, 그 사실을 작자 스스로도 분명히 알고 있었다. 그럼에도 불구하고 작자는 그 사실을 응시하거나 그에 대한 직접적인 언급을 피하고 있다. 기생이었던 자기를 정면으로 인정하고 싶지는 않았던 것이다.

3) 기억과 침묵

기억 행위는 다분히 선택적이고 의도적이다. 기억이 자기 자신과 관련될

---

51 위의 책, 28면.
52 위의 책, 49면. 이 말은 권번이 실제로 어떤 곳인 줄 모르고 그 곳에 들어갔다는 의미가 아니라, 당시에 스스로 권번을 그런 곳으로 간주하고 의미부여했다는 뜻이다.
53 위의 책, 29면.

경우 그런 측면은 대체로 강화되는 경향이 있다. 거울을 볼 때 무의식적으로 혹은 반半의식적으로 자기에게 유리하다고 여기는 포즈를 취하거나, 가능한 한 자신이 원하는 부분만을 보려고 하는 심리기제는 자기서사의 행위에서도 작동되는 경우가 많다. 자신의 과거를 회고하고 글로 남기는 자기서사에서 무엇은 기록되고 무엇은 기록되지 않았는가 하는 점은 작자의 의도 및 자기의식과 관련하여 흥미로운 부분이다. 자기서사의 작자들은 흔히 모든 사실을 기억하며 기록한다고 주장하거나 스스로도 그렇게 믿는 경우가 많지만, 과거 사실들은 대개 선택적이고 의도적으로 기억되고 기록된 것이기 마련이다.

『내 사랑 백석』의 작자는 무엇을 기억하고 기록하였으며, 무엇에 대해서는 망각하거나 침묵하였는지 보기로 하자.

작자는 백석과 관련된 과거를 주로 기록하였다. 그러나 백석과 직접 관련되지 않음에도 불구하고 자세히 기록한 부분도 있다. 기생이 될 수밖에 없었던 상황, 권번에서의 가무 학습, 일본 유학 체험 등이 그것이다. 이 점은 『내 사랑 백석』이 자기서사적 성격을 가진 것이라고 볼 수 있는 근거 중의 하나가 된다. 하지만 이별 이후의 삶 — 예컨대 계속된 기생생활, 출산, 대원각 인수 및 경영 등의 사실에 대해서는 일체 기록하지 않았다.[54] 백석과 직접 관련이 없으니까 쓰지 않았다고 할지도 모르겠지만, 그 이유가 전부는 아닐 터이다. 앞서 언급했듯이 백석과 직접 관련이 없는데도 굳이 기록한 것도 있지 않은가? 그러면 자신의 과거 중에서 무엇은 기록하고 무엇은 침묵했는가? 백석과 관련된 것은 기록하고 여타에 대해서는 침묵한 것만은 아니다. 겉은 기생이었지만 속은 기생이 아니었던 자신 — '문학소녀' 내지는 '낭만적 사

---

54   작자는 1940년대 중반에 딸을 출산하였고, 1951년에는 당시로서는 거금인 650만 원에 대원각을 인수한 것으로 알려져 있다.

랑의 주인공'으로서의 자기에 부합되지 않는 부분은 비본질적이거나 하찮은 것으로 간주하고 침묵하였다.

연애시절을 기록함에 있어서도 작자는 자신이나 백석의 연애감정과 관련해서는 극적인 표현으로 자세히 서술하고 있다. 반면, 두어 차례의 헤어짐이나 마지막 이별의 과정과 관련된 구체적 상황들과 갈등에 대해서는 상당히 간략하거나 모호하게 서술하였다. 이 점은 1988년의 작자의 회고[55]와 『내 사랑 백석』을 비교해 볼 때도 드러난다. 백석이 장가를 몇 번 갔는지, 작자의 중국여행의 동기와 심경은 무엇이었는지, 귀국 후 두 사람의 관계는 어떠했는지, 왜 백석의 만주행 제의에 따르지 않았는지 등과 관련해 두 글은 다소 차이가 있다. 연애와 연애감정 외의 두 사람 사이의 갈등이나 어두운 기억에 대해서 노년의 작자는 또렷이 기억하지 못하거나 기억하고 싶지 않았던 것 같다. 또한 연애기간 중에도 지속되었다고 짐작되는 자신의 기생생활이나 구체적 일상은 쓰지 않았다. 한 남자를 사랑하면서도 기생생활을 계속할 수밖에 없었던 데 따르는, 있었음직한 내면적 갈등이나 백석과의 감정적 갈등 등은 전혀 드러내지 않았다.

한편, 헤어지게 된 원인이나 이유에 대해서 작자는 많은 지면을 할애하여 여러 가지로 거듭 부연하였다.[56] 요컨대 "① 백석과 그 부모 사이의 불화의 원인이 되고 싶지 않았다, ② 두 사람은 평생 헤어질 수 없는 운명이니 한두 해 만에 틀림없이 돌아오리라고 믿었다, ③ 두 사람의 사랑을 보다 완전한 것으로 만들려는 나름의 계획이 있었다, 일종의 작전상 후퇴였다"고 말하였다. 이러한 두서없는 언급들을 통해 작자의 당시 심경의 혼란과 갈등을 짐작

---

55 이동순 기록, 「백석, 내 가슴 속에 지워지지 않는 이름」, 『창작과비평』, 1988 봄호.
56 『내 사랑 백석』, 164~179면.

할 수 있다. 그런데 1997년의 한 인터뷰에서는 "① 영 헤어질 줄 몰랐다, 열흘이나 있으면 올 줄 알았다. ② 동생이 일본에서 성악공부를 하고 있어 뒷바라지해야만 했다"고 말하고 있어,[57] 작자가 백석을 따라가지 못한 중요한 이유 중의 하나가 가정의 경제적 문제였음을 알 수 있다. 불가피한 이별의 이유가 기생 신분 내지 경제사정 때문이었음에도 불구하고 『내 사랑 백석』에서 작자는 그 사실에 대해 모호하게 언급하거나 침묵하였다. 자신의 현실을 있는 그대로 드러내는 것을 구구하게 여기는, 자존심 때문이었을까?

이별 후 서로가 왜 연락을 다시 취하지 않았는지, 작자 자신의 심경에 혹 변화가 있었는지, 혹은 불가피한 상황이 있었는지 등에 대해서도 침묵하였다. 그 이후의 60여 년의 삶도 오직 백석을 그리워하고, 백석에 이끌려 산 평생이었다고 할 뿐[58] 더 이상 구체적으로 언급하지 않았다.

젊은 김자야가 기생이었다는 사실은 연애가 결혼으로 이어지는 데에 있어 최대의 걸림돌이었고, 그 이후 삶의 방식을 결정짓는 중요한 요인 중의 하나였다. 기생이 되고 기생 복장을 한다는 것은 마치 죄수가 죄수복을 입고 이후로도 평생 전과자의 삶을 살 수밖에 없는 것과 다름없다고 한 작자의 서술[59]에서 기생 신분에 대한 그녀의 생각을 알 수 있다. 기생이었기 때문에 감내해야만 했던 관습의 부당성과 폭력성을 뼈저리게 체험했으면서도 스스로 '기생이었던 자기'를 정시正視하기보다는 짐짓 **'기생 아닌 자기'**를 주시하고자

---

57 「류시화 시인이 만난 백석 연인 김자야씨」, 『경향신문』, 1997.12.29.
58 "나는 원망도 외로움도 슬퍼할 시간조차 없이 하루하루를 덧없이 무의미하게 지내온 것이다. 나는 이것이 영원한 이별이란 사실도 실감하지 못한 채 그 무심한 광음만 흘려보내었다. 남과 북의 땅덩이는 허리가 잘려 다시는 소식조차 확인해 볼 길 없게 되고 말았다"(『내 사랑 백석』, 175면), "자야는 이제나 저제나 당신을 마음속으로 기다리고 그리워하며 살아왔습니다"(위의 책, 241면), "이제나 저제나 당신을 기다리며 저는 끌려오듯 살아왔습니다"(위의 책, 245면).
59 위의 책, 25면.

한다. '기생이었던 자기'를 군이 기억하는 때는 그 불가피성을 확인하기 위해서일 따름이다. '기생 아닌 자기'는 문학취향과 예술적 재능과 유학 체험을 두루 갖춘 미모의 여성이었고, 평생토록 지속된 낭만적 사랑의 주인공이었다. 그것이 김자야가 '기억하고 싶은 자기'였다고 할 수 있을 것이다.

4. 절개, 낭만적 사랑, 그리고 여성

조선의 일반여성들은 삼종지도三從之道의 유교적 여성규범으로부터 자유로울 수 없었다. 자신을 특정 남성의 딸, 아내, 어머니로 간주하였고, 아내 노릇과 어머니 노릇의 성패 여부에 따라 인생의 의미와 가치를 규정하는 것이 일반적이었다. 남편을 일찍 잃거나 자식(특히 아들)이 없는 경우 대개는 스스로를 인생에 실패한 자로 규정하기 마련이었다.[60]

조선의 기생은 유교적 여성 규범과 제도로부터 배제된 소외된 존재였으나, 실제에 있어 그로부터 완전히 자유로울 수도 없었다. 기생의 '유교적 여성규범으로부터의 배제'는 그들이 천대받는 집단이었다는 사실과 불가분의 관계에 있었다. 따라서 개별 기생들은 오히려 유교적 규범의 엄격한 규제와 보호 하에 있는 양반여성들을 선망할 수밖에 없었다. 때로 유교적 여성규범의 항목인 '정절'이나 '절개'를 자발적으로 실천함으로써 인간적 자존심을

---

60 조선시대 여성의 자기정체성에 대해서는 이 책의 「여성적 정체성과 자기서사」 및 「전통시대 한국여성의 자기서사」 참조.

지키거나 혹은 심리적 신분 상승을 꾀하는 경우도 드물지 않았다. 자기서사는 아니지만 실존했던 기생의 생애를 소재로 한 「단천절부시」·「전불관행」이나 기생을 주인공으로 한 소설 『춘향전』·『옥단춘전』·『월하선전』 등에서 '기생의 절개'가 갖는 인간적, 신분적, 심리적 문제를 잘 살펴볼 수 있다.

조선시대 기생의 자기서사는 매우 적지만, 「자술가」에서 '기생의 절개'는 인간적 자존심이나 심리적 신분 상승 뿐 아니라 실제적 신분 상승을 위한 전략이 되기도 함을 잘 볼 수 있었다. 세상은 자기를 기생으로 간주하지만 스스로는 그렇게 생각하지 않는다는 것, 자신은 표면적으로는 기생이지만 내면적으로는 기생이 아니라는 것, 그러한 주장의 근거로서 '절개의 실천'이 표나게 내세워지는 것. 이러한 기생의 내면풍경이 '기생의 절개'를 주제로 한 모든 텍스트들을 일관하고 있다.

「자술가」에서 명선은 '기생으로서의 자기'를 부정하고 자신을 '절개의 주체'로 구성하였다. 명선은 신분 상승에 성공했고, 그런 점에서 「자술가」는 일종의 '성공의 서사'이기에 '절개'가 그처럼 부각된 게 당연하다고 생각할 수 있을지도 모른다. 하지만 비슷한 시기의 군산월은 상대 남성으로부터 결국 버림받았고, 그런 점에서 「군산월애원가」는 '좌절의 서사'인데도 불구하고 작자가 자신을 '절개의 주체'로 구성한 점은 마찬가지이다. 이렇듯 조선 기생의 자기정체성에서 '절개'는 심중深重한 신분적, 심리적 의미를 갖고 있음을 알 수 있다.

근대에 이르러 기생여성의 자기정체성에 어떤 변화가 일어났을까? 이 시기 기생의 자기서사의 텍스트가 극히 제한되어 있어 어떤 단언도 불가능하지만,[61] 『내 사랑 백석』을 통해 그 변화의 일단을 볼 수는 있다.[62] 김자야는 '낭만적 사랑의 주인공'으로 자신을 구성했는데, 그것은 '기생으로서의 자기'를 부정하려는 내적 동기와 불가분의 관계에 있다. 그런 점에서 『내 사랑 백석』은 「자술가」와 일맥상통하는 점이 있다.

작자가 스스로 '기생임'을 부정하면서, 당대 일반여성에게 통용되고 수용되던 가치나 삶의 방식을 지향했다는 점에서 두 텍스트에 표현된 여성적 상황은 기생여성의 특수성을 보여주고 있다. 어쩌면 절개나 낭만적 사랑의 실천이 권장되거나 기대되지도 않을뿐더러 현실적으로 어려울 수밖에 없는 신분인 까닭에, 기생여성은 자기서사를 하면서 그런 가치에 더욱 더 큰 의미를 부여하는 것일 터이다.

여성에게 있어 '절개'와 '낭만적 사랑'은 그 단어가 풍기는 중세 및 근대의 뉘앙스 차이만큼이나 그렇게 현저히 다른 것일까? '절개'의 대상은 특정의 사랑하는 남성뿐만이 아니라, 이미 세상을 떠난 남성일 수도 있고, 심지어는 자신을 버린 남성일 수도 있다. 절개는 남녀의 위계관계를 전제로 하며, 여성에게 일방적으로 요구된 가치이다. 스스로를 '절개의 주체'로 간주하는 여성은 남성 존재를 통해서만 자신을 규정하고 남성이라는 프리즘을 통해 자기인생을 의미화한다는 점에서 타자적이고 의존적인 존재이다.

'낭만적 사랑'은 어떤가? 낭만적 사랑은 자유로운 두 남녀의 결합에 바탕을 둔 것이기에 남녀의 평등한 관계를 전제로 하며, 남성과 여성 양자의 주체성이 그 필수요건을 이루고 있을 것만 같다. 하지만 낭만적 사랑은 하나의

---

61 「기생생활도 신성하다면 신성합니다」와 같은 단편적인 글을 통해 사회적 관습에 대해 저항하고 여성의 주체적 삶을 추구한다는 뚜렷한 목적 의식하에 기생이 된 여성을 볼 수 있다. 하지만 구체적 자기서사는 소략하고 관념적 자기주장은 과잉되어 있어 그 삶의 구체적 진정성이 잘 느껴지지 않는다.

62 한편 1923년 기생 강명화의 자살사건이나 그것을 소설화한 이해조의 『강명화실기』를 비롯한 몇몇 작품들은 비록 자기서사는 아니지만 이 시기 기생과 낭만적 사랑의 관계를 보여주고 있다. 강명화 사건은 〈비련(悲戀)의 곡(曲)〉이란 제목으로 영화화되기도 했다.

관념이고, 그 관념이 허구 속에서가 아니라 실제 현실 속의 남성과 여성에게 구현되고 의미화되는 방식은 결코 동일하지 않다. 낭만적 사랑의 관념이 횡행하는 근대적 상황에서도 남성과 여성에게 제공되는 현실세계의 공간은 사뭇 다르다. 여전히 남성은 사회적 존재이며 여성은 일차적으로 가족 내적 존재이다. 통상 남성은 이성적 세계에 속하는 존재로, 여성은 감성적 세계에 속하는 존재로 간주된다. 남녀의 위계관계도 사회적으로 엄연히 온존되어 있다. 이처럼 서로 다른 세계공간에 속한 현실의 남녀에게 있어 낭만적 사랑의 관념이 구현되는 방식은 현저히 다를 수밖에 없다. 대개의 경우, 남성에게 이르러 낭만적 사랑은 상대적 가치가 된다. 여성에게 이르러 낭만적 사랑은 절대적 가치가 된다. 남성의 일생에서 낭만적 사랑은 일시적 사건이다. 여성의 일생에서 낭만적 사랑은 인생 자체가 된다. 실제로 그러한가와는 별도로, 그렇게 기대되거나 당연시 된다. 근대여성에게 있어 낭만적 사랑에 매달리는 것 외에 다른 어떤 가치를 추구하는 일은 너무나도 불확실하고 위태롭다. 아니, 다른 현실공간에서는 좀처럼 허락되지 않는 모종의 '주체성의 느낌'이 비록 일시적이긴 하지만 낭만적 사랑에서야말로 생생히 느껴지기에 여성들은 거기에 더욱 열광하거나 집착하는지도 모른다. 낭만적 사랑은 여성의 타자성, 의존성의 토양 위에서만 자라는 환상의 꽃이다.

「자술가」와 『내 사랑 백석』은 '절개 있는 여성' 내지 '낭만적 사랑의 주인공'으로서 자기를 구축하고, 그것을 스스로 기억하고 남에게 드러내며 공적으로 인정받으려는 동기에서 씌어졌고, 그를 위해 '진실과 허구', '기억과 침묵'을 적절히 오가는 서사전략을 구사하였다.

과거란 현재에 재구성되는 어떤 것이다. 자신의 특정 과거조차도 인생의 어떤 시점에서 재구성하는가에 따라 상당히 달라지곤 한다는 사실을 우리는 익히 알고 있다. 마찬가지로 '자기서사'의 텍스트는 글쓴이의 과거가 실제 어떠했는지를 그대로 알려주는 것은 아니다. 우리는 자기서사의 텍스트를 통해 글쓴이가 스스로를 어떤 존재라고 규정하고 싶어하는가, 다른 사람들에게 자기를 어떤 존재로서 각인시키길 바라는가, 그토록 애써 구축하고자 하는 자기허구는 왜, 어떤 방식으로 이루어지는가 등을 이해할 수 있을 따름인지도 모른다.

물론 진실과 허구, 기억과 침묵의 서사전략을 오가며 구축되는 자기허구는 기생의 자기서사나 여성의 자기서사에 국한된 것만은 아니다. 대개의 자기서사는 이러한 심리적 문학적 전략을 일정하게 필요로 한다. 하지만 여성의 경우에는 자기서사 일반이 갖는 자기허구적 측면에 가부장제가 요구하는 여성에 관한 규범이나 통념을 수용하고 그로부터의 이탈을 두려워하는 데서 발생하는 여성 고유의 자기허구가 중첩됨으로써 스스로에 관한 진실을 있는 대로 직시하고 드러내는 것이 더욱 어려운 문제가 되곤 한다.

'자신은 어떤 존재인가?', '자신의 인생은 어떤 의미가 있는가?'라는 중차대한 문제 앞에서도 여성들은 규범과 관습, 통념이 부여한 여성역할 모델의 틀에 자신을 꿰어 맞추는 데서 좀처럼 벗어나기 어렵다는 사실을 기생의 자기서사를 통해서도 확인하게 된다.[63] 여성에게 '있는 그대로의 자기'라는 게 있기나 한 것인지? 설혹 있다한들 과연 스스로 볼 수는 있는 것인지? 여성에 관한 가부장제적 허구에 함몰되고, 안간힘으로 그 허구를 재생산하고 있는 한, 여성은 결코 자신의 상황을 투견觀見할 수도 없고, '자기에 관한 최소한의 진실'에도 도달하기 어려운 것인지 모른다.

---

[63]　기생이 아닌 일반 조선여성의 자기서사에서도 상황은 마찬가지다.

전통시대 한국여성의 자기서사[1]

1. 자기서사의 개념

이야기story가 있고 화자teller가 있는 모든 문학 텍스트를 서사narrative라고

한다면 화자가 자기 자신에 관한 이야기를 진술하는 텍스트를 일단 '자기서

---

1   [보주] 이 글은 원래 「한국여성의 자기서사」라는 제목으로 발표된 연속된 세 편의 논문 중 (1)과
    (2)에 해당한다. 위 논문은 박혜숙·최경희·박희병의 공동연구로, (1)과 (2)의 이론적·실증
    적 조언과 검토는 박희병이 맡았고 그 집필은 박혜숙이 맡았으며, (3)의 집필은 최경희가 맡았
    다. 박희병의 양해를 얻어 (1)과 (2)를 합쳐 이 책에 수록한다. 이 글에서 '전통시대'라는 용어는
    기본적으로 조선 후기를 지칭하는 것이지만 때로 20세기 전반의 구여성의 상황을 포괄하는 경
    우도 있다. 주지하듯이, 20세기에 이르러 일부 여성들은 근대적이고 공적인 영역으로 진입함으
    로써 이른바 '신여성'으로 전화되어갔던 반면, 상당수의 여성들은 오랫동안 여전히 유교적 여성
    이데올로기가 지배하는 사적(私的)인 영역에 남아있었다. 자신도 깨닫지 못한 사이에 '구여성'
    으로 분류된 이들의 생활에도 부분적으로는 근대적 요소가 점차 확산되어 갔음에도 불구하고
    이들의 존재조건은 기본적으로 조선 후기의 여성적 상황과 크게 다르지 않은 면이 많았다. 이들
    '구여성'의 자기서사는 전통적인 글쓰기 형식인 규방가사를 통해 이루어지곤 했다. 따라서 비록
    20세기 전반에 산출되었으리라 추정되는 여성텍스트일지라도 여성적 경험이나 서사의 형식이
    전통적 특성을 유지하고 있는 경우에는 조선 후기 텍스트와의 기본적 공통성에 유의하여 함께
    논하는 방식을 취한다.

사'라고 할 수 있을 것이다. 그러나 자기 자신과 관련이 있기는 하더라도 그것이 '사실'이라는 전제에 입각해 있지 않다면 '자기서사'라고 할 수 없다. 물론 사실 자체와 글로 쓰인 사실은 별개의 것이다. 글로 쓰인 것은 작자에 의해 주장되고 구성된 사실일 뿐, 사실 그 자체와는 다른 것이다.

또한 자신과 관련이 있기는 하더라도 '**자기 자신**'에 관한 사실보다 **외적 세계**에 관한 사실에 초점이 맞춰진 진술은 본격적인 자기서사가 아니다. 그런 점에서 단순한 기행문이나 혹은 작자가 견문한 사건에 관한 기록은 자기서사라고 하기 어렵다. 그것은 외부세계에 대한 진술일 따름이다. 또한 자기 자신에 관한 **사실의 진술**보다 자기의 **감정이나 정서상태의 표현**에 초점이 맞춰진 것도 자기서사는 아니다. 그런 점에서 단순한 서정시도 자기서사라고 하기 어렵다.

'자기 자신'에 관한 사실이란 "나는 어떤 사람인가?", "나의 인생은 어떤 것인가?"라는 물음에 대한 해답의 성격을 갖는 사실이라고 할 수 있다. 그런 점에서 자기서사는 자신의 일생이나 혹은 특정 시점까지의 삶을 전체로서 고찰하고 성찰하며 그 의미를 추구하는 서술이라고 할 수 있다.

요컨대, '자기서사'란 화자가 자기 자신에 관한 이야기를 그것이 사실이라는 전제에 입각하여 진술하며, 자신의 삶을 전체로서 성찰하고 그 의미를 추구하는 특징을 갖는 글쓰기 양식이라고 할 수 있다. 따라서 '자기서사'는 단일한 장르 개념이 아니며 다양한 장르를 포괄한다.

오늘날의 자서전은 '자기서사'의 대표적 유형이다. 서구의 근대적 자서전으로서의 'autobiography'는 서구에서 18세기 후반에서 19세기 전반에 성립되었고,[2] 20세기 전반에 동아시아 문학에 도입되었다. 20세기 전반에 'autobiography'의 역어譯語로서 '자전' 혹은 '자서전'이라는 용어가 일반화되었으며,[3] 서구의 근대적 자서전의 영향을 일정하게 수용하면서 일본에서는 후쿠자와 유키치福澤諭吉의 『福翁自傳』(1899)이, 중국에서는 곽말약郭沫若의 『沫若自傳』(1929),[4] 호적胡適의 『四十自述』(1931) 등이 산출되었고[5] 한국에서도 1920년경부터 홍명희, 최린, 이광수 등 여러 인물들이 '자서전'이라는 통칭通稱으로 다양한 자기서사의 글을 잡지에 싣기 시작하였다. 20세기 전반 동아시아의 대표적인 자서전 작가들은 대체로 일찍이 서구문화를 수용하면서 근대적 자아에 눈뜬 사람들이 많았으며, 다분히 서구의 자서전 양식을 의식하면서 자신의 글을 썼다는 데 그 특징이 있다. 이처럼 20세기의 동아시아에서 자서전은 서구적 양식으로 인지되면서 자기서사의 대표적 양식으로 정착되었다.

그러나 현재에도 본격적인 자서전만이 아니라 자전적 소설, 편지, 일기,

2 1786년에 'autobiographical narrative'라는 말이 최초로 나타나고, 'autobiography' 내지 그와 동의어인 'self-biography'는 18세기 후반에 영국, 독일 등에서 별도로 사용되었다(Robert Folkenflic ed., "The Culture of Autobiography", Stanford University Press, 1993). 용어의 성립과 특정양식의 확립 사이에는 밀접한 관계가 존재한다. 물론 서구에서도 근대적 자서전 양식의 성립 이전에 다양한 자기서사의 글쓰기가 존재했다. 독일의 연구자에 의해 "Geschichite der Autobiographie", 고대편 2권(1907)·중세편 3권(1923~1931)이 출간된 바 있는 데, 이 저술에서는 고대로부터 아우구스티누스에 이르기까지 서구의 자기서사 양식의 역사를 다루고 있다(佐伯彰一, 『自傳の世紀』, 東京 : 講談社, 1985).
3 서구적인 근대적 자서전을 의미할 경우, 일본에서는 '자전', 중국에서는 '자전' 혹은 '자서전', 한국에서는 '자서전'이라는 용어가 자주 사용되었다. 그런데 중국과 한국에서는 중세에 이미 '자전'이라는 용어가 있었다. '자전'은 한문학의 한 장르였던바, 전통적인 이 '자전'과 구분하기 위해 서구의 근대적 'autobiography'에 '자서전'이라는 역어를 부여한 것인지도 모르겠다. 한편 일본에서는 다양한 자기서사의 작품이 중세에 이미 다수 존재했으나 '자전'이라는 용어는 근대에 이르러서부터 사용되었다고 한다(Edward Seidensticker, 「自傳の特質とその範圍」, 佐伯彰一 編, 『自傳文學の世界』, 東京 : 朝日出版社, 1983, 29면 참조). 중국의 근대 소설가 욱달부(郁達夫, 1896~1945)는 아나톨 프랑스의 말을 빌어 "문학작품은 모두 작가의 자서전이다"라고 말한 바 있다. 동아시아 문학에서는 이처럼 20세기 전반에 '자서전'이라는 용어가 일반화되었다.
4 『말약자전』은 모두 4부작으로 이루어져 있다. 제1부인 『我的童年』은 1929년에 처음 출판되었다.
5 호적(胡適)의 자서전보다 앞서 양계초(梁啓超)의 『三十自述』(1902)이 있긴 하지만, 단편에 불과하며 전통적 형식에 가깝다. 川合康三, 『中國の自傳文學』, 創文社, 1996.

수필 등 다양한 형식의 자기서사가 존재한다. 그러한 글쓰기가 모두 전형적인 자서전이 갖는 특징들을 갖는 것은 아니다. 뿐만 아니라 서구적인 자서전 형식이 수입되기 이전부터 동아시아 문학에는 다양한 자기서사의 글쓰기가 존재했다. 그러므로 서구의 'autobiography'의 역어로서의 '자서전'이라는 용어는 다양한 자기서사의 글쓰기를 포괄하는 명칭으로는 부적절하다. 그리고 '자서전적 진술', '자전적 서술', '자전적 서사' 등 '자서전'에서 파생된 용어들도 서구적 자서전과 관련한 기존의 통념들을 연상시키는 경향이 있으므로, 보다 포괄적이고 간결한 용어인 '자기서사'를 이 글의 기본 용어로 정한다.

2. 전통시대 남성의 자기서사

1) 중세 동아시아의 자기서사

동아시아 문학사에서 최초의 자기서사는 사마천司馬遷의 「태사공자서太史公自序」이다. 이 글은 『사기열전史記列傳』의 마지막 편으로서, 『사기』라는 저술에 붙인 작자의 자서自序로서의 성격과 사마천 자신 및 아버지 사마담 부자父子의 전기傳記로서의 성격을 아울러 가지고 있다. 반고班固도 「태사공자서」의 문학적 관습을 계승하여 『한서열전漢書列傳』에 「서전敍傳」을 덧붙인 바 있다. 「태사공자서」와 「서전」은 한문학 장르 중에서 자기서사의 대표적인 형식이라고 할 수 있는 '자서'⁶ 및 '자전自傳'의 원류라고 할 수 있다. 사마천과 반고의 글은 독립된 자기서사의 글쓰기라기보다는 역사서의 한 부분으로서의 성격이 다분히 존재한다.

독립된 자기서사의 작품으로는 도연명陶淵明(365~427)의 「오류선생전五柳先生傳」이 최초의 것이다.⁷ 이후 왕적王績(590~644)의 「오두선생전五斗先生傳」, 백거이白居易(772~846)의 「취음선생전醉吟先生傳」, 육구몽陸龜蒙(?~881?)의 「보리선생전甫里先生傳」, 구양수歐陽修(1007~1072)의 「육일거사전六一居士傳」 등이 이어졌다. 이들 작품은 한문학의 장르 분류에 따르면 '전傳' 장르에 해당되며, 자기 자신을 입전立傳 대상으로 삼았다는 점에서 '자전'이라고 할 수 있다. 그러나 정작 '자전'이라는 용어는 중당中唐 시대에 등장하였고 문학용어로서 정착되었다.⁸ '자전'은 이 시기에 이르러 동아시아 한문학에 있어 자기서사의 대표적 형식으로 확립되었다.

자기서사의 또 다른 형식인 '자서'는 사마천의 「태사공자서」에서 유래하며, 독립된 작품으로서는 사마상여司馬相如의 「자서」가 최초의 것이라고 알려져 있다. 이외에도 한문학의 한 장르인 제문이나 묘지명을 이용해 자기서사를 시도한 경우도 더러 있었다. 도연명의 「자제문自祭文」, 왕적의 「자찬묘지

---

6 '自敍' 혹은 '自序'라 표기되었다. 『文體明辨』의 '序' 항목에서는 "按『爾雅』云：'序, 緖也.' 字亦作'叙', 言其善敍事理, 次第有序, 若絲之緖也"(『文章辨體序說・文體明辨序說』, 台北：長安出版社, 1978)라고 한바, 문체적으로 '序'와 '敍'는 동일한 것임을 알 수 있다.

7 전통적인 한문학의 장르분류법에 따르면 이 작품은 전(傳) 장르에 해당되며, 전 중에서도 탁전(托傳)에 속한다. '탁전'에는 작자 자신이 입전의 대상이 된 자전적 탁전과 다른 인물의 행적에 가탁하여 우의(寓意)를 담은 탁전의 두 가지 종류가 있었다. 모든 탁전이 자전, 즉 자기서사는 아니었던 것이다(박혜숙, 「고려후기 '전'의 전개와 사대부의식」, 『관악어문연구』 11, 1986, 143면 참조). 도연명의 「오류선생전」이 자전적 탁전의 대표적 작품이라면, 유종원의 「종수곽탁타전(種樹郭橐駝傳)」은 우의적(寓意的) 탁전의 대표적 작품이다. 그러나 이 글에서는 논의의 간결성을 위해 '자전적 탁전'이라는 용어 대신 '자전'이라는 용어를 사용하기로 한다.

8 川合康三, 앞의 책, 10면.

명自撰墓誌銘」, 백거이의 「취음선생묘지명」, 두목杜牧(803~852)의 「자찬묘지명」 등이 대표적인 것이다.[9]

이처럼 중세 동아시아 한문학의 자기서사 장르로는 '자전', '자서', '자찬묘지명' 등이 대표적인 것이었고, 중세의 중국이나 한국 한문학의 자기서사는 대개 이들 장르를 통해 이루어졌다.

그러나 일본문학의 경우는 자국어를 표기하는 수단으로서 '가나かな'가 일찍부터 발달해 있었던 데다가, 한문학이 자국문학의 주류를 이루지는 않았다는 역사적 특수성으로 말미암아 자기서사의 글쓰기는 주로 '가나'를 이용한 자유로운 형식의 글쓰기를 통해 이루어졌다. 헤이안平安조에 이미 『가게로닛키蜻蛉日記』, 『시키부닛키紫式部日記』를 비롯한 여성들의 자기서사가 '일기' 형식으로 다수 산출되었으며, 에도江戶시대에는 『折たく柴の記』, 『宇下人言』, 『配所殘筆』 등 사무라이 남성들의 자기서사가 다수 산출되었다. 특히 10~11세기 헤이안조 일본 여성의 자기서사는 동아시아 문학 뿐 아니라 세계문학사에서도 이른 시기에 창작된 자기서사라는 점에서 특기할 만하다.

이상의 개괄에서 알 수 있듯이 중세 동아시아 문학에 있어 자기서사의 글쓰기는 이미 양적으로나 질적으로 높은 수준에 도달해 있었다.

2) 전통시대 한국남성의 자기서사

한국의 경우, 남성의 자기서사는 고려 중기 이후 조선시대의 전 시기에 걸

---

9   이상 중국의 자기서사에 대해서는 위의 책 참조.

쳐 꾸준히 창작되었다. 고려와 조선의 문학의 주류는 한문학이었기에 남성의 자기서사 역시 한문학의 장르인 '자전', '자서', '자찬묘지명' 등을 통해 주로 창작되었다.

자전의 경우, 고려시대 이규보李奎報(1168~1241)의 「백운거사전白雲居士傳」, 최해崔瀣(1287~1340)의 「예산은자전倪山隱者傳」, 조선 전기 성간成侃(1427~1456)의 「용부전慵夫傳」이 산출되었고, 조선 후기에는 '자전'이라는 용어가 정착되었을 뿐 아니라 권창익權昌益(1562~1645)의 「호양자자전湖陽子自傳」, 조임도趙任道(1585~1664)의 「자전」, 유한준兪漢雋(1732~1811)의 「자전」, 김창희金昌熙(1844~1890)의 「계원퇴사자전溪圓退士自傳」 등[10] 다수의 자전이 창작되었다.

한편 '자서'도 상당수 창작되었던바, 이식李植(1584~1647)의 「택구거사자서澤癯居士自敍」, 허목許穆(1595~1682)의 「자서自序」, 홍양호洪良浩(1724~1802)의 「태사씨자서太史氏自序」가 대표적이며, 자찬묘지명으로는 정약용의 「자찬묘지명自撰墓誌銘」이 대표적이다.

한편 일기나 잡록, 가사 같은 장르를 통해 자기서사가 이루어지기도 했다. 하지만 역사적 사건에 대한 견문의 기록 내지는 여행이나 유배체험의 단순한 기록으로서의 성격과 자기서사로서의 성격이 혼합되어 있거나, 혹은 자기서사로서의 성격은 미약한 경우가 많았다. 자기 인생을 하나의 전체로서 성찰하고 그 의미를 추구하려는 의도로 쓴 남성의 자기서사는 그리 많지 않다. 유한준의 일기 『흠영欽英』의 일정 부분, 최제우의 가사 「용담가」가 대표적인 것이라 할 수 있다.

전반적으로 볼 때 전통시대 한국남성의 자기서사는 고려 중기 이후 조선

---

10 조선시대 자전에 어떤 작품이 있었는지에 관해서는 서울대학교 대학원 국어국문학과 대학원생인 고은 군이 도움을 주었다.

시대 전 시기에 걸쳐 꾸준히 산출되었으며 주로 한문 장르인 '자전', '자서', '자찬묘지명'을 통해 이루어졌다.[11]

자전의 문학적 관습은 자기 자신에 관해 서술하되 마치 자신이 아닌 제3의 인물에 대해 언급하듯 객관적으로 서술하는 방식을 취하는 특징이 있었다. 자전의 작자는 스스로를 '나'라고 지칭하지 않고 제3자처럼 서술하곤 한다. 또한 자전은 인생의 중요한 사건이나 경험을 계기적으로 서술하는 측면은 미약하다는 특징이 있는 반면, 자신의 생에 대한 태도나 인간적 특질을 묘사하는 데 치중하는 경향이 있다. 이러한 자전의 특질 이면에는 자신을 일반인과 구별되는 독특한 개인으로 간주하고 그에 대해 해명하거나 혹은 의미를 부여한다는 자전 특유의 작가의식이 내재되어 있다.

한편, '자서'와 '자찬묘지명'은 자신의 가계家系를 상세히 서술한 다음, 관직생활이나 학문과 관련된 자신의 공적인 생애를 매우 사실적이고도 구체적으로 기록하는 특징이 있다. 자서와 자찬묘지명의 작자는 자신을 특정 가문의 일원으로서, 그리고 공적인 사회의 구성원으로서 파악하고 그에 입각하여 자신의 생애를 기록으로 남기고 역사화하려는 의식을 가지고 있다.

이처럼 전통시대 한국남성의 자기서사가 개인의 독특한 정체성을 문제 삼거나 혹은 공적이고도 사회적인 정체성을 중시한다는 점은 전통시대 한국여성의 자기서사와는 뚜렷이 구별되는 특징적인 면모라고 할 수 있다.

---

11 자전, 자서, 자찬묘지명 등 정통한문학 장르 외에 한문일기나 잡록 혹은 한글로 기록된 남성의 자기서사에 어떤 작품들이 있는지에 관한 자세한 연구는 워낙 방대한 자료조사를 요하는 것이기에 추후의 과제로 남겨둔다.

3. 여성의 자기서사적 글쓰기의 상황

　조선의 여성은 남녀유별男女有別의 유교적 성별이데올로기에 의해 철저히 가족 내적 존재로 규정되었으며, 가족이나 친족공동체 밖에서 이루어지는 사회적 활동은 궁녀, 기녀, 의녀, 무녀 등 특수계층 여성들에게만 제한적으로 허용되었다.[12] 여성에 대한 문자교육도 극히 제한적이고 사적인 범위에서만 이루어졌으며, 여성의 글 읽기와 쓰기는 권장되지 않았다. 조선여성의 학교교육은 융희 2년(1908)의 '고등여학교령' 이후 비로소 가능하게 된 일이었다.[13]

　조선 전기의 서거정徐居正이 "부인으로서 글을 아는 자는 매우 적다. 세상에서는 부인이 글을 알면 팔자가 사납다고 말한다"[14]고 기록한 것이나, 조선 후기의 성호星湖 이익李瀷이 "책을 읽고 의미를 궁구하는 것은 사내대장부의 일이다. 부인들에게는 아침저녁 식사를 마련하고 날씨에 맞춰 의복을 준비하며 제사 지내고 손님 접대하는 일이 있으니, 어느 겨를에 책을 읽고 시를 읊조리겠는가?"[15]라고 한 데서 알 수 있듯이 여성의 글 읽기는 전혀 장려되지 않은 것이 조선시대의 보편적 상황이었다. 조선시대의 '말/글' 관계에서 글은 기본적으로 남성 성별화된 매체였다.

　그러나 여성으로 하여금 남성의 보조자 역할을 충실히 수행하도록 하기 위해서라도 최소한의 교육은 필요하였다. 그리하여 초보적인 유교적 교양교

12　조선 후기에 이르면 점차 여성들의 경제활동 참여가 확산되었다. 그렇지만 여성의 경제활동은 공식적·사회적 인정을 받은 것은 아니었다.

13　이능화, 김상억 역, 『조선여속고』, 동문선, 1990, 532면.

14　"婦人解文者, 甚少, 若解文, 則俗謂命薄"(『東人詩話』 下).

15　"讀書講義, 是丈夫事, 婦人有朝夕寒暑之供, 鬼神賓客之奉, 奚暇對卷諷誦哉"(『星湖僿說』).

육을 위한 글 읽기의 필요성은 부분적으로 인정하였다. 그러나 여성의 글쓰기는 금기시하는 것이 공식적인 입장이었다. 이덕무李德懋는 "부인은 경서와 사서, 『논어』, 『시경』, 『소학』, 그리고 『여사서女四書』를 대강 읽어 그 뜻을 통하고, 여러 집안의 성씨, 조상의 계보, 역대의 나라 이름, 성현의 이름자 등을 알아둘 뿐이요, 함부로 시사詩詞를 지어 외간에 퍼뜨려서는 안 된다"[16] 고 하였다.

그리고 『내훈』에서는 여자도 『논어』와 『효경』, '여계女戒' 등을 배워 그 대의를 대략 깨쳐야하지만, 여자에게 시 짓기를 가르치는 것은 잘못된 일이라고 했으며,[17] 아울러 중국의 후부인侯夫人이 "글을 좋아했으나 문장을 짓지는 않았고, 부녀자들의 문장이나 편지가 사람들에게 전해지는 것을 몹시 옳지 않은 일로 여겼다"며 여성의 글쓰기를 부정적으로 본 후부인의 태도를 칭송하였다.[18]

『규중요람閨中要覽』에서는 "여자는 역대 국호國號와 선대 조상의 명자名字를 알면 족하지 문필의 공교함과 시사詩詞를 아는 것은 창기娼妓의 본색이지 사대부 집안의 취할 바가 아니다"라고 했다.[19] 홍석주洪奭周(1774~1842)는 자신의 어머니가 글을 잘했음에도 불구하고 종이에다 글씨 쓰는 일은 "부인의 일이 아니라"며 절대로 하지 않았다고 했으며, 이현일李玄逸(1627~1704)은 자신의 어머니가 시를 잘 지었지만 "시 짓고 글 쓰는 것은 모두가 여자의 일로 마땅하지 않다고 생각하여 마침내 끊어버리고 하지 않으셨다"고 기록하기도 했다.[20]

---

16 "婦人, 當畧讀 書、史、論語、毛詩、小學書、女四書, 通其義, 識百家姓, 先世譜系, 歷代國號, 聖賢名字而已, 不可浪作詩詞, 傳播外間"(이덕무, 『사소절』 제7 부의).
17 『내훈』「모의장」.
18 『내훈』「언행장」.
19 『규중요람』은 퇴계의 저술이라고 전해지나, 실제 작자는 누구였는지 분명치 않다고 한다. 이혜순 외, 『한국고전여성작가연구』, 태학사, 1999, 302면에서 재인용.

이상의 언급들을 통해 여성의 글 읽기는 부분적으로 인정될 수도 있었지만 여성의 글쓰기만큼은 부정적으로 인식되었다는 사실을 분명히 알 수 있다.[21] 조선시대의 '읽기/쓰기' 관계에 있어 '쓰기'는 그야말로 남성 성별화된 행동방식이었고, 여성은 '읽는 사람'이 혹 될 수는 있을지언정 '쓰는 사람'이 되어서는 곤란하였다. 글과 의미의 생산자는 남성이고, 여성은 원한다면 그 소비자가 될 수 있을 뿐이라고 간주되었던 것이다.

　이러한 사회분위기 속에서 여성이 글을 쓴다는 것은 여성답지 않은 행동으로 간주되었고, 그런 점에서 여성의 글쓰기는 종종의 사회적·심리적 장애물 넘기를 수반하는 행위였다.

　여성의 글쓰기 중에서도 한문 글쓰기는 더욱 어려웠다. 한문 학습을 위해서는 오랜 시간이 소요되는바, 여성에게 그런 기회가 주어지는 것은 극히 예외적이었다. 한문 글쓰기는 주류적인 글쓰기이자 남성의 글쓰기로서, 나름의 확고한 문학적 관습이 확립되어 있었기에, 한문으로 글을 쓰는 것은 남성적 언어의 관습과 역사에 통달함을 의미하였다. 양반여성이나 기생여성 중에서 더러 한문으로 글쓰기를 한 경우가 있었으나, 비교적 손쉬운 단형短型의 한시漢詩 창작에 집중되었다.[22] 여성이 한문으로 자기의 생각과 체험을 자유

20　박석무 편역, 『나의 어머니, 조선의 어머니』, 현대실학사, 1998 참조. 홍석주의 어머니는 영수합(令壽閤) 서씨인데 문집으로 『영수합고』가 있다. 이현일의 어머니는 이문열의 소설 『선택』으로 더욱 유명해진 정부인(貞夫人) 장씨(張氏)이다.

21　조선시대 남성들의 여성글쓰기에 관한 생각에는 이율배반적인 측면이 존재한다. 공식적으로는 여성의 글쓰기를 부정하면서도 자기 가문 여성의 글쓰기에 대해서는 부분적으로 인정하는 태도를 보여주는 경우가 많았다. 그 경우에도 대개는 해당 여성들이 글재주가 뛰어났음에도 불구하고 결코 그를 드러내거나 자랑하지 않았으며, 그들의 뛰어난 부덕에 비하면 글 솜씨는 지엽적인 것에 불과했다는 단서를 붙이곤 했다. 때로 자기 가문 여성의 글을 묶어 문집으로 만드는 경우도 있었지만, 이것은 어디까지나 자기가문의 높은 교양수준을 드러내는 것이 주목적이었다고 생각된다. 조선남성의 여성글쓰기에 관한 공식적 입장과 비공식적 태도의 모순적 측면에 관해서는 별도의 자세한 논의가 필요하기에 여기서는 자세히 다루지 않는다.

로이 서술하는 일은 좀처럼 쉽지 않았다. 조선의 여성이 남성 자기서사의 주요 장르였던 자전, 자서, 자찬묘지명 등을 통해 자기서사를 남긴 경우는 알려져 있지 않다. 한문학 장르는 전통과 규범이 워낙 견고할 뿐 아니라 남성문화로서 확고히 정착되어 있었기 때문에 조선여성의 자기서사에는 적절치 않았던 것이다.

여성들은 "암글"이라 멸시되었던 한글을 수단으로 하여 자기표현의 영역을 확대시켜 나갔다. 남성들이 한글을 "암글"이라 호명한 사실에는 한문이야말로 당당한 "수글"로 간주되었다는 사실이 함축되어 있다. 한글의 창제와 보급은 조선여성의 글 읽기와 글쓰기에 획기적인 전기를 마련한 사건이었다. 성종조 이래 여성 이데올로기 교육을 위한 각종 언해본 교화서가 지속적으로 편찬 보급되었으니, 『삼강행실』과 『열녀전』, 『내훈』, 『여사서』 등이 그 것이다.[23] 이들 교화서를 통해 여성사회에 보급된 한글은 조선 후기에 이르러 여성 글쓰기의 주요한 수단으로 일반화되었다. 전통시대에 한문이 상당 정도 남성 성별화된 매체였다면, 한글은 상당 정도 여성 성별화된 매체였다고 해도 과언은 아닐 것이다.

여성들은 유교적 교화서 읽기를 통해 익힌 한글로 점차 편지, 제문, 일기를 비롯한 일상의 글쓰기를 하게 되었다. 이덕무는 여성이 한글소설을 읽거나 한글로 번역된 가곡을 익히는 것을 극력 반대하였다. 하지만 "비록 부인이라도 또한 훈민정음의 상생상변相生相變하는 이치를 밝게 알아야 한다. 이것을 알지 못하면, 말하고 편지하는 것이 촌스럽고 비루하여 격식을 갖출 수

---

22 허미자 편, 『조선조 여류시문전집』 전4권, 태학사, 1989에 조선시대 여성들의 한시문(漢詩文)이 망라되어 있다.
23 이능화, 앞의 책, 524~530면.

없다"[24]고 하거나 "언문편지를 쓸 때는, 말은 반드시 분명하고 간략하게 하고, 글자는 반드시 또박또박 써야한다"[25]고 하여 여성들의 한글편지만큼은 그 실제적 필요성을 인정하였다.[26] 편지와 같은 실용문을 통해 한글 글쓰기를 일상화한 여성들은 점차 가사나 소설을 창작하기에 이르렀으며, 편지나 가사를 자기서사의 글쓰기로 전용轉用하기에 이르렀다.

조선의 여성들은 특정 장르에 구애되지 않고 일상의 구어 ― 즉 말하기 ― 에 바탕하여 자기서사의 글쓰기를 하였다. 특히 규방가사는 자기서사의 글쓰기에 있어서도 중요한 역할을 담당하였던바, 수많은 평범한 여성들이 규방가사를 통해 자신의 인생을 서술하고 성찰하였다. 하지만 이것도 어디까지나 왕실여성, 양반여성, 기생에 국한된 활동이었다. 대다수의 평민여성들은 한글을 읽고 쓰지 못한 상태로 남아있었다.

이처럼 조선 후기에 이르러 여성의 한글 글쓰기는 확산되는 추세였다. 하지만 글은 그것이 자족적自足的인 글쓰기인가 소통을 위한 글쓰기인가, 사적私的인 독자를 상대로 쓰는가 공적인 독자를 상대로 쓰는가에 따라 성격과 의미가 판이해지게 된다. '글의 유통 상황'이 텍스트의 의미형성에 직접 관여하게 마련이다.

조선시대 여성의 글씨나 글이 가족 범위 밖의 공적인 세계, 이른바 '외간外間'에 전해지는 것은 매우 부정적으로 인식되었다. 허난설헌이 자신이 쓴 글을 모두 태워버리라고 유언을 했다는 기록[27]이라든가, 혹은 혜경궁 홍씨가

---

24 "訓民正音, (…中略…) 雖婦人, 亦當明曉其相生相變之妙, 不知此, 辭令書尺, 野陋疎舛, 無以爲式"(이덕무, 앞의 글).
25 "凡作諺書, 語必明約, 字必疎整"(위의 글).
26 위의 글.
27 『난설재문집』, 『한국역대문집총서』 2357, 경인문화사, 1997에 붙인 허균의 발문.

궁중에 들어온 후 친정과의 편지 왕래가 빈번했으나, 친정아버지의 명에 따라 편지를 모두 물로 씻어 버려 남아있지 않게 되었다고 한 기록,[28] 그리고 앞서 이덕무의 언급이나 『내훈』의 후부인에 대한 언급에서도 이러한 인식을 엿볼 수 있다. 여성이 쓴 글은 대개 가족이나 친족 내에서 유통되었으며, 기껏해야 공동체나 지역범위의 여성들 사이에서 유통되었다. 더구나 여성 자신이나 가족의 실제 사실과 직접 관련된 기록은 가족 공간 밖으로의 유통이 금기시되었다.

가장 널리 유통되었으리라 추측되는 것은 규방가사 형식의 자기서사이다. 규방가사는 주로 여성들의 혼인을 통해 한 가문에서 다른 가문으로 전이되었지만, 대개는 지역 공동체의 범위를 넘지 않는 한도에서 유통되었다. 이처럼 여성의 자기서사는 창작되기도 쉽지 않은 상황이었으며, 창작되었다 해도 제한적으로만 유통되었다. 요컨대 조선시대 여성 자기서사의 텍스트는 자족적인 글쓰기이거나 혹은 사적인 소통을 위한 글쓰기였다고 할 수 있다.

조선시대 여성의 자기서사의 작자-독자 관계도 남성적 상황이나 근대적 상황과는 사뭇 달랐다. 남성의 자기서사는 작자의 문집에 수록되어 유통되거나 정식으로 출간되기도 했다. 반면 여성들의 자기서사는 모두 필사본으로 되어있으며, 유통범위도 상대적으로 협소하였다. 전통시대 남성의 자기서사는 공식적인 문집을 매개로 유통되었기에 그 독자의 성별 및 계층에 있어 다소 제한성은 있었으나 상당 정도 공적인 작자-독자 관계가 전제된 것이었다. 또한 근대의 자기서사는 근대적 출판관행을 배경으로 한 것이기에

---

28 책의 제목 표기는 편의상 현대표기인 '한중록'으로 한다. 『한중록』에는 여러 판본이 있으나 일사본에 의거한다. 뒤에 언급하는 1, 2, 3, 4편의 구분도 일사본에 따른다. 일사본은 이병기·김동욱 교주, 『한중록』, 민중서관, 1961으로 출판되어 있다. 위 기록은 『한중록』, 2면.

성별과 계층의 제한 없이 무한히 개방된 작자-독자 관계가 전제된 것이었다. 반면 전통시대의 여성이 익명의 다중多衆을 상대로 글을 쓰는 것은 거의 불가능하였고, 독자는 실제 작자가 구체적으로 어떤 인물인지를 알려면 알 수도 있는 범위 내에 있는 것이 일반적이었다. 요컨대 전통시대 여성 자기서사의 일반적인 작자-독자 관계는 성별, 계층, 지역에 있어 제한적이고 비非개방적인 것이었으며, 그런 만큼 공적 성격이 미약하였다.

조선 후기 여성작자가 상정한 자기서사의 독자는 대체로 자기 자신, 가족, 여성일반으로 나뉜다.[29] 독자가 자신인 경우는 글쓰기 자체에만 의미를 두었을 뿐, 아예 그 어떤 독자도 상정하지 않은 자족적 글쓰기라고 할 수 있다. 독자가 가족인 경우는 자식·형제·시집 식구·후손 등에게 자신의 과거사나 생각 등을 알리기 위해 쓴 것으로 사적인 소통을 목적으로 한 글쓰기라고 할 수 있다.

독자를 여성 일반으로 상정한 경우도 다수 있다. 탄식가류 규방가사[30] 중

---

29 물론 자기서사의 과정에서 작자가 의식하는 독자는 변화할 수도 있었고, 작자가 의도한 독자와 실제 독자가 달라질 수도 있었다.

30 규방가사는 그 내용에 따라 몇 개의 유형으로 나눌 수 있다(대표적인 규방가사 자료수집가이자 연구자인 권영철은 규방가사를 그 내용에 따라 21개로 나눈 바 있다. 권영철, 『규방가사연구』, 이우출판사, 1980). 계녀가류, 탄식가류, 화전가류 이 세 유형이 규방가사의 주요 유형이라고 할 수 있다. 이 중에서 자기서사와 가장 관련 깊은 유형은 탄식가류 규방가사이다. 계녀가류나 화전가류 중에서도 자기서사의 텍스트가 혹 있을 수 있지만 극히 예외적이다. 기행가류 규방가사는 여성작자의 여행체험이 서술되어 있지만, 그것은 작자의 인생에 관한 성찰과는 다분히 분리된 외면적 경험의 서술에 머무는 경우가 많아 자기서사로 보기 어렵다. 탄식가류는 규방가사 중에서도 가장 많이 창작되어 단독으로 자료집이 출판되어 있을 정도이며, 현재 알려진 자료만 백 수십 편에 이른다. 지금까지 출판된 탄식가류 규방가사의 주요 자료집과 작품수를 들면 다음과 같다. 권영철 편, 『규방가사―신변탄식류』, 효성여대 출판부, 1985, 88편; 권영철 편, 「2. 신변탄식류」, 『규방가사』 I, 한국정신문화연구원, 1979, 11편; 영천시 편, 「1. 자조탄식」, 『규방가사집』, 1988, 30편; 임기중 편, 『역대가사문학전집』 1~51, 아세아문화사, 1987~1998, 약 60여 편.

에는 흔히 "어화 세상 사람들아", "어와 우리 부녀들아", "어와 우리 동유들아" 같은 말을 문면에 내세운 글들이 있다. 이는 작자가 불특정의 독자를 대상으로 글을 쓴 경우라고 할 수 있다. 그렇지만 실제에 있어서는 그 불특정의 독자도 대개는 지역공동체 내의 여성들이거나 혹은 친족공동체 내의 여성들인 경우가 많았다고 생각된다. 작자-독자 관계의 이러한 특수성으로 인해 조선 후기 여성의 자기서사 텍스트는 자족적이거나 사적인 성격이 강하였고 사실성이 중시될 수밖에 없었다.

4. 자기서사의 동기

모든 여성들이 다 자기서사의 필요성을 느끼거나 자기서사의 글을 남기는 것은 아니다. 그러므로 여성의 자기서사 속에 재현된 삶이 평균적이거나 일반적인 여성의 삶과 일치하지 않을 수도 있다. 어떤 여성들이 자기서사를 하는가? 왜, 그리고 누구를 향해 자기서사를 하는가?

자기서사의 동기는 여성의 존재상황이나 작자-독자 관계에 따라 다를 수 있다. 그리고 여성의 다양한 자기모색과 글쓰기가 장려되는 사회인가, 억압되는 사회인가에 따라서도 달라질 수 있다.[31]

우선 전통시대에 어떤 여성들이 자기서사를 했는지 보기로 하자. 전통시

---

31 예컨대 1990년대에 사회적으로 성공한 여성의 자기서사가 폭넓은 대중적 인기를 끌게 된 것은 전대에는 가능하지 않았던 사회적 현상이다.

대 여성의 자기서사 중에서 작자가 스스로의 삶을 성공적인 것으로 인식한 경우는 매우 드물다. 「복선화음가」,[32] 「기생명선자술가」,[33] 「생조감구가生朝感舊歌」[34]의 작자만이 자기 삶에 대한 강한 긍정과 자부심을 표현하고 있다. 전통시대 자기서사의 작가 대부분은 자신의 삶을 불행하거나 고통스럽거나 실패한 것으로 인식하곤 한다.

여성 작자가 인생의 성패 여부를 어떻게 인식하는가는 당대의 지배적인 여성담론이 여성의 바람직한 삶을 어떻게 규정하고 있는가와도 깊은 연관이 있다. 성공적인 삶을 산 것으로 인정된 여성의 인생은 그 자신에 의해 기록 되기보다는 남성들에 의해 기록된 경우가 대부분이었다. 조선 후기에 이르

---

32 「복선화음가」에는 많은 이본이 있다. 이본이 많다는 사실은 유통과 전사(傳寫)의 과정에서 다수에 의한 개작(改作)이 행해졌음을 의미한다. 따라서 「복선화음가」는 여러 사람의 경험이 누적된 텍스트일 가능성이 높다. 그리고 이본에 따라서는 다소간의 허구성이 개입된 경우도 있다고 생각된다. 따라서 자기서사의 '사실성'이라는 관점에서 다소 논란의 여지가 있는 부분들도 있다. 하지만 이 작품이 규방가사로서 유통되었다는 점, 여성 1인칭 화자의 서술이라는 점, 여성의 일생을 회고하는 글이라는 점 등을 고려할 때, 기본적으로는 여성의 자기서사로 보아 타당하다고 본다. 「복선화음가」는 어느 이본을 대상으로 하는가에 따라 논의가 다소 달라질 가능성도 배제하기 어렵다. 「복선화음가」의 이본은 크게 '계녀형'과 '전기형'으로 나뉘는바, 이 글은 여성의 자기서사에 관심을 갖고 있기에 '전기형'의 대표적 이본인 권영철 편, 『규방가사』 I 에 수록된 텍스트를 대상으로 한다. 「복선화음가」에 대한 선행연구는 다음과 같은 것들이 있다. 이선애, 「복선화음가연구」, 『여성문학연구』 11, 효성여대 여성문제연구소, 1982; 서영숙, 「복선화음가류 가사의 서술구조와 의미」, 『한국여성가사연구』, 국학자료원, 1996; 장정수, 「복선화음가 연구」, 『19세기 시가문학의 탐구』, 집문당, 1995, 289면.
33 이 작품은 정병설이 발굴 소개한 『소수록』(국립도서관 소장본)에 수록되어 있다. 원래는 서두에 "츤 희영 명긔 명션이라"고 기록되었을 뿐 정식 제목이 없는데, 정병설이 「기생명선자술가」라 명명하였다. 정병설, 「해주기생 명선의 인생독백」, 『문헌과 해석』, 2001 여름호 참조.
34 「생조감구가」의 한문표기는 '生朝感舊歌'로 추정되는바, '생일날 아침 옛일을 회고하는 노래'라는 뜻이다. 이 가사의 작자는 안동지역의 유림가문에서 태어나 경주 양좌촌 회재(晦齋) 선생의 후손에게 시집간 사람이다. 「생조감구가」는 「내방가사자료」, 『한국문화연구원논총』 15, 이화여대, 1970 및 임기중 편, 『역대가사문학전집』, 아세아문화사, 1987~1998, 제13권에 수록되어 있다. 두 텍스트는 필체도 다르고 세부표현에도 출입이 있으나 내용은 대동소이하다. 이작품에 대한 선행연구로는 이상택, 「개화기 서사가사 시고」, 『진단학보』 39, 진단학회, 1975가 있다.

러 사대부 남성에 의한 여성서사女性敍事가 엄청나게 양산되었다. 여성서사는 대개 정통적인 한문학 장르인 행장行狀, 묘지墓誌, 묘갈墓碣이나 실기實記, 유사遺事의 형식으로 씌어졌으며 그것은 당당히 남성작자의 문집에 수록되었다.[35]

기록된 여성은 대개 남성작자의 할머니나 어머니 혹은 가까운 친족이나 지인의 어머니, 아내 등인 경우가 많았다. 남성작자와 동일한 가문에 속하거나 그 직계존속인 경우가 많았다. 여성들은 모두 고인이었고, 그들은 생전에 유교적 부덕에 충실했으며, 어머니·아내·며느리로서 지극히 헌신적인 삶을 살았던 것으로 서술되어 있다. 그들은 모두 유교적 여성규범에 비추어 볼 때 성공적인 삶을 산 여성들이었다. 남성들은 이들 여성의 생애를 기록함으로써 그 가문의 명예를 높이고, 나아가서는 유교적 여성이데올로기를 강화하려는 동기를 지니고 있었다. 지배담론의 관점에서 평가할 때 성공한 여성들이, 살아있는 동안 스스로의 삶을 글로 쓰는 경우는 매우 드물었다. 여성 글쓰기가 부정적으로 인식되었던 시대상황을 고려하면 이는 당연한 일인지도 모른다. 그들은 죽은 후에야 남성들에 의해서 그 삶이 문자화되었고 칭송되었다.

조선시대에는 결코 성공적인 삶을 살았다고 인정받기 어려운 여성들이 자기서사의 글을 남긴 경우가 대부분이었다. 작자 스스로도 자신의 삶을 불행한 것으로 인식한 경우가 많았다. 인목대비는 서궁西宮에 유폐되어 자신의 생애를 술회했다. 혜경궁 홍씨는 시아버지에 의해 남편이 죽임을 당하는 현실

---

35 이러한 텍스트 중 대표적인 것들이 박석무 편역, 『나의 어머니, 조선의 어머니』, 현대실학사, 1998에 수록되어 있어 참조된다. 조선 후기 남성에 의한 여성서사의 텍스트는 아주 방대하다. 이 자료들을 정리하고 그 구체적 양상과 의미를 검토하는 일은 별도의 과제로 돌린다.

을 감당해야 했다. 『즈긔록』과 「규한록」의 작자들은 자식도 없이 각각 20세와 17세에 남편을 잃고 청상과부로서의 삶을 살았다.[36] 탄식가류 규방가사의 작자들은 결혼 자체를 부정적으로 인식하거나 혹은 시집살이, 남편과의 생이별, 남편의 죽음, 가난 등으로 인한 고통을 토로하고 있다. 「군산월애원가」[37]의 작자는 남자로부터 버림받고 미래에 대한 희망을 잃었다.

그러면 전통시대의 여성들이 자기서사의 글을 쓴 이유나 동기는 무엇인가?

자기서사의 동기는 개개인에 따라 매우 다양할 수 있어, 몇 가지로 한정하거나 구획할 수 없는 측면이 있다. 자기서사에는 자기탐색, 자기표현, 자기현시, 자기합리화, 자기치유, 자기해명 등의 동기들이 관련되곤 한다. 특정한 동기가 두드러지는 경우도 있지만 여러 동기가 착종되기도 한다.

모든 자기서사는 기본적으로 자기탐색과 자기표현의 동기에서 비롯되는 것이라고 할 수 있다. 자기서사는 "나의 삶은 어떤 것인가?", "나는 어떤 사람인가?", "나의 존재와 삶은 어떤 가치가 있는가?"라는 물음에 대해 스스로 일정한 답을 내리려는 시도에서 쓰이는 것이다. 따라서 자신에 관한 특정한 이미지를 스스로 설정하고 그에 입각하여 자신을 재구성하고 형상화하려는 의도가 불가피하게 개입되곤 한다. 의식적이든 반半무의식적이든 간에 '남에게 말할만한 자기', 혹은 '기억하고 싶은 자기'의 이미지를 설정하고 그에 부합되는 것은 강조하거나 확대하여 기록하며, 부합되지 않는 것은 소홀히 취급하거나 생략하기도 한다. 이처럼 모든 자기서사에는 특정한 방식으로 자

---

36 『즈긔록』과 「규한록」에 대한 자세한 것은 이 책의 「여성적 정체성과 자기서사―『즈긔록』과 「규한록」의 경우」를 참조할 것.
37 「군산월애원가」의 원문은 이정진, 「'군순월이원가'고」, 『향토문화연구』 3, 원광대, 1986에 수록되어 있다. 위의 글 및 고순희, 「「군산월애원가」의 작품세계와 19세기 여성현실」, 『우리문학의 여성성·남성성』, 월인, 2001에서 이 작품의 작자를 군산월이라 추정한 바 있다.

기를 표현하려는 동기가 내재되어 있다.

그런데 자기서사의 동기는 인생의 성패 여부에 대한 작자 자신의 평가가 어떠한가에 따라 달라질 수 있다. 작자가 자신의 삶을 성공적인 것으로 평가하는 경우가 있는 반면, 불행한 것으로 평가하는 경우도 있다. 성공의 서사가 있는가 하면 불행의 서사도 있는 셈이다.[38] 작자가 자신의 삶을 성공적인 것으로 간주하는 경우, 자기서사는 자기현시 혹은 자기합리화의 동기에 지배되는 경향이 있다. 반면 자신의 삶을 불행하거나 실패한 것으로 간주하는 경우, 자기서사는 자기치유와 자기해명의 동기가 강하게 작용하곤 한다.

작자가 자신의 삶을 성공적인 것으로 평가하고 있는 「복선화음가」, 「기생명선자술가」, 「생조감구가」는 강한 자기현시나 자기합리화의 동기에 의해 씌어졌다는 점에서 공통적이다. 「복선화음가」나 「생조감구가」는 노년에 이른 작자가 자녀들을 1차 독자로 상정했다는 점, 온갖 어려움을 이겨내고 가문을 지킨 자신을 자랑스럽게 생각했다는 점 등으로 인해 자기현시와 자기합리화의 동기가 강하게 작용하게 되었다. 한편 「기생명선자술가」의 작자는 평소 소망했던 신분 상승에 성공했고 그런 자신을 드러내 자랑하려는 동기에서 자기서사를 했다. 이처럼 성공의 서사에는 자기현시와 자기합리화의 동기가 강하게 작용하는 경향이 있다.

그러나 앞서 언급한 것처럼 전통시대 자기서사의 작자들은 자신의 인생을 불행한 것으로 간주한 경우가 훨씬 더 많았다. 다수의 여성작자들은 삶에서의 불만족, 고통, 회한, 좌절, 실패를 응시하면서 글쓰기를 통해 그럴 수밖에

---

38 전통시대 남성의 자기서사에는 성공의 서사나 불행의 서사만이 아니라, 담담한 보고나 성찰의 서사가 존재하는 데 반해서, 전통시대 여성의 서사는 성공 아니면 불행으로 양분되어 나타나는 특징이 있다.

없었던 상황을 자신과 타인들을 향해 납득시킴으로써 자기 존재와 인생을 해명하고 나아가서는 자신의 내면적 상처를 스스로 치유하고자 하였다. 인목대비는 "억울한 사정은 종이가 일천 발이 넘는다 해도 다 쓰지 못하"겠지만 "하도 가슴이 답답하여" 글을 쓴다고 했으며, 「규한록」의 이씨부인은 "천지를 뚫고 깨칠 듯 쌓인 회포 장황하여" "눈에 피가 나올 듯 팔이 부어"서 기록한다고 했다. 탄식가류 규방가사[39]의 작자들은 "애닯고 원통하여 발광 가

---

39 이하 이 글에서 언급되는 작품들은 탄식가류 규방가사 중에서도 자기서사가 두드러지는 것들이다. 그리고 이 글에서의 작품인용은 적절하게 현대어로 표기하기로 한다. 탄식가류 규방가사의 작품이 양적으로 많은 까닭에 그 주된 내용에 따라 몇 가지로 유별하고 그 대표적 작품을 제시하면 다음과 같다. 물론 그 유별(類別)이 분명치 않은 경우도 있다. 탄식가류 규방가사 중 자기서사로 간주할 수 있는 작품은 이외에도 물론 있을 수 있다.

㉮ 친정에 대한 그리움을 위주로 한 자기서사 : 「정부인자탄가」(권영철 편, 『규방가사―신변탄식류』, 제14작품), 「붕우사모가」(위의 책, 제72작품), 「사친가」(위의 책, 제86작품), 「여자소회가라」(위의 책, 제6작품), 「여자유행가」(최태호 편, 『내방가사』, 형설출판사, 1980), 「사친가」(최태호 편, 위의 책).

㉯ 결혼생활의 어려움(시집살이, 가난 등)을 위주로 한 자기서사 : 「부녀가」(권영철 편, 『규방가사―신변탄식류』, 제5작품), 「창회곡」(위의 책, 제13작품), 「여자가라」(위의 책, 제15작품), 「한별곡」(위의 책, 제44작품).

㉰ 남편과의 생이별로 인한 고통을 위주로 한 자기서사 : 「단심곡」(권영철 편, 『규방가사―신변탄식류』, 제61작품), 「싀골색씨 설은 타령」(권영철 편, 『규방가사』 Ⅰ, 한국정신문화연구원, 1979), 「이별가」(권영철 편, 『규방가사―신변탄식류』, 제53작품), 「원별가」(위의 책, 제57작품).

㉱ 과부로서의 삶을 위주로 한 자기서사 : 「청상가」(권영철 편, 『규방가사―신변탄식류』, 제48작품), 「상사몽」(위의 책, 제52작품), 「여자탄식가」(위의 책, 제58작품), 「리씨회심곡」(위의 책, 제1작품), 「과부가」(위의 책, 제46작품), 「이부가」(위의 책, 제49작품).

㉲ 어머니로서의 삶을 위주로 한 자기서사 : 「청상가」(위의 책, 제48작품), 「상사몽」(위의 책, 제52작품), 「여자탄식가」(위의 책, 제58작품), 「리씨회심곡」(위의 책, 제1작품), 「과부가」(위의 책, 제46작품), 「이부가」(위의 책, 제49작품).

㉳ 기타 : 「두견문답설화라」(위의 책, 제29작품), 「간운사」(위의 책, 제84작품). 구한말 방랑의 삶을 살아 '여자 김삿갓'이라 불리기도 했다는 박내사(朴內史)의 「두견문답설화라」는 명문가에 태어나 문재도 뛰어났으나 결혼 후 친정부모, 시부모, 남편이 잇달아 세상을 떠나는 바람에 일점 혈육도 없이 방랑하는 삶을 술회한 것이다. 「간운사」는 독립운동을 위해 중국으로 망명한 남편을 따라 고국을 떠나 사는 신세와 형제에 대한 그리움을 술회한 편지체의 가사이다. 두 작품 모두 특수한 개인사를 서술하고 있음에도 불구하고 그것이 전통시대 여성의 일반적 존재조건에서 벗어난 예외적인 경우는 아니다. 박내사란 인물은 그 특이한 삶으로 인해 주목된다. 그는

사 지었"(「부녀가」)다고 하거나, "가슴 막혀 얼굴을 가리고 눈물 흘리는 뜻을 차마 다 적지 못"(「사친가」)한다거나, "심신이 둘 곳 없어 횡설수설"(「리씨회심곡」) 글을 지었다고 하거나, "흉중의 만단회포"(「여자소회가라」)를 기록한다고 도 하였다. 이처럼 자기서사의 여성작자들은 글쓰기를 통해 억눌린 슬픔과 한을 풀어냄으로써 자기를 스스로 치유하고자 한 경우가 많았다.

한편 자기서사의 동기는 누구를 향해서 말하는가에 따라서도 달라질 수 있다. 독자를 자신으로 상정한 경우, 자기서사는 고통과 한을 토로함으로써 스스로를 치유하고 찢겨진 자아를 내면적으로 복원하려는 동기가 우선적으로 작용한다. 「인목대비술회문」,[40]이나 탄식가류 규방가사의 다수 등이 이에 해당한다.

독자를 가족이나 후손으로 상정한 경우, 자기서사는 자기치유의 동기, 자기해명의 동기, 나아가서는 과거의 시비를 적극 교정하려는 동기가 작용하기도 한다. 혜경궁 홍씨는 처음에는 친정동생과 후손을 독자로 상정하고 서술하였다. 그러나 점차 손자인 순조임금을 제1독자로 상정하면서 "주상이 자손으로 그때 일을 망연히 모르는 것이 망극하고, 또한 시비를 분별치 못하실까 민망하여 마지못해 이렇게 기록한다"(『한중록』 제1편)거나 혹은 "주상이 시비를 분간하여 내 지원至冤을 풀어주실 날이 있을 줄 안다"(『한중록』 제3편) 고 하여, 단순한 해명에서 점차 과거를 적극 교정하려는 동기로 나아가고 있다. 「규한록」의 이씨부인은 시어른들께 자신의 억울함을 호소하며 적극 자

고령박씨로서 친정은 고령군 직동(直洞)이며 시집은 고령군 윤동(倫洞)의 의성 김씨 문중이었다고 한다. 방랑하다가 궁궐에 출입한 적이 있다고도 하며, 특이한 음식을 잘 만들었다고도 한다. 영남일대에서는 유명했던 인물이나 그 후손이 없어 현재로선 자세한 내력을 알기 어렵다.
40 이 글은 원래 제목이 없었으나, 『문학사상』 2호(1972)에 소개될 때, 김일근에 의해 이름이 붙여졌다.

기를 해명하였다. 『즈긔록』의 조씨부인은 첫째는 스스로의 기억을 위해서, 둘째는 후손들에게 과거사를 알리기 위해 글을 쓴다고 밝힌 바 있다.[41] 조씨부인은 자신이 비록 남편을 따라 죽지 못하고 투생의 삶을 살고 있으나 자신은 남편에게 최선을 다했다는 점, 며느리로서의 책임을 다하기 위해 살아남을 수밖에 없었다는 점을 말함으로써 스스로를 향해, 그리고 후손들을 향해 자기를 해명하고 있다. 한편, 규방가사 중에서도 자식들(「소회가」)이나 형제(「간운사」)에게 자신을 알리려는 동기에서 쓰인 글들이 있다.

독자를 여성일반으로 상정한 경우는 (탄식가류 규방가사 중 「사친가」, 「부녀가」, 「여자가」, 「상사몽」 등) 자신의 고통을 토로하고 표출할 뿐 아니라, 그를 여성일반과 공유함으로써 심리적인 유대감을 통한 집단적인 자기치유를 모색하기도 하였다.

요컨대 자기서사를 남긴 여성은 자신의 삶을 성공적인 것이라 여길 수도 있고, 고통스럽거나 실패한 것이라 여길 수도 있었다. 하지만 자신의 삶이 당대의 평균적인 여성의 삶이나 혹은 이상적인 여성적 삶과는 무엇인가 다른 면이 있다고 인식한 점에서는 공통적이었으며, 그 다른 면을 인식하거나 정당화하는 차원에서 자기서사의 글쓰기를 했다고 할 수 있다. 그리고 자기 생의 의미가 타인에 의해 규정되거나 자신이 원하지 않는 방식으로 이해될 가능성을 스스로 차단하면서, 자신의 생애를 자신이 진실이라고 생각하는 특정 관점에서 재구성하고 스스로 의미를 확정하려는 충동과 동기를 공유하고 있다고 하겠다.

---

41 "대강을 긔록ᄒ야 나의 싱젼에 두고 목젼ᄉᄀᆺ치 닛지 말며 후싱비 네 일을 알과져 잠간 긔록ᄒ나"(『즈긔록』, 6면).

5. 자기서사의 주요작품에 나타난 여성적 자아

전통시대 여성의 자기서사의 주요 작품에 나타난 여성적 자아의 존재방식이 작자의 신분과 자기 삶에 대한 평가 태도에 따라 어떻게 달랐는지 보기로 한다.

조선의 여성들은 그 삶에 있어서 신분의 규정성이 매우 강하였다. 전통시대 여성 자기서사의 작가를 그 신분에 따라 살펴보면 왕실여성, 양반여성, 기생이 있다. 평민여성이나 궁녀, 무녀 등 특수계층 여성이 자기서사를 남긴 경우는 발견되지 않는다. 조선 후기 한글의 보급에도 불구하고 평민여성의 대부분은 문자문화로부터 소외되어 있었기 때문이라고 여겨진다. 그들은 주로 구술口述에 의해 자기서사를 행했다고 생각한다.[42]

1) 왕실여성의 자기서사

왕실여성의 자기서사로는 혜경궁 홍씨(1735~1815)의 『한중록』과 인목대비(1584~1632)의 「인목대비술회문」이 대표적이다. 두 작품 모두 불행의 서사이다. 왕실여성의 자기서사에서 성공의 서사는 존재하지 않는다. 혜경궁 홍씨와 인목대비는 세자빈으로서나 왕후나 대비로서 행복하거나 온전한 삶

---

[42] 20세기에 채록된 부요(婦謠)들에서 평민여성의 자기서사의 편린들을 볼 수 있다. 한편, 평민여성의 구술 자기서사가 「덴동어미화전가」의 경우처럼 양반작가에 의해 문자로 정착된 경우도 있다.

을 살지 못했다. 대부분의 조선여성은 가족 내적 존재로 간주되었고, 왕실여성도 예외일 수는 없었다. 하지만 왕실이 가족공간인 동시에 정치공간이었던 특수한 상황으로 인해 이들의 자기서사에는 가족서사 뿐만 아니라 정치적 서사가 개입하게 된다. 이 점이 왕실여성의 자기서사의 특징적 측면 중 하나라고 할 수 있다.

『한중록』의 경우를 보자.[43] 『한중록』은 기존의 장르 개념으로는 틀 짓기 어려운 글이다. 통상 『한중록』의 제1편은 자전적 성격이 강하고, 제2편과 제3편은 친정아버지에 대한 정치적 해명으로서의 성격이 강하며, 제4편은 남편인 경모궁의 전기로서의 성격이 강하다고 이해되고 있다. 그런데 혜경궁 홍씨의 자기정체성은 삼종지도의 윤리에 의해 구성되어 있었고, 『한중록』의 전편全篇에 걸쳐 혜경궁은 자신을 홍봉한의 딸, 경모궁의 아내, 정조의 어머니로 간주하고 있다. "내 불렬不烈, 부자不慈, 불효不孝, 불우不友한 사람이 되고 말았다. (…중략…) 지금 구차하게 목숨을 붙이고 욕되게 살고 있으니 나같이 어리석고 나약한 사람이 어디 있으리오"[44]라는 혜경궁의 말에서 단적으로 드러나듯, 그녀는 자신이 아내로서, 어머니로서, 딸로서 온전한 삶을 살 수 없었던 데 대한 깊은 한을 전편에 걸쳐서 거듭 토로하고 있다. 이러한 점을 고려할 때, 『한중록』의 제1편만이 아니라 나머지 편들도 작자의 친정아버지나 남편에 관한 서사인 동시에 '자기서사'로서의 성격을 갖고 있음을 알 수 있다. 혜경궁 홍씨는 친정아버지, 남편, 아들의 삶과의 연관 속에서만 자

---

43 『한중록』에 관해서는 많은 연구가 있다. 이 글에서 참고한 것만 언급하면 다음과 같다. 김용숙, 『한중록연구』, 정음사, 1987; 소재영, 「한중록」, 김진세 편, 『한국고전소설작품론』, 집문당, 1990; 이우경, 「한중록에 나타난 四不의 자화상」, 『이화어문논집』 8, 1986; 최기숙, 「자서전, 전기, 역사의 경계와 언술의 정치학」, 『여/성이론』 1, 여성문화이론연구소, 1999.
44 『한중록』(일사본), 제6편. 여기서 '불우'는 친정동생과 관련한 말이다.

신의 삶을 이해했고, 그들르從을 떠나 그들과 분리된 자신만의 자아나 인생을 상정하는 것은 그녀에게 가능하지 않았다. 그러한 자아존재방식의 특성으로 인해 『한중록』은 자기서사와 가족서사, 그리고 정치적 서사가 날줄과 씨줄처럼 교직되게 되었다고 볼 수 있다.

그런데 왕실여성은 권력자의 아내나 어머니의 자격으로 일정하게 정치적 영향력을 가지기도 한다는 점에서 조선시대의 일반여성들과는 달리 완전히 '사적인 존재'만은 아니었다고 할 수도 있다. 하지만 그 정치적 영향력이라는 것도 자신과 관련된 남성을 매개로 한 간접적인 것에 불과하였다. 왕실여성은 오히려 최상층의 지배계급이라는 존재조건으로 인해 유교적 부덕婦德 이데올로기에 더욱 강인하게 긴박되어 있었을 뿐 아니라, 때로는 조선왕실의 강한 가부장제적 특성으로 인해 이중 삼중의 가부장제적 모순과 억압의 희생자가 될 수도 있었음을 『한중록』은 보여주고 있다.

2) 양반여성의 자기서사

양반여성의 자기서사는 상당히 많다. 대표적인 작품으로는 풍양조씨부인의 『즈긔록』, 광주이씨부인의 「규한록」, 「복선화음가」, 「생조감구가」, 일군一群의 탄식가류 규방가사가 있다.

「복선화음가」와 「생조감구가」가 성공의 서사인데 반해, 『즈긔록』과 「규한록」, 일군의 탄식가류 규방가사는 불행의 서사라고 할 수 있다. 수적으로 본다면 성공의 서사보다 불행의 서사가 훨씬 더 많다. 이러한 사실이 전통시대 여성의 대다수가 불행했음을 의미하는 것은 아니다. 스스로의 삶을 성공적인 것으로 간주한 여성들은 자기서사의 글을 굳이 쓸 필요를 느끼지 않았을 따름이다. 앞서 언급했듯이 그녀들의 삶은 주변 남성들에 의해 기록 보존되곤 했다. 그리고 그녀들은 더러 자신이 생각하는 성공적인 여성의 삶을 계녀가류 규방가사 형식을 통해 보편적인 형태로 서술하곤 했다. 요컨대 그녀들은 사회적 규범에 충실한 삶을 살았고, 그래서 삶은 그런대로 성공적이었고, 자신의 인생에 대해 별다른 의문을 제기할 필요를 느끼지도 않았기에 굳이 자기서사의 글을 쓸 이유도 없었다고 보인다.

성공의 서사인 「복선화음가」와 「생조감구가」는 자손에 대한 직접적인 훈계가 상당 부분을 차지하고 있어 계녀가류 규방가사의 일종으로 볼 수도 있다. 그러면서도 여느 계녀가류와는 달리 자기서사가 큰 비중을 차지하는 특징이 있다. 이러한 특징은 자신의 인생을 규범화規範化 하려는 작자의식과 연관된 것이라 하겠다. 작자들은 자기 인생을 바람직한 삶의 규범 내지는 규범적 삶의 생생한 사례로서 제시하려고 하였다. 그들은 자기 인생이 규범에 충실하면서도 한편으론 뭔가 특별한 게 있다고 여기며, 그것을 서술함으로써 자손에게 교훈을 주겠다는 생각을 강하게 갖고 있다.

「복선화음가」는 조선 후기 몰락양반의 경제적 위기상황을 배경으로 헌신적인 노동과 치산 행위를 통해 가문의 위기를 극복하고 남편의 입신양명을 도우며 자녀를 잘 교육함으로써 유교적 가부장제 질서의 공고화에 기여한 여성의 삶을 서술하고 있다.[45]

---

45 이씨부인은 자신을 이한림의 증손녀요, 정학사의 외손녀며, 김한림의 증손부라고 서술하면서 가문에 대한 자부심을 보여주고 있다. 이 작품은 자기서사의 규방가사 중에서 신변탄식이나 한탄을 보이지 않는 경우라는 점에서 주목된다. 이씨부인이 일반적인 탄식가류 규방가사의 내용이나 정서와는 사뭇 다른 자기서사를 할 수 있었던 것은 그녀가 여성으로서 성공적인 삶을 살았다고 자부하는 데서 연유한다. 이씨부인은 주로 자신의 삶에서 전통적인 여성규범에 부합되는 측면이나 자기 생애의 성공적 국면들을 중심으로 자기서사를 하고 있다.

「생조감구가」는 회갑을 맞은 여성이 자신의 일생을 한 집안의 며느리로서, 팔남매의 어머니로서 최선을 다한 삶으로 회고하면서, 아울러 일본제국주의 및 신문명을 비판하고 자손들을 향해 전통적 가치에 대한 자신의 신념을 피력하고 있다.

「복선화음가」와 「생조감구가」의 작자들이 자기서사를 성공의 서사로서 기술하게 된 근거는 모두 기본적으로 자신이 훌륭한 아내·어머니·며느리였다는 사실에 있다. 그녀들의 여성적 자아는 삼종지도三從之道적 여성적 자아에 더할 나위 없이 충실하다. 그런 만큼 그녀들의 인생도 규범적 삶에 충실하게 부합되고 있다. 그런데도 자신의 삶이 뭔가 남다르다고 생각한 까닭은 무엇일까? 이들은 자신이 경제적 위기(「복선화음가」)나 사회적 위기(「생조감구가」)로 인해 유교적 여성규범의 성공적 실현이 쉽지 않은 상황에 처해있다고 여겼고, 그럼에도 불구하고 남다른 노력으로 난관을 극복함으로써 결국은 유교적 여성적 삶의 전범典範을 구현하였다는 점에서 자신을 특별한 존재로 간주하고 있다.

위의 두 경우와는 달리, 대다수 양반여성의 자기서사는 불행의 서사이다. 『즈긔록』의 작자 풍양조씨부인과 「규한록」의 작자 광주이씨부인은 양반가문의 외아들에게 시집가 젊은 나이에 청상靑孀이 되었다. 남편을 따라 자결하려 했으나 주위의 만류로 죽지 못했으며, 양반가의 며느리로서 남편도 없고 자식도 없는 삶을 살아야했다. 두 작자는 모두 온전한 아내 되기, 어머니 되기에 실패했다는 이유에서 자기 인생을 불행이라 규정하였다.

일군의 '탄식가류 규방가사'는 조선여성의 불행에 관한 집단적 자기서사라고 할 수 있다. 양반여성의 불행의 서사는 '탄식가류 규방가사'라는 유형을 형성할 정도로 양산되었다.[46] 탄식가류 규방가사는 작자들이 자신의 삶을 불행하고 고통스러운 것이라 인식하는 점에서 공통적이다. 탄식가류 규방가사 중 자기서사가 현저한 작품들에서 작자가 생각하는 불행의 원인은 다양하다. 하지만 주로 친정과의 단절, 시집살이와 가난 등 결혼생활의 어려움, 남편과의 생이별, 과부로서의 삶, 어머니 노릇의 힘겨움 등에 집중되어 있다.[47] 작자들의 여성적 정체성은 '삼종지도'의 이데올로기에 뿌리내리고 있으며 그들은 온전한 딸 노릇, 아내 노릇, 어머니 노릇을 훌륭하게 수행하지 못하는 것 자체를 자신의 불행으로 간주하고 있다.

이상에서 보듯 자기서사에 나타난 양반여성의 자아는 성공의 서사에서든 불행의 서사에서든 삼종지도의 담론에 의해 구성되어 있었다. 조선의 여성들은 일반적으로 특정 남성의 딸, 아내, 며느리, 어머니로서 자신을 이해하였고, 그러한 가족 내적 역할을 여하히 수행하는가에 따라 자신의 삶의 성패를 규정하고 평가했다.

3) 기생의 자기서사

기생의 자기서사의 대표적 작품으로는 「기생명선자술가」와 「군산월애원

---

46 탄식가류 규방가사는 자신의 인생이나 경험을 제재로 하고 있다는 점에서 어떤 작품이든 다소간의 자기서사적 요소를 함유하고 있다고 할 수 있다. 그러나 자신의 경험을 단편적이거나 혹은 막연하고도 일반적으로 서술하면서 자신의 감정 — 주로 한탄 — 을 토로하고 표출하는 데 초점을 두고 있는 경우가 많으며, 자신의 생을 전체로서 성찰하고 그 의미를 추구한 텍스트는 그리 많지는 않다. 의식적이고 체계적인 '자기서사'는 많지 않은 셈이다.

47 탄식가류 규방가사는 그 세부적 내용의 차이에도 불구하고 전체적으로는 혼인으로 인한 심리적이거나 현실적인 고통과 애환을 중심으로 자기서사를 하고 있다는 점이 공통적이다. 이 점은 이혜순 외, 『한국고전여성작가연구』, 태학사, 1999, 333면에서 지적된 바 있다.

가」가 있다.[48] 「기생명선자술가」의 작자는 19세기 중반 해주 기생이었던 명선이며, 「군산월애원가」의 작자는 19세기 중반 함경도 명천 기생 군산월로 추정된다. 전자가 성공의 서사라면 후자는 불행의 서사라고 할 수 있다. 두 사람 모두 어려서부터 기생수업을 받았고 우연히 한 양반남성을 만나 사랑하게 되었다는 점은 공통적이다. 그러나 명선은 곧 남자와 이별을 하였고 임신한 몸으로 절개를 지키며 그를 기다렸다. 얼마 후 명선은 아들을 낳았고 남자의 부름을 받아 첩이 되어 서울로 갔다. 명선은 자신의 삶을 성공으로 간주하고 자랑하면서 그것은 자신의 올곧은 마음과 행동에 기인한 것이라 서술하였다. 그녀의 말에 따르면 자신은 비록 신분은 기생이지만 마음이나 행동만은 절개 있는 여성이었다는 것이다. 한편, 군산월은 앞날에 대한 남자의 약속을 믿고 그를 섬겼으나 결국은 버림받고 말았다. 군산월도 자신을 절개 있는 여성으로 형상화하면서, 남자를 만나기 이전부터도 자신은 신분만 기생이었지 행동은 기생이 아니었다고 자부하였다. 군산월은 자신의 삶을 실패로 간주하는데, 그 원인을 남자의 배신과 그로 인한 일부종사一夫從事의 좌절 탓으로 돌리고 있다.

기생은 애초 남녀유별이나 삼종지도의 이데올로기와는 무관한 존재였다. 일찍이 황진이의 경우가 보여주듯 유교적 가부장제의 억압으로부터 일정 정

---

48 이외에 기생의 자기서사로 볼 수 있는 작품으로는 『신독재수택본 소설집』에 한문으로 기록된 작자미상의 「과기탄(寡妓歎)」이라는 글이 있다. 이 글은 장악원에 소속된 늙은 기생이 자신의 생애를 회고하고 생활의 어려움을 언급한 뒤 관청의 선처를 바라는 내용이다. 한문으로 기록된 점으로 미루어 기생이 관청에 원정(原情)하는 글을 누군가 대필해 준 것은 아닐까 추측되지만 과연 원작자가 기생인가에 대해서는 논란의 여지가 있다. 그리고 『소수록』에 수록된 '수습 명창이 회양한당ᄒᆞ여 탄화로졉불ᄂᆞ라'는 글도 늙은 기생들의 노래라고 할 수 있다. 구체적이고 개인적인 체험은 드러나지 않으나 기생 자신들이 스스로의 삶과 늙음을 어떻게 이해하는지 잘 드러나 있는 자료로서 주목된다.

도 자유로울 수 있는 가능성을 다소나마 갖고 있었다고도 할 수 있다. 하지만 대부분의 기생여성들은 신분적으로 천민이었기에 오히려 평범한 일반 여성의 삶을 더욱 선망하게 마련이었다. 한 남자의 아내가 되는 것이야말로 성공으로 간주되었다. 이들의 자기의식은 '한 남자의 아내 되기'를 지향하는 것이거나 혹은 그렇게 되지 못한 데서 비롯하는 불안정하고 소외된 것이었다. 기생의 존재조건과 그들에게 요구된 사회적 규범이 일반 여성의 경우와는 현저히 달랐음에도 불구하고 이들 역시 절개나 일부종사 같은 유교적 여성이데올로기에 긴박되어 있었고 그에 근거하여 인생의 성패를 가늠했음을 알 수 있다.

이상에서 보듯, 전통시대 여성의 자기서사에 나타난 여성적 자아는 신분의 차이나 인생의 성패 여부에 관계없이 철저히 유교적 윤리에 의해 구성되어 있었다. 유교적 여성윤리를 대표하는 것은 '남녀유별'과 '삼종지도' 및 '출가외인'의 이데올로기였다. 조선의 여성이 자신을 독립된 개인으로 이해하거나 혹은 공적 사회나 국가의 일원으로 이해하는 일은 일반적으로 가능하지 않았다.[49] 조선의 여성은 자신을 인생의 각 시기에 따라 아버지, 남편, 아들에 종속된 존재로서 이해했다. 따라서 인생의 성패도 자신이 특정 남성의 딸로서, 아내로서, 어머니로서의 역할을 얼마나 성공적으로 수행했는가 여부에 의해 평가하곤 했음을 알 수 있다.[50]

49 『내훈』, 「부부장」에서는, 남편은 하늘이니 여성은 자기의 몸과 뜻을 낮추어 오직 순종해야 하며, 남편의 훈계를 성인의 경전처럼 듣고, 아무리 작은 일이라도 제 마음대로 해서는 안 되며, 제 마음대로 하면 사람이 아니라고 했다. 심지어는 시부모가 때려도 기꺼이 받아들이고, 남편이 때려도 원망을 말아야 한다고 했다. 그리고 음식이나 의복을 만드는 일만을 할 뿐, 집안일을 처리해서도 안 되고 나라의 정치에 참여해서도 안 된다고 하였다.
50 그런데 성인여성의 자기정체성에서 가장 문제시된 것은 아내로서의 자기, 어머니로서의 자기였

전통시대 여성에게는 딸, 아내(및 며느리), 어머니 외의 자기는 사실상 존재하지 않았고 사회적으로 인정되지도 않았다. 전통시대 여성의 자기는 철저히 가족 내적 존재였다. 인생의 각 시기에 따라 딸, 아내(및 며느리), 어머니의 역할만이 인정되었기에 조선 여성에게는 젠더정체성이 개별정체성보다 우선적이고 규정적이었다. 조선의 남성은 자신을 한 사람의 독특한 인간으로 이해하거나 인간 일반의 특수한 표현으로서 이해할 수도 있었다. 하지만 조선의 여성은 자신을 '인간'으로서 보다는 우선 '여성'으로서 이해하였다. 여성에게 개별적 특성이나 인간적 특성이 문제시되는 경우는 거의 없었다. 한 사람의 여성은 단지 여성 집단의 일원이자, 여성일반의 대표나 범례로서 존재할 따름이었다. 조선사회에서 한 여성을 평가하는 기준은 규범적 여성상에 부합하는가 여부였을 뿐, 여타의 다른 기준이란 존재하지 않았다.

조선의 여성이 삼종지도에 의해 규율되는 타자적 존재이며, 그들에게는 젠더정체성이 개별정체성에 우선하였다는 점은 여성의 자기서사에 잘 드러나 있다. 조선 여성의 자기서사가 독립적 존재로서의 자기를 문제 삼는 경우란 거의 존재하지 않았다. 『한중록』의 혜경궁 홍씨가 친정아버지와 남편과 아들과의 연관 속에서 자신의 삶을 문제 삼았고, 『주긔록』의 작자가 남편의 투병과 죽음을 중심으로 자기서사를 기록했으며, 탄식가류 규방가사의 대부분도 딸로서, 아내 혹은 며느리로서, 어머니로서의 자신의 삶을 문제 삼은 데서 단적으로 드러나듯, 조선여성의 자기서사에는 가족과 독립된 자기만의

다고 할 수 있다. 딸로서 존재하는 기간은 사실상 아내나 어머니가 되기 위한 준비기간으로서의 성격이 강했고, '출가외인' 이데올로기로 인해 결혼한 여성은 사실상 친정과 단절되었으며, 여성이 자기 인생을 성찰하는 시기는 성인이 된 이후가 대부분이었기에, 딸로서의 자기는 상대적으로 비중이 약했다. 한편 며느리로서의 역할은 아내 역할에 포함되는 것이었다고 볼 수 있다. 아내의 역할에서 가장 중요한 것 중의 하나는 남편의 부모, 즉 시부모에 대한 효도였다.

서사란 존재하지 않으며, 끊임없이 친정 부모, 남편, 아들과 연관되는 자기 서사만이 있을 따름이었다. 심지어는 기생의 경우조차도 특정 남성과의 관계를 중심으로 자기서사를 했다. 이를 통해 유교적 여성담론이 여성적 자아의 존재방식을 얼마나 강력하게 틀지었는지 확인할 수 있다.

6. 자기서사와 지배가치의 관련양상

전통시대 여성의 자기서사는 유교적 윤리에 입각한 당대의 지배적 가치나 이념과 어떤 관련을 갖고 있었는가?

첫째, 작자가 자기의 인생을 성공으로 간주하면서, 지배적 가치를 적극 긍정하고 재생산하는 경우이다. 「복선화음가」는 유교적 가문이데올로기의 가치를, 「기생명선자술가」는 여성의 절개의 가치를 적극 인정하고 있다. 「생조감구가」는 신문명과 신여성을 신랄하게 비판하며 유교적 가치를 적극 주장하고 있다.

둘째, 작자가 자기의 인생을 불행으로 간주하면서도, 지배적 가치를 적극 긍정한 경우이다. 『한중록』이나 『즈긔록』, 탄식가류 규방가사의 일부[51]는 자신의 삶을 불행한 것 혹은 실패한 것으로 평가하는데, 그 원인은 자신의 잘못 때문이 아니라 불가항력의 현실 때문이라고 인식하고 있다. 작자들은

---

51 주로 남편과의 생이별이나 과부로서의 삶을 위주로 자기서사를 한 작품들에서 발견된다.

인생에 대한 깊은 회한을 토로하면서도, 개인적인 불행이나 실패에도 불구하고 지배적 가치는 중요하고 의미 있는 것이라며 그를 적극 긍정하고 있다.

셋째, 작자가 자기의 인생을 불행으로 간주하면서, 지배적 가치에 부분적으로 의문을 제기한 경우이다. 탄식가류 규방가사 중에는 "어화 세상 사람들아 여자의 삼종지도 누구가 마련했노", "억울한 여자유행女子有行 이 길 없이 못 사는가", "성인의 어진 예법 나에게 원수로다"(이상 「사친가」), "옛 법이 고이하다 여필종부 무삼 일고"(「여자가라」), "불쌍하다 여자신명 부모형제 다 버리고 여필종부 업을 좇아 생면부지 남의 가문 어른 많고 법도 많다"(「부녀가」)고 하여 유교적 예법에 대해 부정적인 인식을 피력한 작품들이 있다. 그리고 "철천지원 무엇인고 부녀팔자 아니든가", "복 있으면 남자 되고 죄 있으면 여자 된가"(이상 「부녀가」)라고 하거나, "지옥 같은 이 규중閨中"(「여자가라」)이라며 여성의 존재조건을 한탄하면서 유교적 여성규범에 부분적인 의문을 제기한 작품들도 있다. 그러나 이러한 회의와 의문은 어디까지나 개인적이고 일시적인 한탄의 수준을 넘어서지 못하였으며, 유교적 가치를 정면으로 문제 삼는 데까지 나아가지는 못했다.

대부분의 경우 자기의 불행이나 고통의 원인은 자신이 '여자라는 사실'에 있다고 간주되었다. "전생에 무슨 죄로 여자 몸이 되어나서"(「정부인자탄가」), "전생에 무슨 죄로 여자 신이 되단말가"(「여자소회가라」), "경청輕淸하온 하늘 도道로 남자 몸이 못되어서 중탁重濁하온 땅 정기로 전생前生 차생此生 무슨 죄로"(「여자자탄서」), "어찌타가 우리들은 남자 명분 못 태어나고 여자 몸이 되었난고"(「부녀가」), "자다가 꿈에나마 남자 한번 되어보면, 죽었다 다시 깨서 남자 한번 되어보면"(「여자가라」), "이 몸이 남아 되여 차생此生 설원雪冤하오리다"(「리씨회심곡」) 등의 구절에서 드러나듯, 여자로 남아있는 한 삶은 불행할 수밖에 없으며, 남자가 되지 않고서는 만족스럽고도 온전한 삶을 누릴 수 없다는 비극적 인식을 드러내 보이고 있다. 따라서 결과적으로는 여성적 현실은 어찌할 수 없는 것이라며 체념하고 순응하는 태도를 보임으로써 유교적 가치의 소극적 인정에 머무르곤 했다. 조선여성에게는 대안적 가치나 미래가 존재하지 않았던 것이다.[52]

7. 자기서사에 나타난 여성의 경험들

1) 어린 시절과 가정교육

전통시대 남성과 여성의 어린 시절은 근대적 의미에 있어서 아동기와는 상당히 달랐다. 유교적 성인식인 '관례冠禮'는 대개 15세에서 20세 사이에 행해졌는데, 관습적으로는 혼례 한 달 전쯤에서부터 혼례 직전 사이에 행해졌다.[53] 관례가 혼례를 앞두고 행해진 데서 알 수 있듯, 전통사회에서는 혼례를 치르면 '어른'으로 인정받았고 그렇지 않으면 '아이'로 간주되었다.

전통시대 여성의 어린 시절은 결혼 이전의 시기였고 친정에서 생활하는 시기이기도 했다. 조선의 남성은 결혼 전이든 후든, 아내가 생긴 것 외에는

---

52 이상은 작자 스스로의 의도에 초점을 맞추어서 본 것이다. 그러나 문학 텍스트에는 종종 작자 자신의 의도와는 다른 가치가 현현되는 틈새와 균열이 존재한다.
53 장철수, 『한국전통사회의 관혼상제』, 한국정신문화연구원, 1984.

대체로 동일한 가족관계를 유지했다. 오히려 결혼을 하면 가족 내에서나 공동체 내에서 '어른'으로 대접받게 되어 그 실제적 지위가 상승되었다. 그러나 조선의 여성은 결혼을 통해 성인이 되긴 했으나 완전히 새로운 가족관계와 공동체적 질서 속에 혈혈단신으로 편입되었다. 대부분의 여성의 자기서사에서 '어린 시절'은 '친정에 있던 시절', '행복했던 시절'로 기억되는 반면, 어른으로서의 삶은 시집살이나 슬픔, 불행과 동일시되는 경우가 대부분이다.[54]

전통시대 여성의 자기서사의 대부분은 작자가 결혼 후에 겪었던 불행한 경험을 서술한 경우가 많았던바, 결혼생활과는 대조적으로 어린 시절은 부모의 슬하에서 지낸 행복했던 시절로 서술되곤 한다.[55] "살뜰이 귀한 자애 추우면 병들세라 병들면 죽을세라 만지면 꺼질세라 불면 나를세라"(「창회곡」), "아들 딸 분간 없이 주옥같이 사랑하여", "척푼척리[56] 모아내어 철피 의복 곱게 지어 몸 간수도 정히 하고"(이상 「정부인자탄가」), "사오 세 육칠 세를 부모 앞에 구살대고"(「여자자탄가」), "삼사오 세 놀이함은 방득깨비[57] 세간 살림 풀 뜯어서 각시하기 이것을 일을 삼아"(「붕우소회가」) 등의 서술에서처럼 많은 작품에서 여성들은 어린 시절 친정 부모로부터 받은 사랑과 행복했던 기억들을 서술하고 있다. 전통시대 남성이 자기서사에서 어린 시절을 다루는 경우는 드물며, 혹 다룬 경우에도 학업의 성취를 주로 서술한 것과는 좋은 대조가 된다.

전통시대 어린 여성들에게는 공적인 교육의 기회가 허용되지 않았다. 일반 여성의 교육은 가정교육이 유일한 것이었다. 가정교육의 목적은 부덕婦德

---

54 친정에서 딸이라는 이유로 구박을 받았다는 경우가 있긴 하지만 극히 예외적이다.
55 이러한 사실은 이혜순 외, 『한국고전여성작가연구』, 331~345면에 지적되어 있다.
56 척푼 척리(隻分隻厘) : 몇 푼 안 되는 적은 돈.
57 경상도 방언으로 '소꿉놀이'를 의미한다.

의 함양과 여공女工의 습득에 있었던바, 장차 결혼 후에 담당하게 될 여성의 역할에 대한 사전事前 교육의 성격을 강하게 지닌 것이었다. 가정교육은 주로 어머니가 담당하였으며 아버지도 부분적으로 관여하였다. 부덕의 함양은 주로 일상적인 부모의 훈계와 여성윤리서의 학습을 통해 이루어졌다. 인목대비는 부모가 항시 "어려서는 저 옛날의 조아曹娥와 황향黃香의 효도를 본받으며, 여자의 할 일을 부지런히 배우고, 제사 때는 음식 차리기를 도우며, 자라서는 남의 집에 시집가서 부녀의 도리를 삼가하여 시부모를 봉양하며, 구족九族을 화복케 하고, 남편을 온순히 섬기며, 하인과 집안을 화평하게 다스려, 칠거七去의 허물이 없도록 사는 것이 또한 효도의 길"이라는 가르침을 베풀었다고 회고하였으며, 『한중록』과 『ᄌᆞ긔록』에서도 어머니와 아버지로부터 받은 교훈을 자세히 서술하였다. 규방가사들도 간략하지만 부모의 교훈을 서술하고 있는 경우가 많다. 특히 혼례나 신행을 앞둔 딸에게 어머니는 "가장은 하늘이라 하늘이 하신 말을 거역 말고 설워마라"라고 하든가 "시댁이 네집이라 친정을 아주 잊고 시댁만 생각하라"(「정부인자탄가」), "어머님 하신 말씀 여자로 생겨나면 친가 부모 저버리고 여필종부 법이로다"(「상사몽」) 등의 말로 '여필종부'와 '출가외인'을 누누이 당부하기도 했다.

이들은 대개 한글을 익히고 기본적인 여성윤리서를 읽기도 했다. 혜경궁 홍씨는 세자빈으로 간택된 이후에 대왕으로부터 『소학』과 『훈서訓書』[58]를 하사받아 공부한 사실을 기록하였다. 규방가사 중에는 6~7세에 어머니로부터 한글을 직접 배웠다거나(「정부인자탄가」), 어머니가 한글을 익혀두라고 당부했다는 사실도 기록되어 있어(「청상가」), 대개 딸들은 어머니로부터 한글

---

58 효순왕후(孝純王后, 1715~1751. 영조 3년 효장세자의 세자빈으로 책봉되었음) 입궐 후의 어제서(御製書)라고 하였다.

을 배웠음을 알 수 있다. 낮에는 어머니의 시중을 들거나 바느질을 했고, 밤에는 한글 책을 읽었다는 기록도 있다(「상사몽」). 친정에서 딸이라는 이유로 구박을 받았다는 경우도 있긴 하지만 극히 예외적이다. 더러 「내칙」과 『내훈』을 읽었다는 경우가 있으나 필수적인 것은 아니었던 것 같고, 대개 혼례를 앞두고 계녀가류 규방가사를 베껴 쓰면서 유교적 여성윤리를 학습한 것으로 여겨진다.

여공의 습득은 대개 빠르면 6~7세 보통은 10세를 전후하여 이루어졌다. 길쌈, 방적, 바느질, 음식 만들기 등 일상의 의생활, 주생활과 관련된 것들이었다. "여공에 매인 일은 모두 다 배워두면 유조有助하니 언문 글은 여가 봐서 익혀두라"(「청상가」) 한 데서 드러나듯 글 배우기보다는 여공 습득이 더 중요시되었다.

자기서사의 작자들은 대개 친정부모의 교훈을 다정하고 자상한 것으로서 기억하고 있다. 친정에 대한 그리움을 토로하는 경우나, 혹은 자신의 불행한 삶에 대한 회한을 토로하는 경우 부모와 관련된 기억은 더욱 또렷이 부각되곤 한다. 자기 부모의 가르침을 탓하거나 의문시하는 경우는 전혀 발견되지 않는다.

20세기 전반에 이르면 구여성들은 더러 자신이 신식교육을 받지 못한 데 대한 설움을 토로하기도 했다. 그 대표적인 경우가 「싀골색씨 서른 타령」이라고 할 수 있다. 이 작품의 작자는 서울 유학생인 남편이 이혼을 요구하자 '불경이부不更二夫'의 가르침을 저버릴 수 없다고 하면서도 한편으론 자신도 남들처럼 학교 공부를 하였다면 이런 불행을 당하지 않았을 것이라고 토로하고 있다.

기생여성의 교육은 일반 여성의 경우와 사뭇 달랐다. 기생 교육의 대강은

「기생명선자술가」에 간략히 언급되어 있다. 명선은 말을 배울 무렵부터 노래를 배웠고, 걸음마를 할 무렵부터 춤추기를 배웠으며 7~8세 무렵부터 동기童妓 노릇을 하며 본격적인 기생수업을 하였다. 그러나 작자는 자신이 반가여성이나 평민여성들처럼 여공을 닦지 못한 사실을 한스러워하며 기생교육에 대해서는 부정적으로 서술하고 있다.

전통시대 여성들의 어린 시절은 혼례와 함께 끝이 났다. 여필종부와 출가외인의 여성규범 때문에 혼인과 더불어 여성은 '효'의 대상을 친정부모에서 시부모로 바꾸어야 했다. 시부모에 대한 효는 친정부모에 대한 효와 양립할수 없었다. 불합리하게도 여성의 '효'에만 이중기준이 적용되었으며, 한번 시집가면 죽어서도 시집 귀신이 되어야 했고, 결혼 초가 아니면 근친 가는 것도 어려웠던 조선 후기 여성들은 대개 친정 부모와 형제에 대한 그리움을 안고 평생을 살아야 했다. 결혼생활이 불행할수록 여성들은 친정에서의 어린 시절을 행복했던 시절로 추억했으며 그에 대한 강한 향수를 피력하곤 했다. 결혼생활이 불행했던 여성들에게 있어 어린 시절은 종종 아득한 과거의 낙원인 셈이었다.

2) 혼례와 결혼생활

전통시대 여성의 혼인 시기는 10대 중반 늦어도 10대 후반으로서 오늘날과 비교하면 무척 빨랐다고 할 수 있다. 더구나 양반여성으로서 혼인을 통해 왕실의 일원이 된 여성들의 결혼 시기는 훨씬 더 빨랐다. 혜경궁 홍씨는 아홉 살에 세자빈으로 간택되고 이듬해 혼례를 치렀던 것으로 기록되어 있다.

대부분의 여성은 혼례의 진행과정에서 소외되어 있었다. 규방가사에 의하면 중매가 오가다가 어느 날 갑자기 혼처가 정해지고, 여성은 부모나 가족들에 의해 정해진 혼례 절차를 따라야 했다. 혼례 절차가 진행되는 동안의 여성들의 태도는 혼례를 긍정하는 경우와 그렇지 않은 경우로 나뉜다. 전자의 경우, 중매가 들어오고 사성四星이 오가자 부끄러우면서도 마음속으로는 기뻤다고 술회하였으며(「청상가」, 「상사몽」), "역대 성현 지은 예절 갸륵하고 아름답다"(「청상가」)라고 하며 중세적 성별이데올로기를 적극 수용하는 면모를 보여주고 있다. 이런 경우는 나중에 남편과 금슬이 좋았고 결혼생활도 큰 문제가 없었던 경우라고 하겠다.

하지만 대부분의 규방가사는 혼인에 대해 자기입장을 드러내지 않거나 혹은 부정적 태도를 표명하고 있다. 친정 부모형제에게 남다른 애착이 있는 경우나 혹은 친정에 어려움이 있는 경우, 여성 작자의 혼인에 대한 부정적 태도는 더욱 현저하게 드러나곤 한다. 혼인에 대한 부정적 태도는 유교적 예법에 대한 원망이나 여자로 태어난 데 대한 한탄으로 이어지기도 했다. 하지만 어떤 경우든 여자로서의 운명이나 '여자유행'의 예법에 순응하는 자세를 벗어나지는 않았다.

기생의 경우는 비록 제한된 것이긴 하지만 남성과의 연애가 가능했다. 하지만 남성은 기약도 없이 떠나는 것이 다반사였고 기다리는 것은 여성의 몫으로 남겨졌다. 연애가 결혼으로 이어지는 경우는 드물었고, 상대 남성이 양반인 경우 결혼을 하더라도 기생은 첩이 될 수밖에 없었다. 기생여성을 정식 첩으로 맞아들이는가 그렇지 않은가는 전적으로 남성 쪽의 결정사항이었고, 여성은 상대 남성의 처분을 따를 수밖에 없었다. 「기생명선자술가」와 「군산월애원가」에서 그러한 사실이 잘 드러나고 있다.

전통시대 여성의 결혼생활의 초기와 중기, 후기는 그 양상이 달랐다. 결혼 초기는 친정과의 단절, 새로운 인간관계와 환경에 적응하는 어려움, 가혹한 시집살이, 막중한 가사노동의 부담 등으로 고통을 겪는 때였고, 며느리로서의 역할이 중시되는 시기였다. 결혼 중기는 시집 가문의 일원으로서 심리적으로나 실제적으로 안정되는 시기였고, 어머니나 아내로서의 역할이 중시되는 시기였다. 결혼 후기는 자신이 또 한 사람의 시어머니가 됨으로써 집안의 안주인이 되며, 가족 내에서 상당 정도의 권위와 권력을 갖게 되는 시기였다.

자기서사가 인생의 어떤 단계에서 씌어졌는가에 따라서 결혼생활에 대한 묘사도 다분히 달라졌다. 결혼 초기에 여성들이 결혼생활을 고통스런 것으로 인식하게 되는 중요한 요인으로는 친정에 대한 그리움, 친정부모에게 효도하지 못하는 슬픔, 시부모나 동서의 혹독한 시집살이, 갖가지 가사노동의 괴로움, 남편과의 생이별, 남편과의 사별 등이 있었다. 그러나 여성작자들이 고통의 원인을 스스로에게서 찾는 경우는 거의 없었다. 박복한 탓이거나 혹은 여성으로 태어난 죄라고 여길 따름이었다. 따라서 상황이 개선될 수 있다고 여기거나 미래에 대한 희망을 표현한 경우도 거의 없다. 그 어떤 현실적인 해결책도 없이 그저 한탄하고 체념하며 인내할 수밖에 없다는 태도를 보여주고 있다.

결혼 중기 이후의 여성들도 남편의 부재나 가난 등으로 고통을 겪었으며, 자녀들을 기르고 성례成禮시키는 데 따르는 어려움, 혹은 남편과의 불화 등으로 힘들어했다. 하지만 결혼 초기보다는 상대적으로 안정되었으며 심리적 고통도 다소 완화되었던 것으로 여겨진다. 결혼 중기 이후나 결혼 후기에 쓰인 자기서사는 자기연민(「리씨회심곡」, 「창회곡」, 「소회가」)을 토로한 경우와 강한 자부심과 자기긍정(「복선화음가」, 「생조감구가」)을 표현한 경우로 나누어진다. 전자는 자기 인생에 어떤 결락이 있었던 경우인 반면, 후자는 자기 인생을 그런대로 성공적인 것으로 간주할 수 있었던 경우이다. 어떤 경우든 결혼 자체에 대한 부정은 가능하지 않았고, 결혼생활 전체를 행복한 것으로 기억하는 경우도 없었다. 자기서사의 작자들은 결혼생활을 고통스럽거나 힘든 것으로 여기고 있다는 점에서 공통적이다. 전통시대 여성의 자기서사는 대부분 혼인으로 인한 애환과 고통을 서술하고 있다고 해도 과언이 아니다. 이는 전통시대 여성의 삶에서 가장 중요한 사건은 결혼이었고, 안정적 결혼생활에 성공하느냐의 여부가 인생 전체의 성패를 좌우하는 결정적 요인이었음을 보여주고 있다.

3) 어머니 노릇의 재생산

여성에게 있어 어머니란 어떤 존재인가? 가부장적 가족관계에서 어머니는 자녀양육을 도맡아 아들과 딸의 성별정체성 형성에 중요한 역할을 담당한다. 어린 여성들은 어머니의 일상적 역할수행과 직접적인 교훈을 매개로 자신의 여성적 정체성을 형성하며, 자기 어머니를 여성적 삶의 전범으로 인식하게 된다. 가부장제 사회의 어머니 일반은 자신의 딸에 대해 가부장적 이데올로기의 전달자가 된다. 남성의 자기서사에서 부모는 그 이름과 가문 등 간단한 신원만이 서술되는 경우가 일반적인 반면, 여성의 자기서사에서 친정어머니는 상당한 비중을 차지하며 서술되는 경우가 많다.

앞서 보았듯이 전통시대 여성에게 있어 어머니는 부덕과 여공을 가르쳐준 스승이며 인생의 전범이었다. 어머니의 인생에서 자기 인생과의 강한 동질감을 느끼며 가슴 아파하는 경우도 있고(『주긔록』), 어머니의 애틋한 사랑에 안타까워하거나 자신의 불효를 한탄하는 경우도 있다(『한중록』, 「정부인자탄가」, 「붕우사모가」, 「사친가」, 「여자유행가」, 「리씨회심곡」 등). 규방가사에는 자신을 시집 보내고 홀로 슬퍼할 어머니를 생각하며 가슴 아파하거나, 어머니와의 공간적 단절을 괴로워하는 내용이 매우 흔히 등장하곤 한다. 전통시대 여성의 자기서사에서 어머니와 딸의 심리적 유대는 매우 강한 것으로 드러난다. 그리고 어머니의 삶이나 가르침에 대해 회의와 의문을 제기한 경우는 전무하다.

어머니를 통해 여성적 역할을 학습하고 성별정체성을 확립한 여성들은 스스로 또 하나의 어머니가 되어야 했다. 조선의 유교적 규범이 여성에게 부여한 가장 중요한 일은 '아들 낳기'였다.[59] 아들을 낳는 것은 남편과 시부모와 가문에 대한 여성의 가장 큰 의무였다. 딸은 낳았지만 아들을 낳지 못한 경우, 온전한 어머니 되기에는 성공하지 못한 것이었다. 『주긔록』의 작자가 아들을 낳지 못한 친정어머니에게 크나큰 연민을 표시하고 있는 데서나, 「창회곡」의 작자가 잇달아 딸 넷을 낳고 아들을 낳지 못해 애간장이 타고 피와 살이 마르는 듯 했다고 한 데서[60] 그러한 사실이 잘 드러난다. '어머니'가 되지 못한 여성의 고통은 그만큼 큰 것이었다.

반면 '어머니 되기'는 여성의 보람이자 권한이 되는 측면도 있었다. 조선의 여성은 어머니 노릇을 완수함으로써 비로소 일정한 가족 내적 권위를 지닐 수 있었다. 여성이 제한된 범위이긴 하지만 일정한 권력을 누리는 것은 오직 어머니 되기를 통해서만 가능하였다. 「규한록」의 이씨부인이 시어른들

---

59 『예기』 「혼의」에서 "혼례는 위로는 종묘의 제사를 섬기고 아래로는 후세의 대를 잇게 하는 것이라"고 하였으며 이 말은 『내훈』에 다시 인용되었다.
60 "불긴타 년싱 사녀 이거시 원일인고 삼십이 넘어셔니 시각으로 톤난 이장 혈뉵이 마르는 즁"(「창회곡」).

과의 갈등을 불사하면서도 자기 뜻대로 양자를 택하는 것은 가문 내에서의 자신의 지위를 공고히 하려는 동기와 연관된 것이었다. 그리고 『한중록』의 혜경궁 홍씨는 아들과 손자가 왕위에 오른 뒤에서야 자신의 한을 토로하고 과거의 시비를 교정하려는 시도를 할 수 있었다. 「기생명선자술가」에서 기약도 없이 떠난 남자로부터 기별이 온 것은 작자가 아들을 낳은 이후였다.

젊은 나이에 아들도 없이 청상과부가 된 여성들의 고통은 배가될 수밖에 없었다. 『즈긔록』이나 「규한록」의 작자들은 남편을 잃은 슬픔을 토로하는 한편, 아들이 없어 자신의 미래 또한 기대할 수 없다며 절망감을 토로하였다.

집안이 가난하거나 남편 없이 홀로 자식을 키우는 경우, 어머니 노릇의 힘 겨움은 더욱 심할 수밖에 없었고(「소회가」, 「여자탄식가」, 「창회곡」), 중도에 자녀를 잃고 고통 겪는 일도 많았으며(「창회곡」, 「여자탄식가」), 장성한 자녀들의 결혼 상대를 잘 택하고 혼사를 예법에 맞게 치러내는 것도 만만찮은 일이었다(「소회가」, 「생조감구가」). 출가시킨 딸이 불행을 겪으면 마치 자신의 탓인 양 괴로워하기도 했다(「창회곡」, 「소회가」).

일반적으로 어머니 노릇은 자녀들을 성례시킴으로써 마무리되었다. 어머니 노릇이 중요하고 힘든 것인 만큼 그것을 온전히 완수했을 때의 보람과 자부는 큰 것이었다. 어머니의 역할을 성공적으로 수행했다는 것은 바로 인생의 성공을 의미하는 것으로 간주되었다. 「복선화음가」는 아들 형제가 진사 급제하고, 딸은 성대한 혼례를 치르게 된 데 대한 어머니로서의 자부를 표현하고 있다. 「생조감구가」의 작자도 4남 4녀, 며느리와 사위, 손자, 손녀, 손서가 모인 자신의 회갑 잔치에서 크나큰 삶의 기쁨을 느낀다. 회갑 잔치의 광경과 기쁨을 작자는 매우 길고도 자세하게 서술하는 한편,[61] 자신의 인생에 대한 보람과 자부를 피력하였다.

4) 결혼의 실패

조선 여성의 인생에서 결혼은 절대적인 의미를 갖는 것이었다. 일부 기생 여성을 제외하고는 결혼하지 않는 여성이란 있을 수 없었고, 결혼생활의 실패는 바로 인생의 실패로 간주되었다. 결혼의 실패는 젊어서 남편과 사별하거나 혹은 남편에게 버림받음으로써 초래되었다. '삼종지도'가 절대적인 여성적 윤리로 간주되었고, 삼종三從 중에서도 사실상 남편이 가장 중요했던 까닭에 여성의 결혼과 인생에서 남편의 존재는 절대적일 수밖에 없었다.

『한중록』, 『주긔록』, 「규한록」, 그리고 탄식가류 규방가사 중에서 과부로서의 삶에 초점을 맞춘 자기서사의 작가들은 모두 젊은 나이에 남편과 사별하였다. 그들은 자신이 청상과부가 된 사실을 인생의 실패로 간주하고 있다. 한결같이 남편의 죽음 직후 자결을 시도했으며, 이후의 삶을 한낱 '투생偸生'으로 인식하였다. 혹 어린 아들이 있거나(『한중록』, 「상사몽」), 양자를 맞아들이기도 했지만(「규한록」, 「리씨회심곡」), 남편의 죽음으로 인한 인생의 실패를 온전히 만회할 수는 없었다. 남편을 잃고 과부로서의 삶을 살아야 했던 여성들이 남긴 자기서사를 보면 여성이 철저히 가족 내적 존재로만 규정되는 사회에서 남편의 죽음은 여성들에게 있어 치명적인 사건이었음을 알 수 있다.[62] 과부가 작자인 자기서사의 작품들은 비교적 결혼 초기에 남편을 잃은 경우가 대부분이다. 젊은 나이에 청상과부가 되는 것이 더욱 불행하고 고통

---

61 그것은 작품 전체에서 4분의 1을 차지할 정도다.
62 이러한 사실은 남편을 따라 자결하면서 남긴 남원윤씨부인(?∼1741)의 「명도자탄사(命道自歎辭)」와 전의이씨부인(1723∼1748)의 「절명사(絶命詞)」에도 잘 드러나 있는 바다. 「명도자탄사」는 이상보에 의해 『문학사상』 42호(1976)에 소개되었다. 「절명사」는 홍재휴, 「'전의이씨유문'고」, 『국어교육논지』 1, 대구교육대, 1973에 소개되었다. 이 두 작품은 감정의 토로를 위주로 하였으며, 자기서사적 요소는 약하다.

스런 것이었음을 알 수 있다.

한편 남편에게 버림받는 것도 전통시대 여성에게는 치명적인 사건이었다. 이는 탄식가류 규방가사 중에서 남편과의 생이별을 위주로 한 자기서사 작품들에 잘 드러나고 있다. 조선의 여성에게 결혼은 단 한 번만 가능한 것이었고, 여성 스스로가 결혼을 파기할 수 있는 권한은 없었기에 버림받은 여성에게 가능한 것은 끝없는 기다림 외에는 없었다.

남편과의 생이별은 조선시대보다는 20세기에 들어와서 더욱 혼히 발생할 수 있었던 상황이었다. 생이별의 이유는 남편이 국외로 망명한 경우, 남편이 서울로 유학한 경우, 혹은 여성 자신이 그 이유를 알지 못하는 경우 등이 있다. 이러한 상황은 남성과 여성의 근대적 세계로의 진입이 시차를 두고 상이한 방식으로 전개된 데 연유한다. 20세기 전반에 이르러 다수 남성들은 앞질러 근대적 상황과 가치를 지향하게 되었고, 도시나 외국으로의 공간 이동의 기회가 증가한 데 반해, 다수 여성들은 여전히 중세적 상황과 가치를 강요받으며 공동체적인 닫힌 공간에 머물러 있었다. 남편과의 생이별을 위주로 한 자기서사들은 20세기 전반 가족관계에 있어서 여성의 지위가 더욱 불안정해진 측면이 있었음을 반영하고 있다. 여성 작자들은 남편이 없는 결혼생활을 불행으로 인식하고 고통스러워하고 있다. 그러나 그들에게는 끝없는 기다림 외에는 아무런 선택의 여지가 없었다.

제3부

「뎬동어미화전가」의 세계

여성문학의 시각에서 본 「뎬동어미화전가」

주해註解 뎬동어미화전가

여성문학의 시각에서 본 「덴동어미화전가」

1. 고전문학연구에서 여성문학적 시각의 필요성

우리나라 고전문학연구는 오래 전부터 여성에 대해 관심을 가져왔다. 신귀현申龜鉉의 『조선여류한시선』(1939) 이래 지금까지 이어져오고 있는 여성한시에 대한 지속적 연구라든가, 국문소설의 발생과 발전에 깊이 관련된 존재로서 여성독자층에 대한 관심이라든가, 국문실기문학國文實記文學의 발전에서 여성작가가 담당한 역할에 대한 연구라든가, 국문시가와 여성이 맺고 있는 관련에 대한 주목 등이 그렇다고 할 수 있다.

고전문학 연구가 여성작가나 여성독자층에 대해 지속적 관심을 가져온 것은 평가할 만한 일이다. 그러나 거기에 문제점이 없는 것은 아니다. 지금까지의 연구는 대체로 소재적素材的이거나 피상적인 연구에 그쳤다는 비판을 면하기 어렵다. 그것은 무엇보다도 여성문학의 시각으로 작품을 보는 관점이 결여된 데서 초래된 것이라고 생각한다. 그저 작가가 여성이라는 데 대한 호기심으로 연구가 이루어지거나, 여성의 사회적 문화적 상황에 대한 심원深遠한 역사적 고려 없이 남성중심의 시각으로 안이하게 작품을 해석하는 태도 등에서 그 점을 확인할 수 있다. 이는 남성연구자는 물론이거니와, 여성연구자라고 해서 예외는 아니다. 남성적 시각으로 굴절된, 여성에 대한 선입견과 고정관념에서 벗어나지 못하고 있다는 점에서는 별 차이가 없어 보이기 때문이다.

여성문학적 관점에서의 문학비평이나 페미니즘 문예이론은 오늘날 문학 연구의 새로운 조류로 부각되고 있다. 고전문학 연구라 해서 비평이 보여주는 현재적 문제의식과 무관한 것은 아니므로, 이런 새로운 조류에 대해 관심을 갖는 것이 필요하다. 그렇지만, 고전문학 연구에서 여성문학적 관심을 도입할 경우, 비평에서와는 달리 좀 더 역사적 논의를 중시할 필요가 있다. 달리 말해, 역사주의적 태도를 견지해야 한다고 여긴다. 그래야 논의가 차분하고 진지해질 수 있으며, 내실 있는 성과를 기대할 수 있을 것이다.

사실, 여성문학적 시각에 입각한 고전문학 연구는 여성작가의 작품에만 한정될 수 없다. 남성작가의 작품들에까지 전면적으로 확대될 필요가 있다. 예컨대, 중국의 이백李白이나 백거이白居易의 시에는 여성에 대한 깊은 연민이 두루 발견되는데, 이런 면모는 이들 작가의 인도주의적 정신이나 진보적 의식과 나란히 가고 있을 뿐 아니라, 그 핵심의 하나가 되고 있다는 점에서 주목할 만하다. 우리 고전문학의 경우에도, 이규보, 정약용, 김려와 같이 당대를 대표할 만한 작가들의 시에서는 여성에 대한 진보적 관심과 태도가 발견된다. 이규보의 「상부탄孀婦歎」, 정약용의 「도강고가부시道康瞽家婦詞」, 김려의 「고시위장원경처심씨작古詩爲張遠卿妻沈氏作」·「사유악부思牖樂府」 등이 그 실례가 된다. 비단 시에 있어서만이 아니라, 산문에 있어서도 마찬가지다. 박지원의 홀

륭한 면모는 「열녀함양박씨전」에서 보이는 여성문제에 대한 앞선 인식에서
도 찾을 수 있다. 이처럼 한 시대의 뛰어나고 진보적인 작가는 여성에 대한 태
도나 그 문학적 형상화에 있어서도 당대의 범용凡庸한 작가들과는 구별되기
마련이다. 따라서 이들 남성작가의 면모를 총체적으로 살피면서 그 이해의
깊이를 더하기 위해서는, 기존의 관점에다 여성문학적 관점을 결합시킬 필요
가 있다. 그것은 단지 기존의 관점 곁에다 다른 한 관점을 병치시키는 데 그치
는 것이 아니라, 기존의 관점과 해석을 수정하거나, 논의의 균형을 이루게 해
줄 것이다.

여성문학적 관점의 도입은 고전시가의 연구에 있어서도 필요하다. 여성이
서정적 주인공으로 등장하고 있는 「서경별곡」, 「가시리」, 「만전춘」, 「동동」
등의 고려가요를 비롯하여, 시집살이 노래나 길쌈노래 등의 부요婦謠, 부녀가
사 등은 그런 관점에서 새롭게 연구될 필요가 있다.

이상, 고전문학 연구에서 여성문학적 시각의 필요성을 살펴보았다. 이 글
은 이런 문제의식에서, 조선 후기에 창작된 가사의 하나인 「덴동어미화전
가」를 고찰하고자 한다. 이 작품은 일찍이 김문기가 『서민가사연구』[1]에서
소개한 바 있고, 그 후 몇몇 연구자가 거론한 바 있다.[2] 「덴동어미화전가」는

---

1 김문기, 『서민가사연구』, 형설출판사, 1983. 이 책의 부록에 첨부되어 있는 「화전가」가 그것이
   다. 그러나 여기서는 현재 학계에 통용되고 있는 명칭을 따라 이 작품을 「덴동어미화전가」라고
   부르기로 한다.
   【보주】이 작품을 최초로 학계에 알린 사람은 류탁일이다. 「조선 후기 가사에 나타난 서민의
   의향」, 『연민 이가원 박사 육질송수 기념논총』, 범학도서, 1977 참조.
2 다음과 같은 글을 들 수 있다. 정흥모, 「「덴동어미화전가」의 세계인식과 조선 후기 몰락 하층민
   의 한 양상」, 『어문논집』 30, 고려대 국어국문학연구회, 1991; 김종철, 「운명의 얼굴과 신명—
   「된동어미화전가」」, 『한국고전시가작품론』, 백영 정병욱선생 10주기 추모논문집 간행위원회,
   집문당, 1992. 이 밖에도 유탁일과 고혜경이 학회에서 이 작품에 대해 발표한 바 있다고 하나,
   그 글은 미처 입수하지 못했다. 참고로 발표 제목과 일시를 제시해 둔다. 류탁일, 「덴동어미의
   비극적 일생」, 한국어문학회 전국발표대회, 1979; 고혜경, 「가사에 나타난 조선말기 하층민의

조선 후기 하층여성의 인생유전人生流轉을 실감나게 그려놓고 있는바, 그 문제성과 리얼리티에 있어 서민가사 중에서도 단연 돋보이는 작품이라 할 수 있다. 기존연구는 이 작품이 보여주는 서민가사적 특징에 주목하거나,[3] 하층민의 삶을 반영한 측면에 주목하거나,[4] 덴동어미가 스스로의 운명에 대해 보여주는 태도에 주목하는[5] 입장에서 논의를 펼쳤다. 이러한 입장은 모두 나름의 타당성을 갖고 있음이 사실이고, 따라서 각기 일정한 성과를 거두고 있다고 인정된다. 그러나, 기존 논의는 대개 덴동어미의 삶에서 '서민' 혹은 '하층민'의 삶을 포착하는 데 치중하고 있을 뿐, '여성'으로서 덴동어미의 삶이 제기하는 의미와 물음에 대해서는 별다른 문제의식을 보여주지 못하였다. 한편, 덴동어미의 운명을 문제 삼으면서, '운명과 신명'이라는 각도에서 덴동어미의 삶의 의미를 해석한 연구도 있지만, 여성의 처지에 대한 깊이 있는 성찰을 바탕으로 이루어진 연구라고 하기는 어려우며, 필자로서 동의하기 어려운 부분도 없지 않다.

덴동어미는 처음부터 하층민이었던 것은 아니며, 나중에 하층민의 삶으로 편입된다. 하층민의 삶으로 편입된 이후의 덴동어미의 삶은 대단히 문제적이며, 따라서 이 부분이 중시되어야 함은 당연하다. 그렇지만, 그 경우에도 덴동어미는 하층민이기만 한 것이 아니고, '여성이면서 하층민'이라는 점을 유의해야 한다. 「덴동어미화전가」의 정당한 이해에 여성문학적 시각이 긴요한 이유도 여기에 있다. 그러나 종전의 연구는 별로 그렇지 못했다. 이 글은 바로 이 점에 대한 깊은 반성에서 출발한다.[6]

삶과 의식」, 한국고전문학연구회 월례발표회, 1988.4.
3   김문기, 앞의 책.
4   정흥모, 앞의 글.
5   김종철, 앞의 글.

2. 개가改嫁의 양상과 의미

「덴동어미화전가」에서, 덴동어미는 세 번 개가改嫁하고, 네 번 상부喪夫한다.

그녀의 첫 남편은 경상도 예천 장이방張吏房의 아들이었다. 덴동어미 스스로는 경상도 순흥 임이방의 딸이었다. 그녀는 어릴 때부터 부모의 사랑을 받으며 자라, 마침내 같은 신분의 의젓한 젊은이에게 시집갔던 것으로 서술된다. "예천읍내 그 중 큰집"이라 한 데서 알 수 있듯, 시댁은 지방의 아전 집안답게 넉넉했다고 판단된다. 덴동어미의 집안도 마찬가지였을 것이다. 조선 후기 아전들 간에는 지체에 따른 신분혼身分婚이 일반화되어 있었기 때문이다. 덴동어미는 당시 16세였고, 그 첫 남편은 "준수비범"한 청년이었다. 또한, "구고舅姑님께 현알하니 사랑한 맘 거록"이라는 표현에서 알 수 있듯, 시부모 역시 덴동어미를 어여삐 여겼다.

이처럼, 덴동어미의 첫 결혼에는 아무런 문제도 없었으며, 행복한 미래가 약속되어 있는 듯했다. 그러나 불행은 전혀 예기치 않은 데서 불쑥 찾아왔다. 결혼한 이듬해 단옷날, 남편이 처가에 가서 그네를 타다가, 그만 그넷줄이 끊어져 목숨을 잃은 것이다. 이는 있을 수 있는 일이긴 하지만, 일반적으로 일어날 수 있는 일은 아니다. 덴동어미가 겪는 이 첫 불행은 조선 후기 하층민의 삶과 무관하다. 당시 덴동어미는 넉넉한 서리胥吏 집안의 여인이었기 때문이다.

---

6 【보주】원래 이 글을 발표하던 당시(1992년)의 원문 인용은 기본적으로 김문기의 앞의 책에 수록된 자료에 의거하였다. 그러나 지금 이 글에서의 원문 인용은 필자의 「주해 「덴동어미화전가」」를 따른다.

사실, 덴동어미의 첫 번째 상부喪夫는 우연적으로 초래되었다. 그러나 실제 우리의 삶을 돌아보면 잘 알 수 있듯, 삶이란 반드시 필연성에 따라서만 그 모습이 펼쳐지는 것은 아니다. 또한 여기서 보다 중요한 것은, 상부喪夫의 우연성 여부가 아니라, 남편의 죽음으로 인해 덴동어미가 불행에 내던져진다는 사실 자체이다. 덴동어미의 삶에서 하층민적 삶만을 읽으려고 할 경우, 이 첫 번째 상부喪夫는 무의미하다. 그러나 덴동어미의 삶에서 여성의 삶을 읽으려고 할 경우, 그렇지 않다. 덴동어미의 파란만장한 삶이 바로 이 첫 번째 결혼의 실패에서부터 비롯된다는 사실에서 그 점을 알 수 있다. 이처럼, 덴동어미의 첫 번째 상부喪夫는 하층민의 삶과의 관련에서는 아무런 사회성과 현실성을 띠지 못하지만, 여성적 삶과의 관련에서는 사회성과 현실성을 갖는다고 할 수 있다. 남성중심적인 사회체제에서 남성에 예속적인 존재인 여성이 남편을 잃는다는 것은 그 자체가 이미 사회적이고 현실적인 문제다. 이 점을 분명히 해두어야 덴동어미가 이후 보여주는 개가와 인생유전의 의미가 좀 더 명료히 파악될 수 있다.

첫 남편을 잃고 덴동어미는 크나큰 슬픔을 보여준다. "호천통곡呼天痛哭" "한숨 모아 대풍 되고 눈물 모아 강수江水 된다" "주야 없이 하 슬피 우니 보는 이마다 눈물내네" "밤낮으로 통곡하니" 등의 서술에서 그 점을 알 수 있다. 이처럼 덴동어미가 슬픔을 이기지 못하자, 시집에서는 그녀를 친정으로 보낸다. 그리고 양가兩家가 의논하여 개가改嫁시킨다. 덴동어미가 개가를 거부했다는 어떠한 흔적도 작품의 문면에서는 찾을 수 없다. 아마도 별다른 저항 없이 집안의 의사에 따라 개가했던 것으로 보인다. 자기가 하려고만 든다면, 덴동어미는 수절할 수도 있었을 것이다. 그러나 그녀는 그렇게 하지 않았다. 이 점과 관련하여, 훗날 노년이 되어 그녀는 큰 회한을 토로하고 있는

데, 그것이 갖는 의미는 나중에 따로 살피기로 한다.

덴동어미가 첫 번째 개가한 집안은 경상도 상주 땅 이상찰李上察네였다. 그녀는 이상찰의 아들인 이승발李承發의 후취後娶로 들어갔다.[7] 덴동어미는 두 번째 결혼 역시 서리층의 인물과 함으로써 자신의 신분을 그대로 유지할 수 있었다. 이번에도 시집은 부자였고, 시부모도 사람이 좋았던 것으로 되어 있다. 또한 그 남편과도 금슬이 좋았다. 그러나 결혼한 지 3년 만에 이포吏逋로 인해 집안이 결딴나고 만다. 이포吏逋란, 이속吏屬이 공금公金이나 관곡官穀 등의 관물官物을 사사로이 축내는 것을 말한다. 이포는 조선 후기 지방관아에 만연된 비리로서, 하나의 사회적 문제가 되고 있었다. 예컨대, 박지원朴趾源의 아들인 박종채朴宗采가 쓴 『과정록過庭錄』 중에는, 박지원이 양양부사 시절 아전배들이 이포를 많이 진 것을 발견하고 그것을 해결하기 위해 부심한 이야기가 나온다. 또한 한문단편 같은 데서도, 아전배가 이포 때문에 감옥에 갇혀 죽을 뻔하다가 겨우 살아난 이야기가 발견된다.

내가 독자(獨子)를 하나 둔 것이 공주(公州) 감영에 아전으로 구실을 다니다가 포흠을 져서 여러 달 갇혀 있다오. 집의 전장(田庄)을 전부 방매(放賣)하고 또 족징(族徵) 인징(隣徵)까지 해서도 아직 다 갚지 못하고 나머지가 많아서 다시 내일까지 갚을 기한을 정해 놓았습니다. 만일 내일을 넘기면 나의 자식은 필경 곤장 아래 원귀가 되고 말 터인데, 한 푼 돈도 한 톨의 쌀알도 마련할 곳이 없고, 외아들이 형벌을 당하는 꼴을 차마 보지 못해 물에나 빠져 죽어 버리면 이것저것 다 모르게 될 것 아닙니까. 노처(老妻)와 젊은 며느리도 여기서 같이 빠져 죽자고 하였는

---

7 '상찰(上察)'은 지방 관아의 아전에 속한 직임(職任)이고, '승발(承發)'은 아전 밑에서 문서 수발 등의 잡무를 보던 사람이다.

데, 차마 물에 빠지는 것을 눈으로 보지 못하고 서로 붙들다가 끌안고 통곡하는 것입니다.

『이조한문단편집』에 실린 「금강」[8]이라는 작품의 한 대목이다. '포흠'이란 이포吏逋의 또 다른 말이다. 인용된 구절은, 이포吏逋를 진 아전의 아버지인 노인이 금강에 빠져죽으려다 그 연유를 묻는 행인에게 한 말이다. 그런데, 흥미로운 것은, 위의 인용문에서 제시되고 있는 상황이 「덴동어미화전가」의 그것과 그리 다르지 않다는 점이다. 「덴동어미화전가」에서도 덴동어미의 시아버지인 이상찰은 그 많은 포흠을 갚기 위해 집과 전답을 다 처분했을 뿐 아니라, 그것으로도 모자라 친척들에게 돈을 꾸고 있다. 그러나 이상찰은 끝내 장독杖毒으로 죽고, 시어머니마저 마음병으로 세상을 뜬다. 「금강」의 경우, 우연히 어떤 사람의 도움으로 패가망신을 면하는 것으로 처리되지만, 「덴동어미화전가」의 경우, 그런 우연은 끼어들지 않는다. 현실을 사실적으로 반영하고 있는 것이다.

그런데, 선행연구에서는 이상찰가李上察家의 몰락을, 수령권守令權의 교체와 관련한 향리鄕吏들의 권력다툼에서 패배한 데 기인하는 것으로 본 바 있다.[9] 이러한 주장의 개연성을 전적으로 부정할 수는 없지만, 그러나 그보다는 오히려 포흠이 발간發奸되고 그것을 갚지 못한 데 따른 집안의 몰락으로 보아야 더 적실하지 않을까 생각한다. 이상찰은 포흠이라는 부정한 방법으로 축재하여 호사스런 생활을 영위했던 것인데, 이런 부류는 당시 널리 존재했었고, 혹 엄한 수령이나 양심적인 목민관을 만나면 낭패를 당하기도 했던 것이다.

---

8   이우성·임형택 역편, 『이조한문단편집』(중), 일조각, 1978, 137면.
9   정홍모, 앞의 글, 86면.

이렇게 본다면, 이상찰의 몰락은 당대 현실의 한 측면을 반영하고 있다고 할 수 있다. 이 작품이 어떤 관념이나 이념에 따라 삶을 그리지 않고, 경험적 현실에 따른 생생한 현실반영을 보여주고 있음이 이런 데서 확인된다.

이상찰가李上察家의 몰락으로 덴동어미 내외는 걸식을 하며 경주로 흘러드는데, 거기서 손 군뢰軍牢 집의 사환으로 일하게 된다. 군뢰軍牢란, 관아에서 죄인을 다스리는 군졸을 말한다. 따라서 아전보다 신분이 낮은 부류에 속한다. 덴동어미의 둘째남편이, '차라리 빌어먹다가 죽고 말지 군뢰놈의 사환은 되지 않겠다'고 덴동어미에게 말한 것도 이러한 신분관계 때문이었다. 그러나 덴동어미의 설득으로 남편은 자신의 생각을 굽히고 만다. 남편은 명분을 앞세웠으나, 덴동어미는 "우리도 이리해서 벌어가지고 고향가면 / 이방吏房을 못하며 호장戶長을 못하오 부러울 게 무엇이오"라고 말하고 있는 데서 알 수 있듯, 명분보다는 현실을 중시하고 있다.

그런데, 여기서 주목해야 할 것은, 덴동어미의 과거 신분이 무엇이었든 간에 그녀는 이제 하층민, 그것도 가난에 찌든 하층빈민의 처지가 되었다는 사실이다. 일찍이 그녀는 첫 남편과의 사별이라는 불행을 당하기는 했으나, 경제적·신분적 하강을 경험하지는 않았었다. 열심히 돈을 모아 장차 고향에 돌아가서 다시 자기 신분을 회복하고 자신의 삶을 되돌려놓겠다는 그녀의 결의와는 상관없이, 그녀의 현재 삶은 하층민의 삶이다. 그러나 그런 처지에서도 그녀가 권토중래捲土重來를 꿈꿀 수 있었던 것은, 그녀의 현 남편이 이족吏族이었기 때문에 가능했다. 하지만 현 남편과 사별하고 다시 하층민 출신 남자의 아내로 전전하는 단계에 이르게 되면 덴동어미는 이러한 꿈마저 포기하지 않을 수 없게 된다.

온갖 고생과 천한 일을 다 하면서 덴동어미 내외는 3년간 악착스레 돈을 모았다. 생기는 돈은 족족 일수日收와 체계遞計를 놓았다. 체계遞計란, 시장에다 고리대를 놓는 것을 말한다. 이리하여 3년 만에 만여 금을 모아, 귀향에의 꿈이 현실로 다가오는가 싶었는데, 그만 괴질[10]이 돌아 남편은 물론 돈을 빌려간 사람이 모두 죽고 말았다. 이러한 현실에 직면하여 덴동어미가 보여주는 슬픔의 크기는 참으로 한량없는 것이다. 다음은, 죽은 남편의 시체를 부여잡고 기절했다가 깨어난 덴동어미가 통곡하는 장면이다.

> 애고 애고 어일거나 가이없고 불쌍하다
> 서방님아 서방님아 아조 벌떡 일어나게
> 천유여리(千有餘里) 타관객지 다만 내외(內外) 왔다가서
> 나만 하나 이 곳 두고 죽단 말이 왠말인가
> 죽어도 같이 죽고 살아도 같이 살지

남편의 시신을 끌어안은 채 울부짖으며 슬퍼하는 여인의 모습을 이만큼 핍진하고 사실적으로 그려 보인 시가도 우리 문학사에서 달리 찾기 어렵지 않나 생각된다. 가슴을 에는 슬픔을 형상화한 이 대목도 뛰어나지만, 견디기 어려운 슬픔이 진정되고 난 다음을 서술하고 있는 아래 구절도 뛰어나다.

> 아무리 호천통곡(呼天慟哭)한들 사자(死者)는 불가부생(不可復生)이라
> 아무래도 할 수 없어 그렁저렁 장사(葬事)하고
> 죽으려고 애를 써도 생한(성한) 목숨 못 죽을레

---

10 이 괴질은 병술년에 돌았는데, 여기서 병술년이란 1886년이다. 이 해에 전국에 콜레라가 만연했음은 김종철, 앞의 글에서 지적된 바 있다.

억지로 못 죽고서 또 다시 빌어먹네

대단히 짧게 몇 마디로 압축해서 상황을 서술하고 있지만, 사람살이의 실제 상황과 기미를 참으로 잘 그렸다고 하지 않을 수 없다. 아무리 슬픔은 크다 할지라도, 산 사람은 다시 목숨을 연명할 수밖에 없다는 것, 그리고 억지로 죽고자 하나 그것도 마음대로 되는 일이 아니라는 것, 이는 삶의 진실이라 할 것이다. 이러한 삶의 진실을 위의 구절은 간명하지만 함축적으로 표현하고 있다.

덴동어미의 두 번째 상부喪夫는, 간접적으로는 이포吏逋로 인한 시집의 몰락과 유리걸식으로부터 초래되었다 할 수 있으며, 직접적으로는 괴질로 인한 것이다. 상부喪夫의 간접적 원인은 사회적 현실적 성격을 강하게 띤다. 뿐만 아니라, 그 직접적인 원인도 사회적 성격을 갖는다고 할 수 있다. 이렇게 본다면, 덴동어미의 두 번째 상부喪夫는 첫 번째와 달리 사회 역사적 관련이 크다고 할 수 있다. 이처럼, 우연적·개인적 사고에서 비롯된 덴동어미의 불행은, 갈수록 사회적·현실적 관련을 강화해 나가는 양상을 보여준다. 덴동어미의 최초의 불행은 우연적으로 초래되었다 할지라도, 그 후의 삶은 현실의 논리와 작용에 의해 규정되고 있는 것이다.

덴동어미는 다시 홀로 되어 떠돌아다니며 빌어먹다가, 울산 읍내에 사는 황도령이라는 서른이 넘은 노총각을 만나게 된다. 황도령 역시 기구한 삶을 살아온 인물이다. 조실부모한 그는 남의 집 머슴살이를 10여 년 하여 마련한 장가 밑천으로 서울에 참깨 무역을 하러 나섰다가 배가 난파하는 바람에 겨우 목숨만 건진 채 빈털터리로 고향에 돌아와 사기砂器 행상行商을 하며 연명하고 있는 참이었다. 황도령은 도부장사였다고는 하나, 밥은 결식하고 다녔으니, 덴동어미와 별반 처지가 다르지 않았다 할 수 있다. 다음은 황도령과 덴동어미가 처음 만나 서로 나눈 말이다.

> "여보시오 저 마누라 어찌 저리 설워하오?"
> "하도나 신세 곤궁키로 이내 마음 비창(悲愴)하오"
> "아무리 곤궁한들 날과 같이 곤궁할까
> 우리 집이 자손 귀해 5대 독신 우리 부친
> (…후략…)

인용 구절의 첫 행은 황도령이 덴동어미에게 말을 거는 것이고, 둘째 행은 그에 대한 덴동어미의 대답이며, 셋째 행 이하는 다시 황도령의 말이다. 셋째 행 이하는 황도령의 기구한 개인사가 대단히 길게 이어진다. 자신의 개인사를 다 이야기한 후, 황도령은 덴동어미에게 함께 살기를 청한다. 다음이 그 대목이다.

> (…전략…)
> 그런 날도 살았는데 설워마오 우지마오
> 마누라도 설다 하되 내 설움만 못 하오리
> 여보시오 말씀 들소 우리 사정을 논지(論之)컨댄
> 삼십 넘은 노총각과 삼십 넘은 혼(홀) 과부라
> 총각의 신세도 가련하고 마누라 신세도 가련하니
> 가련한 사람 서로 만나 같이 늙으면 어떠하오?

전략前略한 부분은 황도령이 개인사를 서술한 부분이다. 이러한 제의에 대해 덴동어미는, "마지못해 허락하고 손잡고서 이 내 말이 / 우리 서로 불쌍히 여겨 허물없이 살아보세"라고 한다.

여기서 우리가 주목할 것은, 기구한 삶을 살아오고 서러운 사연을 간직한 사람들 간에 형성될 수 있는 일종의 '연대'이다. 황도령이 자신의 기구한 삶을 덴동어미에게 자세히 들려준 것은, 거지로 유리걸식하는 덴동어미의 서러운 마음을 위로하기 위한 의도였다고 생각된다. 서러움을 간직한 사람에게 다른 사람의 서러움은 얼마나 큰 위로가 되던가. 자기만이 아니라 다른 사람에게도 불행과 간난艱難, 슬픔이 있음을 발견할 때, 거기서 사람과 사람 사이의 연대가 형성되지 않던가. 슬픔과 쓰라린 경험을 교환함으로써 연대는 싹트는 법이다. "그런 날도 살았는데 설워마오 우지마오"라는 위로의 말이나, "가련한 사람 서로 만나 같이 늙으면 어떠하오?"라는 말에서는, 바로 그런 연대의 감정이 느껴진다. 뿐만 아니라, "우리 서로 불쌍히 여겨 허물없이 살아보세"라는 덴동어미의 말에서도 그 점이 확인된다. 마지못해 같이 살 것을 허락했다는 서술은 그냥 한 말에 불과하다. 더구나 이 부분은 덴동어미가 화자話者로서 젊은 과부댁에게 들려주는 말이기에, '선뜻 허락했다'라고 서술할 수는 없었을 것이다.

덴동어미의 첫 남편과 둘째남편이 서리층의 인물로서 부잣집 자제였음은 앞에서 살핀 대로이다. 더구나 덴동어미 스스로는 이전의 두 남편에 대해 "홍문안의 사대부"로까지 인식하고 있었다. 덴동어미 역시 향촌에서 행세하는 서리 집안의 딸이었다. 물론, 두 번째 결혼에서 덴동어미는 시집이 몰락하는 바람에 남의 집에 고용살이하면서 하층민으로서의 삶을 살아야 했다. 그러나 그럼에도 불구하고 본래의 신분으로 되돌아갈 수 있다는 한 가닥 희망이 있었다. 그러나 황도령과 결혼한 이제, 상황은 전혀 달라졌다. 황도령은 애초 하층민이었으며, 지금도 빈민으로서의 삶을 영위하고 있는 인물이었기 때문이다. 덴동어미가 하층민적 삶을 시작한 것은 두 번째 남편과 함께 남의 고용살이를 하면서부터라고 할 수 있지만, 그러나 그때에는 신분의식과 생활 사이에 어떤 괴리 같은 것이 존재하고 있었다고 볼 수 있다. 그러나 황도령과 결혼한 이제, 그런 괴리 같은 것은 존재하지 않게 되었다. 원래의 신분이 어쨌든, 지금의 덴동어미는 그 의식과 생활에 있어 완전히 하층여성이 되고 말았다. 여성의 신분은 남성에 의해 규정되는바, 예속적 여성의 처지가 여기서도 확인된다.

덴동어미와 황도령은 어떤 혼례의식을 거쳐 부부로 결합한 것도 아니다. 처음 만나 이야기를 주고받은 그날부터 필요에 따라 함께 살게 되었던 것이다. 이는 하층민, 그 중에서도 최하층의 빈민이 부부로 결합하는 방식을 보여주는 것이기도 하다. 두 사람이 곧장 부부관계로 들어갈 수 있었던 것은 단지 연대와 상련相憐의 감정 때문만은 아니다. 덴동어미 쪽에서는, 무엇보다 절박한 삶의 문제로서 남편이 필요했다고 보인다. 즉, 거지로서 홀로 떠도는 처지가 된 덴동어미로서는 생계와 생활을 위해 남편이 필요했다. 따라서 두 번째 개가는 첫 번째 개가와 그 현실적 의미가 사뭇 다르다. 첫 번째 개가가 '여성'의 처지하고만 관련된다면, 두 번째 개가는 '여성'과 '하층빈민'의 처지가 중층적으로 관련된다. 그러므로, 바로 이 대목 이후부터는 여성의 삶과 하층빈민의 삶이라는 두 가지를 하나로 통일시켜 볼 필요가 있다.

덴동어미의 세 번째 결혼생활 역시 순탄치 못했다. 내외는 밥을 빌어먹으면서 사기 짐을 이고 도부장사를 다녔지만, 돈이 좀 모일 만하면 둘 중의 하나가 아파 가난을 면하기 어려웠다. 하층빈민이라고 해서 언제나 가난한 것만은 아니고, 혹 형편이 좀 나아질 가능성이 없는 것은 아니지만, 그러나 이를 하층빈민의 일반적 상황이라 하기는 곤란하다. 그보다는 늘 빈곤의 악순환에서 벗어나지 못하는 것이 하층빈민이 겪는 일반적 상황이다. 덴동어미와 황도령의 간난한 삶은 바로 이러한 현실을 반영하고 있다. 덴동어미는 "모가지가 자라목 되고 발가락이 무지러"질 정도로, 사기를 담은 도부 광주리를 머리에 이고 열심히 행상을 다녔지만, 가난을 벗어날 수 없었다. 그러던 중, 산사태에 다시 남편을 잃고 만다. 덴동어미는 자신의 신세에 억장이 무너지고 기가 막혀 굶어죽으려고 하는 생각도 해보았으나, 주인댁 아주머니의 만류로 다시 목숨을 부지한다.

주인아주머니는 홍진비래 고진감래의 세상이치를 들어가며, 덴동어미의 마음을 달래면서, 한 달 전에 상처喪妻한 뒷집 조서방에게 다시 개가할 것을 권한다. 지금까지는 불행했지만, 이번에는 자식 낳고 정말 행복하게 살지 어찌 알겠느냐는 것이었다. 이에 덴동어미는, "이왕사를 생각하고 갈까 말까 망설이다 마지못해 허락"한다. 갈까 말까 망설인 것은, 지금까지 몇 번이나 남편을 잃은 자신의 팔자를 생각해서다. 그러나 그녀는 다시 개가하기로 마음을 정한다. 이는 주인아주머니의 말대로 이번에는 정말 행복한 삶을 살 수 있지 않을까 하는 기대 때문이었다. 덴동어미의 개가는 황도령이 죽고 난 직후에 바로 이루어진다. 이는 「장끼전」에서 장끼가 죽자마자 개가하는 까투리를 연상케 한다. 그런데, 덴동어미가 남편이 죽자마자 개가한 것은, 단지 행복에 대한 기대 때문만은 아니며, 하층여성의 생활상生活上의 절박한 요구와도 관련된다고 보아야 옳을 것이다. 당장 내일의 삶이 불확실하고 불안한 상황이기 때문이다. 따라서 남편이 필요했다. 그것은 이전에 황도령과 함께 살기로 했을 때도 마찬가지였다. 까투리 역시 이런 이유 때문에 곧바로 개가

하지 않았을까 짐작된다. 그러므로 하층여성으로서 덴동어미는 그 주관적 의지와는 관계없이 계속 개가하지 않을 수 없는 현실 속에 객관적으로 놓여 있었다고 할 수 있다. 덴동어미 스스로는 이 점을 의식하고 있지 못한 것 같지만, 그러나 그녀는 행동에 의해 그러한 생활상의 요구를 실천하고 있다고 보인다. 따라서 작품 문면에서 말하고 있는 것과 달리, 또 기존 연구가 강조하고 있는 것과 달리, 덴동어미가 팔자를 고치거나 자신의 운명으로부터 도망하기 위해 거듭거듭 개가한 것은 아니다. 그러한 해석은 피상적인 것이며, 하층여성으로서 덴동어미가 처한 삶의 조건을 진지하게 고려한 것이 아니다. 이 작품을 여성문학적 시각으로 읽어야 할 필요는 바로 이런 데서 확인된다.

덴동어미는 주인아주머니의 인도로 조서방을 찾아가 서로 몇 마디 말을 나눈 후 그날로 바로 살림을 차린다. "그날부터 양주兩主되어 영감 할미 살림한다"라는 서술에서 그 점을 확인할 수 있다. 홀아비 조서방은 자식도 없이 엿장수로 생활을 꾸려왔다. 그래서 사람들은 그를 '엿장수 조첨지'라고 불렀다. 이후, 덴동어미는 집에서 살림하고, 조첨지는 경상도 여러 장을 떠돌며 엿을 팔러 다닌다. 다음 구절에 두 내외의 생활이 잘 서술되어 있다.

> 나는 집에서 살림하고 영감은 다니며 엿장사라
> 호두약엿 잣박산에 참깨박산 콩박산에
> 산자 과질 빈사과 갖초갖초 하여 주면
> 상자고리에 담아 지고 장마다 다니며 매매한다
> 의성장 안동장 풍산장과 노루골 내성장 풍기장에
> 한 달 육 장 매장 보니 엿장사 조첨지 별호 되네

그러던 중 몇 년 만에 태기가 있어 사내아이를 얻는다. 나이 오십에 본 만득자晩得子였다. 덴동어미의 기쁨은 이루 말할 수 없었다. 그래서 옥이야 금이야 사랑을 쏟았다. 그녀는 이제 정말 "고진감래 할라는가" 싶었으며, "인제야 한 번 살아보지" 싶었다. 그러나 기쁨도 잠시, 불행은 그녀를 놓아주지 않았다. 별신굿에 한 밑천 벌어 보겠다고 사나흘 간 엿을 대대적으로 고다가 한 밤중에 그만 집에 불이 난 것이다. 덴동어미는 안방으로 쫓아 들어가 불더미에 엎어져 뒹굴면서 아이를 안고 나왔지만, 아들을 살린다고 쫓아 들어간 남편은 끝내 나오지 못하고 불길에 목숨을 잃고 만다. 덴동어미는 자기도 같이 죽겠다고 불덩이로 달려들지만, 동네사람의 제지로 몸부림친다. 불이 난 장면의 서술, 그리고 남편이 불에 타 죽은 것을 안 덴동어미가 몸부림치는 장면의 서술은 뛰어난 시적 형상화를 얻고 있다고 평가할 만하다. 뿐만 아니라, "깜짝 사이에 영감 죽어 삼혼구백三魂九魄이 불꽃 되어 / 불티와 같이 동행하여 아주 펄펄 날아가고"와 같은 표현은 평범한 일상 언어에 의한 것이지만 매우 탁월한 시적 성취를 거두고 있다.

'덴동어미'라는 호칭도 바로 이 사고에서 유래한 바, 그것은 '불에 덴 아이의 엄마'라는 뜻이다. 간난아이 덴동이는 죽는다고 울어댔지만, 덴동어미는 세상사가 귀찮기만 하고 살 뜻이 없었다. 그러자 동네 아주머니가 덴동이를 안고 와서 엄마의 가슴을 헤치고 젖을 물리고선 백방으로 달랜다. 이 대목을 보면 다음과 같다.

"이 사람아 정신 차려 어린 아기 젖 먹이게
   우는 거동 못 보겠네 일어나서 젖 먹이게"
"나도 아주 죽을라네 그 어린 것이 살겠는가

그 거동을 어찌 보나 아주 죽어 모를라네"

"된다군들 다 죽는가 불에 덴 이 허다하지

그 어미라야 살려내지 다른 이는 못 살리네

자네 한 번 죽어지면 살기라도(살 것이라도) 아니 죽나

자네 죽고 아(아이) 죽으면 조첨지는 아조 죽네

살아날 것이 죽고보면 그도 또한 할 일인가

조첨지를 생각거든 일어나서 아(아이) 살리게

어린 것만 살고 보면 조첨지 사못 안 죽었네"

동네아주머니의 말은, 삶의 간고함에도 불구하고 악착스레 생명을 이어가는 당대 하층여성의 가슴에 간직된 말이자, 그 경험의 표현이다. 사실, 앞에 등장한, 덴동어미와 조첨지를 맺어준 주인아주머니 역시, 여기 등장하는 동네아주머니와 비슷한 면모를 보여주는 하층여성이다. 일찍이 그 주인아주머니는, 황도령을 잃고 나서 굶어죽으려는 덴동어미에게, "죽지 말고 밥을 먹게 죽은들사 시원할까 / 죽으면 쓸 데 있나 살기만은 못하니라 / 저승을 뉘가가 봤는가 이승만은 못하리라 / 고생이라도 살고보지 죽어지면 말이 없네"라면서 만단으로 위로한 바 있다. 또한 그 주인아주머니는 홍진비래와 고진감래의 세상이치를 이야기해주면서, 세상일은 알 수 없으니 그런대로 또 살아보라며 덴동어미의 마음을 어루만져 주었다. 주인아주머니의 이러한 말에서도 당대 하층여성의 삶에 대한 태도가 잘 드러난다. 그것은 한 마디로 말해, 아무리 험한 일을 당하더라도 살아있는 한은 인고하면서 살아야 한다는 것, 그리고 살다보면 또 좋은날이 올지도 모른다는 생각을 표현하고 있다. 당대의 하층여성이 가졌던 이러한 생각(그것은 물론 지금도 이어지고 있다고 보이지만)

은 당연히 그들의 간고한 생활처지와 삶의 쓰라린 역정에서 형성된 것이다. 요컨대 「덴동어미화전가」에는 덴동어미 말고도 당대 하층여성의 삶에 대한 인식과 태도를 보여주는 몇몇 주목되는 여성이 등장한다. 이들에게서 우리는 당대 하층여성들의 인고의 자세와 따뜻한 마음, 그리고 그들 간에 자연스럽게 형성되고 있는 깊은 연대를 확인할 수 있다.

동네 아주머니의 위로에 덴동어미는 다시 일어나 그런대로 또 삶을 견뎌나간다.

3. 귀향과 달관

네 번이나 남편과 사별하면서 덴동어미가 겪은 삶의 고난은 참으로 엄혹한 것이었고, 보통 사람으로서는 상상하기 힘든 것이었다. 아무리 당대 하층여성의 삶이 힘든 것이었다 하더라도, 덴동어미가 겪은 그 지독한 고초를 모든 사람이 겪은 것은 아닐 것이다. 그렇기는 하지만, 덴동어미의 삶이 보여주는 그 간난함과 기구함은 당대 하층여성의 처지와 운명을 그 극단에 있어 보여주는 것이라 할 수 있을 것이다. 이처럼 적어도 하층여성의 삶과의 관련에 있어 덴동어미의 삶은 상당한 보편성을 갖는다고 할 수 있다.

마지막 남편 조첨지를 사별한 슬픔이 좀 가라앉은 시점에 덴동어미는 자신의 기막힌 삶을 되돌아보며 다음과 같이 독백한다. "지난 일도 기막히고 이 앞일도 가련하다 / 건널수록 물도 깊고 넘을수록 산도 높다 / 어쩐 년의 고생팔자 일평생을 고생인고." 삶은 갈수록 아득하고 힘겹기만 하다. 덴동어미는 네 번째 상부喪夫 후에 다시 개가하지 않았다. 자식이 하나 딸린 데다 덴동어미 스스로도 이제 예순을 바라보는 나이에 접어들고 있었으므로, 개가하고자 해도 그러기 어려웠을 것이다. "나(나이)는 점점 많아가니 몸은 점점 늙어가네 / 이렇게도 할 수 없고 저렇게도 할 수 없다"는 덴동어미의 말이 그 점을 뒷받침한다. 이렇게도 할 수 없고 저렇게도 할 수 없는 막다른 상황에서 덴동어미는 마침내 고향을 떠올리고, 귀향을 작정한다. 실로 40년 만에 찾는 고향이었다.

덴동이를 등에 업고 찾은 고향은 예전 모습이 아니었다. 친정집은 그 사이 쑥대밭이 되어버렸고, 아는 사람도 없었다. 그러나 강산은 그대로고, 눈에 익은 은행나무는 그 자리에 그대로 서 있었다. 슬피 우는 두견새를 보자 덴동어미는 자기도 모르게 첫 남편을 떠올렸다. 후회와 부끄러움이 그녀를 엄습했다. "어이 할고 어이 할고 후회막급 어이할고야 / 새야 새야 우지 마라 새 보기도 부끄러워"라는 구절에서 그 점이 확인된다. 새에게만 부끄러운 것이 아니라, 산을 보아도 부끄럽고, 사람을 보아도 마찬가지였다. 개가한 이후의 삶을 되돌아보면 억장이 무너지고 기 막히는 일뿐이었으니, 대체 자기가 왜 개가했던지 후회하는 심정이 되면서 수절하지 못한 것을 부끄럽게 생각한 것이다. 그리하여 덴동어미는 "첫째 낭군 죽을 때에 나도 한 가지 죽었거나 / 살더래도 수절하고 다시 가지나 말았다면 / 산을 보아도 부끄럽잖고 저 새 보아도 무렴찮지"라고 독백하면서, 일가친척이나 남들에게 욕먹을 것을 걱정한다. 그래서 잔디밭에 앉아 슬피 울었다고 했다.

두 번째 남편을 잃고 나서 덴동어미가 왜 고향으로 돌아오지 않고 거지로 떠돌다가 이 사람 저 사람에 의탁하며 유전流轉하는 삶을 살 수밖에 없었는가

하는 물음에 대한 답변을 여기서 찾을 수 있다. 그것은 곧 개가한 여성에 대한 당시 사회의 통념 때문이었다고 할 수 있다. 즉, 개가한 여자로서 영락한 꼴로 고향에 차마 돌아갈 수 없었던 것이다. 개가에 대한 사회적 통념은 양반 사회를 중심으로 형성되어 있었지만, 중인 서리층은 물론이고 상민常民에게도 어느 정도 영향을 미치고 있었다. 그것은 결국 남성 전권專權, 남성지배권의 표현으로서, 여성에게 있어서는 하나의 커다란 질곡이었다. 다만, 하층빈민의 삶에는 별로 효력이 없었으니, 그것은 그들의 생활상의 요구와 너무도 배치되기 때문이었다. 하층여성의 생활로 떨어졌을 때 덴동어미가 개가에 대해 수치심을 보여주기는커녕, 너무도 쉽게 그리고 자연스럽게 개가할 수 있었던 것도 이러한 생활상의 요구 때문이었다. 그렇지만 고향으로 돌아오자 덴동어미는 자신이 수절하지 못하고 개가했다는 데 대해 커다란 수치심을 느끼게 된다. 이는 모순이 아닌가. 모순이지만 그것은 엄연한 현실이었다. 고향은 덴동어미로 하여금 자신의 원래 신분을 환기시켰고, 그래서 그녀는 다시 사회적 통념과 이념화된 제도의 틀 속에서 생각하고 느끼도록 강요되었다. 통념으로부터 자유로운 공간에 있다가, 통념의 구속을 받아야 하는 공간으로 옮겨온 것이다.

이처럼, 덴동어미가 귀향하여 갖는 느낌이나 감정들은, 고향이 강요하는 통념이나 제도와 관련하여 해석되어야 할 부분이 적지 않다.

뿐만 아니라, 고향에 돌아온 이후 덴동어미가 보여주는, 온갖 고생을 다 겪은 자신의 인생역정을 바탕으로 도달한 세상과 삶에 대한 인식은, 운명론적인 사고에 매인 부분도 없는 것은 아니나, 높은 달관의 경지를 보여주기도 하여 주목된다. 그러나 운명론적인 사고에 매인 부분이라 하더라도, 단지 그렇게만 말하고 도외시할 것은 아니다. 덴동어미 스스로는 아직 그것을 현실적으로 논리화시키지 못하고 운명론적으로 표현하는 데 그치는 한계를 보이고 있지만, 잘 살펴보면 그 뒤에 현실적 함축이 자리하고 있거나 덴동어미 자신의 직접적 체험이 그런 식으로 일반화되어 표현된 경우가 적지 않기 때문이다. 예컨대, 다음 구절을 보자.

> 엉(우엉) 송이 밤송이 다 쪄(찔려)보고 세상의 별 고생 다해봤네
> 살기도 억지로 못하겠고 재물도 억지로 못 하겠데
> 고약한 신명도 못 고치고 고생할 팔자는 못 고칠레
> 고약한 신명은 고약하고 고생할 팔자는 고생하지
> 고생대로 할 지경엔 그른 사람이나 되지 말지
> 그른 사람 될 지경에는 옳은 사람이나 되지그려
> 옳은 사람 되어 있어 남에게나 칭찬 듣지
> 청춘과부 갈라(가려) 하면 양식 싸고 말릴라네
> 고생팔자 타고나면 열 번 가도 고생일레
> 이팔청춘 청상(靑霜)들아 내 말 듣고 가지 말게

덴동어미가 화전놀이에 온 청상과부에게 들려준 말이다. 고생할 팔자와 신명(운명)은 타고나는데, 상부喪夫가 바로 그런 팔자에 해당하는바, 따라서 한번 상부喪夫하면 설사 개가한다 하더라도 고생만 실컷 하기 마련이니, 개가하지 않는 게 좋다는 논리이다. 운명론적 사고의 표현이다. 그러나 또한 간과하지 말아야 할 것은, 이러한 논리 속에는 덴동어미 자신의 직접적 체험이 짙게 배어 있다는 점이다. 그녀는 자신의 체험에 바탕한 이러한 주장이 널리 타당하다는 것을 보이기 위해, 자기가 알고 있는, 개가하여 실패하거나 불행

해진 여자들의 사례를 쭉 나열하고 있다. 그 중에는, 남편에게 매를 맞아 골병들어 죽은 여인도 있고, 전처 자식과의 갈등 때문에 쫓겨난 이도 있으며, 첩으로 들어갔다가 본처와 사이가 나빠 스스로 목숨을 끊은 이도 있다.

　수절을 정당화하는 듯한 덴동어미의 이 같은 운명론적 사고는 그대로 수긍하기 곤란하다. 그러나 이 말이, 덴동어미가 자신의 쓰라린 체험을 바탕으로, 당대 사회에서 여자가 개가하여 행복한 삶을 누리기는 참으로 어렵다는 생각을 표현한 것이라 본다면 틀린 것은 아니다. 개가하여 행복을 누리기는 커녕 더 비참해질진대, 차라리 수절하는 쪽이 칭찬이라도 들을 수 있으니 더 낫지 않느냐는 것이다. 개가하여 온갖 고초를 겪은 덴동어미로서는 당연히 그렇게 말할 수 있을 것이다. 그러나 연암 박지원의 「열녀함양박씨전」이 잘 형상화하고 있듯, 수절인들 편하고 쉬운 일인가. 다음에서 보듯, 덴동어미 역시 수절 또한 고생이라는 사실을 인정하고 있다. "역력가지歷歷可知 생각하되 개가해서 잘 되는 이는 / 몇에 하나 아니 되네 부디부디 가지 말게 / 개가 가서 고생보다 수절고생 호강이니 / 수절고생 하는 사람 남이라도 귀히 보고 / 개가고생 하는 사람 남이라도 그르다네". 이처럼 '개가고생'과 함께 '수절고생'을 말하고 있다. 덴동어미가 자기 체험에 입각해 개가고생이 수절고생보다 더하다고 주장하는 데 대해서야 꼭 옳고 그름을 따질 일이 아니라고 하더라도, '수절고생은 남이 귀히 보지만 운운'이라고 한 말에 대해서는, 그것이 당대의 사회적 통념과 제도화된 이념에서 연유하는 일종의 허위의식이라는 점을 지적할 필요가 있다. 따라서 만일 엄정하고 객관적인 눈으로 작품을 읽는다면, 그리고 또 그런 눈으로 덴동어미의 말을 음미한다면, 우리는 당대 사회에서 여성은 수절해도 고생이고 개가해도 역시 고생이라는 점을 시사받게 된다. 남성이 상처喪妻할 경우와 달리, 왜 유독 여성이 상부喪夫하면 혼자 살든 개가하든 그렇게 힘이 들까. 그것은 여성에게 경제력이 없을 뿐 아니라, 사회적·문화적·제도적·이념적·성적으로 남성이 지배하는 가부장제적 사회구조에 여성이 종속되어 있기 때문이다. 덴동어미가 살았던 시대는 말할 나위도 없지만, 상황이 다소 호전되었다는 지금의 시대에도 상황이 근본적으로 달라진 것은 아니다. 더구나 수절은, 수절할 만한 최소한의 경제적 여건이 갖추어져야 할 수 있는 법이니, 덴동어미 스스로의 체험이 잘 말해주듯, 하층여성의 처지에서는 그 생활상의 요구와 맞지 않는다. 그러므로 개가하지 말고 수절하라는 덴동어미의 말은, 중인 서리층이나 양반층 부녀들에게는 어떨지 모르나, 하층여성에게는 공허할 뿐이다.

이처럼 덴동어미는 인식의 제한성을 보여주기도 하나, 말할 수 없는 고초를 겪으면서도 삶을 견뎌온 사람답게 삶과 세상 이치에 대한 달관을 보여준다. 가령, "고생팔자 고생이리 수지장단壽之長短 상관없지 / 죽을 고생 하는 사람 칠팔십도 살아 있고 / 부귀호강 하는 사람 이팔청춘 요사夭死하니 / 고생사람 덜 사잖고 호강 사람 더 사잖네 / 고생이라도 한限이 있고 호강이라도 한限이 있어"와 같은 말에서는, 세상 이치에 통달한 사람으로서의 면모를 읽을 수 있다. 뿐만 아니라, 다음과 같은 말에서는, 덴동어미가 그 엄청난 고생을 통해 마침내 사람살이의 깊은 이치와 마음을 다스리는 법을 깨쳤음을 확인하게 된다.

　　　내 팔자가 사는 대로 내 고생이 닫는 대로
　　　좋은 일도 그뿐이요 그른 일도 그뿐이라
　　　춘삼월 호시절에 화전놀음 왔거들랑
　　　꽃빛을랑 곱게 보고 새소리는 좋게 듣고

밝은 달은 예사 보며 맑은 바람 시원하다

좋은 동무 존(좋은) 놀음에 서로 웃고 놀다보소

사람의 눈이 이상하여 제대로 보면 관계찮고

고운 꽃도 새겨 보면 눈이 캄캄 안 보이고

귀도 또한 별일이지 그대로 들으면 괜찮은걸

새소리도 고쳐듣고 슬픈 마음 절로 나네

맘(마음) 심자가 제일이라 단단하게 맘 잡으면

꽃은 절로 피는 거요 새는 여사 우는 거요

달은 매양 밝은 거요 바람은 일상 부는 거라

마음만 여사 태평하면 여사로 보고 여사로 듣지

보고 듣고 여사하면 고생될 일 별로 없소

　덴동어미가 도달한 삶에 대한 이러한 태도를 두고, 마침내 이 여인이 운명의 얼굴을 보았다거나 자신의 운명을 넘어섰다거나 하는 식으로 야단스레 말할 것은 아니다. 물론, 덴동어미가 자신의 운명은 어찌할 수 없다는 인식으로부터 삶의 회한과 고통으로부터 벗어나고 있음은 사실이다. 그러나 이를 단순히 덴동어미가 자신의 운명을 인정함으로써 운명을 넘어섰다고 하기보다는, 기구한 운명에 '단련'된 여인이 인생의 황혼에 도달한, 삶에 대한 '달관'을 보여주는 것이라 해석하고 싶다. 이러한 달관이 체념과 전혀 무관하게 이룩된 것이라고 할 수야 없겠지만, 그러나 그것은 이미 체념과 동렬에 놓고 말할 수 없을 만큼 높은 정신적 경지에 도달해 있다고 판단된다. 체념이란 대개 쉽게 도달할 수 있는 태도가 아닌가. 그러나 덴동어미가 보여주는 달관의 태도는 아무나 쉽게 도달할 수 있는 것이 아니다. 그것은 설사 처음

엔 체념에서 비롯되었다하더라도, 이젠 이미 체념과는 다른, 정신의 높다란 경지이다.

삶에 대한 무애자재無涯自在한 태도라고 표현해도 좋을 이런 정신적 경지에 덴동어미가 도달할 수 있었던 것은, 보통 사람으로서는 상상하기도 어렵고 견디기도 어려운 지극한 고통을 일평생의 삶에서 경험했기 때문일 것이다. 삶은 지울 수 없는 커다란 상처를 그녀에게 남겼지만, 또한 그녀를 이런 정신적 높이로 인도한 것이다. 이처럼 덴동어미가 도달한 삶에 대한 달관은 직접적으로는 자신의 체험과 관련된다. 그러나 또 달리 생각하면, 이러한 달관에 이르기까지에는 당대 여성, 특히 하층여성들 사이에 형성되어온 삶에 대한 지혜나 삶에 대한 승화된 인식에 빚지고 있는 바도 적지 않다. 물론, 당대 하층여성들 사이에 형성되어 있던 삶에 대한 태도나 인식은, 당대에 갑작스럽게 생겨난 것이라고 하기는 어렵고, 그 이전부터 오랜 기간에 걸쳐 축적되고 이어져온 것이라 보아야 할 것이다. 덴동어미가 보여주는 달관이 그녀가 열력閱歷한 하층여성들의 삶의 태도와 깊이 연관되어 있다는 사실은, 세 번째 남편 황도령이 죽었을 때 주인아주머니가 던진 말이라든가, 네 번째 남편 조첨지가 죽고 자식이 불에 데어 병신이 되자 그만 삶을 포기하고자 했을 때 동네아주머니가 해준 긴 위로의 말을 통해 확인된다. 이들 하층여성들의 말 속에는, 삶의 고통을 애써 견디며 살아온 사람들의 체험의 무게가 묵직하게 실려 있고, 삶에 대한 끈질기면서도 '자연스런' 태도와 감정이 배어 있다. '자연스런'이라고 한 것은, 자연의 흐름을 따르듯, 삶도 역시 그렇게 살 수밖에 없다는 인식을 보여준다는 점에서이다. 삶과 생명의 흐름을 자연의 흐름과 동일시한 것이다. 이런 인식태도는, 삶의 고통에도 불구하고 삶을 너그럽게 바라보며 인고하게 만들고, 절망 속에서도 삶을 포기하는 법 없이 미래의 삶에 희망과 기대를 품게 하고 있다. 당대의 하층여성들이 보여주는 삶에 대한 이러한 인식은 결코 과소평가될 성질의 것이 아니다. 그것은 체험과 생활의 무수한 정련精鍊을 거쳐 획득되었으며, 삶을 바라보는 깊은 눈을 보여주기 때문이다. 덴동어미는 하층민의 삶을 살면서 이들 하층여성이 보여주는 삶에 대한 태도와 자세에서 많은 것을 배우고 깨달았음에 틀림없다. 결국 그것이 덴동어미 자신의 체험과 결합되면서 앞서 인용한 구절에서와 같은, 삶에 대한 달관으로 귀결된 것이다.

달은 매양 밝은 것이요, 바람은 일상 부는 것이고, 꽃은 절로 피는 것이요, 새는 그냥 울 뿐이니, 보는 사람 자신의 마음을 전이시키지 말고 사물을 있는 그대로 보면 즐겁다는 덴동어미의 말은, 비록 배운 것 없는 미천한 여성의 말이지만, 도道를 깨친 사람의 경지와도 그리 다르지 않다. 다만, 덴동어미는 수도修道와 정진을 통해서가 아니라, 인생유전과 하층의 삶을 통해 그러한 정신적 깨달음에 이른 것이다. 고통이 만들어낸 진주라고나 할까.

덴동어미는, 기구한 삶을 살면서도 그 삶을 견뎌낸 조선 후기 하층여성을 대변하고 있다고 할 수 있다. 물론, 그녀의 삶 전체를 그렇게 해석할 수는 없다 할지라도, 그 많은 부분은 그렇게 해석할 수 있다.

「덴동어미화전가」는 덴동어미를 통해 당대 하층여성의 전형을 창조했다는 의의를 가질 뿐만 아니라, 조선 후기 여성문학이 도달한 한 정점을 보여준다는 점에서도 의의가 크다. 덴동어미는 조선 후기문학이 낳은 또 하나의 탁월한 전형인 춘향의 형상과는 또 다른 각도에서 의의와 문제성을 갖는다. 조선 후기 고전문학이 이룩한 성과 전체를 두고 보더라도, 덴동어미가 보여주는 저 절실하고 생생한 삶의 체험과 높다란 정신적 경지에 견줄 만한 인물 형상은 쉽게 찾기 어렵다. 이 점에서, 「덴동어미화전가」는 조선 후기 여성문학에 있어서만이 아니라, 조선후기문학 일반에 있어서도 한 정점을 보이는 것이라 할 만하다.

4. 하층체험의 수용과 부녀가사의 변모

'화전가花煎歌'는 대개 사대부가士大夫家 부녀들이 창작한 가사의 한 종류로서, 현재 여러 작품이 전한다. 그것은 주로 봄날 부녀들이 화전놀이 하는 것을 내용으로 삼고 있으며, 양식화된 몇 가지 특징을 보여준다. 「덴동어미화전가」는 화전가의 전통 속에서 창작된 작품이지만, 기존의 화전가류와 그 성격이 판이하다. 그것은 형식과 내용, 두 측면에서 모두 그렇다.

「덴동어미화전가」는 처음에 서술자의 목소리로 부녀들이 화전놀이 가는 장면을 서술한다. 마침내, 산에 올라 화전花煎을 부치고 재미나게 놀 무렵, 한 청춘과부가 자신의 서러운 사연을 이야기하며 그만 집으로 돌아가려 한다. 바로 이때 덴동어미가 나서서 청춘과부를 만류하며, 자신의 기구한 일생담을 들려준다. 우리가 앞에서 살핀 것은 바로 이 덴동어미의 일생담 부분에 해당한다. 덴동어미의 일생담이 끝나면, 다시 앞의 그 청춘과부가 등장하여, 덴동어미의 이야기에 크게 깨달았다고 하면서 '봄춘자春字 노래'를 부른다. '봄춘자 노래'가 끝나면, 이번에는 한 소낭자小娘子가 나서며 '꽃화자花字 타령'을 부른다. 그리고 다시 서술자가 등장하여, 화전놀이를 마치고 돌아가는 장면을 서술한다.

이처럼, 「덴동어미화전가」는 이른바 액자구성 방식을 취하고 있다. 그리하여 내부이야기인 덴동어미의 말이 작품의 3분의 2나 차지하는 특이한 형식을 보여준다. 사실, 이 작품에서 가장 중요한 내용은 덴동어미의 일생담이라 할 수 있고, 따라서 작품의 특성도 바로 거기서 찾을 수 있다. 그러나 그렇다고 해서 일생담 부분만 검토한다면, 작품의 전체적 의미를 제대로 포착하기 어렵다.

「덴동어미화전가」의 액자구성은 하층의 다양한 체험을 화전가의 기존형식 속에 끼워 넣고자 하는 과정에서 초래되었다고 할 수 있다. 이 점은 선행연구에서도 간단히 지적된 바 있다.[11] 그러나 이 액자구성이 갖는 함축을 좀더 면밀히 검토할 필요가 있다. 「덴동어미화전가」의 액자구성은 단순한 액자구성이 아니라, 액자 속에 또 하나의 액자가 들어있다. 즉, 황도령이 덴동어미에게 자신의 일생담을 이야기하는 부분이 그것이다. 덴동어미의 일생담이라는 큰 내부이야기가 서사적 완결성을 갖듯, 황도령의 일생담이라는, 큰 내부이야기의 내부에 있는 작은 이야기도 서사적 완결성을 갖고 있다. 또한 주목되는 것은, 덴동어미의 일생담을 서술하는 화자는 덴동어미 자신이며, 황도령의 일생담을 서술하는 화자는 바로 황도령 자신이라는 사실이다. 덴동어미든 황도령이든, 모두 자신의 목소리로 자기 체험을 직접 이야기하고 있다는 점에서 동일하다. 따라서 이들의 이야기는 대단한 생동감과 구체적 현실성을 가질 수 있었다. 서술자의 관념이나 이념에 의해 여과되거나 굴절되지 않은 채, 현실의 모습이나 하층체험 그 자체가 그대로 직접화법으로 끼워 넣어져 있는 것이다. 뿐만 아니라, 액자의 내부에는 덴동어미와 황도령 이

---

11   정흥모, 앞의 글, 96면.

외에도 여러 인물들이 등장하여 자신의 목소리를 들려준다. 가령, 둘째남편 이씨, 넷째남편 조첨지, 주인아주머니, 동네아주머니 등이 그런 인물들이다. 이처럼 여러 인물이 등장하여 자신의 말을 하며, 자기 생각과 체험과 이야기를 들려준다. 때문에 「덴동어미화전가」는 다른 가사에서는 도저히 유례類例를 발견하기 어려울 만큼 많은 대화가 나타난다. 한 예를 들면 다음과 같다.

> 모르는 안노인 나오면서 "어쩐 사람이 슬이(슬피) 우나
> 울음 그치고 말을 하게 사정이나 들어보세"
> "내 설음을 못 이겨서 이곳에 와서 우나니다"
> "무슨 설음인지 모르거니와 어찌 그리 설워하나"
> "노인을랑 들어가오 내 설음 알아 쓸 데 없소"
> 일분(一分) 인사(人事)를 못 차리고 땅을 허비며 자꾸 우니
> 그 노인이 민망하여 곁에 앉아 하는 말이
> "간 곳마다 그러한가 이곳 와서 더 설운가"
> "간 곳마다 그러럿가 이곳에 오니 더 서럽소"
> "저 터의 살던 임상찰이 지금에 어찌 사나잇가"
> "그 집이 벌써 결딴나고 지금 아무도 없나니라"

고향에 돌아온 덴동어미가 고향의 한 노파와 이야기를 나누는 대목인데, 흡사 소설의 한 대목을 읽는 듯한 느낌이다. 위에 인용된 구절은 모두 짤막짤막한 대화로 되어 있지만, 이와 달리 대화중에 한 사람의 말이 길게 이어지는 경우도 적지 않다.

조선 전기 가사 중에서 대화가 구사되는 작품은 대단히 드물다. 예외적으

로 송강가사松江歌辭를 들 수 있지만, 그러나 송강가사와 이 작품을 비교할 수는 없다. 송강가사의 대화체는 지극히 제한적이기 때문이다.[12]

그러나 조선 전기와 달리 조선 후기 가사에서는 대화체가 널리 발견된다. 그것은 조선 후기 가사의 한 형식적 특성을 이루고 있다. 그러나 설사 대화를 풍부히 구사하고 있는 조선 후기 가사 작품이라 하더라도 「덴동어미화전가」만큼 대화를 빈번히 구사하는 작품은 찾기 어렵다. 이 점에서, 「덴동어미화전가」는 대화를 지향하는 조선 후기 가사의 한 극단을 보여주고 있다고 할 수 있다.

요컨대, 「덴동어미화전가」의 액자구성은, 이 작품이 현실에 존재하는 여러 인물들의 여러 목소리를 포괄하면서 그들의 하층체험을 폭넓게 수용하고 있다는 사실과 긴밀히 관련지어 이해할 필요가 있다. 그것은 곧 이 작품이 기존 가사와 달리 현실과의 접촉면을 대폭 확장하고 있음을 뜻하는 것이기도 하다. 그리하여 지금까지와는 다른 현실과 체험이 수용되면서 가사의 기존형식에 변모가 초래되었다고 할 수 있다. 이 작품이 작품 전반에 걸쳐 리얼리즘문학으로서의 긴장과 시적 응결을 보여주면서 구체적 생동감을 확보할 수 있었던 것도, 이처럼 현실과의 접촉면을 넓히면서 새로운 체험과 현실을 그 내용으로 수용하고, 또 그러한 내용에 적합하게끔 형식을 변모시켰기 때문이다. 사실, 조선 후기 가사는 여러 인물을 등장시키면서 여러 목소리의 어울림을 보여주는 하나의 경향을 드러내고 있는바, 기존연구에서는 이를 '가사의 소설화 경향'으로 본 바 있다.[13]

---

12 송강가사가 보여주는 대화체의 실현양상에 대해서는 조세형, 「송강가사의 대화전개 방식 연구」, 서울대 석사논문, 1990 참조. 또 조선 전기 가사가 보여주는 대화체의 일반적 실현 정도가 어느 정도인지에 대해서는 김광조, 「조선 전기 가사의 장르적 성격 연구」, 서울대 석사논문, 1987 참조.

그런 각도에서 본다면, 「덴동어미화전가」 역시 가사의 소설화 경향을 보여주는 작품으로 간주될 수 있을 것이다. 하지만, 필자로서는 이 작품이 가사가 소설화한 것이라기보다 '서사시화'한 경우라 보는 것이 더 적절하다고 생각하지만, 이 점에 대해서는 별고를 통해 논할 예정이므로 더 이상 언급하지 않는다.

이제, 「덴동어미화전가」의 액자구성에서, 액자의 안팎이 어떻게 관련되어 작품 전체의 의미망을 이루는지를 살피기로 하자. 화전놀이를 하던 도중 자신의 설움을 이기지 못해 집으로 돌아가려던 청춘과부를 만류하며 덴동어미가 자신의 일생담을 이야기하게 되고, 그것이 액자의 내부이야기를 이룬다는 점은 이미 지적한 바 있다. 청춘과부는 덴동어미의 이야기를 듣고 "황연대각晃然大覺"하여, 깊은 설움과 쌓인 시름이 눈 녹듯 사라지고, 즐거운 마음이 되어 한바탕 노래를 부른다. 여기서 주목할 것은, 덴동어미의 이야기를 듣고, 청춘과부를 비롯한 좌중의 부녀들이 다시 흥겨운 마음이 되어 "궂은 맘"과 "걱정근심"을 버리고 신나게 놀았다는 점이다. 어째서 그럴 수 있었을까? 좌중의 부녀들은 기구한 삶을 산 덴동어미에게 동정과 연민을 느끼면서 이야기에 귀를 기울였을 것이다. 좌중의 부녀들 가운데서도 과부들은 특히 덴동어미의 이야기에 공감하는 바가 컸을 것이고, 과부가 아닌 사람이라 할지라도, 같은 여성으로서 공감과 대리체험을 하지 않을 수 없었을 것이다. 또한, 화전놀이 온 부녀들 간에도 지체와 빈부의 차이는 존재했고, 엿장수였던 마지막 남편 조첨지에게 배운 기술로 엿을 고아 생활해간 것으로 보이는 덴동어미는 그중에서도 빈천한 부류에 들었을 것이 틀림없다. 그러나 좌중

---

13 최원식, 「가사의 소설화 경향과 봉건주의의 해체」, 『창작과비평』 46, 1977 가을호.

의 여성들은, 그가 과부였든 그렇지 않든, 지체와 빈천이 같았든 달랐든 간에, 같은 여성으로서 덴동어미가 겪은 그 기구한 삶에 눈물을 흘리고 공감을 느꼈을 것이다. 이러한 공감은 남성전권專權의 중세사회에서, 신분과 빈천을 막론하고(물론 그 내부에 차이가 없는 것은 아니지만), 종속적 존재로서 살아야 했던 여성들로서 갖게 되는 최소한의 연대의 발로라고 생각한다. 이렇게 본다면, 작품 종반에 좌중의 부녀가 일체가 되어 그토록 신명나게 놀 수 있었던 것은, 여성으로서의 한과 억눌림이 바탕에 깔려 있었기 때문이라 할 수 있다. 그렇다고 하면 이 작품은 덴동어미의 체험에 대한 여성적 공감을 바탕으로, 화전놀이 온 모든 부녀들이 집단적 신명에 빠져든다는 것을 작품의 전체적 의미로 삼고 있다고 해석할 수 있을 것이다.

5. 맺음말

「덴동어미화전가」는 조선 후기 문학사에서 대단히 중시해야 할 작품이다. 이 작품에 대한 연구는 고작 두어 편의 논문이 나와 있을 뿐이다. 그러나 작품의 중요성에도 불구하고, 선행연구들은 이 작품을 충분히 해명했다고 여겨지지 않는다. 필자는 우선 선행연구들이 작품을 꼼꼼히 읽지 않은 데 대해 불만을 느낀다. 이 때문에, 중요한 점을 많이 놓치거나, 정확하게 해석하지 못한 결과를 낳지 않았나 생각한다. 그래서 이 글에서는 가급적 작품을 충실히 따라가며 음미하는 접근법을 취하였다. 빼어난 작품의 경우, 기발한 접근법보다 오히려 이런 평범한 접근법이 미덕이 될 수도 있다고 생각한다.

한편, 선행연구는 주로 남성의 입장에서 작품을 읽고 있는데, 이 점 역시 필자가 불만을 느끼는 부분이다. 여성의 시각으로 이 작품을 읽을 경우, 새로이 눈에 들어오는 부분이 적지 않고, 또 문제를 한층 섬세하고 절실하게 포착할 수 있다. 문학연구에는 다양한 접근법과 시각이 인정될 수 있고, 따라서 어느 하나의 방법만이 배타적 정당성을 주장할 수는 없지만, 그러나 이 작품의 경우 특히 여성문학적 접근법이 요망되는 작품이라고 본다. 뿐만 아니라, 여성문학적 접근방법은 아직 한국문학연구에서 본격적으로 시도된 바가 없는 듯하므로, 한국문학연구의 시각을 확대하고 연구에 활기를 불어넣기 위해서도, 그리고 기존 연구성과의 남성중심적 편향을 수정하고 시각의 균형을 이루기 위해서도, 기존의 여러 연구방법들과 상호보완 관계를 이루면서, 혹은 생산적 논쟁을 주고받으면서, 이런 접근법이 적극적으로 시도될 필요가 있다. 물론, 여성문학적 접근법이라고 해서 문학과 현실 간의 일반적 관련을 소홀히 하는 것일 수는 없다. 그 점은 그 점대로 챙기면서도, 여성의 문제의식과 시각으로 작품과 문제를 읽을 경우 얻게 되는 성과를 통해 고전 작품을 보다 총체적으로 해석하는 데 기여할 수 있다고 생각한다. 이는 또한 문학과 현실 일반의 관련을 보다 구체적으로 이해하는 데에도 기여하리라 본다. 이 글은 여성문학적 시각에 의한 한국문학연구의 가능성을 제시하고자 했지만, 미흡한 부분이 적지 않다. 앞으로 공부하면서 보완하고자 한다.

「덴동어미화전가」는, 덴동어미라는 기구한 운명의 여인이 겪는 삶 그 자체만이 아니라, 그것을 통해 사회와 현실의 다양한 측면을 함께 드러내 보여주고 있다. 즉, 한 여인의 삶의 이야기 속에 당대 사회, 특히 하층세계의 이모저모와 동향이 매우 풍부하게 포섭되어 있다. 덴동어미의 거듭되는 개가는 삶과 현실의 필연적 연관을 획득하고 있으며, 선행연구가 지적하고 있는 것처럼, 독립적으로 존재하는 일화들의 낭만적 구성을 보여주는 것은 아니다. 오히려 덴동어미의 삶은 하나의 일관된 현실적 연관을 보여주고 있으며, 따라서 세부나 인물형상의 수준에서만이 아니라, 그 구성의 측면에 있어서도 리얼리즘 문학으로서의 성취를 적극적으로 인정할 필요가 있다. 물론, 「덴동어미화전가」에는 우연적 계기가 존재하는 것이 사실이고, 또 삶을 운명론적으로 채색해 놓고 있는 부분이 엄연히 존재하는바, 이러한 측면은 이 작품의 한계임이 분명하다. 그러나 덴동어미의 일생담에 내포된 우연적 계기는 인간의 삶 자체에 구유具有되어 있는 우연성으로 이해할 수 있으며, 그럴 경우 그것은 필연성과 배치되는 것이 아니라 크게 보아 필연성 속에 통합된다고 볼 수도 있다. 또한, 「덴동어미화전가」가 보여주는 삶에 대한 운명론적 태도 역시 피상적으로만 이해하지 말고 깊이 있게 살필 경우, 현실적 함축을 갖기도 한다는 점이 유의될 필요가 있다. 비록 덴동어미나 서술자(작자)가 그 점을 인식하거나 논리화시키지는 못하고 있다 하더라도, 독자(연구자)의 차원에서 그 점을 객관적으로 읽어내려는 노력이 필요하다. 요컨대, 「덴동어미화전가」가 갖고 있는 한계를 인정한다 하더라도, 그 리얼리즘적 성취는 빼어난 것이라 하지 않을 수 없다.

한편, 이 작품은 두 종류의 '연대'를 보여주고 있다는 점에서도 주목된다. 하나는 덴동어미의 이야기 '속'에서 덴동어미와 하층여성들 사이에 형성되는 연대요, 다른 하나는 덴동어미의 이야기 '밖'에서 덴동어미와 좌중의 부녀들 사이에 형성되는 연대이다. 이러한 연대가 아직 어떤 구체적 실천을 낳는 단계까지는 이르지 못하고 있지만, 당시가 중세사회였다는 점을 감안한다면, 작품이 형상화하고 있는 이런 정도의 연대도 사실 소중하고 값진 것이라 아니할 수 없다.

서민가사들 중에는 통속화되거나, 희화적으로 가볍게 삶을 그리고 있는 작품도 없지 않은데, 그와 달리 이 작품은 삶을 대하는 자세가 대단히 진지하다. 그것은 우리의 주인공 덴동어미의 삶 자체의 성격에서 규정되는 면도 있겠으나, 그녀의 기구한 운명에 여성으로서 일체감과 공감을 느끼고 있다고 보이는 서술자(작자)[14]의 진지한 태도와 시각 때문이기도 하다는 점을 끝으로 지적해 둔다.

---

14 【보주】이 글이 작성된 당시(1992)에는 「덴동어미화전가」의 작가를 여성이라고 추측했다. 그러나 이후 「덴동어미화전가」가 수록된 『소백산대관록』을 보게 되었고, 이 가사의 작가가 여성이 아닐지도 모르겠다는 생각을 하게 되었다. 그러나 자세한 추론과 논증과정을 거쳐야 하는 문제인지라, 의구심을 느끼면서도 본격적인 연구를 미뤄두고 있었다. 「덴동어미화전가」의 작가 문제에 대해서는 추후 별도의 논문에서 논하고자 한다.

주해註解 덴동어미화전가

「덴동어미화전가」는 경북대학교 도서관 소장본인 『소백산대관록』에 수록된 가사 작품이다. 원래 제목은 「화전가」로 되어 있지만, 내용 중에 덴동어미라는 여성인물의 개인사가 큰 부분을 차지하므로 그 이름을 따서 '덴동어미화전가'라고 불린다.

「덴동어미화전가」는 류탁일에 의해 처음 학계에 소개되었고(「조선 후기 가사에 나타난 서민의 의향」, 『연민이가원박사육질송수기념논총』, 범학도서, 1977), 김문기가 『서민가사연구』(형설출판사, 1983)에 원문을 활자화하여 수록하였으며, 이후 여러 연구자들이 관련 논문을 쓴 바 있다. 「덴동어미화전가」는 그 현실 반영과 문학적 성취라는 점에서 가사가 도달한 높은 수준을 보여준다. 하지만 텍스트 전체에 대한 자세하고도 온전한 주해 작업은 아직 미비한 상태에 있다. 『고전시가선』(임형택·고미숙 편, 창작과비평사, 1997)에서 원문의 많은 부분을 현대어 표기로 옮기고 주석을 다는 작업이 이루어졌는데, 이것이 최초의 주석이다. 그러나 원문 전체에 대한 주석이 아니고 부분 부분 생략이 있다는 점, 그리고 주석이 퍽 소략하다는 점에서 아쉬움이 있다.

특히 이 작품의 후반부에 나오는 '봄춘자 노래', '꽃화자 노래'는 분량으로 보나, 작품 내에서의 의미 및 기능으로 보나 매우 중요한 부분임에도 불구하고, 지금껏 주해가 이루어지지 않았다. 그로 인해 기존의 연구에서도 「덴동어미화전가」의 이 부분에 대해 소홀하게 다루어진 측면이 있다고 생각한다.

「덴동어미화전가」의 원문은 행 구분이 정확히 되어 있다. 대체적으로 2음보를 1행으로 삼았고, 2행씩 짝을 지어 표기하였다. 모두 1,620행이며, 면수로는 45면에 달하는 장편이다. 표기상의 주요 특징을 보면, 중세 국어의 ·(아래 아) 표기를 사용하였고, 된소리 ㅅ 표기를 사용하였으며, 경상도 방언의 특성에 따라 ㄱ/ㅈ, ㅓ/ㅕ, ㅜ/ㅠ, ㅡ/ㅓ를 혼용한 경우가 많다. 그리고 한자어 및 한시구漢詩句가 대거 한글로 표기되어 있는데, 그 한글표기에 상당한 와오訛誤가 있다. 한자 표기는 아주 제한적으로 나타난다.

과거의 텍스트에 주해를 붙일 경우, 가급적 원문 그대로를 제시한 다음, 거기에다 주석을 다는 것이 원칙적으로는 좋다고 생각한다. 하지만 「덴동어미화전가」의 경우, 위에서 언급한 표기상의 특징들 때문에, 현대어 맞춤법과 다른 표기 형태들에 대해 일일이 설명하려면 주해가 지나치게 번다해지는 난점이 있다. 따라서 본 주해에서는 원 텍스트의 표기를 크게 해치지 않는 범위 내에서 한글 원문을 적절히 현대어 표기로 바꾸고(단 한자 표기는 그대로 두었다), 거기에다 자세하게 주석을 붙였다. 그리고 가사의 율격적 관습 및 표기상의 편의를 고려하여, 원문의 2행을 1행으로 표기하였다. 『서민가사연구』에 활자화되어 있는 원문을 일정하게 참조하였고, 그 오독된 부분은 바로잡았다.

「덴동어미화전가」는 문학 텍스트로서만이 아니라, 경상북도 방언과 여성 생활사에 관한 자료로서도 매우 가치가 있다. 어린 시절부터 경상북도 방언에 매우 익숙한 환경에서 성장하였던 본 주석자의 경험이 이 작품의 주석에 큰 도움이 되었음을 밝혀둔다.

추기(追記) : 2011년에 발표한 「주해 「덴동어미화전가」」를 이 책에 수록하면서 원문 현대어 표기를 대폭 수정하였고 주석을 100여 개 이상 추가하였다.

◎ 원문 현대어 표기 및 주해

가세 가세 화전을 가세 꽃 지기 전에 화전 가세.

이때가 어느 땐가 때마침 三月이라

동군이 포덕택하니[1] 춘화일난[2] 때가 맞고

화신풍[3]이 화공[4]되어 만화방창 단청되네.[5]

이런 때乙 잃지 말고 화전놀음 하여 보세.

불출문외[6] 하다가서 소풍도 하려니와

우리 비록 여자라도 흥체[7]있게 놀아보세.

어떤 부人은 맘이 커서 가루[8] 한 말 퍼내 놓고

어떤 부人은 맘이 적어 가루 반 되 떠내 주고

그렁저렁 주어 모으니 가루가 닷 말 가웃[9]일래.

어떤 부人은 참기름 내고 어떤 부人은 들기름 내고

---

1   동군이 포덕택하니(東君이 布德澤하니) : '동군이 덕택을 베풀어주어'. '동군'은 봄을 맡은 동쪽
    의 신을 이른다. 청제(靑帝)라고도 함.
2   춘화일난(春和日暖) : 봄이 화창하고 날씨가 따뜻함.
3   화신풍(花信風) : 꽃 피는 때에 맞춰 부는 바람. 24번의 화신풍이 있다고 함. 소한에서 곡우에
    이르는 4달, 8절기, 120일 중 매 5일마다 하나의 화신풍이 분다고도 하고, 혹은 매달 2번의 화신
    풍이 있어 일 년에 24번의 화신풍이 있다고도 함.
4   화공(畵工) : 화가.
5   만화방창 단청되네(萬化方暢 丹靑되네) : '봄이 되어 만물이 한창 자라나 울긋불긋 그림 같네'.
    『소백산대관록』이라는 책에 실린 한문 표기의 「소백산대관록」이라는 작품에는 "萬和方暢"이
    라 하여 '化'가 '和'로 표기되어 있으나 착오로 보임.
6   불출문외(不出門外) : 문밖을 나가지 않음.
7   흥체 : 흥취(興趣).
8   가루 : 화전 부치는 데 쓸 찹쌀가루.
9   가웃 : 가웃. 되·말·자의 수를 셀 때 그 단위의 약 반에 해당하는 분량이 더 있음을 나타내는 말.

어떤 부ㅅ은 많이 내고 어떤 부ㅅ은 적게 내니

그렁저렁 주어 모으니 기름 반동이 실하구나.[10]

놋 소래[11]가 두세 채라 짐군 없어 어이할고.

상단아 널랑 기름 여라[12] 삼월이 불러 가루 여라

취단일랑 가루 이고 향단이는 놋 소래 여라

열여섯 열일곱 신부여[13]는 갖은 단장 옳게 한다.

청홍사[14] 감아들고 눈썹乙 지워내니[15]

세붓[16]으로 그린 듯이 아미팔자[17] 어여쁘다.

양색단[18] 겹저고리 길상사[19] 고장바지[20]

잔줄누이[21] 겹 허리띠 맵시 있게 잘끈 매고

광월사[22] 치마에 분홍단기[23] 툭툭 털어 둘러입고

머리고개[24] 곱게 빗어 잣기름 발라 손질하고

공단[25]댕기 갑사[26]댕기 수부귀 다남자[27] 딱딱 박아

---

10 실하구나(實하구나) : 넉넉하구나.
11 놋 소래 : 놋쇠로 된 소래기. '놋쇠'는 구리에 아연을 넣어 만든 합금. '소래기'는 굽 없는 널찍한 그릇. 독 뚜껑이나 그릇으로 쓰임.
12 여라 : 이여라(사투리).
13 신부여(新婦女) : 새 신부.
14 청홍사(靑紅絲) : 남색과 붉은 색의 실.
15 지워내니 : 지어내니. 만들어 낸다는 뜻.
16 세붓 : 가는 붓.
17 아미팔자(蛾眉八字) : 아름다운 눈썹.
18 양색단 : 씨실과 날실을 다른 빛깔로 짠 비단.
19 길상사(吉祥紗) : 중국에서 나는 생견(生絹)으로 짠 옷감의 하나.
20 고장바지 : 고쟁이. 가랑이 통이 넓은 여자 속옷.
21 잔줄누이 : 잔줄누비. 아주 잘게 누빈 것을 말함.
22 광월사 : 옷감의 한 종류.
23 단기 : 옷의 밑단.
24 머리고개 : 머리. 경상도에서는 사람의 머리를 흔히 '머리고개'라고 함.
25 공단 : 두껍고 무늬가 없는 비단.

청준주 홍준주[28] 곱게 붙여 착착 접어 곱게 매고

금죽절 은죽절 좋은 비녀[29] 뒷머리에 살짝 꽂고

은장도 금장도 갖은 장도 속고름에 단단이 차고

은조롱 금조롱[30] 갖은 패물 겉고름[31]에 빗겨 차고

일광단 월광단[32] 머리보[33]는 섬섬옥수 감아들고

삼승버선[34] 수당혜[35]乙 날출자[36]로 신었구나.

반만 웃고 썩 나서니 일행 중에 제일일세.

광한전[37] 선녀가 강림했나 월궁항아[38]가 하강했나.

있는 부인은 그렇거니와 없는 부인은 그대로 하지.

양대포[39] 겹저고리 수품[40]만 있게 지어 입고

---

26 갑사(甲紗) : 품질이 좋은 사(紗).

27 수부귀 다남자(壽富貴多男字) : '수', '부귀', '다남'이라는 글자.

28 청준주 홍준주 : 푸른 구슬 붉은 구슬. '준주'는 구슬이나 단추.

29 금죽절 은죽절 좋은 비녀 : 대마디 모양의 금비녀·은비녀. '죽절'은 대의 마디 모양으로 생긴 것을 말함.

30 은조롱 금조롱 : 은빛 조롱 금빛 조롱. '조롱'은 어린 아이들이 액막이로 주머니 끈이나 옷끈에 차던 물건. 보통 나무로 밤톨만 하게 호리병 모양으로 만들어 붉은 물을 들이고, 병 허리에 끈을 매어 끝에 엽전을 달았음.

31 겉고름 : 겉옷고름. 겉옷을 여며 매는 옷고름.

32 일광단 월광단 : '일광단'은 해 무늬를 놓은 비단, '월광단'은 달무늬를 놓은 비단.

33 머리보 : 옛 여성들이 나들이할 때 머리에 쓰던 쓰개. 머리처네. 머리쓰개.

34 삼승버선 : 삼승포로 만든 버선. 삼승포를 흔히 '석새베', 혹은 '석새삼베'라고 한다. 하지만 석새 베는 염하는 데나 모기장 따위에 쓰이는 아주 성근 베로서 버선을 만들 수는 없다. 여기서 '삼승 포'는 석새베가 아니라 몽고산의 고운 무명천을 이른다. 경기잡가 「방물가」에도 "속버선에 몽고 삼승, 겉버선에 자지 상직"이라는 표현이 나온다.

35 수당혜(繡唐鞋) : 신의 울이 수놓은 비단으로 된 당혜. '당혜'는 가죽신의 하나. 울이 깊고 코가 작으며 앞코와 뒤에 당초문을 새겼음.

36 날출자(날出字) : 신을 신은 발 모습이 '出'자 같다는 뜻.

37 광한전(廣寒殿) : 달 속에 있다는 궁전.

38 월궁항아(月宮姮娥) : 달 속의 선녀.

39 양대포 : 양달령. 당목과 비슷하나 두껍고 질김.

40 수품 : 솜씨.

칠승포[41]에다 갈마물[42] 들여 일곱 폭 치마 떨쳐입고

칠승포 삼베 허리띠乙 제모[43]만 있게 둘러 띄고

굵은 무명 겹버선乙 쏠쏠하게[44] 빨아 신고

돈 반짜리[45] 짚세기[46]라 그도 또한 탈속하다.[47]

열일곱 살 청춘과녀[48] 나도 같이 놀러가지.

나도 인물 좋건마는 단장할 마음 전혀 없어

때나 없이 세수하고 거친 머리 대강 만져

놋 비녀[49]乙 슬쩍 꽂아 눈썹 지워 무엇하리.

광당목[50] 반물[51]치마 끝동[52]없는 흰 저고리

흰 고름을 달아 입고 전에 입던 고장바지

대강대강 수습하니 어련무던[53] 관기차네.[54]

건너 집의 덴동어미 엿 한 고리 이고 가서

41 칠승포 : 칠승포는 사승포(넉새베), 오승포(닷새베), 육승포(엿새베)보다 더 결이 고운 무명이
    다. 『영조실록』에 사승포를 1냥, 오승포를 2냥으로 가격을 정한다고 하였으니, 칠승포는 훨씬
    더 비쌌음을 알 수 있다. 잡가 「베틀가」에 "초산 벽동 칠승포요, 회천 강계 육승포라"는 구절이
    있다.
42 갈마물 : 갈마물. 검은 빛이 도는 짙은 초록빛 염색. 갈매나무 열매로 들인 물.
43 제모 : 체모(體貌). 모양이나 갖춤새.
44 쏠쏠하게 : 어지간하여 괜찮게.
45 돈 반짜리 : 한 돈 닷 푼짜리. 엽전을 세는 최하 단위가 푼이고, 열 푼이 모여 한 돈을 이룸. 돈을
    전이라고도 함. 열 돈이 한 냥임.
46 짚세기 : 짚신.
47 탈속하다(脫俗하다) : 탈속한 듯한 멋이 있다는 뜻.
48 청춘과녀 : 청춘과부.
49 놋 비녀 : 놋쇠로 만든 비녀.
50 광당목 : 광목과 당목. '당목(唐木)'은 두 가닥 이상의 가는 실을 한 가닥으로 꼰 무명실로 폭이
    넓고 바닥을 곱게 짠 천. '생목'이라고도 함. '광목(廣木)'도 당목처럼 폭이 넓게 짠 무명천.
51 반물 : 검은 빛을 띤 남빛.
52 끝동 : 옷소매의 끝에 색이 다른 천으로 이어서 댄 동.
53 어련무던 : 어련무던하다. 별로 흠이 없고 무던하다.
54 관기차네 : 관계치 않네. 별 상관이 없네.

가지가지 가고말고 낸들 어찌 안 가릿가.

늙은 부녀 젊은 부녀 늙은 과부 젊은 과부

앞서거니 뒷서거니 일자행차[55] 장관이라.

순흥[56]이라 비봉산[57]은 이름 좋고 놀이 좋아

골골마다 꽃빛이요 등등마다 꽃이로세.

호산나부 병나부[58]야 우리와 같이 화전하나

두 나래乙 툭툭 치며 꽃송이마다 종구하네.[59]

사람 간 곳에 나비가고 나비 간곳에 사람 가니

이리 가나 저리로 가나 간 곳마다 동행하네.

꽃아 꽃아 두견화꽃[60]아 네가 진실로 참꽃[61]이다

산으로 일러 두견산은 귀촉도 귀촉도 관중이오[62]

새로 일러 두견새는 불여귀 불여귀 산중이오[63]

꽃으로 일러 두견화는 불긋불긋 만산이라[64]

곱고 곱다 참꽃이오 사랑하다 참꽃이오

---

55 일자행차(一字行次) : 한 줄로 가는 모습.
56 순흥 : 현재 경상북도 영주시 순흥면.
57 비봉산 : 영주시 순흥면 내죽리에 있는 산.
58 호산나부 병나부 : '호랑나비' '범나비'를 가리키는 듯. 뒤에 "호랑나부 범나부"라는 말이 나온다.
59 종구하네(從求하네) : 좇아 구하네. 찾아다니네.
60 두견화꽃 : 진달래꽃.
61 참꽃 : 진달래꽃. 진달래꽃은 먹는 꽃이므로 '참꽃'이라 하고, 철쭉꽃은 먹을 수 없는 꽃이므로 '개꽃'이라 하였다.
62 귀촉도 귀촉도 관중이오(歸蜀道 歸蜀道 關中이오) : '귀촉도'는 '촉땅으로 돌아가겠다'는 뜻으로 두견새(소쩍새를 이름)의 울음을 형용하는 말이다. '관중'은 지금의 중국 섬서성 지방을 가리킨다. 두견새는 촉왕(蜀王) 두우(杜宇)의 넋이 화신(化身)한 새라고 하는데, 늦봄과 초여름에 밤낮으로 애절하게 운다.
63 불여귀 불여귀 산중이오(不如歸 不如歸 山中이오) : '불여귀'란 '돌아감만 못하다'는 뜻인데, 두견새의 울음소리를 가리킨다. 그 울음소리가 '불여귀' 또는 '귀촉도'로 들렸다고 한다.
64 만산이라(滿山이라) : 산에 가득하구나.

탕탕하다 참꽃이오 색색하다 참꽃이라

치마 앞에도 따 담으며 바구니에도 따 담으니

한줌 따고 두줌 따니 春光이 건入채롱中乙[65]

그 중의 상송이[66] 뚝뚝 꺾어 양쪽 손에 갈라 쥐고

잡아 뜯을 맘이 전혀 없어 향기롭고 이상하다.

손으로 답삭 쥐어도 보고 몸에도 툭툭 털어보고

낮에다 살짝 문대보고[67] 입으로 함박 물어보고

저기 저 새댁 이리 오게 고예[68] 고예 꽃도 고예.

오리불실[69] 고은 빛은 자네 얼굴 비슷하이.

방실방실 웃는 모양 자네 모양 방불하이.

앵고부장[70] 속 수염[71]은 자네 눈썹 똑 같으네.

아무래도 딸 맘 없어 뒷머리 살짝 꽂아놓니

앞으로 보아도 화용[72]이오 뒤으로 보아도 꽃이로다.

상단이는 꽃 데치고 삼월이는 가루집[73] 풀고

취단이는 불乙 너라[74] 향단이가 떡 굽는다.

---

65 春光이 건入 채롱中乙(春光이 近入 彩籠中乙) : '봄빛이 가까이 채롱 속에 들어오거늘'.
66 상송이 : 좋은 꽃송이.
67 문대보고 : 문질러보고.
68 고예 : 고와라.
69 오리불실 : 방언의 '도리불실'인 듯. '도리불실'은 '도리불수(桃梨佛手)'로서, 비단의 한 종류임.
    비단처럼 곱다는 뜻.
70 앵고부장 : 앙고부장(仰高俯長). (꽃술이) 위를 향해 솟은 것은 높다랗고, 아래로 늘어진 것은
    기다랗다는 뜻. 경상도 방언에서 ㅏ 모음이 ㅐ 모음으로 변하는 경향이 있음.
71 속 수염 : 꽃의 암술과 수술.
72 화용(花容) : 꽃과 같은 모습.
73 가루집 : 가루즙. 가루를 물에 갠 것.
74 불을 너라 : 불을 넣어라. 불을 지펴라.

청계반석⁷⁵ 너른 곳에 노소乙 갈라 좌⁷⁶ 차리고

꽃 떡乙 일변 드리나마 노人부텀 먼저 드리어라.

엿과 떡과 함께 먹으니 향기의 감미가 더욱 좋다.

함포고복⁷⁷ 실컷 먹고 서로 보고 하는 말이

일 년 일차 화전 놀음 여자 놀음 제일일세

노고지리 쉰 질⁷⁸ 떠서 빌빌 뱰뱰 피리 불고

오고가는 벅궁새⁷⁹는 벅궁벅궁 벅구⁸⁰ 치고

봄빛 자는⁸¹ 꾀고리는 좋은 노래로 벗 부르고

호랑나부 범나부는 머리 위에 춤乙 추고

말 잘하는 앵무새는 잘도 논다고 치하하고

천년화표 학두루미⁸² 요지연⁸³인가 의심하네

어떤 부人은 글 용해서⁸⁴ 내칙편⁸⁵乙 외워 내고

어떤 부人은 흥이 나서 칠월편⁸⁶乙 노래하고

---

75 청계반석(淸溪盤石) : 맑은 시냇가 너른 바위.

76 좌(座) : 자리.

77 함포고복(含哺鼓腹) : 잔뜩 먹고 배를 두드리며 즐김.

78 쉰질 : 쉰 길. 오십 길. 여기서는 아주 높은 곳을 가리킴.

79 벅궁새 : 뻐꾸기.

80 벅구 : 버꾸. 농악에 쓰이는, 자루가 달린 작은 북처럼 생긴 악기를 말한다. 농악에서, 버꾸를
   치는 사람을 '버꾸잡이'라고 한다.

81 자는 : 재는. 뽐내는.

82 천년화표 학두루미(千年華表 학두루미) : 천 년 만에 돌아온 화표(華表) 위의 학두루미. '화표'
   는 다리·궁전·성벽이나 능묘 앞에 장식을 겸하여 세운 거대한 기둥. 전설에 따르면 한나라
   요동사람 정령위(丁令威)가 도를 닦아 신선이 되었는데 나중에 학이 되어 돌아와 고향 성문(城
   門)의 화표에 앉았다고 한다.

83 요지연(瑤池宴) : '요지'는 중국 곤륜산에 있다고 하는 전설상의 못. 서왕모가 이곳에서 잔치를
   벌였다고 함.

84 용해서 : 용하다. 잘한다. 재주가 뛰어나다.

85 내칙편(內則篇) : 『예기』의 편명. 여성들이 지켜야할 유교적 규범을 기록한 글.

86 칠월편(七月篇) : 『시경』의 시.

어떤 부人은 목성[87] 좋아 화전가乙 잘도 보네

그 중에도 덴동어미 멋나게도 잘도 놀아

춤도 추며 노래도 하니 웃음소리 낭자한데

그 중에도 청춘과녀 눈물콧물 귀춰하다.[88]

한 부人이 이른 말이 좋은 풍경 좋은 놀음에

무슨 근심 대단해서 낙루한심[89] 왠일이오?

나건[90]으로 눈물 닦고 내 사정乙 들어 보소.

열네 살에 시집올 때 청실홍실 늘인 인정

원불상리[91] 맹세하고 백년이나 사잿더니

겨우 삼년 동거하고 영결종천[92] 이별하니

임은 겨우 十六이오 나는 겨우 十七이라.

선풍도골[93] 우리 낭군 어느 때나 다시 볼고.

방정맞고 가련하지 애고애고 답답하다.

十六세 요사[94] 임뿐이오 十七세 과부 나뿐이지.

삼사년乙 지냈으나 마음에는 안 죽었네.

이웃사람 지나가도 서방님이 오시는가.

새소리만 귀에 오면 서방님이 말하는가.

그 얼굴이 눈에 삼삼 그 말소리 귀에 쟁쟁.

---

87 목성 : 목청.
88 귀춰하다 : 구지지하다. 구지레하다.
89 낙루한심 : 낙루한숨. 눈물을 흘리고 한숨을 쉼.
90 나건(羅巾) : 비단수건.
91 원불상리(願不相離) : 서로 헤어지지 않기를 원함.
92 영결종천(永訣終天) : 죽어서 영원히 이별함.
93 선풍도골(仙風道骨) : 신선의 풍채와 도인의 골격. 뛰어난 풍채.
94 요사(夭死) : 요절.

탐탐하던[95] 우리 낭군 자나깨나 잊을손가.

잠이나 자로[96] 오면 꿈에나 만나지만

잠이 와야 꿈乙 꾸지 꿈乙 꿔야 임乙 보지.

간밤에야 꿈을 꾸니 정든 임乙 잠깐 만나

만단정담[97]乙 다하쟀더니 일장설화[98]乙 채 못하여

꾀꼬리 소리 깨달으니 임은 정녕 간 곳 없고

촛불만 경경[99] 불멸하니 아까 울던 저놈의 새가

자네는 듣고 좋다하되 날과 백년 원수로세.

어디 가서 못 울어서 구태여 내 단잠 깨우는고.

정정한[100] 마음 둘 데 없어 이리저리 재든[101] 차에

화전놀음이 좋다하기 심회乙 조금 풀까하고

자네乙 따라 참예하니[102] 촉처감창[103]뿐이로세.

보나니 족족 눈물이오 듣나니 족족 한심[104]일세.

천하 만물이 짝이 있건만 나는 어찌 짝이 없나?

새소리 들어도 회심하고[105] 꽃 핀걸 보아도 비창하네.[106]

---

95 탐탐하던 : 탐탐하다. '탐탁하다'의 잘못 쓰이는 말. 마음에 들어 즐겁고 좋다.
96 자로 : '자주'의 옛말.
97 만단정담(萬端情談) : 온갖 정다운 이야기.
98 일장설화(一場說話) : 한바탕의 이야기.
99 경경(耿耿) : 불빛이 밝은 모양.
100 정정한 : 경경(耿耿)한. 마음에 잊히지 않는.
101 재든 : 재다. 바재다. 바장이다. (마음이 편치 못하여) 부질없이 오락가락 거닐다.
102 참예하니 : 참여하니.
103 촉처감창(觸處感愴) : (눈, 귀, 마음 등에) 닿는 것마다 슬프다.
104 한심 : 한숨.
105 회심하고 : 회심(灰心)하고. 마음이 재와 같고.
106 비창하네(悲愴하네) : 마음이 몹시 슬프네.

애고 답답 내 팔자야 어찌하여야 좋을거나.

가자하니 말 아니오 아니 가고는 어찌할고.

덴동어미 듣다가서 썩 나서며 하는 말이

가지 마오 가지 마오 제발 적선[107] 가지 말게.

팔자한탄 없을까마는 가단 말이 왠 말이오?

잘 만나도 내 팔자요 못 만나도 내 팔자지.

百년해로도 내 팔자요 十七세 청상도 내 팔자요

팔자가 조乙량이면[108] 十七세에 청상될까?

신명도망[109] 못할지라 이내 말乙 들어보소.

나도 본디 순흥읍내 임이방의 딸일러니

우리 부모 사랑하사 어리장고리장[110] 키우다가

열여섯에 시집가니 예천읍내 그 중 큰 집에

치행[111]차려 들어가니 장이방의 집일러라.

서방님을 잠깐 보니 준수 비범 풍후[112]하고

구고님[113]께 현알[114]하니 사랑한 맘 거룩하되

그 이듬해 처가 오니 때 마침 단오러라.

三백장 높은 가지 추천乙 뛰다가서

추천줄이 떨어지며 공중에 메박으니[115]

---

107 제발 적선 : 제발. 제발 부디.
108 팔자가 조乙량이면 : 팔자가 좋을 것 같으면. 팔자가 좋다면.
109 신명도망 : 자기의 신명, 즉 팔자로부터 도망을 침.
110 어리장고리장 : 아기를 아주 귀하게 여기고 사랑을 쏟는 태도를 나타내는 말.
111 치행(治行) : 길 떠날 행장을 차리는 것.
112 풍후(豐厚) : 넉넉하다.
113 구고님(舅姑님) : 시부모님.
114 현알(見謁) : (지체가 높은 사람을) 찾아뵙고 인사드림.

그만에 박살이라 이런 일이 또 있는가?

신정[116]이 미흡한데 十七세에 과부됐네.

호천통곡[117] 슬피 운들 죽은 낭군 살아올까.

한숨 모아 대풍 되고 눈물 모아 강수[118] 된다.

주야 없이 하 슬피 우니 보는 이마다 눈물내네.

시부모님 하신 말씀 친정 가서 잘 있거라.

나는 아니 갈라하니 달래면서 개유[119]하니

할 수 없어 허락하고 친정이라고 돌아오니

三백 장이나 높은 남기[120] 날乙 보고 느끼는[121] 듯

떨어지던 곳 임의 넋이 날乙 보고 우니는 듯.

너무 답답 못 살겠네 밤낮으로 통곡하니

양 곳[122] 부모 의논하고 상주읍내 중매하니

이상찰[123]의 며느리 되어 이승발[124] 후취로 들어가니

가세도 웅장하고 시부모님도 자록하고[125]

낭군도 출중하고 인심도 거룩하되

---

115 매박으니 : 메쳐 박으니.
116 신정(新情) : 새로 맺은 정. 신혼의 정.
117 호천통곡(呼天痛哭) : 하늘을 부르며 울부짖음.
118 강수(江水) : 강물.
119 개유(開諭) : 깨우쳐 타이름.
120 남기 : 나무.
121 느끼는 : 섧게 목메어 우는.
122 양 곳 : 두 곳.
123 상찰(上察) : 지방 관아의 아전에 속한 직임(職任).
124 승발(承發) : 아전 밑에서 문서 수발 등의 잡무를 보던 사람.
125 자록하고 : 갸륵하고. '갸륵하다'라는 말은, 지금은 손아래 사람에게만 쓰지만 예전에는 손위
    사람에게도 썼다.

매양 앉아 하는 말이 포[126]가 많아 걱정하더니

해로삼년[127]이 못 다 가서 성 쌓던 조등내[128] 도임하고

엄형[129] 중에 수금[130]하고 수만 량 이포를 추어내니

남전북답 좋은 전지 추풍낙엽 떠나가고

안팎 줄행랑 큰 기와집도 하루아침에 남의 집 되고

압다지 등[131] 맞은 켠 뒤주며 큰 황소 적대마[132] 서산나귀[133]

대양푼 소양푼[134] 세수대야 큰 솥 적은 솥 단밤가마[135]

놋주걱 술국이[136] 놋쟁반에 옥식기[137] 놋주발 실굽다리[138]

개사다리[139] 옷걸이며 대병풍 소병풍 산수병풍

자개함농 반닫이[140]에 무쇠두멍[141] 아르쇠[142] 받쳐

쌍룡 그린 빗접고비[143] 걸쇠등경[144] 놋등경에

---

126 포 : 이포(吏逋). 아전이 공금을 사사로이 가져다 쓴 빚.
127 해로삼년 : 해로삼년(偕老三年). 삼 년을 함께 부부로 지냄.
128 등내(等內) : 본관사또를 가리키는 말.
129 엄형(嚴刑) : 엄한 형벌.
130 수금(囚禁) : 죄인을 잡아 가둠.
131 압다지등 : 문맥으로 볼 때 '압다지농'이 아닐까 한다. 앞닫이 장롱. '앞닫이'는 '반닫이'의 일종. 앞의 위쪽 절반이 문짝으로 되어 있는 궤. 뒷닫이, 윗닫이도 있음.
132 적대마 : 적토마. 매우 빠르고 좋은 말. 원래는 중국의 항우가 타던 말의 이름.
133 서산나귀(西産나귀) : 보통 당나귀보다 조금 더 큰 중국산 나귀.
134 대양푼 소양푼 : 양푼은 운두가 얕고 바닥이 평평한 놋그릇. 음식을 담거나 데우는 데 사용함. 양푼은 대갓집에서 주로 쓰던 용기로, 크기는 대·중·소로 되어 있다.
135 단밤가마 : 조그만 가마솥. 지복솥.
136 술국이 : 술구기. 독이나 항아리에서 술을 풀 때 쓰는 기구.
137 옥식기(玉食器) : 옥으로 만든 밥그릇.
138 실굽다리 : 실굽달이. 실굽이 달려 있는 그릇. '실굽'이란 그릇의 밑바닥에 가늘게 돌려있는 받침.
139 개사다리 : 개상반. 개다리소반.
140 반닫이 : 위쪽 절반이 문짝으로 되어 아래로 젖혀 여닫게 된 궤.
141 두멍 : 큰 가마. 독만큼 크게 된 동이.
142 아르쇠 : '다리쇠'의 방언. 주전자나 냄비 따위를 화로 위에 올려놓을 때 걸치는 기구.
143 빗접고비 : 빗이나 빗솔, 동곳 등을 넣어두는 가구. 항상 경대와 함께 머리맡에 두고 사용하며,

백동재판[145] 청동화로 요강 타구[146] 재떨이까지

용도머리[147] 장목비[148] 아울러 아조 훨쩍 다 팔아도

수천 량 돈이 모자라서 일가친척에 일족하니[149]

三百兩 二百兩 一百兩에 하지하[150]가 쉰 냥이라.

어느 친척이 좋다하며 어느 일가가 좋다하리.

사오만 냥乙 출판[151]하여 공채필납[152]乙 하고 나니

시아버님은 장독[153]이 나서 일곱 달 만에 상사[154] 나고

시어머님이 애병[155] 나서 초종[156] 후에 또 상사 나니

건[157] 이십 명 남노여비[158] 시실새실[159] 다 나가고

시동생 형제 외입가고[160] 다만 우리 내외만 있어

남의 건너방 빌어 있어 세간살이 하자하니

자개 따위로 아름답게도 장식하기도 했다.
144 걸쇠등경 : '걸쇠'는 병머리에 그리는 무늬의 일부. '등경'은 등잔.
145 백동재판 : 백동으로 만든 재판. '재판'은 방 안에 담배통, 재떨이, 타구, 요강 등을 놓기 위해 갈아두는 판. 보통은 널빤지 또는 두꺼운 종이로 한다.
146 타구 : 침 뱉는 그릇.
147 용도머리 : 용두머리. 원래 '용두머리'는 베틀 앞다리 위 끝에 얹는 나무를 가리킨다.
148 장목비 : 꿩의 꽁지깃을 묶어 만든 비. 혹은 수수의 일종인 장목수수의 이삭으로 맨 비.
149 일족하니 : 일족 물리니. '일족 물리다'는 일가붙이에게 족징(族徵)을 내게 하는 것이다.
150 하지하(下之下) : 최하.
151 출판(出判) : 재산을 모두 탕진함.
152 공채필납(公債畢納) : 관가에 진 빚을 다 갚음.
153 장독(杖毒) : 매를 심하게 맞아 생긴 상처의 독.
154 상사(喪事) : 초상이 나는 일.
155 애병 : 화병.
156 초종(初終) : 초종장사(初終葬事). 초상 난 뒤로부터 졸곡(卒哭)까지 치르는 온갖 일이나 의식.
157 건 : 근(近). 거의.
158 남노여비(男奴女婢) : 남녀 노비.
159 시실새실 : '하나 둘씩, 슬그머니' 정도의 뜻으로 쓰이는 경상도 방언.
160 외입가고 : 가출하고. 경북에서는 '외입간다' '오입간다'는 말을 가출, 도망 등의 뜻으로 여전히 쓰고 있음.

콩이나 팥이나 양식 있나 질노구[161] 바가지 그릇이 있나

누구가 날 보고 돈 줄손가 하는 두수[162] 다시 없네.

하루 이틀 굶고 보니 생목숨 죽기가 어려워라.

이 집에 가 밥乙 빌고 저 집에 가 장乙 빌어

증한소혈[163]도 없이 그리저리 지내가니

일가친척은 나을까하고 한 번 가고 두 번 가고 세 번 가니

두 번째는 눈치가 다르고 세 번째는 말乙 하네.

우리 덕에 살던 사람 그 친구乙 찾아가니

그리 여러 번 안 왔건만 안면박대 바로 하네.

무슨 신세乙 많이 져서 그저께 오고 또 오는가.

우리 서방님 울적하여 이역스럼[164]을 못 이겨서

그 방안에 궁글면서[165] 가슴乙 치며 통곡하네.

서방님아 서방님아 울지 말고 우리 둘이 가다보세.[166]

이게 다 없는 탓이로다 어디로 가든지 벌어보세.

전전걸식[167] 가노라니 경주읍내 당도하여

주인 불러 찾아드니 손군노[168]의 집이로다.

---

161 질노구 : 흙을 구워 만든 노구솥. 노구솥은 원래 놋쇠나 구리쇠로 만든 작은 솥을 가리킴. 자유로이 옮겨가며 따로 걸고 사용할 수 있게 만든 솥.
162 두수 : 이렇게도 하고 저렇게도 할 수 있는 방도. '두수없다'는 말은 달리 주선하거나 변통할 여지가 없다는 뜻.
163 증한소혈(定한 巢穴) : 정해진 변변찮은 거처.
164 이역스럼 : 속에서 뻗치는 울화.
165 궁글면서 : 뒹굴면서. '궁글다'는 '뒹굴다'의 방언.
166 가다보세 : 가보세.
167 전전걸식(轉轉乞食) : 정처 없이 이리저리 돌아다니며 빌어먹음.
168 군노 : 군뢰(軍牢). 군아(軍衙)에 딸린 종.

둘러보니 큰 여각[169]에 남래북거[170] 분주하다.

부엌으로 들이달아[171] 설겆이乙 걸신하니[172]

모은 밥乙 많이 준다 양주[173] 앉아 실컷 먹고

아궁[174]에나 자려하니 主人마누라 후하기로

아궁에 어찌 자려는가 방에 들어와 자고 가게.

중노미[175] 불러 당부하되 아까 그 사람 불러들여

복노방[176] 재우라 당부하네 재삼 절하고 치사[177]하니

主人마누라 궁측[178]하여 곁에 앉히고 하는 말이

그대 양주乙 아무리 봐도 걸식할 사람 아니로세.

본디 어느 곳 살았으며 어찌하여 저리 됐나?

우리는 본디 살기는 청주읍내[179] 살다가서

신명팔자 괴이하고 가화[180]가 공참[181]하여

다만 두 몸이 살아나서 이렇게 개걸[182]하나이다.

사람을 보아도 순직하니 안팎 담살이[183] 있어주면

---

169 여각(旅閣) : 객줏집.
170 남래북거(南來北去) : 남쪽에서 오고 북쪽으로 감. 사람들이 왔다갔다 함.
171 들이달아 : 들입다 달려 들어가서. '들이~'는 '몹시', '마구', '갑자기'의 뜻을 지닌 접두사.
172 걸신하니 : 걸썬하다. 어떤 일을 조금 하다.
173 양주(兩主) : 부부.
174 아궁 : 아궁이. 아궁이 앞.
175 중노미 : 음식점, 여관 같은 데서 허드렛일을 하는 남자.
176 복노방 : 봉놋방. 여러 나그네가 한데 모여 자는, 주막집의 가장 큰 방.
177 치사하니(致謝하다) : 감사하다는 뜻을 표하다.
178 궁측(矜惻) : 가엽게 여김.
179 청주읍내 : '상주읍내'의 오기인 듯.
180 가화(家禍) : 집안에 일어난 재앙.
181 공참(孔慘) : 매우 참혹함.
182 개걸(丐乞) : 빌어서 먹음.
183 담살이 : 더부살이. 머슴살이.

밧사람[184]은 一百五十兩 주고 자네 사전[185]은 백 냥 줌세.

내외 사전乙 합하고 보면 二百쉰兩 아니 되나.

신명은 조금 고되나마 의식이야 걱정인가.

내 맘대로 어찌 하오리까 가장과 의논하사이다.

이내 목노방[186] 나가서로[187] 서방님乙 불러내어

서방님 소매 부여잡고 정다이 일러 하는 말이

主人마누라 하는 말이 안팎 담살이 있고 보면

二百五十兩 주려 하니 허락하고 있사이다.

나는 부엌 에미되고 서방님은 중노미되어

다섯 해 작정만 하고 보면 한 만금乙 못 버릿가.[188]

만 냥 돈만 벌었으면 그런대로 고향 가서

이전만치[189]는 못 살아도 남에게 천대는 안 받으리.

서방님은 허락하고 지성으로 버사이다.

서방님이 내 말 듣고 둘의 낯을 한 데 대고

눈물 뿌려 하는 말이 이 사람아 내 말 듣게.

임상찰의 따님이요 이상찰의 아들로서

돈도 돈도 좋지마는 내사 내사[190] 못하겠네.

그런대로 다니면서 빌어먹다가 죽고말지.

---

184 밧사람 : 바깥사람.
185 사전 : 새경. 사경. 한 해 동안 일해 준 대가로 머슴에게 주는 돈이나 물건.
186 목노방 : '복노방'인 듯. 봉놋방.
187 나가서로 : 나가서. '~로'는 경북 방언에서 흔히 동사의 활용형 뒤에 붙는 경우가 많다.
188 버릿가 : 벌리까. 벌겠는가.
189 만치 : 만큼.
190 내사 내사 : 나는 나는.

아무리 신세가 곤궁하나 군노놈의 사환되어

한 수만[191] 갓듯[192] 잘못하면 무지한 욕乙 어찌 볼고.

내 심사도 할 말 없고 자네 심사 어떠할고.

나도 울며 하는 말이 어찌 생전에 빌어먹소.

사무라운[193] 개가 무서워라 뉘가 밥을 좋아 주나.

밥은 빌어 먹으나마 옷은 뉘게 빌어 입소.

서방님아 그 말 말고 이전 일도 생각하게.

궁八十 강태공[194]도 광장三千조[195] 하다가서

주문왕[196]乙 만난 후에 달八十[197]하여 있고

표모기식[198] 한신이도 도중소년 욕보다가[199]

한고조[200]乙 만난 후에 한중대장[201] 되었으니

191 한 수만 : 조금만.
192 갓듯 : 까딱.
193 사무라운 : 사나운.
194 궁八十 강태공(窮八十 姜太公) : '팔십 세까지 궁하게 살았던 강태공'. 강태공이 팔십 세까지 벼슬하지 않고 있었음을 가리킴. '강태공'은 중국 주(周)나라 초의 정치가 태공망(太公望) 여상 (呂尙)을 가리킴.
195 광장三千조(廣張三千釣) : '삼천 일, 즉 십 년 동안 낚싯대를 드리우고 있음'. 강태공이 주문왕을 만나기 전 십년간 낚싯대를 드리우고 때가 오길 기다리고 있었다고 함. 이백의 시 「양보음(梁甫吟)」에 '광장삼천육백조(廣張三千六百釣)'라는 구절이 있음.
196 주문왕(周文王) : 중국 주나라 무왕의 아버지. 은나라 주왕(紂王) 때 서백(西伯)이 되어 백성들에게 어진 정치를 펼쳤음.
197 달八十(達八十) : 부귀한 삶을 의미함. 강태공은 주문왕을 만나 벼슬을 한 뒤로 팔십 년 동안을 부귀를 누리며 살았다고 한다.
198 표모기식(漂母寄食) : '빨래하는 할미에게 밥을 빌어먹음'. 중국의 한신(韓信)이 불우했던 젊은 시절에 빨래하는 할미에게 밥을 얻어먹은 적이 있음.
199 도중소년 욕보다가(道中少年 욕보다가) : 한신이 길에서 악소배(惡少輩)의 가랑이 밑을 기어 지나가는 치욕을 당한 적이 있음.
200 한고조(漢高祖) : 한나라를 세운 유방(劉邦).
201 한중대장(韓中大將) : 한신은 한(漢)나라 건국 후, 그 공로를 인정받아 한(韓)의 제후가 되었다.

우리도 이리 해서 벌어가지고 고향 가면

이방乙 못하며 호장²⁰²乙 못 하오 부러울 게 무엇이오.

우리 서방님 하신 말씀 나는 하자면 하지마는

자네는 여人이라 내 마침 모르겠네.

나는 조금도 염려 말고 그리 작정하사이다.

主人 불러 하는 말이 우리 사환²⁰³ 할 것이니

이백 냥은 우선 주고 쉰 냥을랑 갈 제 주오.

主人이 웃으며 하는 말이 심바람²⁰⁴만 잘하고보면

七月벌이²⁰⁵ 잘 된 후에 쉰 냥 돈乙 더 주오리.

행주치마 털트리고²⁰⁶ 부엌으로 들이달아²⁰⁷

사발 대접 동지²⁰⁸ 접시 몇 죽²⁰⁹ 몇 개 세아려서²¹⁰

날마다 증구하며²¹¹ 솜씨나게 잘도 한다.

우리 서방님 거동 보소 돈 二百兩 받아 놓고

日수 月수 체계²¹² 놓아 내 손으로 서기²¹³하여

---

202 호장(戶長) : 조선시대 향리직(鄕吏職)의 우두머리로, 향리들의 행정업무를 총괄했음.
203 사환(使喚) : 관청이나 가게에서 잔심부름을 시키기 위해 고용한 사람.
204 심바람 : 심부름.
205 七月벌이 : 음력 7월의 벌이. 아마도 7월이 추수철이라 장사가 잘되는 대목이었던 듯.
206 털트리고 : 떨쳐입고.
207 들이달아 : 들입다 내달아. 각주 171을 참조할 것.
208 동지 : 종지. 간장 등을 담는 작은 그릇.
209 죽 : 옷이나 그릇 따위의 열 벌을 한 단위로 세는 말.
210 세아려서 : 헤아려서.
211 증구하며(井臼하며) : '물을 긷고 절구질을 하며'. 힘든 살림살이를 이르는 말. '井臼之役'이라는 말이 있음.
212 체계(遞計) : 장체계. 장에서 비싼 이자로 돈을 꾸어 주고, 장날마다 본전의 일부와 이자를 받아들이는 일.
213 서기(書記) : 원문은 '셔긔'. 기록하다.

낭주에다[214] 간수하고 슥 자[215] 수건 골 동이고[216]

마죽 쑤기 소죽 쑤기 마당 쓸기 봉당[217] 쓸기

상 들이기 상 내기와 오면가면 걷어친다.[218]

평생에도 아니 하던 일 눈치 보아 잘도 하네.

三년乙 나고 보니 만여 금 돈 되었구나.

우리 내외 마음 좋아 다섯 해까지 갈 것 없이

돈 추심[219]乙 알뜰이하여 내년에는 돌아가세.

병술년[220] 괴질[221] 닥쳤구나 안팎 소실[222] 三十여 명이

함박[223] 모두 병이 들어 사흘 만에 깨어나 보니

三十 명 소슬[224] 다 죽고서 主人 하나 나 하나뿐이라

수千戶가 다 죽고서 살아난 이 몇 없다네.

이 세上 天地간에 이런 일이 또 있는가.

서방님 신체[225] 틀어잡고 기절하여 엎드러져서

---

214 낭주에다 : 낭중(囊中)에다.
215 슥 자 : 석 자.
216 골 동이고 : 머리를 동여매고.
217 봉당 : 안방과 건넌방 사이에 마루를 놓을 자리에 마루를 놓지 않고 흙바닥 그대로 둔 곳.
218 걷어친다 : 걷어 치운다.
219 돈추심 : 돈을 찾아내거나 받아가는 것.
220 병술년(丙戌年) : 1886년으로 추정됨.
221 괴질(怪疾) : 콜레라. 콜레라를 '호열자', '괴질', '윤질(輪疾)'이라고 하였음. 조선에서는 콜레라가 처음 중국을 통해 유입되어 1821년 창궐하였다. 이때 정부의 통계로는 15만 명이 죽었고, 『오주연문장전산고』에 의하면 수십만 명이 죽었다. 이후 때때로 발생하였고, 1881년, 1885년, 1886년, 1890년에도 성행하였다. 덴동어미가 겪은 병술년의 괴질은 1886년 음력 6월 초에서 7월초에 걸쳐 성행한 콜레라라고 추정된다.
222 소실 : 식술. 식구.
223 함박 : 함빡. 차고 넘치도록.
224 소슬 : 소실. 식술.
225 신체 : 시체. 경북 방언에서는 '시체'를 '신체'라 발음하는 경우가 있음.

아조 죽乙 줄 알았더니 게우²²⁶ 인사를 차리였네.

애고 애고 어일거나 가이없고 불쌍하다.

서방님아 서방님아 아조 벌떡 일어나게.

천유여리²²⁷ 타관객지 다만 내외 왔다가서

날만 하나 이 곳 두고 죽단 말이 왠말인가.

죽어도 같이 죽고 살아도 같이 살지.

이내 말만 명심하고 삼사년 근사²²⁸ 헛일일세.

귀한 몸이 천인 되어 만여 금²²⁹ 돈乙 벌었더니

일수 월수 장변²³⁰ 체계 돈 쓴 사람이 다 죽었네.

죽은 낭군이 돈 달라나 죽은 사람이 돈乙 주나.

돈 낼 놈도 없거니와 돈 받은들 무엇할고.

돈은 같이 벌었으나 서방님 없이 쓸 데 없네.

애고 애고 서방님아 살뜰이도 불쌍하다.

이럴 줄乙 짐작하면 천집사²³¹乙 아니하제.

오년 작정 하올 적에 잘 살자고 한 일이지.

울면서로 마달 적에²³² 무슨 대수²³³로 세워던고.²³⁴

군노놈의 무지욕설 꿀과 같이 달게 듣고

226 게우 : 겨우.
227 천유여리(千有餘里) : 천 리가 넘는 거리.
228 근사(勤仕) : 맡은 일에 힘씀.
229 만여 금 : 만여 량(兩). 만 량 정도의 돈. 조선 후기 화폐단위는 푼(分), 전(錢), 량(兩)으로서,
　　　100푼이 1량이며, 량(兩)을 금(金)이라고도 했음.
230 장변(場邊) : 장에서 꾸는 돈의 이자. 한 장 도막, 곧 닷새 동안의 이자를 얼마로 셈함.
231 천집사(賤執事) : 비천한 일을 하는 사람.
232 울면서로 마달 적에 : 울면서 마다할 적에.
233 대수 : 대단한 것. 대단한 일.
234 세워던고 : 씌웠던고. '씌우다'는 우기다는 뜻.

수화중乙²³⁵ 가리잔코 일호라도²³⁶ 안 어겼네.

일정지심²³⁷ 먹은 마음 한번 살아 보겠더니

조물이 시기하여 귀신도 야속하다.

전생에 무슨 죄로 이생에 이러한가.

금도 돈도 내사 싫어 서방님만 일어나게.

아무리 호천통곡한들 사자는 불가부생이라.²³⁸

아무래도 할 수 없어 그렁저렁 장사하고²³⁹

죽으려고 애乙 써도 생한²⁴⁰ 목숨 못 죽을레.

억지로 못 죽고서 또 다시 빌어먹네.

이 집 가고 저 집 가니 임자 없는 사람이라.

울산읍내 황도령이 날더러 하는 말이

여보시오 저 마누라 어찌 저리 설위하오.

하도 나 신세²⁴¹ 곤궁키로 이내 마음 비창하오.

아무리 곤궁한들 날과 같이 곤궁할까.

우리 집이 자손 귀해 오대독신²⁴² 우리 부친

五十이 넘도록 자식 없어 일생한탄 무궁타가²⁴³

쉰다섯에 날 낳으니 六代 독자 나 하나라.

---

235 수화중을(水火中을) : 물불 속을.
236 일호라도(一毫라도) : 아주 조금도.
237 일정지심(一定之心) : 한번 먹은 마음.
238 사자는 불가부생이라(死者는 不可復生이라) : 죽은 사람은 다시 살아날 수 없음.
239 장사하고(葬事하고) : 장사 지내고.
240 생한 : 성한. 멀쩡한. 멀쩡하게 살아 있는.
241 나 신세 : 내 신세.
242 오대독신(五代獨身) : 오대독자.
243 무궁타가(無窮타가) : 끝이 없다가.

장중보옥²⁴⁴ 얼음같이 안고 지고 케우더니²⁴⁵

세 살 먹어 모친 죽고 네 살 먹어 부친 죽네.

강근지족²⁴⁶ 본래 없어 외조모 손에 키나더니²⁴⁷

열네 살 먹어 외조모 죽고 열다섯에 외조부 죽고

외사촌 형제 같이 있어 삼년초토²⁴⁸乙 지나더니

남의 빚에 못 견뎌서 외사촌 형제 도망하고

의탁할 곳이 전혀 없어 남의 집에 머슴 들어

십여 년乙 고생하니 장가 밑천이 될러니만

서울 장사 남는다고 사경돈 말짱 추심하여

참깨 열 통 무역하여 대동선²⁴⁹에 부쳐 싣고

큰 북乙 둥둥 울리면서 닻 감는 소리 신명난다.

도사공²⁵⁰은 치²⁵¹만 들고 입사공²⁵²은 춤乙 추네.

망망대해로 떠나가니 신선놀음 이 아닌가.

해남관 머리 지내다가 바람소리 일어나며

왈칵 덜컥 파도 일어 천둥 끝에 벼락치듯

물결은 출렁 산덤²⁵³ 같고 하늘은 캄캄 안 보이네.

수천 석 실은 그 큰 배가 회리바람²⁵⁴에 가랑잎 뜨듯

---

244 장중보옥(掌中寶玉) : 손 안의 보물.
245 케우더니 : 키우더니.
246 강근지족(强近之族) : 도와 줄만한 매우 가까운 친척.
247 키나더니 : 키워지더니.
248 삼년초토(三年草土) : 삼년상. '초토'는 거적자리와 흙베개를 가리키는바, 거상(居喪)을 뜻하는 말.
249 대동선 : 대동미를 실어보내는 데에 쓰던 관아의 배.
250 도사공 : 뱃사공의 우두머리.
251 치 : 키.
252 입사공 : 도사공 밑의 사공인 듯.
253 산덤 : 산더미.

뱅뱅 돌며 떠나가니 살 가망이 있을런가.

만경창파 큰 바다에 지망없이[255] 떠나다가

한 곳에다 들이 붙쳐 수천 석乙 실은 배가

편편파쇄[256] 부숴지고 수십 명 적군[257]들이

인홀불견[258] 못 볼러라 나도 역시 물에 빠져

파도머리에 밀려가다 마침 눈乙 떠서 보니

배쪽 하나 둥둥 떠서 내 앞으로 들어오니

두 손으로 더위잡아[259] 가슴에다가 부쳐노니[260]

물乙 무수이 토하면서 정신乙 조금 수습하니

아직 살긴 살았다마는 아니 죽고 어찌 할고.

오르는 절덤이[261] 손으로 헤고 내리는 절덤이 가만이 있으니

힘은 조금 덜 드나만 몇 달 몇 일 기한 있나.

기한 없는 이 바다에 몇 달 몇 일 살 수 있나.

밤인지 낮인지 정신없이 기한 없이 떠나간다.

풍랑소리 벽력되고 물사품[262]이 운애[263] 되네.

물귀신의 울음소리 응얼응얼 기막힌다.

---

254 회리바람 : 회오리바람.
255 지망없이 : 기망(期望)없이. 기약없이. 경상도 방언에서는 'ㄱ'이 흔히 'ㅈ'으로 변하는 경우가 있음. 예컨대 '기약없이'를 '지약없이'로, '기술자'를 '지술자'로 발음하는 것과 같은 일이 흔함.
256 편편파쇄(片片破碎) : 조각조각 부서짐.
257 적군 : 젓꾼. 노를 젓는 선원.
258 인홀불견(因忽不見) : 언뜻 보이다가 바로 없어져 보이지 않음.
259 더위잡아 : 더위잡다. (높은 곳에 올라가려고 무엇을) 끌어잡다.
260 부쳐노니 : 부쳐 놓으니.
261 절덤이 : 파도더미.
262 물사품 : 여울.
263 운애(雲靉) : 구름이나 안개가 끼어 흐릿한 기운.

어느 때나 되었던지 풍랑소리 없어지고

만경창파 잠乙 자고 까마귀 소리 들리거늘

눈乙 들어 살펴보니 백사장이 뵈는구나.

두발로 박차며 손으로 헤어²⁶⁴ 백사장 가에 닿는구나.

엉금엉금 기어나와 정신없이 누웠다가

마음乙 단단히 고쳐 먹고 다시 일어나 살펴보니

나무도 풀도 돌도 없고 다만 해당화 붉어 있네.

몇 날 몇 일 굶었으니 밴들 아니 고플손가.

엉금설설 기어가서 해당화 꽃乙 따먹으니

정신이 점점 돌아나서 또 그 옆을 살펴보니

절로 죽은 고기 하나 커다란 게 게²⁶⁵ 있구나.

불이 있어 구울 수 있나 생으로 실컷 먹고 나니

본정신이 돌아와서 눈물 울음도 이제 나네.

무人절도 백사장에 혼자 앉아 우노라니

난데없는 어부들이 배乙 타고 지나다가

우는 걸 보고 괴이 여겨 배를 대이고 나와서로²⁶⁶

날乙 흔들며 하는 말이 어찐²⁶⁷ 사람이 혼자 우나?

울음 그치고 말乙 해라 그제야 자세²⁶⁸ 돌아보니

六七人이 앉았는데 모두 다 어뷜러라.²⁶⁹

---

264 헤어 : 헤쳐.
265 게 : 거기에.
266 배를 대이고 나와서로 : 배를 대고 나와서.
267 어찐 : 어떻게 된.
268 자세 : 자세히.
269 어뷜러라 : 어부일러라.

그대들은 어디 살며 이 섬중은 어디잇가?

이 섬은 제주 한라섬이요 우리는 다 정의[270]에 있노라.

고기 잡으러 지나다가 울음소리 따라왔다

어느 곳의 사람으로 무슨 일로 예[271] 와 우나?

나는 본디 울산 살더니 장사 길로 서울 가다가

풍파 만나 파선하고 물결에 밀려 내쳐노니[272]

죽었다가 깨난[273] 사람 어느 곳인줄 아오리까?

제주도 우리 조선이라 가는 길乙 인도하오.

한 사람이 일어서며 손乙 들어 가리키되

제주읍내는 저리 가고 대정[274] 정의는 이리 가지.

제주읍내로 가오리까 대정 정의로 가오리까?

밥과 고기 많이 주며 자세히 일러 하는 말이

이곳에서 제주읍 가자하면 사십 리가 넉넉하다.

제주 본관[275] 찾아들어 본 사정乙 발괄하면[276]

우선 호구[277]할 것이오 고향가기 쉬우리라.

신신이 당부하고 배乙 타고 떠나간다.

가리키던 그 곳으로 제주본관 찾아가니

본관사또 들으시고 불쌍하게 생각하사

---

270 정의(旌義) : 제주도 남제주 지역의 옛 지명.
271 예 : 여기에.
272 내쳐노니 : 내쳐졌으니.
273 깨난 : 깨어난.
274 대정(大靜) : 현재 제주도 서귀포시 대정읍.
275 본관(本館) : 고을 수령을 일컫는 말. 제주 본관사또.
276 발괄하면 : '발괄'은 백성이 억울한 사정을 관가에 글이나 말로 하소연하던 일.
277 호구(糊口) : 입에 풀칠함.

돈 오십 냥 처급[278]하고 절령[279] 한 장 내주시며

네 이곳에 있다가서 왕래선이 있거들랑

사공 불러 절령 주면 선가[280] 없이 잘 가거라.

그렁저렁 삼삭[281]만에 왕래선이 건너 와서

고향이라 돌아오니 돈 두 냥이 남았구나.

사기점[282]에 찾아가서 두 냥 어치 사기 지고

촌촌가가[283] 도부[284]하며 밥乙랑은 빌어먹고

삼사삭乙 하고 나니 돈 열닷 냥 되었건만

삼십 넘은 노총각이 장가 밑천 가망 없네.

애고답답 내팔자야 언제 벌어 장가 갈고?

머슴 살아 사오백 냥 창해일속[285] 부쳐 두고

두 냥 밑천 다시 번들 언제 벌어 장가갈까?

그런 날도 살았는데 설워마오 우지마오.

마누라도 설다 하되 내 설움만 못하오리.

여보시오 말씀 듣소 우리 사정乙 논지컨댄[286]

三十 넘은 노총각과 三十 넘은 혼과부[287]라.

총각의 신세도 가련하고 마누라 신세도 가련하니

278 처급 : 처결(處決). 결정하여 조치함.
279 절령(傳令) : 전하여 보내는 훈령이나 전명(傳命).
280 선가(船價) : 뱃삯.
281 삼삭(三朔) : 석 달.
282 사기점(砂器店) : 사기그릇 가게.
283 촌촌가가(村村家家) : 마을마을 집집마다.
284 도부(到付) : 이리저리 떠돌아다니며 물건을 파는 것.
285 창해일속(滄海一粟) : 푸른 바다의 곡식 한 알.
286 논지컨댄(論之컨댄) : 논하건대.
287 혼과부 : 홀과부. 혼자된 과부.

가련한 사람 서로 만나 같이 늙으면 어떠하오?

가만이 솜솜[288] 생각하니 먼저 얻은 두 낭군은

홍문[289] 안의 사대부요 큰 부자의 세간살이

패가망신 하였으니 흥진비래[290] 그러한가.

저 총각의 말 들으니 육대독자[291] 내려오다가

죽을 목숨 살았으니 고진감래 할까보다.

마지못해 허락하고 손잡고서 이 내 말이

우리 서로 불쌍이 여겨 허물없이 살아보세.

영감은 사기 한 짐 지고 골목에서 크게 외고[292]

나는 사기 광우리[293] 이고 가가호호이[294] 도부한다.

조석이면 밥乙 빌어 한 그릇에 둘이 먹고

남촌 북촌에 다니면서 부지런히 도부하니

돈 백이나 될 만하면 둘 중에 하나 병이 난다.

병구려[295] 약시세[296] 하다보면 남의 신세를 지고나고

다시 다니며 근사[297] 모아 또 돈 백이 될 만하면

또 하나이 탈이 나서 한 푼 없이 다 쓰고 나네.

---

288 솜솜 : 솜솜하게. 촘촘하게. 자세히. '솜솜하다'는 '촘촘하다'의 옛말.
289 홍문(紅門) : '홍살문'의 준말. 충·효·열에 뛰어난 행적을 보인 인물을 표창하기 위해 그 집의 입구에 홍문을 내렸음.
290 흥진비래(興盡悲來) : 즐거운 일이 지나가면 슬픈 일이 닥쳐온다는 뜻.
291 육대독자(六代獨子) : 여섯 대에 걸쳐 형제가 없는 외아들.
292 외고 : 외치고.
293 광우리 : 광주리.
294 가가호호이(家家戶戶이) : 집집마다.
295 병구려 : 병구완.
296 약시세 : 약치레.
297 근사 : 근근이.

도부장사 한 십년 하니 장바군[298]에 털이 없고

모가지지[299] 자라목 되고 발가락이 무지러졌네.[300]

산 밑의 주막에 주人하고[301] 굿은 비 실실 오는 날에

건너 동네 도부 가서 한 집 건너 두 집 가니

천둥소리 볶아치며 소나기 비가 쏟아진다.

주막 뒷산이 무너지며 주막터乙 빼가지고[302]

동해수로 달아나니 살아날 이 뉘궐넌고.[303]

건너다가 바라보니 망망대해뿐이로다.

망측하고 기막힌다 이런 팔자 또 있는가.

남해수에 죽乙 목숨 동해수에 죽는구나.

그 주막에나 있었더면 같이 따라가 죽을 것을.

먼저 괴질에 죽었더면 이런 일을 아니 볼걸.

고대[304] 죽乙 걸 모르고서 천년만년 살자하고

도부가 다 무엇인가 도부 광우리 무여박고[305]

해얌없이[306] 앉았으니 억장이 무너져 기막힌다.

죽었으면 졸너구만[307] 생한[308] 목숨이 못 죽乙레라.

---

298 장바군 : 짱배기. 정수리를 이름.

299 모가지지 : 모가지가.

300 무지러졌네 : 문드러졌네.

301 주인하고 : 주인하다. 어떤 집에 묵다.

302 빼가지고 : 빼어가지고. 뽑아서.

303 뉘궐넌고 : 누구일런고. 누구겠나. 원문에는 처음에 '뉘길고넌'이라고 필사했으나 '고넌'의 우측에다 글자의 위아래를 바꾸라는 표시를 해 놓았음.

304 고대 : 금방.

305 무여박고 : 땅에 내던지고.

306 해얌없이 : 하염없이.

307 졸너구만 : 좋을러구만. 좋았을 것을.

아니 먹고 굶어 죽으랴하니 그 집 댁네가 강권하네

죽지 말고 밥乙 먹게 죽은들사[309] 시원할까.

죽으면 쓸 데 있나 살기만은[310] 못하니라.

저승乙 뉘가 가 봤는가 이승만은 못하리라.

고생이라도 살고보지 죽어지면 말이 없네.

홀쩍이며 하는 말이 내 팔자乙 세 번 고쳐

이런 액운이 또 닥쳐서 신체[311]도 한 번 못 만지고

동해수에 영결종천[312]하였으니 애고애고 어찌어찌 살아볼고.

主人댁이 하는 말이 팔자 한 번 또 고치게.

세 번 고쳐 곤한 팔자 네 번 고쳐 잘 살런지.

세상일은 모르나니 그런대로 사다 보게.[313]

다른 말 할 것 없이 저 꽃나무 두고보지.

二三月의 춘풍 불면 꽃봉오리 고운 빛을

벌이는[314] 앵앵 노래하며 나비는 펄펄 춤을 추고

유객[315]은 왕왕 노다 가고 산조[316]는 영영[317] 홍락[318]이라.

오뉴月 더운 날에 꽃은 지고 잎만 남아

---

308 생한 : 성한. 멀쩡한.
309 죽은들사 : 죽은들.
310 살기만은 : 사는 것보다는.
311 신체 : 시체. 각주 225를 참조할 것.
312 영결종천(永訣終天) : 죽어서 영원히 이별함.
313 사다 보게 : 살아 보게.
314 벌이는 : 벌은.
315 유객(遊客) : 유람객.
316 산조(山鳥) : 산새.
317 영영 : 앵앵(嚶嚶). 새가 서로 화락하게 우는 모양.
318 홍락(興樂) : 홍겨워하며 즐김.

녹음이 만지하여³¹⁹ 좋은 경이³²⁰ 별로 없다.

八九月에 추풍 불어 잎사귀조차 떨어진다.

동지섣달 설한풍³²¹에 찬 기운乙 못 견디다가

다시 춘풍 들이불면 부귀春花 우후紅乙³²²

자네 신세 생각하면 설한풍乙 만남이라.

홍진비래 하온 후에 고진감래 할 것이니

팔자 한 번 다시 고쳐 좋은 바람乙 기다리게.

꽃나무같이 춘풍만나 가지가지 만발할 제

향기 나고 빛이 난다 꽃 떨어지자 열매 열어

그 열매가 종자되어 千만 년乙 전하나니

귀동자 하나 나아시면³²³ 수부귀 다자손³²⁴ 하오리다.

여보시오 그 말 마오 二十 三十에 못 둔 자식

四十 五十에 아들 낳아 뉘 본단³²⁵ 말 못 들었네.

아들의 뉘乙 볼 터이면 二十 三十에 아들 낳아

四十 五十에 뉘 보지만 내 팔자는 그뿐이요.

이 사람아 그 말 말고 이 내 말乙 자세 듣게.

설한풍에도 꽃 피던가 춘풍이 불어야 꽃이 피지.

---

319 만지하여(滿枝하여) : 가지에 가득하여.
320 경이(景이) : 경치가.
321 설한풍(雪寒風) : 눈바람.
322 부귀春花 우후紅乙(富貴春花 雨後紅乙) : '봄날의 부귀화(富貴花)가 비 온 후에 붉거늘'이라는 뜻. 부귀(富貴)의 풍모가 있다고 해서 모란꽃을 '부귀화'라고 함. 소옹(召雍)의 「安樂窩中自貽」에 "災映秋葉霜前秋, 富貴春花雨後紅"이라는 구절이 있다.
323 나아시면 : 낳는다면.
324 수부귀 다자손(壽富貴 多子孫) : 부귀를 누리고 장수하며 자손이 번성함.
325 뉘 본단 : 자식 덕을 본다는. '뉘'는 자식에게 받는 덕.

때 아닌 전에³²⁶ 꽃 피던가 때乙 만나야 꽃이 피네.

꽃 필 때라야 꽃이 피지 꽃 아니 필 때 꽃 피던가.

봄바람만 들이³²⁷ 불면 뉘가 시켜서 꽃 피던가.

제가 절로 꽃이 필 때 뉘가 막아서 못 필런가.

고운 꽃이 피고 보면 귀한 열매 또 여나니

이 뒷집의 조서방이 다만 내외 있다가서

먼젓달에 상처하고 지금 혼자 살림하니

저 먹기는 태평이나 그도 또한 가련하데.

자네 팔자 또 고쳐서 내 말대로 사다 보게.

이왕사乙 생각하고 갈까 말까 망상이다³²⁸

마지못해 허락하니 그 집으로 인도하네.

그 집으로 들이달아 우선 영감乙 자세 보니

나은³²⁹ 비록 많으나마 기상이 든든³³⁰ 순후하다.³³¹

영감 생애³³² 무엇이오? 내 생애는 엿장사라.

마누라는 어찌하여 이 지경에 이르렀나?

내 팔자가 무상하여 만고풍상 다 겪었소.

그날부터 양주 되어 영감 할미 살림한다.

나는 집에서 살림하고 영감은 다니며 엿장사라.

---

326 때 아닌 전에 : 때가 되기도 전에.
327 들이 : 갑자기. 급작스레.
328 망상이다 : 망설이다.
329 나은 : 나이는.
330 든든 : 든든하다. 미덥다.
331 순후하다(淳厚하다) : 순박하고 두텁다.
332 생애 : 생업.

호두약엿[333] 잣박산[334]에 참깨박산 콩박산에

산자[335] 과질[336] 빈사과[337]乙 갖초갖초[338] 하여주면

상자고리[339]에 담아지고 장마다 다니며 매매한다.

의성장 안동장 풍산[340]장과 노루골[341] 내성[342]장 풍기장에

한 달 육장[343] 매장 보니[344] 엿장사 조첨지 별호되네.

한 달 두 달 이태[345] 삼년 사노라니 어찌하다가 태기 있어

열 달 배불러 해복[346]하니 참말로 일개 옥동자라.

영감도 오십에 첫아들 보고 나도 오십에 첫아이라.

영감 할미 마음 좋아 어리장고리장 사랑한다.

젊어서 어찌 아니 나고 늙어서 어찌 생겼는고.

홍진비래 겪은 나도 고진감래 할라는가.

---

333 호두약엿 : 호두를 넣어 고아 만든 엿.
334 잣박산 : 유밀과(油蜜果)의 한 가지. 엿을 중탕으로 녹여 꿀을 섞은 뒤 잣을 깨끗이 손질하여
　　고르게 섞은 다음, 재빨리 모난 그릇에 담아 반대기를 지어 굳혀 썬 것. 요즘은 흔히 잣박산,
　　콩박산 등을 잣강정, 콩강정 등이라 하여 '박산'을 '강정'이라 부르지만 원래 '박산'과 '강정'은
　　다른 것이다.
335 산자 : 요즘 흔히 '유과'라 부르는 것이다.
336 과질 : 과줄. 유밀과의 한 가지. 꿀물과 밀가루를 섞어 반죽한 뒤 과줄판에 박아서 기름에 지져
　　속까지 검은 빛이 나도록 익힌 것. 약과, 정과, 다식 등을 통틀어 일컬음.
337 빈사과 : '빙사과'라고도 한다. 찹쌀가루에 술을 넣고 반죽하여 시루에 쪄낸 다음, 그것을 얇게
　　밀어 강정바탕을 만들어 잘게 썰고 그것을 잘 말린 다음, 기름에 튀겨 조청을 묻힌 과자.
338 갖초갖초 : 갖추갖추. 골고루.
339 상자고리 : 고리상자. 고리짝. '고리'는 키버들의 가지나 대오리 따위로 엮어 만든 상자 같은 물건.
340 풍산 : 지금의 경북 안동시 풍산읍.
341 노루골 : 봉화 노루골.
342 내성 : 경북 영주와 문수 근처.
343 한 달 육 장 : 한 달에 장이 열리는 곳 여섯 군데.
344 매장 보니(每場 보니) : 매번의 모든 장에서 물건을 파니. '장을 보다'는 전통시대에는 장에 가서
　　물건을 사는 것만 아니라 파는 것도 가리킨다.
345 이태 : 두 해.
346 해복(解腹) : 해산.

희한하고 이상하다 둥기둥둥[347] 일이로다.

둥기둥기 둥기야 아가둥기 둥둥기야.

금자동아 옥자동아 섬마둥기[348] 둥둥기야.

부자동아 귀자동아 놀아라 둥기 둥둥기야.

앉아라 둥기 둥둥기야 서거라 둥기 둥둥기야.

궁둥이 툭툭 쳐도보고 입도 쪽쪽 맞춰보고

그 자식이 잘도 났네 인제야 한 번 살아보지.

한창 이리 놀리다가 어떤 친구 오더니만

수동별신[349] 큰 별신乙 아무 날부터 시작하니

밑천이 적거들랑 뒷돈은 내 대줌세.

호두약엿 많이 고고[350] 갓은 박산 많이 하게.

이번에는 수가 나리[351] 영감님이 옳게 듣고

찹쌀 사고 기름 사고 호두 사고 추자[352] 사고

참깨 사고 밤도 사고 七八十兩 밑천이라.

닷동이 들이[353] 큰 솥에다 三四日乙 꼼노라니[354]

한밤중에 바람 이자[355] 굴뚝으로 불이 났네.

---

347 둥기둥둥 : 둥기둥기. 둥개둥개. 아기를 안거나 쳐들고 어를 때 내는 소리.
348 섬마둥기 : '섬마'는 아이가 따로 서는 법을 익힐 때, 어른이 붙들었던 손을 떼면서 내는 소리.
349 수동별신 : 수동별신(壽洞別神)굿. 노국공주(魯國公主)의 신위를 받드는 국신당제. 이 굿은 안동지방에서 해마다 정월 보름에 5개 마을 주민들이 진법(陳法)으로 펼치는 이색적인 굿이라고 한다. 국신당이 경북 안동의 수동촌(지금의 풍산 수곡동)에 있기 때문에 수동별신굿이라 한다.
350 고고 : 고다. 졸아서 진하게 엉기도록 끓이다.
351 수가 나리 : (좋은) 수가 날 것이다. 여기서는 큰 벌이를 할 수 있을 것이라는 뜻.
352 추자(楸子) : 가래나무 열매.
353 닷동이 들이 : 다섯 동이 들이. 다섯 동이가 들어가는 부피의. '동이'는 질그릇의 하나로 물을 긷는 데 씀.
354 꼼노라니 : 고노라니.

온 집안에 불붙어서 화광이 충천하니³⁵⁶

인사불성 정신없어 그 엿물乙 다 퍼었고

안방으로 들이달아 아들 안고 나오다가

불더미에 엎더져서³⁵⁷ 구불면서³⁵⁸ 나와 보니

영감은 간 곳 없고 불만 자꾸 타는구나.

이웃 사람 하는 말이 아³⁵⁹ 살리러 들어가더니

상가꺼지³⁶⁰ 안 나오니 이제 하마 죽었구나.

한 마릇대³⁶¹ 떨어지며 기둥조차 다 탔구나.

일촌³⁶² 사람 달려들어 부 헛치고³⁶³ 찾아보니

포수놈의 불고기하듯 아주 함박 구웠구나.

요런 망할 일 또 있는가 나도 같이 죽으려고

불더미로 달려드니 동네 사람이 붙들어서

아무리 몸부림하나 아주 죽지도 못하고서

온 몸이 콩과질³⁶⁴ 되였구나 요런 년의 팔자 있나.

깜짝 사이에 영감 죽어 삼혼구백³⁶⁵이 불꽃 되어

불티와 같이 동행하여 아주 펄펄 날아가고

---

355 이자 : (바람이) 일자.
356 화광이 충천하니(火光이 衝天하니) : 불빛이 하늘을 찌르니.
357 엎더져서 : 엎어져서.
358 구불면서 : 구르면서.
359 아 : '아이'의 경상도 방언.
360 상가까지 : 상기까지. 지금까지.
361 마릇대 : 용마루 밑에 서까래가 걸리게 된 도리. 상량(上樑).
362 일촌(一村) : 온 마을.
363 부 헛치고 : 불 헤치고. 불을 헤치고.
364 콩과질 : '콩 과줄'인 듯. '과줄'은 약과, 정과, 다식 등을 통틀어 일컫는 말.
365 삼혼구백(三魂九魄) : 혼백.

귀한 아들도 불에 듸서[366] 죽는다고 소리치네.

엉아엉아 우는 소리 이내 창자가 끊어진다.

세상사가 귀차내여[367] 이웃집에 가 누웠으니

덴동이乙 안고 와서 가슴乙 헤치고 젖 물리며

지성으로 하는 말이 어린 아해 젖 먹이게.

이 사람아 정신 차려 어린 아기 젖 먹이게.

우는 거동 못 보겠네 일어나서 젖 먹이게.

나도 아주 죽乙라네 그 어린 것이 살겠는가.

그 거동乙 어찌 보나 아주 죽어 모를라네.

덴다군들[368] 다 죽는가 불에 덴 이 허다하지.

그 어미라야 살려내지 다른 이는 못 살리네.

자네 한 번 죽어지면 살그라도 아니 죽나.[369]

자네 죽고 아 죽으면 조첨지는 아주 죽네.

살아날 것이 죽고보면 그도 또한 할일인가?

조첨지乙 생각거든 일어나서 아 살리게.

어린 것만 살고보면 조첨지 사못 안 죽었네.

그 댁네 말乙 옳게 듣고 마지못해 일어 앉아

약시세[370]하며 젖먹이니 삼사삭만에 나왔으나

살았다고 할 것 없네 갖은 병신이 되었고나.

---

366 듸서 : 데어서.
367 귀차내여 : 귀찮아서.
368 덴다군들 : (불에) 덴다고 한들.
369 살그라도 아니 죽나 : 살 것이라도 안 죽겠는가. 살 아이라 해도 죽지 않겠는가.
370 약시세 : 약시시. 앓는 사람을 위해 약을 쓰는 일.

한 짝[371] 손은 오그라져서 조막손[372]이 되어 있고

한 짝 다리 뻐드러져서[373] 장채다리[374] 되었으니

성한 이도 어렵거든 갖은 병신 어찌 살고?

수족 없는 아들 하나 병신 뉘乙 볼 수 있나.[375]

된 자식乙 젖 물리고 가르더안고[376] 생각하니

지난 일도 기막히고 이 앞일도 가련하다.

건널수록 물도 깊고 넘을수록 산도 높다.

어쩐 년의 고생팔자 一平生乙 고생인고.

이내 나이 육십이라 늙어지니 더욱 슬의.[377]

자식이나 성했으면 저나 믿고 사지마난

나은[378] 점점 많아가니 몸은 점점 늙어가네.

이렇게도 할 수 없고 저렇게도 할 수 없다.

덴동이를 뒷더업고[379] 본 고향乙 돌아오니

이전 강산 의구하나 인정 물정 다 변했네.

우리 집은 터만 남아 쑥대밭이 되였고나.

아는 이는 하나 없고 모르는 이뿐이로다.

그늘 맺진[380] 은행나무 불개청음대아귀[381]라.

371 한짝 : 한쪽.
372 조막손 : 손가락이 오그라져 펴지 못하는 손.
373 뻐드러져서 : 뻐드러지다. 굳어서 뻣뻣하게 되다.
374 장채다리 : '장채'란 긴 작대기를 가리킨다. 여기서 '장채다리'란 '뻗정다리', 즉 구부렸다 폈다
    하지 못하고 늘 뻗기만 하고 있는 다리를 말한다.
375 병신 뉘을 볼 수 있나 : 병신, 즉 장애인이 된 아들의 덕을 볼 수 있겠나.
376 가르더안고 : 걷어안고.
377 슬의 : 설워라.
378 나은 : 나이는.
379 뒷더업고 : 뒤에다 업고.

난데없는 두견새가 머리 위에 둥둥 떠서

불여귀 불여귀 슬피 우니 서방님 죽은 넋이로다.

새야 새야 두견새야 내가 올 줄 어찌 알고[382]

여기 와서 슬피 울어 내 서럼[383]乙 불러내나.

반가와서 울었던가 서러워서 울었던가.

서방님의 넋이거든 내 앞으로 날아오고

임의 넋이 아니거든 아주 멀리 날아가게.

두견새가 펄쩍 날아 내 어깨에 앉아 우네.

임의 넋이 분명하다 애고 탐탐[384] 반가워라.

나는 살아 육신이 왔네 넋이라도 반가워라.

근 오십년 이곳 있어 날 오기乙 기다렸나.

어이 할고 어이 할고 후회막급 어이할고.

새야 새야 우지 마라 새 보기도 부끄러워.

내 팔자乙 셔겨더면[385] 새 보기도 부끄럽잖지.

첨에 당초에 친정 와서 서방님과 함께 죽어

저 새와 같이 자웅되어[386] 천만 년이나 살아볼걸.

내 팔자乙 내가 속아 기어이 한번 살아볼라고

---

380 그늘맺진 : 그늘 맺은. 그늘이 진.
381 불개청음 대아귀(不改淸陰 待我歸) : '맑은 나무그늘은 예전처럼 변치 않고 내가 돌아오는 것을 기다렸구나'라는 뜻. 당나라 전기(錢起)의 시「暮春歸故山草堂」의 한 구절.
382 내가 올 줄 어찌 알고 : 원문에는 처음에 "내가 어찌 알고 올 줄"이라고 필사했으나 "내가" 다음에 '올 줄'을 넣으라는 표시를 해 놓았음.
383 서럼 : 설움.
384 애고 탐탐 : 아이고 탐탐. '탐탐'은 마음에 들어 좋다는 뜻.
385 셔겨더면 : 새겼더면. (내 팔자를 마음에) 새겼었다면.
386 자웅되어(雌雄되어) : 암수의 짝이 되어.

첫째 낭군은 추천에 죽고 둘째 낭군은 괴질에 죽고

셋째 낭군은 물에 죽고 넷째 낭군은 불에 죽어

이 내 한 번 못 잘살고[387] 내 신명이 그만일세.

첫째 낭군 죽乙 때에 나도 한 가지[388] 죽었거나

살더래도 수절하고 다시 가지나 말았다면

산乙 보아도 부끄럽잖고 저 새 보아도 무렴찮지.[389]

살아생전에 못 된 사람 죽어서 귀신도 악귀로다.[390]

나도 수절만 하였다면 열녀각은 못 세워도

남이라도 칭찬하고 불쌍하게나 생각할걸.

남이라도 욕할 게요 친정일가들 반가할까.[391]

잔디밭에 물게 앉아[392] 한바탕 실컷 우다 가니[393]

모르는 안노人[394] 나오면서 어쩐 사람이 슬이[395] 우나?

울음 그치고 말을 하게 사정이나 들어보세.

내 설음乙 못 이겨서 이곳에 와서 우나니다.[396]

무슨 설음인지 모르거니와 어찌 그리 설워하나?

노인을랑 들어가오 내 설음 알아 쓸 데 없소.

일분 인사[397]乙 못 차리고 땅乙 허비며 자꾸 우니

387 못잘살고 : 잘 못 살고. 잘 살지 못하고.
388 한가지 : 한가지로. 함께.
389 무렴찮지 : 무렴하지 않지. '무렴하다'는 염치가 없음을 느껴 마음에 거북한 것.
390 죽어서 귀신도 악귀로다 : 죽어서 귀신이 되어도 악귀(惡鬼)가 된다.
391 반가할까 : 반가워할까.
392 물게 앉아 : 물거니 앉아. 멀거니 앉아.
393 우다 가니 : 울다 가니.
394 안노인 : 할머니.
395 슬이 : 섧게.
396 우나니다 : 울고 있습니다.

그 노人이 민망하여 곁에 앉아 하는 말이

간 곳마다 그러한가 이곳 와서 더 설운가?

간 곳마다 그러릿가 이곳에 오니 더 서럽소.

저 터에 살던 임상찰이 지금에 어찌 사나잇가?

그 집이 벌써 결단나고 지금 아무도 없나니라.

더군다나 통곡하니 그 집乙 어찌 알았던가?

저 터에 살던 임상찰이 우리 집과 오촌이라.

자세히 본들 알 수 있나 아무 형님이 아니신가?

달려들어 두 손 잡고 통곡하며 설워하니

그 노人도 알지 못해 형님이란 말이 왠 말인고?

그러나 저러나 들어가세 손목 잡고 들어가니

청삽살이 정정[398] 짖어 난 모른다고 소리치고

큰 대문 안의 계우[399] 한 쌍 게욱게욱 달라드네.[400]

안방으로 들어가니 늙으나 젊으나 알 수 있나.[401]

부끄러워 앉았다가 그 노人과 한데[402] 자며

이전 이야기 대강하고 신명타령[403] 다 못할레.

엉송이[404] 밤송이 다 쪄보고[405] 세상의 별 고생 다해봤네.

397 일분 인사(一分 인사) : 조금의 인사.
398 정정 : 개가 짓는 소리. 컹컹.
399 계우 : 거위.
400 달라드네 : 달려드네.
401 늙으나 젊으나 알 수 있나 : (방안에 있는) 늙은 사람이든 젊은 사람이든 알지 못하겠구나.
402 한데 : 한 곳에.
403 신명타령 : 신세타령.
404 엉송이 : 우엉 송이. 우엉의 꽃송이. 갈퀴 모양으로 굽어져서 찔리기 쉬움.
405 쪄보고 : 찌어 보고. 찔려 보고. "우엉 송이 밤송이 다 찔려 보았다"는 말은 뼈아프고 고생스런
     일을 다 겪어 보았다는 뜻.

살기도 억지로 못하겠고 재물도 억지로 못하겠데.[406]

고약한 신명도 못 고치고 고생할 팔자는 못 고칠레.

고약한 신명은 고약하고 고생할 팔자는 고생하지.

고생대로 할 지경엔 그른 사람이나 되지 말지.

그른 사람 될 지경에는 옳은 사람이나 되지 그려.

옳은 사람 되어 있어 남에게나 칭찬 듣지.

청춘과부 갈라하면[407] 양식 싸고 말릴라네.

고생팔자 타고나면 열 번 가도 고생일레.

이팔청춘 청상들아 내 말 듣고 가지 말게.

아무 동네 화령댁은 스물 하나에 혼자되어

단양으로 갔다더니[408] 겨우 다섯 달 살다가서

제가 먼저 죽었으니 그건 오히려 낫지마는

아무 동네 장임댁은 갓 스물에 청상되어

제가 춘광[409]乙 못 이겨서 영춘[410]으로 가더니만

몹쓸 병이 달려들어 앉은뱅이 되었다데.

아무 마을의 안동댁도 열아홉에 상부[411]하고

제가 공연히 발광 나서 내성으로 간다더니

서방놈에게 매乙 맞아 골병이 들어서 죽었다데.

아무 집의 월동댁도 스물 둘에 과부되어

---

406 재물도 억지로 못 하겠데 : 재물을 모으는 일도 뜻대로는 되지 않는다는 말.
407 갈라하면 : (재취를) 가려고 하면.
408 갔다더니 : (재취를) 갔다더니.
409 춘광(春光) : 봄날의 경치. 여기서는 이성을 몹시 그리워하는 마음.
410 영춘 : 지금의 충청북도 단양군 영춘면.
411 상부(喪夫) : 남편을 잃음.

제 집 소실乙 모함하고 예천으로 가더니만

전처 자식乙 몹시하다가[412] 서방에게 쫓겨나고

아무 곳에 단양이네 갓 스물에 가장 죽고

남의 첩으로 가더니만 큰 어미가 사무라워[413]

삼시 사시 싸우다가 비상乙 먹고 죽었데.

이 사람네 이리 된 줄 온 세상이 아는 바라.

그 사람네 개가할 제 잘 되자고 갔지마는

팔자는 고쳤으나 고생은 못 고치데.

고생乙 못 고칠 제 그 사람도 후회 나리.[414]

후회 난들 어찌할고 죽乙 고생 많이 하네.

큰 고생乙 안 할 사람 상부버텀[415] 아니하지.

상부버텀 하는 사람 큰 고생乙 하나니라.

내 고생乙 남 못 주고 남의 고생 안 하나니[416]

제 고생乙 제가 하지 내 고생乙 뉘乙 줄고.

역역가지[417] 생각하되 개가해서 잘 되는 이는

백에 하나 아니 되네 부디 부디 가지 말게.

개가 가서 고생보다 수절고생[418] 호강이니

수절고생 하는 사람 남이라도 귀히 보고

---

412 (전처 자식을) 몹시하다가 : (전처 자식에게) 심하게 굴다가.
413 사무라워 : 사나워.
414 후회 나리 : 후회를 하게 되리.
415 버텀 : 부터.
416 내 고생을 남 못 주고 남의 고생 안 하나니 : 내가 해야 할 고생을 남이 대신 할 수 없고, 남이 해야 할 고생을 내가 대신 하는 게 아니라는 뜻.
417 역역가지(歷歷可知) : 분명히 알 수 있음.
418 수절고생 : 수절하면서 겪는 고생.

개가고생 하는 사람 남이라도 그르다네.

고생팔자 고생이리 수지장단[419] 상관없지.

죽乙 고생 하는 사람 칠팔십도 살아 있고

부귀호강 하는 사람 이팔청춘 요사하니

고생 사람 덜 사잖고[420] 호강 사람 더 사잖네.

고생이라도 한이 있고[421] 호강이라도 한이 있어

호강살이 제 팔자요 고생살이 제 팔자라.

남의 고생 꿔다 하나[422] 한탄한들 무엇할고.

내 팔자가 사는대로 내 고생이 닫는대로[423]

좋은 일도 그뿐이요 그른 일도 그뿐이라.

춘삼월 호시절에 화전놀음 왔거들랑

꽃빛을랑 곱게 보고 새소리는 좋게 듣고

밝은 달은 여시[424] 보며 맑은 바람 시원하다.

좋은 동무 존[425] 놀음에 서로 웃고 놀다 보소.

사람의 눈이 이상하여 제대로 보면 관계찮애.[426]

고운 꽃도 새겨보면[427] 눈이 캄캄 안보이고

귀도 또한 별일이니 그대로 들으면 괜찮은걸

419 수지장단(壽之長短) : 오래 살고 못사는 것.
420 사잖코 : 살지 않고.
421 한이 있고(限이 있고) : 한도가 있고.
422 남의 고생 꿔다 하나 : 남의 고생을 꾸어다 하나.
423 내 팔자가 사는 대로 내 고생이 닫는 대로 : 내 팔자에 따라 살아가는 대로 내 고생이 향해가는 대로.
424 여사 : 여사로. 보통으로, 쉽게 등의 뜻으로 사용하는 경상도 방언. 예사(例事).
425 존 : 좋은.
426 관계찮애 : 원문은 '관계찬의'. 괜찮네.
427 새겨보면 : 새겨서 보면.

새소리도 고쳐듣고[428] 슬픈 마음 절로 나네.

맘 심자[429]가 제일이라 단단하게 맘 잡으면

꽃은 절로 피는거요 새는 여사 우는거요

달은 매양 밝은거요 바람은 일상 부는거라.

마음만 여사 태평하면 여사로 보고 여사로 듣지.

보고 듣고 여사하면 고생될 일 별로 없소.

앉아 울던 청춘과부 황연대각[430] 깨달아서

덴동어미 말 들으니 말씀마다 개개[431] 옳애.[432]

이 내 수심 풀어내어 이리저리 부쳐 보세.

이팔청춘 이 내 마음 봄 춘자로 부쳐 두고

화용월태[433] 이 내 얼굴 꽃 화자로 부쳐 두고

술술 나는 긴 한숨은 세우춘풍[434] 부쳐두고

밤이나 낮이나 숱한 수심 우는 새나 가져가게.

일촌간장[435] 쌓인 근심 도화류수[436]로 씻어볼까.

천만첩이나 쌓인 설움 웃음 끝에 하나 없네.

구곡간장[437] 깊은 설움 그 말끝에 실실[438] 풀려

---

428 고쳐듣고 : 고쳐 들으면.
429 맘 심자 : 마음 심자(心字).
430 황연대각(晃然大覺) : 갑자기 환히 깨달음.
431 개개(箇箇) : 하나하나.
432 옳애 : 옳아.
433 화용월태(花容月態) : 꽃 같은 얼굴에 달 같은 모습.
434 세우춘풍(細雨春風) : 가랑비와 봄바람.
435 일촌간장(一寸肝腸) : 한 토막의 간과 창자. 애달프거나 애가 탈 때의 마음을 형용하여 이르는 말.
436 도화류수(桃花流水) : 복사꽃이 물에 떨어져 흘러감.
437 구곡간장(九曲肝腸) : 아홉 번 구부러진 간과 창자. 시름이 쌓인 마음 속.
438 실실 : 슬슬. 스르르.

三冬설한[439] 쌓인 눈이 봄 춘자 만나 실실 녹네.

자네 말은 봄 춘자요 내 생각은 꽃 화자라.

봄 춘자 만난 꽃 화자요 꽃 화자 만난 봄 춘자라.

얼시고나 좋을시고 좋을시고 봄 춘자

화전놀음 봄 춘자 봄 춘자 노래 들어보소.

가련하다 二八청춘 내게 당한[440] 봄 춘자.

노년에 갱환 고원춘[441] 덴동어미 봄 춘자.

장생화발 만년춘[442] 우리 부모님 봄 춘자.

桂지난엽 一가춘[443] 우리 자손의 봄 춘자.

금지옥엽 九중춘[444] 우리 금주님[445] 봄 춘자.

조운모우 양대춘[446] 서王모[447]의 봄 춘자.[448]

八仙大夢 九운춘[449] 이자仙[450]의 봄 춘자.

봉구황곡 각來춘[451] 鄭경파[452]의 봄 춘자.

---

439 三冬설한(三冬雪寒) : 눈 내리고 추운 겨울 석 달 동안.
440 당한(當한) : 맞는. 해당하는.
441 노년에 갱환고원춘(老年에 更還故園春) : '늙어서 다시 돌아오니 고향 동산에 봄'이란 뜻.
442 장생화발 만년춘(長生華髮 萬年春) : '흰 머리 우리 부모님 만년토록 사소서'라는 뜻.
443 桂지난엽 一가춘(桂枝蘭葉 一家春) : '계수나무 가지와 난초 잎, 온 집안의 봄'이라는 뜻.
444 금지옥엽 九중춘(金枝玉葉 九重春) : '금지옥엽 구중궁궐의 봄'. 금지옥엽은 임금의 자손을 높여 이르는 말.
445 금주님(수主님) : 지금의 임금님.
446 조운모우 양대춘(朝雲暮雨 陽臺春) : '아침엔 구름이요 저녁엔 비, 양대의 봄'. 양대(陽臺)는 주목왕(周穆王)과 서왕모가 만났던 장소.
447 서王모(西王母) : 전설상의 신녀(神女).
448 조운모우 양대춘 서王모의 봄 춘자 : 이 구절은 상란(上欄)의 여백에 적혀 있다.
449 八仙大夢 九운춘(八仙大夢 九雲春) : '팔선녀의 큰 꿈 구운몽의 봄'.
450 이자仙 : 미상(未詳). 전후 문맥으로 보아 『구운몽』의 남자 주인공 성진을 가리키는 듯.
451 봉구황곡 각來춘(鳳求凰曲 覺來春) : '「봉구황곡」 연주에 봄을 깨닫는다'는 뜻. 「봉구황곡」은 원래 중국의 사마상여가 탁문군의 마음을 끌기 위해 연주한 음악인데, 『구운몽』에서 양소유가 정경패의 마음을 얻기 위해 연주하였다.

연작비래 보희춘[453] 이소和[454]의 봄 춘자.

三五星희 正在춘[455] 진채봉[456]의 봄 춘자.

爲귀爲仙 보보춘[457] 가춘雲[458]의 봄 춘자.

今代文장 自有춘[459] 계섬月[460]의 봄 춘자.

절색천명 河北춘[461] 적경홍[462]의 봄 춘자.

옥門관외 의희춘[463] 심조연[464]의 봄 춘자.

淸水담의 음곡춘[465] 白凌파[466]의 봄 춘자.

---

452 鄭경파(鄭瓊貝):『구운몽』에 등장하는 여성인물 중 한 사람.

453 연작비래 보희춘(燕雀飛來 報喜春):'제비가 날아와 기쁜 봄이 돌아왔음을 알림'. 원래『구운
   몽』에는 '영작비래보희언(靈鵲飛來報喜言)', 즉 '신령스런 까치가 날아와 기쁜 소식을 알린다'
   로 되어 있다. 이 시구는『구운몽』의 여성인물인 난양공주(蘭陽公主)가 지은 것이다.

454 이소和(李簫和):『구운몽』의 여성인물 난양공주의 이름이 이소화이다.

455 三五星희 正在춘(三五星稀 正在春):원래『구운몽』에는 '삼오성희정재동(三五星稀正在東)',
   즉 '동녘에 세다섯 별이 드문드문 있다'로 되어 있는데, 운을 맞추기 위해 '동'을 '춘'으로 바꾸었
   다. 이 시구는『구운몽』의 여성인물인 진채봉이 지은 것이다.

456 진채봉(秦彩鳳):『구운몽』의 여성인물 중 한 사람. 양소유가 제일 먼저 만나 혼인을 약속했던
   인물.

457 爲귀爲仙 보보춘(爲鬼爲仙 步步春):'귀신인가 선녀인가 걸음걸음 봄이로구나'라는 뜻.『구운
   몽』에서 가춘운이 정경패의 지시로 양소유를 놀리기 위해 귀신인 체 양소유를 유혹한 일을 가리
   킴.『구운몽』의 장회(章回) 제목의 하나가 '가춘운위귀위선(賈春雲爲鬼爲仙)'이다.

458 가춘雲(賈春雲):구운몽』의 여성인물. 정경패의 몸종인데 나중에 양소유를 함께 섬겼다.

459 今代文장 自有춘(今代文章 自有春):원래는 '今代文章自由人(당대의 문장가로서 구속이 없는
   사람)'으로,『구운몽』에서 양소유가 계섬월을 보고 지은 시의 맨 끝구절이다. 지금 봄 춘자 노래
   를 하고 있으므로 '인'을 '춘'으로 바꾼 것이다.

460 계섬月(桂蟾月):『구운몽』의 여성인물. 문장을 보는 안목이 뛰어났다.

461 절색천명 河北춘(絶色擅名 河北春):『구운몽』의 여성인물 적경홍(狄驚鴻)과 관련된 말이다.
   적경홍은 하북지방에서 절색으로 이름을 날렸다.

462 적경홍(狄驚鴻):『구운몽』의 여성인물.

463 옥門관외 의희춘(玉門關外 依俙春):'옥문관 밖에 아른아른 봄'. 이 시구는『구운몽』의 여성인
   물 심요연과 관련된다. 옥문관은 중국 감숙성에 있으며 서역으로 통하는 관문의 이름이다. 양소
   유가 그 곳에서 심요연을 만나 밤을 함께 하였다. 이 일을 두고『구운몽』에서는 "옥문관 밖에
   춘광이 가득"하였다고 표현하고 있다.

464 심조연:심요연.『구운몽』의 여성인물.

465 淸水담의 음곡춘(淸水潭의 陰谷春):'청수담 그윽한 골짜기에도 봄이로구나'.『구운몽』의 여성

三十六宮 도시춘[467]은 제일 좋은 봄 춘자.

도中에 송모춘[468]은 '마上客[469]의 봄 춘자.

춘래에 불사춘[470]은 王昭君[471]의 봄 춘자.

송군겸송춘[472]은 이별하는 봄 춘자.

낙日萬가춘[473]은 千里원객[474] 봄 춘자.

등루만리 고원춘[475] 강상객[476]의 봄 춘자.

부知五柳춘[477]은 도연명[478]의 봄 춘자.

인물 백능파가 살던 곳이 청수담이다. 백능파가 양소유에게 말하길, 자신이 양소유를 만나게 된 것은 그윽한 골짜기에 따뜻한 봄이 돌아옴과 같다고 하였다.

466 白淩파(白淩波) : 『구운몽』의 여성인물. 원래는 동정호 용왕의 딸이었는데 나중에 양소유의 첩이 됨.

467 三十六宮 도시춘(三十六宮 都是春) : '온 우주가 모두 봄이로구나'. 송나라 소옹(邵雍)의 「관물(觀物)」시에 "天根月屈閑來往, 三十六宮都是春"이라는 구절이 있다. '36궁'은 소옹이 한 말로서, 『주역』의 괘를 가리키는 말인데, 이에 대해서는 여러 가지 해석이 있다. 성호 이익의 『성호사설』에, "64괘(卦) 중에 변역(變易)하는 괘가 여덟 개니, 건(乾)·곤(坤)·감(坎)·리(離)·이(頤)·대과(大過)·중부(中孚)·소과(小過)가 그것이고, 교역(交易)하는 괘가 섞여섯 개니, 둔(屯)·몽(蒙) 이하가 그것이다. 변역은 8괘가 각각 한 궁(宮)이 되고 교역은 두 괘가 합하여 한 궁이 된다'라는 설이 소개되어 있다(『성호사설』 권20 「三十六宮」).

468 도中에 송모춘(途中에 送暮春) : '길 위에서 늦봄을 보내네'. 당나라 송지문(宋之問)의 시 「도중한식(途中寒食)」에 "馬上逢寒食, 途中屬暮春"이라는 구절과 관련이 있음.

469 마上客(馬上客) : 말을 탄 나그네.

470 춘래에 불사춘(春來에 不似春) : '봄은 왔지만 봄 같지 않다'. 당나라 동방규(東方虯)의 「소군원(昭君怨)」에 이 구절이 있음.

471 王昭君 : 중국 전한(前漢) 때 원제(元帝)의 궁녀로 흉노에게 시집갔음.

472 송군겸송춘(送君兼送春) : '그대를 보내며 봄도 함께 보내네'. 당나라 웅유지(雍裕之)의 「춘회송객(春晦送客)」에 이 구절이 있음.

473 낙日萬가춘(落日萬家春) : '해가 저무는데 집집마다 봄이로구나'. 당나라 이단(李端)의 「송곽양보하제동귀(送郭良甫下第東歸)」에 "落日萬家春, 暮年千里客"이라는 구절이 있음.

474 천리원객(千里遠客) : 고향을 천리나 멀리 떠나 있는 나그네.

475 등루만리 고원춘(登樓萬里 故園春) : '누각에 올라보니 만 리 밖 고향에도 봄은 돌아왔으리라'. 명나라 대관(戴冠)의 「등장거지서루(登張擧之書樓)」에 "三年爲客地, 萬里故園春"이라는 구절이 있음.

476 강상객(江上客) : 강가의 나그네.

477 부知五柳춘(不知五柳春) : '다섯 그루 버드나무에 봄이 온 줄도 모른다'. 도연명의 호가 '오류선

황사白草 本無춘[479]은 관산萬里[480] 봄 춘자.

화光은 不감 沃陽춘[481] 고국乙 생각한 봄 춘자.

낭吟비과 동庭춘[482] 呂東빈[483]의 봄 춘자.

五호片주 만載춘[484] 月서시[485]의 봄 춘자.

回두一笑 六宮춘[486] 양귀비[487]의 봄 춘자.

龍안一解 四해춘[488] 太平天下 봄 춘자.

생'인바, '다섯 그루 버드나무'는 도연명의 집을 가리킨다. 이백의 「희증정률양(戲贈鄭溧陽)」에 "陶令日日醉, 不知五柳春"이라는 구절이 있음.

478 도연명(陶淵明) : 중국 동진(東晉)의 시인. 이름은 잠(潛), 자호를 오류선생(五柳先生)이라 하였음.

479 황사白草 本無춘(黃沙白草 本無春) : '사막의 백초에는 본디 봄이 없다네'라는 뜻. '황사'는 누런 모래, 즉 사막을 가리킨다. '백초'는 사막에 자라는 풀. 당나라 마대(馬戴)의 「역수회고(易水懷古)」에 "黃沙白草任風吹"라는 구절이 있음.

480 관산만리(關山萬里) : 만 리 먼 곳의 관산. '관산'은 국경 지역의 변방을 가리킴.

481 화光은 不감 沃陽춘(和光은 不減岳陽春) : 봄빛은 악양의 봄 못지않다는 뜻. 송나라 시인 진여의(陳與義)가 정강(靖康)의 변(變)으로 변경(汴京, 북송의 수도)을 떠나 남도(南渡)하여 3년 만에 악양에 이르러 「상춘(傷春)」이라는 시를 지은 적이 있음.

482 낭吟비과 동庭춘(朗吟飛過 洞庭春) : '낭음비과동정(朗吟飛過洞庭)'은 '낭랑히 읊조리며 동정호를 날아서 지나간다'는 뜻. 여동빈(呂洞賓)의 시에 "三入岳陽人不識, 朗吟飛過洞庭湖"(『岳陽風土記』所收)라는 구절이 있음.

483 여東빈(呂洞賓) : 중국 당나라 때의 인물. 진사 시험에 낙방하여 장안의 술집에서 노닐다가 종리권(鍾離權)이라는 신선을 만나 득도한 것으로 알려져 있다. 원나라・명나라 이래 여덟 신선 중 하나로 꼽히며 도가의 정양파(正陽派)에서는 그를 순양조사(純陽祖師)라고 하며, 속칭 여조(呂祖)라 일컬어진다.

484 五호片주 만載춘(五湖片舟 滿載春) : '오호의 조각배에 봄을 가득 실었네'. '오호'는 중국의 태호(太湖)를 가리키기도 하고, 혹은 태호와 부근의 네 개 호수를 가리키기도 한다. 월나라 재상 범려(范蠡)가 서시(西施)를 오왕 부차(夫差)에게 바쳐 미인계로 오나라를 멸한 뒤, 서시를 데리고 오호에 배를 띄워 도망갔다는 전설이 있음.

485 月서시(越西施) : 월나라의 미인 서시. 오나라 임금 부차(夫差)가 사랑하던 여인이었다.

486 回두一笑 六宮춘(回頭一笑 六宮春) : '고개를 돌리고 한 번 웃으니 육궁에 봄이로구나'. '육궁'은 후비(后妃)가 거처하는 궁전이다. 백낙천의 「장한가(長恨歌)」에 "고개를 돌리고 한번 웃으니 온갖 교태 생겨나 / 육궁의 궁녀들 무색해지네(回頭一笑百媚生, 六宮粉黛無顔色)"라는 구절이 있다. 이것은 양귀비의 아름다움을 말한 것이다.

487 양귀비(楊貴妃) : 양태진(楊太眞). 당나라 현종의 비.

488 龍안一解 四해춘(龍顔一解 四海春) : '용안을 한 번 웃으시게 하면 온 세상이 봄이다'. 이백(李

주肆도名 三十춘[489] 이청연[490]의 봄 춘자.

어舟축水 애山춘[491] 불변仙원[492] 봄 춘자.

양자강頭 양류춘[493] 汶양귀객[494] 봄 춘자.

동원도李 片時춘[495] 창가소부[496] 봄 춘자.

天下의 太平춘[497]은 강구烟月[498] 봄 춘자.

風동荷화 水殿춘[499]은 姑소대下[500] 봄 춘자.

화기渾如 百화춘[501] 雨과千봉[502] 봄 춘자.

白)의 시 「증종제남평태수지요(贈從弟南平太守之遙)」에 "天門九重謁聖人, 龍顔一解四海春"이라는 구절이 있다.

489 주肆도名 三十춘(酒肆逃名 三十春): "술을 마시며 이름을 감추기를 삼십년"이라는 뜻. 당나라 이백의 「답호주가섭사마문백시하인(答湖州加葉司馬問白是何人)」에 "靑蓮居士謫仙人, 酒肆藏名三十春"이라는 구절이 있다. 후대 문헌에서는 흔히 '藏名'이 '逃名'으로 바뀌었다.

490 이청연 : 이청련(李靑蓮). 이백의 호가 청련임.

491 어舟축水 애山춘(漁舟逐水 愛山春) : '고깃배를 타고 물을 거슬러 올라가며 봄산의 아름다움을 즐긴다'. 왕유(王維)가 지은 「도원행(桃源行)」의 한 구절.

492 불변仙원(不辨仙源) : '선원(仙源)을 분변하지 못하겠다'는 뜻. '선원'은 도화원(桃花源)을 이름. 왕유의 「도원행」에 "春來遍是桃花水, 不辨仙源何處尋"이라는 구절이 있다. 한문 표기의 「소백산대관록」에 "桃花流水, 不辨仙源何處尋"이라는 말이 보이며, 가사『소백산대관록』에도 "골골마다 도화수라 불변선원하처심고"라는 말이 보인다.

493 양자강頭 양류춘(楊子江頭 楊柳春) : '양자강가의 버들에도 봄이 왔다'. 당나라 정곡(鄭谷)의 「淮上與友人別」에 이 구절이 있음.

494 汶양귀객(汶陽歸客) : 문양으로 돌아가는 나그네. 문양은 중국의 지명. 당나라 왕유(王維)의 「한식사상작(寒食汜上作)」에 "廣武城邊逢暮春, 汶陽歸客淚沾巾"이라는 구절이 있음.

495 동원도李 片時춘(東園桃李 片時春) : '봄동산의 복사꽃·오얏꽃이 잠깐 피었다가 곧 지고 만다'는 뜻. 인생의 젊음이 무상함을 비유한 말. 당나라 왕발(王勃)의 「임고대(臨高臺)」의 한 구절.

496 창가소부(娼家笑婦) : 청루(靑樓)의 여자.

497 天下의 太平춘(天下의 太平春) : 천하의 태평한 봄이라는 뜻.

498 강구烟月(康衢烟月) : 태평한 시대의 번화한 거리의 평화로운 모습.

499 風동荷화 水殿춘(風動荷花 水殿春) : '바람이 연꽃을 움직이니 물가 전각이 봄이로구나'. 원래 이백의 시에는 '風動荷花水殿香'으로 되어 있으나 봄춘자 노래에 맞춰 '香'을 '春'으로 바꾸었음. 이백의 시 「구호오왕미인반취(口號吳王美人半醉)」에 "風動荷花水殿香, 姑蘇臺上宴吳王"이라는 구절이 있음.

500 姑소대下(姑蘇臺下) : 고소대 아래. '고소대'는 중국 강소성 고소산에 있는 이름난 누대. 중국 춘추시대 오나라 임금 부차가 지었다고 함.

만里江山 무한춘[503] 유산객[504]의 봄 춘자.

山下山中 紅자춘[505] 홍정골댁[506] 봄 춘자.

一川明月 몽화춘[507] 골내댁네 봄 춘자.

명사十里 해당춘[508] 새내댁네 봄 춘자.

的的도화 萬점춘[509] 도화동댁 봄 춘자.

목동이요지 츤화춘[510] 행정댁네 봄 춘자.

홍도화발 가가춘[511] 도지미댁네 봄 춘자.

이화만발 白洞춘[512] 희여골댁네 봄 춘자.

연화동구 二月춘[513] 연동댁네 봄 춘자.

수양동구 萬絲춘[514] 오양골댁 봄 춘자.

虹교우제 更和춘[515] 홍다리댁 봄 춘자.

---

501 화기혼여 百화춘(和氣渾如 百花春) : '화한 기운이 가득하니 온갖 꽃이 핀 봄이로구나'. 두보의 시 「즉사(卽事)」에 "和氣渾如百花香"이라는 구절이 있음.

502 雨과千·봉(雨過千峯) : '봄비가 온 산봉우리에 지나간다'는 뜻.

503 만里江山 무한춘(萬里江山 無限春) : '만 리 강산에 봄은 끝이 없구나'라는 뜻.

504 유산객(遊山客) : 산으로 놀러 다니는 사람.

505 山下山中 紅자춘(山下山中 紅紫春) : '산 아래와 산 속의 울긋불긋한 봄'.

506 홍정골댁 : 봄춘자 노래의 앞부분에서는 유명한 고사나 인물과 관계되는 구절을 노래했으나 여기서부터는 홍정골댁, 골내댁, 새내댁 등 화전놀이에 참여한 이 고을 여인네들의 택호와 관계되는 시구를 열거하고 있다.

507 一川明月 몽화춘(一川明月 夢化春) : '시냇물의 밝은 달, 꿈속의 봄'. '夢化'는 『장자』 「제물론」의 '胡蝶夢'에서 유래하는 말.

508 명사十里 해당춘(明沙十里 海棠春) : '길게 펼쳐진 백사장에 해당화 핀 봄'.

509 的的도화 萬점춘(的的桃花 萬點春) : '환한 복사꽃이 흐드러지게 핀 봄'이란 뜻.

510 목동이요지 츤화춘(牧童이遙指 杏花春) : 원래는 '牧童遙指杏花村'인데 지금 봄춘자 노래를 하고 있기 때문에 '村'을 '春'으로 바꾼 것임. '목동이 손을 들어 멀리 살구꽃 핀 마을을 가리킨다'는 뜻. 당나라 두목(杜牧)의 시 「청명(淸明)」의 한 구절.

511 홍도화발 가가춘(紅桃花發 家家春) : '홍도화 만발해 집집마다 봄'이라는 뜻.

512 이화만발 白洞춘(梨花滿發 百洞春) : '배꽃이 만발하니 온 골짝에 봄이로구나'.

513 연화동구 二月춘(煙火洞口 二月春) : '동구에 밥 짓는 연기 피어오르는데 이월의 봄이로구나'.

514 수양동구 萬絲춘(垂楊洞口 萬絲春) : '동구 밖 수양버들의 늘어진 가지가지에 봄'이라는 뜻.

융융和氣 永가춘[516] 안동댁네 봄 춘자.

啼鳥영영 聲곡춘[517] 소리실댁 봄 춘자.

채련가出 玉계춘[518] 눗점댁네 봄 춘자.

제月교邊 금성춘[519] 청다리댁 봄 춘자.

江之南矣 채련춘[520] 남동댁네 봄 춘자.

영山紅於 화영춘[521] 영춘댁네 봄 춘자.

만화방창 丹山춘[522] 질막댁네 봄 춘자.

江天막막 세雨춘[523] 우수골댁 봄 춘자.

十里長님 華려춘[524] 단양댁네 봄 춘자.

---

515 虹교우제 更和춘(虹橋雨霽 更和春) : '홍예교에 비 개이니 다시 봄이로구나'. 한문 표기의 「소백산대관록」에 "雨霽虹橋"라는 말이 보이며, 가사 「소백산대관록」에 "홍교다리에 비가 개니"라는 말이 보인다. 한편 왕발(王勃)의 「등왕각서(騰王閣序)」에는 "홍소우제(虹銷雨霽)"라는 말이 보인다.

516 융융和氣 永가춘(融融和氣 永嘉春) : '화기가 융융하니 영가가 봄이로구나'. 경상북도 안동을 일명 '영가'라고도 했다.

517 啼鳥영영 聲곡춘(啼鳥嚶嚶 聲谷春) : '새들의 우니 성곡(聲谷, 소리실)이 봄이로구나'. 한문 표기의 「소백산대관록」에 "嗜嗜聲谷, 煙霞山而勝築"라는 말이 보인다. '성곡(소리실)'은 경상북도 문경시 산북면 가곡리의 자연마을 이름이다. 이곳 공덕산 중턱에 있는 가택사라는 절의 종소리가 은은히 들린다고 해서 '소리실'이라고 불리게 됐다고 한다.

518 채련가出 玉계춘(彩蓮佳出 玉溪春) : '아름다운 연꽃 피어나는 옥계의 봄'.

519 제月교邊 금성춘(霽月橋邊 錦城春) : '제월교 옆 금성단(錦城壇)의 봄'이라는 뜻. 한문 표기의 「소백산대관록」에 "霽月橋邊九曲溪"라는 말이 보인다. '제월교'는 풍기에서 부석사로 가는 도중에 있는 소수서원의 입구를 지나자마자 바로 건너게 되는 나무다리 이름으로, '청다리'라고도 부른다. 부근에 금성단이 있다. '금성단'은 세조의 동생인 금성대군을 제사 지내는 곳이다. 세조가 왕위를 찬탈한 후, 단종은 영월에 위리안치하고, 금성대군은 순흥으로 귀양 보냈는데, 금성대군은 이곳에서 단종복위를 꾀하다가 발각되어 죽임을 당했다. 숙종 때 와서 단종이 복위되자 순흥부사 이명회가 왕의 윤허를 받아 금성단을 설치했다.

520 江之南矣 채련춘(江之南의 採蓮春) : '강남에서 연밥 따는 봄'.

521 영山紅於 화영춘(映山紅於 花永春) : '꽃으로 산이 붉게 비치니 길이 봄이로다'라는 뜻.

522 만화방창 丹山춘(萬化方暢 丹山春) : '따뜻한 봄날에 만물이 나서 자라니 단산에 봄이로구나'. '단산'은 경북 영풍군 단산면을 이른다.

523 江天막막 세雨춘(江天漠漠 細雨春) : '강과 하늘 아득한데 가랑비 내리는 봄이로구나'.

524 十里長님 華려춘(十里長林 華麗春) : '십리나 되는 긴 숲에 아름다운 봄'.

말금⁵²⁵ 바람 쌀쌀 불어 청풍댁네 봄 춘자.

雨로⁵²⁶ 덕에 꽃이 핀다 덕고개댁네 봄 춘자.

바람 끝에 봄이 온다 풍기댁네 봄 춘자.

비봉山의 봄 춘자 화전놀음 흥이 나네.

봄 춘자로 노래하니 좋乙시고 봄 춘자.

봄 춘자가 못가게로⁵²⁷ 실버들로 꼭 잠매게.⁵²⁸

춘여과객 지나간다⁵²⁹ 앵무새야 만류해라.

바람아 부덜마라⁵³⁰ 만정도화⁵³¹ 떨어진다.

어여뿔사 小娘子⁵³²가 의복단장 옳게 하고

방끗 웃고 썩 나서며 좋다좋다 시고 좋다.⁵³³

잘도 하네 잘도 하네 봄 춘자 노래 잘도 하네.

봄 춘자 노래 다 했는가 꽃 화자 타령 내가 함세.

화水동류⁵³⁴ 흐른 물에 만면수심⁵³⁵ 세수하고

꽃 화자 얼굴 단장하고 반만 웃고 돌아서니

해당시례⁵³⁶ 웃는 모양 해당화와 한 가지요

---

525 말금 : 맑은.
526 雨로(雨露) : 비와 이슬.
527 못가게로 : 못 가게.
528 잠매게 : 잡아 매게.
529 춘여과객 지나간다(春如過客 지나간다) : '봄은 나그네처럼 훌쩍 지나간다'.
530 부덜마라 : 불지 마라.
531 만정도화(滿庭桃花) : 뜰에 가득한 복사꽃.
532 소낭자(小娘子) : 젊은 부인을 이르는 말. 이 작품의 앞 부분에 나온 청춘과부를 가리킨다.
533 시고 좋다 : 얼씨고 좋다.
534 화水동류(花水東流) : 꽃이 떨어진 물이 동쪽으로 흘러감.
535 만면수심(滿面愁心) : 얼굴에 가득한 수심.
536 해당시례 : 방그레 웃는 모습.

오리볼실[537] 앵도볼은 홍도화가 빛이 곱다.

앞으로 보나 뒤으로[538] 보나 온 전신이 꽃 화자라.

꽃 화자 같은 이 사람이 꽃 화자타령 하여 보세.

좋乙시고 좋乙시고 꽃 화자가 좋을[539]시고.

화신풍[540]이 다시 불어 만화방창 꽃 화자라.

당상천년 장생화[541]는 우리 부모님 꽃 화자요

슬하만세[542] 무궁화는 우리 자손의 꽃 화자요

요지연의 벽도화[543]는 서왕모[544]의 꽃 화자요

천년일개 천수화[545]는 광한전의 꽃 화자요

극락전의 선비화[546]는 석가여래 꽃 화자요

천태산의 노고화[547]는 마고선녀[548] 꽃 화자요

춘당대의 선리화[549]는 우리 금주님[550] 꽃 화자요

---

537 오리볼실 : 도리불실. 각주 69를 참조할 것.

538 뒤으로 : 뒤로.

539 을 : 여기서는 '乙'이라고 하지 않고 '을'이라고 표기했다.

540 화신풍(花信風) : 꽃 피는 때에 맞춰 부는 바람. 각주 3을 참조할 것.

541 당상천년 장생화(堂上千年 長生花) : '장생화'는 약초의 이름으로 줄기가 아홉에, 잎은 셋이며 수심을 더는 데 효과가 있다고 함. '당상천년'은 '堂上父母千年壽'를 말하니, '당상(堂上)에 계신 부모님이 천년의 수를 누리시리'라는 뜻이다. 이는 '膝下子孫萬歲榮(슬하의 자손들이 만세토록 번영하길)'이라는 말과 짝을 지어 입춘첩(立春帖)에 쓰곤 했던 글귀다.

542 슬하만세(膝下萬歲) : 슬하자손만세영(膝下子孫萬歲榮)을 이른다.

543 요지연의 벽도화(瑤池宴의 碧桃花) : '요지연'은 각주 83을 참조할 것. '벽도'는 선경(仙境)에 있다는 과실.

544 서왕모 : 각주 446 · 447을 참조할 것.

545 천년일개 천수화(千年一開 千壽花) : '천년에 한 번 피는 천수화'.

546 극락전의 선비화(極樂殿의 禪扉花) : '극락전'은 아미타불을 모신 법당을 말함. 선비화는 영주 부석사 조사당 앞에 있는 낙엽관목 골담초를 특별히 일컫는 말.

547 천태산의 노고화(天台山의 老姑花) : '천태산'은 중국 절강성에 있는 산이고, '노고화'는 할미꽃 이다.

548 마고선녀(麻姑仙女) : 전설상의 선녀로서 긴 손톱을 가졌다고 한다.

부귀춘화 우후홍[551]은 우리 집의 꽃 화자요

욕망난망 상사화[552]는 우리 낭군 꽃 화자요

千리타향 一수화[553]는 소인적객[554] 꽃 화자요

月中月中 단계화[555]는 月궁항아 꽃 화자요

황금옥의 금은화[556]는 석가랑[557]의 꽃 화자요

향일[558]하는 촉규화[559]는 등장군[560]의 꽃 화자요

귀촉도 귀촉도[561] 두견화는 초회왕[562]의 꽃 화자요

명사십리 해당화는 해상선인[563] 꽃 화자요

석교다리 봉仙화[564]는 이자선[565]의 꽃 화자요

---

549 춘당대의 선리화(春塘臺의 仙李花) : '춘당대'는 서울 창경궁 안에 있는 석대(石臺)의 이름. '선리화'는 오얏꽃을 가리킨다.

550 금주님 : 각주 445를 참조할 것.

551 부귀춘화 우후홍(富貴春花 雨後紅) : 각주 322를 참조할 것.

552 욕망난망 상사화(欲忘難忘 想思花) : '욕망난망'은 잊으려고 해도 잊기 어렵다는 뜻. '상사화'는 상사초. 수선화과의 여러해살이 풀.

553 千리타향 一수화(千里他鄕 一樹花) : '천리 타향에서 보는 한 그루 나무에 핀 꽃'. 당나라 사공서(司空曙)의 「완화여위상동취(玩花與衛象同醉)」에 "衰鬢千莖雪, 他鄕一樹花"라는 구절이 있다.

554 소인적객(騷人謫客) : '소인'은 시인과 문사. '적객'은 유배객.

555 月中月中 단계화(月中月中 丹桂花) : 달 속에 있는 단계화. 목서(木犀) 중에서 노란색 꽃이 피는 것을 금목서, 흰색 꽃이 피는 것을 은목서, 붉은 색 꽃이 피는 것을 단계화라고 한다.

556 황금옥의 금은화(黃金屋의 金銀花) : '황금옥'은 황금으로 지은 집. '금은화'는 인동초의 별명. 인동덩굴이 봄에 꽃이 피는데, 빛깔이 처음에는 흰색이었다가 노랗게 변하기 때문에 금은화라고 함.

557 석가랑 : 석가모니.

558 향일(向日) : 해를 바라 봄.

559 촉규화(蜀葵花) : 해바라기. 가사 「소백산대관록」에도 "향일하는 촉규화"라는 말이 보인다.

560 등장군(鄧將軍) : 등우(鄧禹)를 가리킴. 등우는 후한 광무제의 공신 28명 중 일등 공신이다.

561 귀촉도 귀촉도(歸蜀道 歸蜀道) : 두견새의 울음소리를 표현한 말.

562 초회왕(楚懷王) : 전국시대 초나라의 왕. 진나라에 억류되었다가 그 곳에서 죽은 비운의 왕.

563 해상선인(海上仙人) : 바닷가의 신선.

564 석교다리 봉선화 : 석교(石橋)다리의 봉숭아.

565 이자선 : 앞서 '봄춘자 노래'에도 나온 인물임. 『구운몽』의 주인공 성진이 석교다리에서 팔선녀를 만나 꽃을 던진 일이 있음.

숭화산의 이백화⁵⁶⁶는 이적선⁵⁶⁷의 꽃 화자요

용산낙모 황국화⁵⁶⁸는 도연명의 꽃 화자요

백룡퇴의 청총화⁵⁶⁹는 왕소군의 꽃 화자요

마외역⁵⁷⁰의 귀비화⁵⁷¹는 당명왕⁵⁷²의 꽃 화자요

만첩산중 철쭉화는 팔십 노승의 꽃 화자요

울긋불긋 질여화⁵⁷³는 조카딸네 꽃 화자요

동원도리 편시화⁵⁷⁴는 창가소부 꽃 화자요

목동이요지⁵⁷⁵ 살구꽃은 차문주가⁵⁷⁶ 꽃 화자요

강之남의 홍련화⁵⁷⁷는 전당지상⁵⁷⁸의 꽃 화자요

---

566 숭화산의 이백화(崇華山의 李白花) : '숭화산'은 중국의 숭산과 화산. '이백화'는 오얏꽃을 가리킴.

567 이적선(李謫仙) : 이백을 이름.

568 용산낙모 황국화(龍山落帽 黃菊花) : '용산에서 모자가 떨어지고 황국화가 피었네'. '용산낙모' 는 도연명(陶淵明)의 외조부인 진(晉)의 맹가(孟嘉)가 중양절(重陽節)에 환온(桓溫) 등과 함께 용산에 올라가 노닐 때 바람에 모자가 날아간 일에서 유래하는 말. 흔히 작은 예법이나 형식에 얽매이지 않는 문인의 호방하고 소탈한 풍모를 비유하는 말로 쓴다. '황국화', 즉 노란 국화는 도연명이 좋아한 꽃으로 유명하다. 가사 「소백산대관록」에도 "용산낙모 국화꽃"이라는 말이 보인다.

569 백룡퇴의 청총화(白龍堆의 靑塚花) : '백룡퇴'는 중국 신강성에 있는 사막이름이다. '청총화'는 왕소군의 무덤에 핀 꽃을 가리킨다. 왕소군의 무덤이 있는 곳은 사막지역이라 백초(白草)뿐이었 는데 그녀의 무덤에만 푸른 풀이 생겼다고 한다.

570 마외역(馬嵬驛) : 중국 섬서성의 지명. 당나라 현종이 안록산의 난리로 피난을 가다가 군사들의 요구로 어쩔 수 없이 양귀비를 죽였던 곳이다.

571 귀비화(貴妃花) : 양귀비꽃.

572 당명왕 : 당명황(唐明皇). '명황'은 당나라 현종을 가리킴.

573 질여화 : 찔레화. 찔레꽃의 사투리가 마치 '질녀화'처럼 들리기 때문에 '조카딸의 꽃'이라고 했다.

574 동원도리 편시화(東園桃梨 片時花) : 원래 왕발의 「임고대(臨高臺)」에는 '東園桃梨片時春'이 라고 되어 있으나, 지금 꽃화자 노래를 하고 있으므로 '춘'을 '화'로 고쳤다. 판소리 「춘향가」 중에도 "동원도리편시춘하니 아니 놀고 무엇하리"라는 사설이 나온다.

575 목동이요지(牧童이 遙脂) : 목동이 멀리 손가락으로 가리킨다는 뜻.

576 차문주가(借問酒家) : '술집이 어디에 있는지 묻는다'는 뜻. 두목의 시 구절 "借問酒家何處在, 牧童遙指杏花村"에서 유래하는 말.

577 강지남의 홍련화(江之南의 紅蓮花) : '강남의 붉은 연꽃'.

578 전당지상(錢塘池上) : '전당 못 위'. '전당'은 중국 절강성(浙江省) 항주(杭州)를 가리킴. 서호

화중왕[579]의 목단화[580]는 꽃 중에도 어른이요

기창지전 옥매화[581]는 꽃 화자 중의 미人이요

화계[582] 상의 함박꽃은 꽃 화자 중에 흠선하다.[583]

허다 많은 꽃 화자가 좋고 좋은 꽃 화자나

화전하는 꽃 화자는 참꽃 화자 제일이라.

다른 꽃 화자 그만두고 참꽃 화자 화전하세.

쌍저협래 향만구[584]하니 일연[585] 꽃 화자 복중전[586]乙

향기로운 꽃 화자전乙 우리만 먹어 되겠는가.

꽃 화자 전乙 많이 부쳐 꽃가지 꺾어 많이 싸다가

장생화 같은 우리 부모 꽃 화자로 봉친하세.

꽃다울사 우리 아들 꽃 화자로 먹여 보세.

꽃과 같은 우리 아기 꽃 화자로 달래 보세.

꽃화자 타령 잘도 하니 노래 속에 향기난다.

나비 펄펄 날아들어 꽃 화자乙 찾아오고

꽃화자 타령 들으랴고 난봉공작[587]이 날아오고

(西湖)로 유명함.

579 화중왕(花中王) : '꽃 중의 왕'. 모란꽃을 가리키는 말.

580 목단화 : 모란꽃.

581 기창지전 옥매화(綺窓之前 玉梅花) : '비단으로 꾸민 창 앞에 있는 옥매화'.

582 화계(華階) : 화려한 섬돌.

583 흠선하다(欽羨하다) : 우러러보고 공경하다.

584 쌍저협래 향만구(雙箸挾來 香滿口) : '(화전을) 젓가락으로 가져오니 향이 입에 가득하다'. 임제 혹은 김삿갓의 시라고 전하는 「전화회(煎花會)」의 한 구절.

585 일연(一年) : 일 년.

586 복중전乙 : 腹中傳乙. 뱃속에 전해지거늘. 원래 시는 "雙箸挾來香滿口, 一年春色腹中傳"인데, 좀 변형되었음.

587 난봉공작(鸞鳳孔雀) : 난새, 봉황, 공작.

벅궁새 쾨꼬리 날아와서 꽃 화자 노래 화답하고

꽃바람은 실실 불어 쇄옥성[588]을 가져가고

청산유수 물소리는 꽃노래乙 어우르고

붉은 나오리[589] 일어나며 꽃노래를 어리여고[590]

오색운이 일어나며 머리 우에 둥둥 뜨니

천상선관[591]이 내려와서 꽃노래乙 듣는가베.[592]

여러 부人이 칭찬하니 꽃노래도 잘도 하네.

덴동어미 하는 말리[593] 자네의 뜻 풀여내려[594]

만사우환[595] 노래하니 우리 마음 더욱 좋의.[596]

화전놀음 이 좌석에 꽃노래가 좋을시고.

꽃노래도 하도 하니 우리 다시 할 길 없네.

궂은 맘이 없어지고 착한 맘이 돌아오고

걱정근심 없어지고 흥체[597] 있게 놀았으니

신선놀음 뉘가 봤나 신선놀음 한 듯하네.

신선놀음 다를손가 신선놀음 이와 같지.

화전흥이 미진하여 해가 하마 석양일제

삼월 해가 지다더니[598] 오늘 해는 져르도다.[599]

---

588 쇄옥성(碎玉聲) : 옥을 부수는 소리. 아름다운 소리를 말함.
589 나오리 : 노을이.
590 꽃노래를 어리여고 : 꽃노래에 어리었고.
591 천상선관(天上仙官) : 하늘의 선관.
592 듣는가베 : '듣는가 보다'의 경상도 방언.
593 말리 : 말이.
594 풀여내려 : 풀어내려. 이 말은 앞에도 나온 바 있다.
595 만사우환(萬事憂患) : 온갖 우환.
596 좋의 : 좋으이. 좋네.
597 흥체 : 각주 7을 참조할 것.

하나님이 감동하사 사흘 해만 겸해 주소.
사乙[600] 해乙 겸하여도 하루 해는 맛창이지.[601]
해도 해도 길고 보면 실컷 놀고 가지마는
해도 해도 자를시고 이내 그만 해가 가네.
산그늘은 물 건너고 까막까치 자러 드네.
각귀기가[602]하리로다 언제 다시 놀아볼고
꽃 없이는 재미없네 명년 삼월 놀아보세.

598 지다더니 : 길다더니.
599 져르도다 : 짧도다.
600 사乙 : 사흘.
601 맛창이지 : 마찬가지지.
602 각귀기가(各歸其家) : '각자 자기 집으로 돌아감'. 가사 「소백산대관록」에도 "각귀기가하리로
다"라는 말이 보인다.

원 게재처 일람

제1부

1. 「서사한시의 여성담론」(원제 : 「남성의 시각과 여성의 현실」), 『민족문학사연구』 9, 민족문학사연구소, 1996.
2. 「고려속요의 여성화자」, 『고전문학연구』 14, 한국고전문학회, 1998.
3. 「여성영웅소설과 평등·차이·정체성의 문제」, 『민족문학사연구』 31, 민족문학사연구소, 2006.8.

제2부

1. 「여성의 자기서사를 둘러싼 몇 가지 문제들」(원제 : 「여성 자기서사체의 인식」), 『여성문학연구』 8, 한국여성문학학회, 2002.12.
2. 「여성적 정체성과 자기서사」, 『고전문학연구』 20, 한국고전문학회, 2001.12.
3. 「기생의 자기서사」, 『민족문학사연구』 25, 민족문학사연구소, 2004.7.
4. 전통시대 한국여성의 자기서사(원제 : 「한국여성의 자기서사 (1)」·「한국여성의 자기서사 (2)」), 『여성문학연구』 7, 한국여성문학학회, 2002.6·『여성문학연구』 8, 한국여성문학학회, 2002.12.

제3부

1. 「여성문학의 시각에서 본 「덴동어미화전가」」, 『인제논총』 8-2, 인제대, 1992.12.
2. 「주해(註解) 「덴동어미화전가」」, 『국문학연구』 24, 국문학회, 2011.11.